suhrkamp taschenbuch 1670

Vier Moskauer Kunststudenten fallen einer Verschwörung von Tieren in Menschengestalt zum Opfer. Es gelingt ihnen nicht, ihr Talent vor der Bestialität der Mitmenschen für sich zu retten, ihre selbstlosen Sehnsüchte zu verwirklichen. Sie werden zu Lebens- und Handlungsweisen verführt, die sie von ihrer geistig-künstlerischen Tätigkeit entfremden. Der »Wandling« und Eichhörnchen-Mensch, der die Gabe der Metamorphose hat und sich in andere Menschen hineinversetzen kann, erzählt nach seinem Tode die vier Leidenswege der Studenten und vieler anderer, die die epische Grundlage des Erzählten bilden.

Kims »Roman-Märchen« ist ein verwirrendes Spiel von Phantastik und Realität, mit Alltäglichem und Absurdem, mit Natürlichem und Übernatürlichem, um die im Menschen verborgenen und verleugneten Eigenschaften aufzudecken. Dargestellt werden die Ängste, verlorenen Illusionen und Hoffnungen der Menschen, die Grausamkeit zwischen ihnen, ihr Nicht-Verstehen, das Aneinandervorbeileben.

Anatolij Kim charakterisierte seinen 1984 geschriebenen Roman als »Prosa nach Bach«: »Die Welt ist polyphon und: In dieser Welt gibt es alles, und dieses ›Alles‹ koexistiert in Zeit und Raum. Auch der Mensch ist nach dem Prinzip der Polyphonie organisiert.« Diese Welt, das detailgetreu wiedergegebene Moskau und Rußland, wird mittels außergewöhnlicher Erzählverfahren dargestellt: Realistisches, Surreales, märchenhaft Phantastisches vereinigen sich zu einer arabesken Struktur. Allein, Kims realistischer Sprache gelingt es, die Elemente dieser Struktur gegeneinander abzugrenzen.

Anatolij Kim, ein russischer Schriftsteller koreanischer Herkunft, wurde 1939 in Kasachstan als Sohn verbannter Eltern geboren. 1986 erschien sein Roman *Der Lotos* in der Bibliothek Suhrkamp, 1987 seine Erzählung *Nachtigallenecho* in der edition suhrkamp.

Anatolij Kim
Eichhörnchen

Roman

Aus dem Russischen von
Thomas Reschke

Suhrkamp

Titel der Originalausgabe: *Belka*
Umschlagbild: Michael Mathias Prechtl,
»Der Sciurologe Prof. Dr. H. R.«, 1980.

suhrkamp taschenbuch 1670
Erste Auflage 1989

Satz: Uhl + Massopust, Aalen
Druck: Nomos Verlagsgesellschaft, Baden-Baden
Printed in Germany
Umschlag nach Entwürfen
von Willy Fleckhaus und Rolf Staudt

1 2 3 4 5 6 – 94 93 92 91 90 89

Eichhörnchen

Eichhörnchen ein Liedchen singt...
A. S. Puschkin

Erster Teil

Ich habe keine Eltern mehr, mein Vater, Offizier der Volksarmee, fiel im Koreakrieg, und meine Mutter starb vor Hunger im Wald, in der Hand einen Zettel mit dem Namen ihres Mannes. Neben der Mutter lag ich, ihr dreijähriger Sohn; Bauern lasen mich auf und übergaben mich den Behörden. Offensichtlich war meine Mutter mit mir im Arm vor dem heranrückenden Feind geflohen und hatte sich im Waldesdickicht der dünn besiedelten nordkoreanischen Provinz verirrt. Ich weiß nicht, wie lange sich die Unglückliche im Wald am Leben hielt, doch wenn man von der Sommeroffensive der Amerikaner im Jahre 195... ausgeht, dürfte es ein paar Monate gedauert haben, denn sie wurde erst im Spätherbst gefunden. Ernährt haben mag sie sich von Kräutern und Wurzeln, denn als sie schon tot war, hatte sie noch eine Handvoll Gras im Mund.

Mir ist nichts von alldem erinnerlich, und mein Gedächtnis, wie ich es auch bemühe, bewahrt nicht einmal verschwommen das Aussehen meiner Mutter. Dafür aber weiß ich noch ganz deutlich, wie an einem Baumstamm ein rötliches Tier mit buschigem Schweif abwärtsglitt, auf einen Zweig über mir lief und mich von dort aufmerksam betrachtete. Die Augen des Eichhörnchens – und es muß ein Eichhörnchen gewesen sein, das mir wegen meiner eigenen Kleinheit riesengroß vorkam – blitzten so neugierig, so freundlich, so munter, so vergnügt, daß ich lachte und die Hand nach ihm ausstreckte. Im folgenden hüllt neuerlich Nebel meine Erinnerung ein und hält auch die Geschichte meiner Rettung verborgen. Gleichwohl ist mir das sichere Gefühl, das rötliche Eichhörnchen sei auf irgendeine Weise mein wichtigster Lebensretter gewesen, für immer geblieben. Durchaus möglich, daß diese Sicherheit von dem momentanen Vertrauen herrührt, das als erster Impuls in der Kinderseele erwachte, als ich neben meiner toten Mutter auf der Erde lag und die Hand nach dem Tierchen ausstreckte, dessen Augen klar und fröhlich blickten. Wie dem auch sei, wenn ich versuche, mir meine unbekannte Mutter vorzustellen, sehe ich jedesmal das Eichhörnchen, das zu mir eilt, um den ersten Moment meines Daseins mit Hoffnung und Fröhlichkeit zu nähren.

Dies ist meine einzige Erinnerung an jene, wie soll ich sagen, mythische Zeit, in der mein Dasein gänzlich in der Hand höherer Mächte war und nicht von Menschen noch von meinem eigenen Willen abhing; weiterhin bezieht sich alles, was das kindliche Gedächtnis bewahrt hat, auf die Jahre im Hause meiner Pflegeeltern auf Sachalin. Beide waren einfache russische Menschen, sie arbeiteten ihr Leben lang als Buchhalter, waren kinderlos und hatten mich adoptiert, wie es damals viele taten, als die koreanischen Kriegswaisen in die Sowjetunion gebracht wurden. Ich wuchs in einem Blockhäuschen auf, das mit Holzschindeln beschlagen und mit Ölfarbe gestrichen war; die Farbe des Hauses hat sich in meiner Erinnerung mehrmals verändert, was es jedesmal aufregend fremd machte: appetitliches Salatgrün, strenges und ernstes Braun, lichtes Himmelblau. Meine Kindheit war dank der Fürsorglichkeit der lieben Menschen, deren Namen ich trage, durchaus glücklich. Sie verlief in einer Straße am Rande einer Siedlung auf Sachalin: Holzschuppen, die von mächtigem Klettengestrüpp umwuchert waren, schwarze Kohlenhaufen vor jedem Haus, friedliches Gekläff der angeketteten Hofhunde; die Kette lief mit einem Ring über einen gespannten Draht, der Hund wohnte in einer Hütte.

Meine Teure, es war die denkwürdige Epoche des Übergangs vom Land- zum Stadtleben; die Urbanisierung setzte sich nicht schlagartig durch, sondern vollzog sich schrittweise und schloß gesetzmäßig eine Zwischenperiode ein – das Siedlungsstadium. In der Siedlung, die manchmal offiziell Stadt genannt wurde, gab es stille ländliche Straßen und Holzhäuschen, das Wasser wurde aus Brunnen geschöpft, geheizt wurde mit Öfen. Das menschliche Leben war in dieser Zwischenzeit durch widersprüchliche Bestrebungen gekennzeichnet, es konnte etwa nicht auf die Hoffnungen verzichten, die sich an den Gemüsegarten oder an die Mast des im Schuppen grunzenden Ferkels knüpften, aber es konnte sich auch kein Glück vorstellen, ohne wenigstens einmal irgendwann in den Qualm und Ruß der Stadt zu tauchen und über den Asphalt zu bummeln, auf dem nichts wächst.

Ich selbst lebe seit langem in der riesengroßen Stadt und habe mich an Asphalt und Beton nicht gewöhnen können, aber ich sehe ein, daß es auf unserm Planeten ohne die steinernen und stählernen

Niststätten des menschlichen Geistes nicht zu dieser rätselhaften und höchstwahrscheinlich einzigartigen Erscheinung im All gekommen wäre. Die Energiegeneratoren der wundersamen Noosphäre – unsere Städte – lodern und leuchten in der Nacht, erhitzt von ihrem inneren Feuer, und welcher freie Falter, der dem lockenden Licht zufliegt, kann es schon vermeiden, sich im Feuer die Flügel zu versengen?

Ich, das geschwänzte Tierchen, das unversehens auf die Betongehsteige einer der größten Städte der Welt lief, habe viel Schönes, Schreckliches, Erstaunliches erlebt, und der Bericht meines Lebens, einfach, wahrhaftig und ausführlich dargelegt, könnte schon recht spannend und lehrreich sein. Mein geistiger Höhenflug wird keineswegs von der kleinlichen Eitelkeit geleitet, der Welt Kunde geben zu wollen von meinen Abenteuern. Nein. Aber ich kann nicht dauernd mit der mir zukommenden Demut schweigen, denn die Natur kennt eine nicht aussterbende Erscheinung, nämlich das Gefühl der unerfüllten Pflicht.

Zu meinen Lebzeiten habe ich Sie geliebt, aber ich habe nichts oder fast nichts für meine Liebe getan, wo ich doch alles Mögliche und Unmögliche hätte tun müssen. Nun bin ich nicht mehr, ich habe den Platz innerhalb der irdischen Luft, den ich einnahm, frei gemacht. Und was ist? Eine regnerische Nacht in der Stadt, eine nasse Mauer mit Rauhputz, vergoldet vom schrägfallenden Licht einer Laterne. Plötzlich huscht darüber der schwarze Schatten eines geschwänzten Tiers – ich bin's, der in seinem ewigen Unbefriedigtsein durch die nasse Straße läuft. Die Mauer, an der ich entlangeile, ist zu Ende, und hinter der Ecke stoße ich mit einem Menschen zusammen, der erschrocken zur Seite prallt und die Brille zurechtrückt. Etwas an ihm läßt mich innehalten, stehenbleiben, ich beschaue ihn aufmerksam und erstarre vor Bestürztheit. Vor mir steht mein Doppelgänger, nur trägt er andere Kleider und eine andere Brille als ich.

»Was ist denn nun los?« murmle ich vor mich hin. »Bin ich in dieser Stadt übergeschnappt und habe Halluzinationen?« – »Nichts dergleichen«, antwortet mein Doppelgänger (und wirklich mit meiner Stimme!). »Nach den dir bekannten physikalischen Gesetzen darfst du mich gar nicht sehen. Ich bin ja der, der du erst in vielen Jahren sein wirst.« – »Und wie kommt es«, sage ich, »daß du, daß Sie mich sehen können?« – »Nun, die Vergangenheit ist uns leichter zugänglich als die Zukunft«, antwortet er auflachend. – »Trotzdem«, sage ich zweifelnd, »ist solch eine Verdoppelung möglich? Und was ist der Sinn unserer Begegnung?« – »Keine Verdoppelung, mein Lieber«, lautet die Antwort, »ich bin so etwas wie deine flache Abbildung im Spiegel der Zeit. Der Sinn unserer Begegnung besteht darin, daß ich deine zukünftige Schwermut bin, die geboren wird aus derjenigen, die in diesem Moment von innen an dir nagt. Du läufst doch jetzt in dein Institut, zur Fete, nicht wahr?« – »Ja.« – »Tanzen, amüsieren?« – »Versteht sich.« – »Nun, amüsieren wirst du dich nicht. Auf dem Grunde deiner Seele liegt ein Klümpchen Gift. Es wird dein ganzes künftiges Leben vergiften.« – »Was ist das für Gift?« frage ich. – »Tierische Angst«, bekomme ich zur Antwort, »so nennt sich das. Du wirst dich nicht dazu aufraffen, ein Mensch zu werden.« – »Aber solch eine Zukunft gefällt mir gar nicht«, antworte ich, bemüht, meinen Ärger zu verbergen. »Von solch einer Zukunft will ich nichts wissen.« – »Schau dennoch hin – sie steht vor dir.«

Plötzlich verschwand er mir aus den Augen. Nein, nicht der verschwand, der dem Blick des jungen Studenten erschienen war, sondern es verschwand der Student, der zur abendlichen Fete in sein Institut eilte. Ich blieb allein auf dem nassen Asphalt vor dem Haus mit dem Rauhputz. Meine Kostbare! Sie sind gewiß längst verheiratet, haben große, schöne, gesunde Kinder und ein Haus voller Wohlstand – mögen Ihre irdischen Tage in Glück und Freude vergehen! Ich dagegen muß versuchen, verspätet eine Pflicht zu erfüllen. Bin ich doch Ihretwegen, auf Ihren Spuren in diese große Stadt gekommen, nach einer Bahnfahrt quer durch das ganze Land. Lange, auf verzwickten Wegen habe ich nach Ihnen gefahndet. Die Adressenauskunft gab mir dreizehn Anschriften Ihrer Namensvetterinnen, alle wie Sie siebzehn Jahre alt, und zu jeder fuhr ich mit hämmerndem Herzen, und alle dreizehn Male war es eine herbe Enttäuschung. In einer der Wohnungen stieß ich allerdings auf eine Spur Ihres Aufenthalts: Die alte Wirtin erzählte mir, bei ihr hätten ein paar Monate zwei Studentinnen gewohnt, eine davon klein, bildschön, kraushaarig, weißhäutig. Nun, diese Beschreibung traf das Original aufregend genau, aber damit hatte es sich auch. Wo ich noch nach Ihnen suchen sollte, wußte ich nicht. Doch bald stellte sich der Herr Erstaunlicher Zufall ein.

Ich studierte damals schon an der Kunsthochschule. Eines Tages mußte ich mir ein paar Pinsel kaufen und ging in das große Warenhaus. In einer der oberen Etagen, inmitten einer wimmelnden Menschenmenge, sah ich Sie. Ich trat näher und grüßte. Sie guckten mich verwundert an. Sie waren mit einer Freundin dort, einer stämmigen, gutmütigen Walroßkuh mit Schnurrbart, sicherlich dem Mädchen, mit dem Sie bei dem grauen Muttchen gewohnt hatten.

Was sollte ich tun? Ich ging neben Ihnen her und sagte nichts. Wir stiegen die breite Treppe hinunter, Etage um Etage. Ihre schnurrbärtige Freundin warf mir Blicke zu, nicht spöttisch oder feindselig, aber vernichtend ausdrucksvoll, wie um zu sagen: Na, was willst du, Puschelschweif? Und plötzlich erfaßte mich dieses... Einsamkeit... Wildnis... Verderben.

Ich blieb in der Menge stehen und hielt niedergeschlagen Umschau. Und ich sah, wie viele ganz verschiedene Wandlinge zwischen den Menschen umherflitzten, ebenso schön wie Sie, meine Kostbare. Die Renaissancemaler Botticelli, Giorgione, Tizian haben es besser als alle anderen verstanden, die wahre menschliche Schönheit zu erfassen. Neben Ihnen aber tappte, mit den Krallen auf den Fliesen kratzend, eine zottige Braunbärenfamilie: Der Vater trug eine dick zusammengerollte weißrosa gestreifte Matratze unterm Arm, die Mutter zog hinkend ein schniefendes breitstirniges Bärchen an der Tatze hinter sich her. Eine stutzerhafte Schimpansin im modischen Minirock, ein Ledertäschchen am langen Riemen über der Schulter, ging vorbei und musterte Sie eifersüchtig von Kopf bis Fuß. Und ich war einer dieser Wandlinge und konnte auf nichts, auf gar nichts hoffen!

Als ich mich besann, waren Sie und Ihre Freundin, die Walroßkuh, verschwunden. Ich sprang mit geplustertem Schweif die Treppe hinunter, drei Stufen auf einmal nehmend, lief auf die Straße und geriet in eine grauenhafte Menschenmenge, die sich langsam zur Metro schob, um ihr tägliches Martyrium der Spitzenstunde durchzustehen.

Auf diese Weise verlor ich Sie, nachdem wir uns wie durch ein Wunder begegnet waren, und dieses symbolische, rätselhafte Zeichen des Schicksals hatte eine starke Wirkung auf mich. Ich gab mir keine Mühe mehr, Sie zu finden, und nun sind viele Jahre vergangen, heute kann ich sagen, daß ich an jenem Tag in der dichten Menschenmenge starb. Richtiger gesagt, danach existierte ein anderer, für den das Leben ohne Sie keinen Sinn mehr hatte.

Als Sie sechzehn waren, sah ich Sie zum erstenmal unter eigentümlichen Umständen. Etwa ein Jahr zuvor hatte ich die Entdekkung gemacht, daß ich, wenn ich in einem Buch das Bild eines Führers oder Schriftstellers sah, es mit großer Genauigkeit abzuzeichnen vermochte. Der Prozeß des Abzeichnens machte mir Spaß, ich kopierte die Bilder und aquarellierte sie dann, eine neue Stufe meines Aufstiegs zur Kunst. Es dauerte nicht lange, da hatte ich in der Schule den Spitznamen »Maler« weg.

Zu diesem wichtigen Zeitpunkt meines Lebenslaufs bekamen wir einen neuen Mal- und Zeichenlehrer, Leonid Charitonowitsch – ein entfernter Verwandter von Ihnen. Sein Erscheinen in der Siedlung bewirkte eine nie dagewesene Blüte der Kunst, und sehr bald war unser Klub nicht wiederzuerkennen, denn Leonid hatte ihn mit Werken seines Pinsels ausgeschmückt. Kosmonauten im Raumanzug und Weltraumraketen, die vor dem Hintergrund des ultramarinblauen Alls höllische Flammen spien; Arbeiter und Bauern mit hocherhobenen mächtigen Pranken, die zweifellos von der unbedingten Rechtlichkeit und Nützlichkeit des werktätigen Menschen künden sollten; der Hintergrund der Klubbühne war zu einer Märchenlandschaft geworden, in der nebeneinander Wasserkraftwerke mit stürzenden Kaskaden und Martinöfen, Baustellen mit Turmkränen und Äcker mit streifigen Furchen und darauf fahrenden Traktoren zu sehen waren. Im Vordergrund hatte der Künstler noch ein paar gescheckte Kühe abgebildet, jede mit einem gewaltigen Euter, welches Entzücken weckte bei dem Gedanken, wieviel Milch aus diesem Born zu schöpfen sei. Sie werden sich an das schöne Bild erinnern, das in seinem Zimmer, großspurig Atelier genannt, an der Wand hing. Das ein mal anderthalb Meter große Bild zeigte drei Frauen mit beispiellos mächtigen, ausladenden nackten Hüften, vor denen lässig auf einem Stein ein dicker kleiner Mann in Pantalons, mit muskulösen Waden saß. Das Bild stellte, wie Leonid mir erklärte, das Urteil des Paris dar. Es war, wie er sagte, sein bestes Werk, und auch ich fand damals in meiner kindlichen Unschuld, daß es auf der Welt nichts Schöneres geben könnte. Später kam ich freilich dahinter, daß die Idee nicht ganz von ihm war, genauer gesagt, er hatte sie schlicht einem bekannten Gemälde der französischen Romantik entnommen und geringfügig verändert, doch ungeachtet dessen bin ich bis heute dankbar für den lichten Aufschwung, den der bescheidene Zeichenlehrer mit seinem Meisterwerk in mir weckte.

Ich stand in Leonids Haus hinter einem Schrank und war nicht zu sehen von dem Zimmer aus, wo Sie sich umzogen, Sie waren sechzehn damals wie ich, jetzt sind wir beide über dreißig, trotzdem sehe ich noch immer deutlich jenen Moment, der somit fortzudauern scheint. Heute weiß ich um die Eitelkeit von Liebkosungen und um die traurige Vergänglichkeit leckeren Frauenfleisches, welches fast zusehends von einer Rose zum alten Strumpf wird, aber dieses zuwidere Wissen wie auch die Todessehnsucht können in meinen Augen nicht das Licht des hellen Moments löschen. Ich sehe Ihre zarten sechzehnjährigen Schultern und sonst nichts, und es wird viel Zeit vergehen, ehe ich eines Tages inne werde, daß mein Jünglingseindruck genau den bekannten Worten Puschkins entspricht: »Des schönen Augenblicks gedenk ich immer.« Immer werde ich dieses schönen Augenblicks gedenken. Ich werde bald krepieren, meine Teure, denn das ohne Sie gelebte Leben wird für mich zu einem Müllsack, den ich nicht mehr tragen kann, den ich aber aus irgendwelchen Gründen tief gebeugt weiterschleppe.

Wie sollen wir uns befreien von den Fehlern unseres bisherigen Lebens? Wenn es doch möglich wäre, in der Vergangenheit, die wir ja immer bei uns haben, mal so richtig Ordnung zu schaffen, in sie einzugreifen und dort sogar etwas zu korrigieren...

Meine Einzige, Verlorene, ich habe an Sie gedacht, als ich im Park auf dem gleichmäßig geschorenen Rasen lag, es war Abend, Musik schmetterte, dichte Menschenmengen promenierten die Allee entlang. Ich war wieder ein Eichhörnchen, hatte mich ein übriges Mal verwandelt. Ich bitte Sie, sich zwei Dinge einzuprägen und künftig auseinanderzuhalten, von denen ich Ihnen jetzt erzählen möchte. Es geht um Verwandlungen und Umwandlungen. Ich kann mich in Momenten starker Erregung und großen Schrecks blitzschnell in ein Eichhörnchen verwandeln oder umgekehrt menschliche Gestalt annehmen. Es kommt vor, daß ich als Mensch auf die offene Tür eines Metrowagens zugehe und, wenn sich die Flügel in Bewegung setzen, um sich zu schließen, als flinkes Eichhörnchen hineinhüpfe und blitzschnell den Schweif nachziehe, damit er nicht eingeklemmt wird, dann werde ich gleich wieder zum Menschen. Meistens achtet niemand darauf, doch manchmal sieht mich ein zimperliches altes Mütterchen sehr mißbilligend an. Das ist ein Beispiel meiner Verwandlungen.

Umwandlungen hingegen geschehen mir bei unveränderter körperlicher Wesenheit – meine Seele nistet sich einfach in einem andern Menschen ein, manchmal auch in einer Biene oder einem Schmetterling, und das ohne mein Zutun und in einem Moment, den ich nicht voraussehen kann. Ich vermute, daß in solchen Fällen eine besondere Gabe wirksam wird, eine rare Fähigkeit, die die Natur mir geschenkt hat. Solche Umwandlungen kann es bei mir Hunderte in einer Minute geben, und ich bin manchmal erschöpft, wenn ich auf dem Gehsteig warte, bis die Ampel Grün zeigt, und dabei mal ein Clerk aus Singapur werde, in dessen Hosentasche das Papierpäckchen mit dem Frühstück weicht, mal ein kleiner Rjasaner Gutsbesitzer aus dem vorigen Jahrhundert, der Thoreau gelesen hat und einsam im Wald leben möchte. Jede solche Umwandlung ist wie eine kurze Ohnmacht, in der meine Seele zeitweilig den Körper verläßt; es gibt jedoch auch ausgedehnte Ohnmachten, während deren die Seele wie ein wirkliches Eichhörnchen im Zickzack durch ständig neue Umwandlungen hüpft, wie durch das dichte Gezweig eines Waldes.

Schauen Sie: Ich bin nicht mehr ich, sondern Innokenti Lupetin, Student der Kunsthochschule, ein Meter siebenundachtzig groß, ehedem Matrose der Baltischen Flotte, ich trage noch immer die Schlaghose und das gestreifte Trikot, ich fahre zu einem Rendezvous, aber nicht mit einem Mädchen, was in meinem Alter ganz natürlich wäre, sondern mit einem betagten Aquarellmaler. Ich habe ihn im Winter kennengelernt, bei einem Feuer, das Kinder auf einem Stück Ödland angezündet und dann verlassen hatten. Lupetin, der eben vorüberkam, blieb bei dem unbeaufsichtigten Feuer stehen und wärmte sich die Hände, und da trat ein Mann herzu. Sie kamen ins Gespräch, fanden heraus, daß sie beide der Malerzunft angehörten, standen ziemlich lange bei dem Feuer, warfen Kistentrümmer in die Flammen, und auf einmal lud der Mann Lupetin zu sich nach Hause ein. Er wohnte in der Nähe, hinter dem verschneiten Ödland, in einem der neuen Hochhäuser.

Seitdem waren wir Freunde. Ich rief ihn oft an, wir verabredeten uns irgendwo im Stadtzentrum, bummelten durch die alten Straßen, besuchten eine Ausstellung oder ein Museum und manchmal auch ein Kino, wenn ein guter Film lief. Unsere Freundschaft war etwas ungewöhnlich, fast drei Jahrzehnte Altersunterschied, aber ich kann mich nicht erinnern, je solche Freude am Umgang mit einem Menschen empfunden zu haben; der Alte war überdies ein vorzüglicher Aquarellmaler, ein strenger Realist, der in seiner Jugend, wie er manchmal erzählte, auch in den Sog der neumodischen linken Strömungen geraten und später zu dem zurückgekehrt war, was sich als das einzig Sichere erwies: dem unmittelbaren eigenen Eindruck. »Erst jetzt begreife ich den Wert des heutigen Eindrucks, der sich von dem gestrigen unterscheidet und dem morgigen nicht ähnlich sein wird«, sagte er mir.

Die Zeit verging, die Freundschaft zwischen dem Jungen und dem Alten festigte sich, und sie trafen sich regelmäßig. Einmal wollten sie sich bei der Metrostation »Kulturpark« treffen und dann in die Kropotkinskaja-Straße gehen, wo in der Akademie ein isländischer Maler seine Bilder ausstellte. Lupetin war eine Viertelstunde vor der vereinbarten Zeit dort, er wartete lange beim Blumenkiosk und beäugte offenen Mundes die zur Metro eilenden Menschen – er liebte es, gedankenlos die Moskauer zu beobachten, und konnte eine geschlagene Stunde lang irgendwo am Bahnhof stehen, ohne sich vom Fleck zu rühren. Als er sich besann, war der verabredete Zeitpunkt überschritten, und Lupetin wunderte sich. Der Aquarellmaler war sonst sehr pünktlich. Nachdem Lupetin noch eine halbe Stunde gewartet hatte, beschloß er anzurufen, und da teilte ihm die Frau des Malers mit, ihr Mann sei im Krankenhaus, und erzählte ausführlich, wo das Krankenhaus liege und wie man dorthin fahren müsse.

Aber Lupetin konnte den Kranken an diesem Tag nicht besuchen. Tags darauf begann das Sommerpraktikum, und bald danach fuhr er zu seiner Mutter aufs Land und kehrte erst im Herbst nach Moskau zurück. Sofort rief er den Maler an und erfuhr, er liege noch immer im Krankenhaus. Erst jetzt ging dem Studenten auf, daß er überhaupt nicht daran gedacht hatte, sein alter Freund könnte so lange krank sein, das wäre mir nie in den Sinn gekommen, ich hatte den ganzen Sommer gebadet, Heu gemacht, Fische geangelt, Pilze gesammelt, Kartoffeln gebuddelt und eingekellert und war deshalb verspätet an die Hochschule zurückgekehrt. Nun stellte sich heraus, der arme Alte hatte die ganze Zeit im Krankenhaus mit dem Tode gekämpft. So ist unser Leben. Wir lachen, wir weinen, wir seufzen.

Ich eilte sogleich zu ihm und beschimpfte mich fürchterlich. Das Krankenhaus, nicht weit von Sokolniki, war eine kleine Stadt für Menschen, deren Gesundheit einer mehr oder minder gründlichen Reparatur bedurfte; an den langen Alleen des Krankenhausgeländes standen mächtige dunkle Linden, auf den Alleen und den Seitenwegen gingen mit aufgespannten Schirmen Männer und

Frauen in Mänteln und Regencapes spazieren, darunter schaute Krankenhauskleidung hervor; Krankenautos fuhren durch aufspritzende Pfützen. Die Bäume wurden schon kahl, in der Luft kreisten gelbe Blätter.

Ich betrat den dunklen Korridor des Blocks, den man mir gewiesen hatte, ging an den Glastüren der Krankenzimmer vorbei und sah unvermittelt meinen alten Freund. Er saß auf dem Bett und starrte zur Tür, und ich hatte den Eindruck, daß er mich ansah.

Doch bald erkannte ich, daß der Alte zwar in meine Richtung blickte, aber rein gar nichts wahrnahm. Ich öffnete die Tür und ging in das Zimmer, in dem viele Betten standen, doch Patienten waren nicht da, wahrscheinlich alle unterwegs zum Spaziergang. Da saß nun mein alter Freund, eine Decke über den Knien, mutterseelenallein, der Ärmste. Erst als ich vor seinem Bett stehenblieb, hob er langsam den Blick zu mir, und in seine Augen trat, wie Lupetin bemerkte, langsam ein beseelter Ausdruck. Der Alte gab dem jungen Mann seine kühle Hand, die so schwach war wie ein Blütenblatt, und sagte unerwartet heftig:

»So ist das, mein Freund! Mit mir ist's aus. Bald kommt das Ende.«

Er senkte traurig den Blick, wie um auf den Widerhall seiner Worte zu horchen. Lupetin setzte sich auf die Bettkante, nahm die Hand des Kranken und redete tröstlich auf ihn ein. Der hörte zu und bewegte langsam den Kopf von einer Seite zur andern: nein ... nein.

»Was reden Sie, mein Bester. Medikamente helfen nicht mehr«, entgegnete er. »Ich sterbe, das steht fest. Schauen Sie.«

Er warf die Decke ab, zog die Hosenbeine des Krankenhauspyjamas hoch und entblößte die geschwollenen weißen Beine; er stieß ein paarmal den Finger hinein, und in dem aufgeweichten Fleisch blieben lila Dellen zurück.

»Alles in mir läuft in voller Fahrt auf den Tod zu«, fuhr er fort und sah Lupetin immer klarer an, indes er offenbar aus qualvollen Fieberträumen in die gewohnte Wirklichkeit zurückkehrte. »An und für sich ist das nicht erstaunlich, denn alles geht gesetzmäßig zu, so muß es sein. Ich verstehe das ja auch, nur mit einem kann sich die Seele nicht abfinden. Schauen Sie, ich liebe das, ich liebe das alles so sehr, und da wird mir befohlen zu gehen.« Er streckte die Hand aus und nahm mit kühlen mageren Fingern behutsam ein klebendes Blättchen vom Gesicht des jungen Mannes. »Mir bleibt nur noch, mich auf den Rücken zu legen, die Augen zu schließen und zu verenden, etwas anderes wird nicht mehr sein, denn mein ganzer Organismus will das Leben nicht mehr – die Schmerzen ... die Schmerzen sind furchtbar, mein Lieber! Und doch, die Seele kann nicht glauben, daß es sein muß. Und dieses Nichtwollen, mein lieber Innokenti, ist das Erstaunlichste. Was gibt's zu fürchten? Ich fürchte mich auch gar nicht, scheint mir, nur schade, daß ich so etwas nie mehr sehen werde.« Er wies mit einer Kopfbewegung auf das gelbe Blättchen, das er sorgsam in der Hand hielt. »Und mit Ihnen hätte ich gern noch geplaudert.

Haben Sie keine Angst vor dem Sterben, Innokenti, das ist ganz anders, als man denkt. Es ähnelt am ehesten den sogenannten schwarzen Löchern, von denen in letzter Zeit so viel die Rede ist. Bermudadreieck, erloschene Sterne, Verschwinden jeglicher Materie ... Und so weiter. Also, ich sage Ihnen, die Ähnlichkeit ist groß, ich bewege mich schon lange, lange am Rande dieses schwarzen Lochs, mir bleibt nur, einzutauchen, hineinzufallen. Dahinter, so sagt man, gibt es einfach ein anderes All, und der schwarze Trichter ist der Eingang. Die Zeit, mein Lieber, die existiert dort nicht mehr.

Aber man sagt auch, daß von dort nicht mal ein Lichtstrahl zurückkommt! In der Wissenschaft heißt das räumlicher Abgrund und für uns beide schlicht und einfach Tod. Ich werde bald sterben, Innokenti, Sie brauchen mich nicht zu trösten, ich habe keinen Trost mehr nötig ... so wird das sein, aber ich weiß nicht, wie das sein wird. Vielleicht wird sich die ganze Zeit, die ich durchlebt habe, in einem winzigen Punkt sammeln, ich werde irgendwohin stürzen und Sie für immer verlassen, mein Lieber. Ich hätte nur gern gewußt, wohin ich durch das schwarze Loch falle. In welcher anderen Welt werde ich mich wiederfinden? Wird das weit von hier sein? Vielleicht gar nicht sehr weit, vielleicht ganz nahe? Es würde mir leid tun, wenn ich Ihnen von dort keine Nachricht geben kann. Ich würde Ihnen mit Vergnügen erzählen, was dort ist und wie es dort aussieht.

Ich möchte Ihnen ein Andenken hinterlassen. Vergessen Sie mich nicht, Innokenti, erinnern Sie sich wenigstens daran, wie ungern ich mich von Ihnen getrennt habe. Nehmen Sie jetzt dies mit, und nachher holen Sie sich aus meiner Wohnung mein graues Strickhemd. Ich sag meiner Frau Bescheid, daß sie es Ihnen gibt.« Er reichte Lupetin das gelbe Blatt.

Ich saß auf dem Bett des Kranken und hörte mit geschlossenen Augen seinen traurigen Worten zu, die wie Fieberphantasien klangen, und in meiner Seele wuchsen schwarze Wirrnis und Wehmut. Mir schien, es fehlte nicht viel, bis kein Vernunftsignal, kein Lichtstrahl mehr durch diese finstere Einsamkeit in unsere Welt dränge. Wenn der Tod tatsächlich der Eingang in ein anderes All sein sollte, warum war es dann so quälend und einsam an seiner Schwelle? Warum war er so eng, dieser Eingang, und was begann dahinter, welches uns unbekannte Glück, für das man durch eine so schwere Prüfung hindurch mußte?

Ich hörte die Beichte meines sterbenden Freundes und wagte kein Trostwort mehr – wie hätte ich ihn wohl auch trösten sollen? Mein bleicher Aquarellmaler, bis zur Unkenntlichkeit abgemagert, sprach mit heiß funkelnden Augen, sprach hastig, gierig, mit letztem Ungestüm:

»Da in dem Eckbett ist neulich ein junger Bursche gestorben, der hatte dieselbe Krankheit wie ich. Ehrlich gesagt, er war ein kleiner Spinner, aber fröhlich und harmlos. Er lachte gern aus heiterm Himmel. Manchmal hat er sich hingesetzt, nachgedacht, plötzlich laut gesagt ›Casablanca!‹ und losgelacht. Manche Wörter klangen komisch für ihn. Eigentlich war er ein Strohkopf. Eines Morgens wachte er auf, setzte sich im Bett hin, guckte alle an – und auf einmal hat er losgeschrien. Oh, das war ein fürchterlicher Schrei, mein Lieber! Was mag aus seiner schlichten Seele werden, wenn sie durch das schwarze Loch in die andere Welt, ins andere All springt? Kann sie je wieder fröhlich sein nach diesem Schrei?

Wissen Sie, ich gebe Ihnen mein Wort, ich werde Ihr Begleiter sein oder, sagen wir, Ihr Agent. Wenn ich dorthin komme und mich umschaue, werde ich irgendwie ein Zeichen geben, wenn dazu auch nur die geringste Möglichkeit besteht. Nein, mein Freund, ich werde Sie nicht vergessen, sondern mich bemühen, Ihnen die Wahrheit zu erzählen. Und wenn es in dem anderen All auch menschliche Güte gibt, brauchen Sie sich keine Sorgen zu machen. Doch Sie sollten das vorher wissen!

Was kann ich Ihnen jetzt noch sagen? Schauen Sie, wie ich aussehe. Manchmal bin ich auch drauf und dran zu schreien, vielleicht werde ich auch noch schreien, wer weiß... Ich versuche mir dauernd einzureden: Du bist doch Philosoph, du weißt um die Gesetzmäßigkeit und Gerechtigkeit des Todes, also überlaß dich ihm ohne Geschrei, deine Frist ist abgelaufen, und du hast ja ziemlich lange gelebt. Aber nein! Der eigene Geist läßt sich nicht niederkämpfen, ihm ist heiß, eng, bitter, mein Freund. Und plötzlich ist man in einem ganz besonderen Zustand. Wissen Sie, es gibt ja die verfluchte absolute Einsamkeit. Es gibt sie. Sie stellt sich vor dem Tode ein.

Was kann ich Ihnen noch sagen? Leben Sie fröhlich, freuen Sie sich an jeder Minute. Alles Menschliche hat einen großen Sinn, und die Kunst einen besonders großen. Suchen Sie nicht nach Ruhm, der Ruhm soll Sie suchen. Und wenn er kommt, stoßen Sie ihn zurück, soll er gehen, soll er allein durch die Welt wandern. Und Sie wandern wie vorher allein inmitten der einfachen Menschen. Gehen Sie durchs Leben mit nüchterner Trauer in der Seele.

Alles Wahre liegt in der Gegenwart, in der Sie sich empfinden, die aber sogleich Vergangenheit wird, und nicht mehr die Ihre. Mein ganzes durchlebtes Leben ist mir weggenommen, ich kann nichts mehr zurückholen. In den letzten Tagen, die ich auf diesem verfluchten Bett sitze, peinigt mich eine blödsinnige Nichtigkeit, die meinen Kopf pausenlos beschäftigt. Aus irgendwelchen Gründen kam mir plötzlich die Kindheit in den Sinn, ich war der Sohn eines Gutsverwalters, wir wohnten auf einem herrschaftlichen Besitz, die eigentlichen Eigentümer lebten in Moskau. Das Gut lag mitten im Wald, es gab in der Nähe wohl keinen Menschen unseres Kreises, und ich hatte als Kind keinen Freund zum Spielen. Der einzige Altersgefährte, mit dem ich zu tun hatte, war der Sohn des Küchenmushiks Larion, ein tückischer Bengel mit nichtssagendem Plebejergesicht, ebenso mager und ruckhaft wie sein Vater, dessen ganze Geschäftigkeit dazu zu dienen schien, vor anderen zu verbergen, wie nichtig, schwächlich, kleinlich er war. Sein Sohnemann terrorisierte mich grausam. Er hieß Titok. Manchmal rief er mich in den Kuhstall oder Pferdestall, verprügelte mich und warf mich obendrein in den Mist, dann zog er mich, während ich heulte, bei der Hand nach Hause: Da haben Sie Ihr Herrchen, Herrin, den Taugenichts und Tunichtgut, er hat sich im Mist gewälzt und sich die Kleider verdreckt. Ich war ein rechter Tolpatsch, denn wie mir Titok auch Todesangst machte, ich liebte ihn doch, denn meine Seele verlangte nach Liebe und Freundschaft, und außer ihm war keiner da. Ich schleppte Süßigkeiten aus dem Haus, die er sich aneignete, er kehrte mir sogar die Taschen um und hänselte mich obendrein, hielt mir einen Pfefferkuchen oder Zuckerhahn vor die Nase und fraß die Beute mit lautem Schmatzen. Einmal brachte mir der Vater aus der Stadt einen Zinnrevolver mit, mit dem man Lehmpfropfen abschießen konnte, darin war irgendein Pulvergemisch. Titok und ich probierten das Spielzeug aus, plötzlich fiel ich hin, der Revolver knallte gegen einen Stein, und der Lauf brach ab. Ich heulte natürlich, aber Titok beruhigte mich und nahm mich mit ins Gesindehaus, wo der Ofen geheizt wurde. ›Den pappen wir gleich wieder an‹, sagte er, drückte den Lauf an seinen Platz, scharrte Glut zusammen und schloß den Ofen. Als wir ihn wieder aufmachten, blinkte in der Asche ein formloser Zinnklumpen. An dieses Spielzeug muß ich nun als alter Mann, der vielleicht morgen schon stirbt, tagaus, tagein traurig denken. Wissen Sie, als Titok den Zinnklumpen statt des Revolvers sah, riß er die Augen auf, machte einen Luftsprung und lachte schadenfroh. Und ich denke darüber nach: Hat diese Sklavenseele das vorher gewußt oder nicht? Denn wenn er's gewußt hat...«

Innokenti, der neben dem alten Mann auf dem Bett saß, wollte die Decke richten, die diesem von den hochgezogenen Knien geglitten war, doch da fühlte er plötzlich, daß er stürzte, daß er aus gewaltiger Höhe abwärts flog – und diesmal hatte meine Umwandlung böse Folgen, ich hatte als Innokenti Lupetin die ganze Bitternis der Beichte dieses sterbenden Malers aufgenommen, ich konnte die Last seiner Rede nicht mehr ertragen, verlor das Bewußtsein und fiel von der Eiche, auf der ich gesessen hatte. Mein erster Gedanke danach war: Wo bin ich?

Aber was ist das – »ich«? Wer ist das eigentlich, der so stürmisch und bitterlich protestiert? Wer ist es, der so ungestüm und endgültig die Gesetzmäßigkeit des Todes bestreitet? »Das bin ich...« Etwas Kleines, Hartnäckiges, Unnachgiebiges... Dem Entstehen einer lebendigen Seele in unserer Welt geht sicherlich jemandes endgültiges und unwiderrufliches Verschwinden in einer anderen Welt voraus, darum bewahren wir alle in uns die trübe Erinnerung an ein früheres Dasein und akzeptieren das Faktum unserer momentanen Existenz mit heimlichem Unglauben.

Meine Teure, Sie sollten solchen Unglauben nicht hegen, ich enthülle Ihnen die Wahrheit Ihres Ursprungs: Sie gehören zu den Unsterblichen. Die Unsterblichkeit muß ja keineswegs unseren primitiven Vorstellungen vom ewigen Leben, vom Dasein ohne Ende entsprechen. Wahre Unsterblichkeit setzt vor allem das Erreichen einer gewissen Vollkommenheit voraus – und erst dann, kraft dieser Vollkommenheit, bewahrt man sich fürs nächste Leben. Diese Vollkommenheit zeigte sich deutlich in den unfaßbaren Linien, mit denen Ihr Gesicht gezeichnet war. Es wurde für mich so etwas wie jene blendenden Visionen, die plötzlich vor uns in der Luft oder aus dem Meer entstehen und uns für immer des klaren Verstandes berauben. Ich bin natürlich verrückt, aber verrückt geworden bin ich Ihretwegen – ein geradezu großartiges Faktum! Keineswegs das bedrückt mich, indem es jeden Moment meines Daseins in unerträgliches Leiden verwandelt. Ich krümme mich wie auf der Folter, denn nicht weniger als die schmählichen Qualen, die einem ein Henker zufügt, kann den Menschen die Scham martern. Ich schäme mich, meine Unvergleichliche, denn vor Ihnen bin ich ein geschwänzter Wandling. Unser sind viele, unzählige von uns wimmeln herum zwischen den wahren Menschen und den Tieren. Wir sind Wandlinge, Gespenster aus anderen Welten, in denen wir nichts als Tiere waren. Dort sind wir krepiert, und dann sind wir durch den schwarzen Tunnel des Todes hierhergefallen, haben uns in menschlichen Kindern eingenistet und ihr gutes Gedeihen für uns nutzbar gemacht.

Aber hören Sie lieber, was mir Hunderte von geheimnisvollen Stimmen zuraunen, die aus den unsichtbaren Falten und verborgenen Winkeln der unendlichen Zeit kommen. Es war einmal ein gewisser Pawel Schuran, ein nicht übler Monumentalmaler. Mit fünfunddreißig heiratete er eine bildschöne Frau, aber die war kaum größer als ein Füllhalter, so daß sie nicht einmal mit eigener Kraft aus dem großen Tonkrug herauskonnte, in den Schuran sie zu setzen pflegte, wenn er sich über sie geärgert hatte. Er hatte sie eines Tages im Spätherbst auf der Veranda seiner Datscha gefunden; dort standen Blumentöpfe mit Wurzeln und Knollen seltener Blumen, deren Zucht sein Hobby war; auf dem Rand eines Blumentopfes saß mit baumelnden winzigen Beinchen eine nackte Frau von vollkommener Schönheit. In der Datscha war es schon ziemlich kalt, man schrieb Oktober, und Schuran schauderte bei dem Gedanken, daß die zarte Unbekannte in dieser Kälte hatte übernachten müssen ohne etwas zum Zudecken. Es blieb für alle ein Geheimnis, wo die schöne Dame herstammte und wer sie war, doch wir, seine Freunde, erfuhren bald, daß Schuran geheiratet, das heißt nach allen Regeln die Ehe geschlossen hatte, doch er zeigte sich fast nirgends mit seiner Frau, nicht weil er sich wegen ihrer exotischen Kleinheit geniert hätte, sondern einzig wegen des widerspenstigen Charakters seiner Gattin, die bei all ihrer Kleinheit zanksüchtig war, ihren Mann unterm Pantoffel hielt und ihn unentwegt erbarmungslos vor fremden Menschen zum Gespött machte. Was wurde nicht alles geredet über diese seltsame Ehe, aber Schuran, ein Mann von gigantischem Wuchs, Besitzer einer prachtvollen Datsche am Wolga-Ufer und eines starken Motorbootes, Pawel Schuran sah nicht schlechter aus als sonst, und aus einigen Anzeichen – etwa aus seinen warm blickenden Augen, die früher nur hart und spöttisch gewesen waren, und aus dem bei ihm ungewöhnlich sanften Lächeln – ließ sich schließen, daß er vollkommen glücklich war. Seine winzige Frau, die er in der Tasche trug, wenn er mit ihr spazieren- oder einkaufen ging, pflegte ihren Gatten, wenn sie sich über ihn ärgerte, zu backpfeifen und am Bart zu zerren, zu welchem Behufe sie den armen Schuran nötigte, sie behutsam in die Hand zu nehmen und zu seinem Gesicht zu heben. Schimpfend wie eine erboste Zigeunerin auf dem Markt, schwankend, um das Gleichgewicht zu halten, kanzelte die Miniaturschönheit den Giganten ab, doch er lächelte dumm und entzückt, drehte vorsichtig den Kopf, um erst die eine, dann die andere Wange darzubieten, und hielt den Atem an, um sie nicht unversehens auf den Fußboden zu blasen.

Nun, irdisches Glück sieht verschieden aus, meine Kostbare, ihm wohnt stets ein Geheimnis inne. Nur schade, daß jedwedes Glück, wie alles auf Erden, so endet, wie es enden muß, nämlich mit seinem völligen Gegenteil; oder wollen Sie behaupten, daß es ein großes und unabänderliches Glück für ewige Zeiten gibt? Schurans Frau saß eines Tages auf dem Fensterbrett, auf dem Buch »Ivanhoe« von Walter Scott, und ließ ihre mit Shampoon gewaschenen schokoladenbraunen Haare von der Sonne trocknen, da war plötzlich ein riesengroßer schwarzer Schatten im Fenster, Flügel schlugen, ein mächtiger Rabe schnappte zu und trug die Arme davon. Pawel Schuran sprang ans Fenster und schleuderte dem abstreichenden Vogel den gewichtigen Roman hinterher, aber das war alles, was er der Willkür des Verhängnisses entgegensetzen konnte. Pawel Schuran war wieder allein, lebte wie früher, in seinem Verhalten waren keine besonderen Veränderungen zu bemerken, nur faßte er eine übermäßige Vorliebe für das Trinken, für Streitereien bei Tisch und für den Datschenbau, und die nicht geringen Summen, die er für seine Fresken und Mosaiken erhielt, investierte er in die Vergrößerung seiner ohnehin nicht klein bemessenen Datscha, er stockte eine zweite Etage auf, baute eine finnische Sauna, legte einen artesischen Brunnen an und verwandte auf den Bau einer Stahlbeton-Anlegestelle für sein Motorboot einen Sommer Schwerstarbeit. Natürlich drängte sich die Frage auf: Wofür tat er das alles?

Aber diese Frage kann man jedem stellen, der irgendeine Arbeit auf sich nimmt, und so stellte Litwjagin, ein Plakatmaler mit acht Kindern, sich selbst die Frage: Aus welcher Notwendigkeit hast du dich dermaßen reichlich fortgepflanzt? Worauf er nur zu antworten wußte: Weiß der Teufel, ich wollte, daß möglichst viele winzige Sonderlinge meine Beine umspielten. Schon in meiner Jugend, als ich noch ledig war, hatte ich oft denselben phantastischen Traum: Ich stehe vor der Staffelei, meine Hände halten Pinsel und Palette, und rund um mich und um die Füße der Staffelei purzeln, spielen, piepsen an die zehn muntere Kinderchen, alles meine, und ich brülle sie an, aber mir ist froh und ruhig ums Herz. Später geschah das Wunder: Ich heiratete, und es kamen Kinder, eines, ein zweites, ein drittes, und einmal erzählte ich meiner Frau von meinen jugendlichen Phantasien, da hüpfte sie hoch und sagte mir, sie habe genau die gleichen Gesichte gehabt. Nur hätten sich die Kinder nicht um eine Staffelei getummelt, sondern lärmend wie die Spatzen rund um einen gewaltigen Mittagstisch voller Leckerbissen gesessen. Nun, danach entfielen sämtliche Zweifel, wir machten zusammen weitere fünf Kinder, alles Jungen, der jüngste war drei, der älteste erst dreizehn, und man muß uns gesehen haben, wenn wir mit der ganzen Schar, mit Taschen und Angelruten, angeln gingen oder wenn wir einen Ausflug machten, jedes auf dem eigenen Fahrrad. Bei fünfen war die Geburt ziemlich leicht, das vierte holte ich selbst zu Hause, in dem Dorf, wo wir den Sommer verbrachten, beim sechsten aber wäre sie beinahe draufgegangen, Senka war ein stattlicher Bengel und kam überdies mit den Füßen voran. Zwei Tage und Nächte mußte die Ärmste sich quälen, und als alles überstanden war, sagte sie zu mir: »Nach solchen Qualen haben Menschen nicht das Recht, schlecht zu sein. Dann wissen sie, daß ein Mensch gut sein muß. Wenn er schlecht ist, ist er kein Mensch, sondern etwas anderes.« Ich küßte meiner Frau die blutig gebissenen Hände...

Ein flacher Mann, ein unheildrohender armer Kerl, kam mir in der Datschensiedlung mit ruckartigem, schlingerndem Gang entgegen. Sein Gesicht war so *unhiesig*, das heißt, sein Ausdruck war der gesamten Umgebung – sommerliches Datschenbehagen, süßer

Erdbeerduft von den Gartengrundstücken, Zufriedenheit in den verschlossenen Gesichtern der halbentblößten Sommerfrischlerinnen, verschlossen natürlich für Unbekannte, die von der Bahnstation her auftauchen konnten –, war der gesamten Umgebung also dermaßen fremd, und seine farblosen Augen waren dermaßen diabolisch leer, daß es peinlich und unheimlich war, hineinzublikken, und Bestürzung erfaßte die Seele bei dem Gedanken, zu was für Taten ein Mensch mit solchen Augen fähig sein mochte, Augen, mein Gott, in denen kein einziges der Gefühle und Gedanken zu lesen war, von denen menschliche Hoffnung sich nährt. Mit krankhafter, unnatürlicher innerer Anspannung ging ich auf ihn zu, als ob ich von diesem Passanten einen Überfall befürchtete oder aber vorhätte, ihn treubrüchig zu überfallen (er blickte mich gar nicht an, die Leere seiner eigenen Seele schien ihn einzusaugen, er sah nichts von der Welt ringsum, von der gepflegten Datschensiedlung unter Kiefern und Tannen, weder die säuberlichen Staketenzäune noch die Blech- und Ziegelgaragen, wo sich die Autobesitzer zu schaffen machten, nein, für ihn beschränkte sich die Wirklichkeit auf das ärgerliche Gefühl einer Wasserblase am Fuß, eines Schmerzes, der von unten ausging, und auf das enervierende Gepiepse zweier Schwalben von oben, vom Telefondraht); als wir auf gleicher Höhe waren und aneinander vorbeigingen, sah ich den Mann plötzlich nicht mehr, er war verschwunden, als hätte er sich unsichtbar gemacht, und die Stelle links von mir, wo er hätte sein müssen, war leer. Aber unsere Schatten (die Sonne stand hinter mir, schien folglich ihm ins Gesicht), die beiden Schatten, seiner und meiner, lagen nebeneinander auf der Erde, passierten einander, und ich ging mechanisch weiter, von plötzlicher abergläubischer Angst erfaßt, und wagte nicht, mich umzudrehen. Doch ich zwang mich dazu, ich blieb stehen und blickte zurück – der Unbekannte schlingerte die Straße zur Bahnstation entlang, auf einem Bein lahmend und die mageren Schulterblätter bewegend, die sich unter dem verwaschenen gescheckten Hemd abzeichneten. Alles schien in Ordnung...

Aber ich wollte das überprüfen. Ich wußte, daß die Straße eine scharfe Kurve beschrieb, und von der Stelle, wo ich stand, verlief hinter Gebüsch ein schmaler Gang zwischen zwei Grundstücken, durch den man die Kurve abschneiden konnte; diese Abkürzung zwischen den beiden Zäunen kannten nur wenige, und die zogen es vor, sie nicht zu benutzen, denn dort lag allerhand Müll, ich aber eilte dort hindurch und saß gleich darauf in einem Akaziengebüsch, von wo ich die Straße beobachtete. Da kam er schon, ja, meine Kostbare, die Überprüfung bestätigte meine Schlußfolgerung: Der Mann wurde in der Tat unsichtbar, wenn er einem die Seite zukehrte, das heißt, er war so flach, daß er nur von vorn oder von hinten zu sehen war, ein Wesen mit nur zwei Dimensionen; was ist schon dabei, redete ich mir zu, aber, meine Teure, Angst, trübe Angst und wehmütige Unruhe nisteten sich nach dieser Begegnung in mir ein. Ich wußte ja, was für ein Gesicht er hatte – inmitten von gewöhnlichen dreidimensionalen Wesen einen so wundersamen Vorzug zu haben wie die Fähigkeit, unsichtbar zu werden und in dieser höllischen Leere zu verweilen, die seine Augen verrieten, ist das nicht schrecklich? Er konnte ja in seinen Taten Mächtigkeit gewinnen – wozu würde die dann dienen? Ich will die Ursachen dieses Phänomens ergründen. Warum wird ein Mensch so flach – unter was für eine Presse muß er geraten, um zweidimensional zu werden wie eine Zeitschriftenillustration? Vielleicht aber ist das nichts als das Abbild eines Menschen in einem für uns unbekannten Spiegel der Zeit? Das Gespenst aus dem Spiegel, auf irgendeine Weise losgelöst von seinem Besitzer, spaziert in den Grenzen anderer Zeiten.

Mir gelingt es ja auch manchmal, mir selbst zu begegnen, wie ich eine nasse Moskauer Straße von vor zehn Jahren entlanglaufe, also muß es doch wohl einen Zeitspiegel unbekannter Konstruktion geben? Meine Einzige, Verlorene, darf ich, wie die Franzosen, Sie mit Madame anreden? Ich möchte das gern, es ist ja eine Lappalie, warum sollten Sie einem Eichhörnchen die Bitte abschlagen? Dem Zeitspiegel ist es völlig gleichgültig, was er spiegelt: unsere Launen und Schrullen, unser Hasten durch die steinernen Winkel der Stadt, das Rasen des Eichhörnchens im leeren Rad, wenn es glaubt, schnell vorwärts zu kommen, weg, nur weg von der Unfreiheit im Gefängnis und näher, immer näher heran an den heimatlichen Wald. Aber das Herz erstarrt vom rasenden Lauf, die Pfoten versagen den Dienst. Das eben noch windartig sausende Rad verlangsamt lasch seine Bewegung. Die eben noch unsichtbaren Speichen rechts und links werden sichtbar, und mißvergnügt hüpft das Eichhörnchen aus der Leere des Rades und trottet in einen Winkel seines Käfigs, um sich auszuruhen.

Einen solchen Käfig mit einem lebenden Eichhörnchen hielt sich in ihrem Zimmer eine hochgewachsene, vollbusige Frau, Redakteurin in einem Moskauer medizinischen Verlag, Natalia Bogatko, die späterhin zu erzählen pflegte: »Das war ein sonderbares Eichhörnchen, dauernd lag es zusammengerollt da und dachte über irgend etwas nach, bloß worüber hatte es nachzudenken, wo es doch mehr als reichlich mit Reisbrei und Nüssen gefüttert wurde? Stellen Sie sich vor, es mochte mich nicht, obwohl ich es gern hatte, ich säuberte den Käfig, gab ihm frisches Wasser und führte es an einer Leine spazieren wie ein Hündchen. Denken Sie nur, es hatte gelernt, mich anzuspucken; manchmal, wenn ich ihm Nüsse gab, nahm es den Mund voll davon und schoß sie einzeln nach mir ab wie Kugeln aus der Pistole, und so treffsicher, daß es mich auf fünf Schritt Entfernung ins Auge traf, ich hatte schon Angst, mich dem Käfig zu nähern, ohne mir eine Zeitschrift vors Gesicht zu halten, denn das böse Eichhörnchen spuckte auch ohne Nüsse sehr gut, es nahm irgendwas in den Mund, Watte aus seiner Streu oder Brei, rollte es im Mund zur Kugel und spuckte damit. Einmal, am Sonntag, ging ich mit ihm im Vergnügungspark spazieren, der liegt nicht weit von unserem Hause, ich holte es aus dem Käfig und wollte ihm das Geschirr mit der Leine anlegen, da hat das böse Tier mich in den Finger gebissen und ist auf und davon.« Auf diese Weise geriet ich auf die hohe Eiche, von der ich besinnungslos auf den geschorenen Rasen stürzte.

Wo sind jetzt meine Freunde? Sie sind nicht mehr, und ich bin von goldschimmernden Gespenstern umgeben. Meine Teure, hören Sie die Stimmen meiner harmlosen Gespenster? Ich höre sie gut. Sie klingen natürlich in mir, in meiner Einsamkeit, aber wenn ich nicht mehr bin, wo, in welchem Raum werden sie dann erklingen können? Wir waren unser vier, begabte Studenten der Kunsthochschule, und von uns ist keiner mehr, und das läßt sich ganz einfach erklären mit dem Grundgesetz des Daseins: Nichts währt ewig unter dem Mond, auch der Mond selbst ist nicht ewig, noch gestern war er in der üppigen Gossenpfütze zu sehen, doch wo ist diese Pfütze heute, wo ist der goldene Glanz, der lockend auf ihrem Grund blinkte? Wir waren vier Freunde, keiner ist auf der Erde geblieben; ist der Tod also stärker als die Beseeltheit, die uns durchs Leben führte? Aber der Tod ist nur ein Faktum, ein Ereignis, nicht ewiger Halt und nicht das Ende aller Ereignisse – der Tod eines jeden von uns hat gottlob stattgefunden, aber WIR fliegen weiter. Und mit der unverbrüchlichen Wahrheit, zu der unsere erworbene Unsterblichkeit, richtiger gesagt, unsere postume Vielstimmigkeit uns verpflichtet, erzählt jeder von uns vieren mit der gebotenen epischen Gelassenheit von seinem Kampf und Tod. Sie haben mich sicherlich vergessen, Madame, ich hieß ... i – ich möchte meinen wirklichen Namen nicht vor der Zeit preisgeben, denn die Aufgabe, die ich übernommen habe, verlangt von mir große Vorsicht.

Also, alles fing, wie man so sagt, ganz am Anfang an. Als ... i das Zimmer des Hochschuldirektors betrat, saßen dort am Tisch zwei Gestalten, in denen er sofort kapitale Vielfraße erkannte. Der Direktor war wohlbeleibt, bärtig und beschlipst, der andere, Dozent Somzow, war blaß, groß und hager und trug einen handgestrickten grauen Pullover. Er studierte ein Blatt Papier und lutschte ein Bonbon; der Direktor, der ihm gegenübersaß und mit der Faust den üppigen Vollbart scheitelte, beobachtete aufmerksam, was für Gefühle sich in der trüben Physiognomie des Dozenten spiegelten.

»Nehmen Sie Platz«, sagte der Direktor höflich zu ... i, wies auf das Sofa und ließ seinen Tirpitzbart los.

... i setzte sich bescheiden auf den ihm bedeuteten Platz und hörte dem Gespräch zu, das nur aus wenigen Worten bestand und ihm daher mühelos in Erinnerung blieb. Der blasse Dozent las von dem Papier ab, mit einer fragenden Pause nach jedem Wort:

»Akutin? ... Asnaurjan? ... Lupetin?«

Bei jedem Namen nickte der Direktor mit wichtiger Miene, als wollte er die Aufgezählten irgendwie gutheißen oder bestätigen. Dann tasteten sich die beiden mit haftenden Blicken ab, und der Dozent Somzow stand auf, rollte das Bonbon schmatzend im Mund und sagte nur ein Wort:

»Gut.«

Er verließ das Zimmer, ohne ... i eines Blickes zu würdigen. Er hätte es tun sollen, denn einer der Namen auf der Liste war der von ... i, das heißt meiner. Als der Direktor dies bald nach Somzows Abgang inne wurde, geriet er in sichtliche Verlegenheit, scheitelte ärgerlich den Bart und fragte:

»Sie haben also unsere Staatsbürgerschaft?«

Ich bejahte.

»Also kein Ausländer?«

»Nein«, mußte ich natürlich antworten.

»Wie kommt das?«

»Ich wurde adoptiert«, begann ... i seine Erklärung, und erst zehn Jahre später, als er eines Nachts in den Armen seiner beleibten Gattin ruhte, erinnerte er plötzlich mit aller Deutlichkeit dieses Gesprächs und begriff endlich; verblüfft über seine Entdeckung, lag er ein Weilchen still, außerstande, sich zu rühren, dann empfand er die Anwesenheit seiner schnarchenden korpulenten Frau als unerquicklich, rückte ab, sprang lautlos vom Bett und schlüpfte durch das Lüftungsfensterchen.

Vor dem Fenster ihrer Wohnung im zweiten Stock stand eine große Pappel, auf deren bequeme Zweige ... i nächtlicherweile zu hüpfen pflegte, um die ermattete Brust in den frischen Windströmen abzukühlen. Auch diesmal setzte er sich gemütlich in eine Astgabel, lehnte den Rücken an den Pappelstamm und überließ sich eingehendem nächtlichem Sinnen, das allmählich vieles ordnete, was bislang für ihn dunkel und unbegreiflich gewesen war. Warum kam diese Entdeckung nur so spät! Wenigstens Akutin wäre zu retten gewesen, hätte ich gewußt, wessen Werk das alles war.

Wir standen zu viert auf der Liste, und rein zufällig endeten unsere Namen alle auf ... i: Dmitri, Georgi, Innokenti ... Dmitri Akutin war Waise wie ich, aufgewachsen in einem Kinderheim, wo sie ihn nach dem Tod seiner Mutter hingebracht hatten, seinen Vater kannte er nicht, doch ich war ja nur ein kleines Eichhörnchen, unversehens in die Stadt geraten, und konnte bis zum Morgen noch zwei oder drei Stunden in der Pappel sitzen. Akutin erwachte eines Morgens in der gleichen Stunde, sein Kissen war naß von Tränen, denn während seines Schlafs im Waisenhausbett hatte er von seiner Mutter geträumt, die vor langer Zeit aus dem Sowchoskrankenhaus, einem langgestreckten Blockhaus inmitten eines Kiefernwaldes, weggebracht worden war, irgendwohin, ins Unbekannte, ins Gebietskrankenhaus, wo die arme Frau denn auch starb, sie wurde in der Stadt begraben, denn ihr einziger Sohn, ein neunjähriger Junge, konnte hinsichtlich der Beisetzung keine Anordnungen nach seinem Willen treffen. Akutin hatte in der letzten Nachtstunde von seiner Mutter geträumt: Sie fährt in einem Boot über einen blauen See und hält ihn in den Armen, doch er ist schon groß, darum ist es ihm peinlich, auf ihrem Schoß zu sitzen, und er versucht, sich zu befreien, da läßt ihn die Mutter los, macht ein finsteres Gesicht und steigt plötzlich über den Bootsrand – im nächsten Moment sieht Akutin ihr Gesicht mit den großen Augen im durchsichtigen Wasser. Sie blickt ihn von unten herauf vorwurfsvoll an und lächelt traurig, dann löst sie sich allmählich in der nebelhaften Tiefe des Sees auf. Akutin erwachte tränenüberströmt und empfand sein Leben als verdichtete dunkle Trauer, feucht und kühl von Tränen, und irgendwo auf dem Dach des Hauses trippelte mit kratzenden Krallen flügelschlagend eine schläfrige Taube.

Akutin lag da, die Wange in das feuchte Kissen geschmiegt – es gab diesen Moment am Anfang seines Lebens, er war mein Bruder in der vormorgendlichen Trauer, plötzlich sehe ich vor mir einen Fetzen Finsternis sich bewegen, der sich bei genauerem Hinsehen als ein im Wind flatterndes Pappelblatt entpuppt. Im nächsten Moment unterscheide ich, gleichsam sehend geworden, bereits auch die anderen Blätter des Baumes und die trübe Tiefe des Raumes, in dem sich Dächer, Schlote und blinde Fenstervierecke verbergen. Das Morgengrauen kommt von diesem Moment an rasch voran, es wird angekündigt von dem durch die menschenleere Straße hallenden Rumpeln eines einsamen Fahrzeugs, dann beginnt ganz in meiner Nähe ein aufgewachter Sperling so ohrenbetäubend zu schilpen, daß die anderen Sperlinge, von seinem Geschrei aufgestört, ihn wütend beschimpfen und zugleich ihre Freude darüber besingen, daß sie gesund und lebendig den strahlenden Morgen begrüßen können. Die Stadt erwacht, der Besen des Hausmeisters saust zum erstenmal über den rauhen Asphalt und schabt dann mit dem Gleichmaß einer Maschine im Halbdunkel. Über den Hausdächern erheben sich messinggelb die Himmelsräume, da und dort verräuchert vom Qualm morgendlicher Wolken. Zum lautstarken Chor der Sperlinge gesellen sich die groben Schreie der Krähen und das zarte Flöten eines einzelnen Stars; der Motorlärm der Autos nimmt deutlich zu und fließt bald zu einem einzigen lückenlosen Gebrüll zusammen. Das Leben in der Stadt nimmt Anlauf.

Ich kehre durch das Lüftungsfensterchen zurück, nehme menschliches Aussehen an und beginne, vor dem Badezimmerspiegel stehend, mit einer unwahrscheinlichen Last auf dem Herzen das Alltägliche, was ich jeden Morgen mache: rasieren, waschen, Zähne putzen. Ich verließ das Haus an diesem ganz normalen Stadtmorgen, der erfüllt war vom Brodeln der beginnenden Sorgen und Mühen, und empfand solche Unzufriedenheit mit dem eigenen Dasein, daß ich nicht einmal der frechen Zweizentnerkatze etwas sagte, die sich in den Autobus zwängte, mir dabei die

Krallen in den Hals schlug und sich mit ihrem ganzen Gewicht gegen meinen Rücken wuchtete.

Kurz und gut, an einem ganz gewöhnlichen Moskauer Morgen fuhr ich zur Arbeit, ich hieß Dmitri Akutin und lebte in einem Waisenhaus irgendwo an der Oka, und ich war knapp fünfzehn. Damals fing ich grade an zu zeichnen, das geschah rein zufällig, ganz plötzlich: Ich weiß noch, meine Hand griff von selbst nach dem Bleistift auf dem Tisch des Lehrers. Dieser Lehrer, Sachar Wassiljewitsch, konnte Bleistifte unwahrscheinlich dünn anspitzen, mir gelang das nie so gut, und als ich seinen Bleistift das erstemal in die Hand nahm – der Lehrer war grade nicht im Klassenzimmer, das in den Maitag geöffnete Fenster strahlte, ein blühender Fliederzweig schaute herein –, da hatte ich keine Zeit, groß zu überlegen, ich zeichnete eilig mit dem scharfgespitzten Bleistift den Fliederzweig, seine Blättchen und die üppige Blütentraube auf die Rückseite meines Schulbuchs. Ich war noch nicht ganz fertig, war mir auch nicht bewußt, was da in meinem Leben geschah, da hörte ich die Schritte und das Hüsteln von Sachar Wassiljewitsch, eilig warf ich den Bleistift auf seinen Platz, lief geräuschlos zu meiner Bank und schlug das Buch auf, denn der gute Lehrer hatte mich an diesem Tag noch dabehalten, um mir in Mathematik nachzuhelfen. Ein paar Tage vergingen, ich saß bei Sachar Wassiljewitsch im Unterricht, hörte seine ferne Stimme und riß mit aller Kraft die Augen auf, um nicht einzuschlafen, warf auch immer wieder erschrocken den Kopf hoch, der mir auf die Brust sank, ich sah meinen Lehrer mit den kurzgeschnittenen grauen Haaren, bebrillt, hochgewachsen, wie er demütig vor der Tafel von einem Fuß auf den andern trat und etwas murmelte im einschläfernden Bienengesumm der Klasse.

Plötzlich fiel mein Blick auf die Rückseite des geschlossenen Lehrbuchs, und ich fand zurück: Ich sah den lebendigen Fliederzweig, die herzförmigen Blättchen und die frische Blütentraube, dann blickte ich neugierig zum Fenster und sah denselben Zweig, doch schon halbverwelkt, blaß, ein formloser Pinsel verblühten Flieders. Meiner war schöner! Der Flieder war längst verblüht, die Schönheit seiner Blüten zu Staub zerweht, doch auf der Rückseite meines Buches war er heil und unversehrt geblieben!

Von diesem Tag an sammelte ich überall saubere Papierblätter, schnitt sie auf gleiches Format und band sie zu kleinen Blöcken. Ich lernte Bleistifte ebenso lang und gleichmäßig schärfen wie Sachar

Wassiljewitsch, und mit der nadelspitzen Mine des billigsten Bleistifts schuf ich auf dem weißen Papier lebendige Welten von Sträuchern, Pflanzen, Kiefern am Oka-Ufer, fernen Wolken an klaren Tagen und Gewitterwolken bei Unwetter. Meine Art zu zeichnen fand ich auf Anhieb und ein für allemal, ohne Bemühungen, ohne Unterricht. Das kam, weil ich gleich bei meinem ersten Zeichenversuch die Linie als Trägerin von Freiheit und Atem des Lebens sah. Darum war das Zeichnen für mich genauso schön, einfach und natürlich wie ein Traum, in dem ich meine Mutter lebend sah, wie meine Freude an der blauen Oka, an der Sonnenspiegelung auf ihrem gekräuselten breiten Wasser, an den Frühlingskarawanen der Kraniche und Wildgänse; um die Zugvögel zu sehen, stand ich oft vor Tau und Tag auf und wartete lange in dem Gäßchen hinter dem Brennholzschuppen. Meine Träume von der Mutter waren damals für mich ebenso notwendig wie das Baden an heißen Tagen, das abendliche Spielen am Flußufer, wie der erste, gierigste Schluck Wasser nach der zermürbenden Arbeit auf dem Kartoffelacker. Wasser, Arbeit, Himmel und kindliches Vergnügen hatte ich im Überfluß, ungeachtet des staatlich reglementierten Lebens im Waisenhaus ohne häusliche Gemütlichkeit, aber mir fehlte die Mutter, mir fehlte die für jeden Jungen beschämende, doch geheimnisvoll wundersame mütterliche Zärtlichkeit – als Ersatz dafür hatte Gott mir die Möglichkeit geschenkt zu zeichnen.

Eines Tages saß ich hinter dem erwähnten Brennholzschuppen am Zaun, der den Hof der Heimwäscherei umfriedete, im Gras und versuchte, das Flattern und Wehen der von unseren kurzgeschorenen Mädchen gewaschenen und zum Trocknen aufgehängten Bettlaken zu zeichnen. Von Zeit zu Zeit kam eine von ihnen aus der offenen Tür der Wäscherei, halb ausgezogen, mit nackten Schultern, eine Wachstuchschürze umgebunden, lief Umschau haltend zum Gestrüpp und hockte sich hin. Das geschah ganz in meiner Nähe, der Anblick war mir zuwider, ich klappte den Block zu und wollte eben gehen, da warfen sich mit Haß- und Triumphgeschrei von hinten drei kräftige Mädchen auf mich, und ihre nach Seife riechenden roten Hände packten mich am Kragen. Eine der Wäscherinnen hatte mich durch eine Zaunlücke entdeckt und den Hinterhalt angestiftet. Nachdem die Mädchen ihren Gefangenen tüchtig gezaust hatten, zerrten sie ihn zur Heimleitung, und nun stand ich vor der Diensthabenden, Liliana Borissowna, Literaturlehrerin und zugleich Erzieherin in einer der älteren Gruppen.

Ich hatte meine Zeichnungen noch niemandem gezeigt, auch niemandem von den freudigen Wiedersehen mit meiner Mutter im Traum erzählt, und obwohl ich noch klein war, erkannte ich gleichwohl, daß mir, wenn ein mir sehr teurer Mensch schon tot war, nichts anderes übrigblieb, als entweder ihm in den Tod zu folgen oder ihn auf irgendeine Weise aus dem Nichtsein zurückzuholen. Ich dachte damals noch nicht daran, daß, wenn die Menschen einer nach dem andern sterben, in dieser pausenlosen Kette oder Reihe keine Auserwählten sind, die das geistige Recht hätten, die Gestorbenen maßlos zu beweinen – die große Trauer um sie erweist sich somit als eine seltsame, irrige, rein menschliche Eigenschaft, die der Natur der Dinge zuwiderläuft. Aber diesem Irrtum sind auf Erden alle Menschenherzen unterworfen, sie schließen sich eng, bis zum Wahnsinn an etwas an, was ja doch zur Ursache von Leid und Verlust wird. Da plötzlich tut sich vor einem die Möglichkeit auf, das zu bewahren, was man liebt, und ich liebte die stillen Schuppen, das hohe Ufer der Oka, über das sich ein Gewirr von Trampelpfaden zog, den Kiefernwald, unter dessen Nadeldach unser Kinderheim gelegen war. Von all dem erzählte mein selbstgemachter Zeichenblock, und die Lehrerin, die die Zeichnungen aufmerksam betrachtet hatte, komplimentierte die kurzgeschorenen Wäscherinnen, die stolz waren auf ihre Wachsamkeit und ihr Im-Recht-Sein, aus dem Zimmer, blieb mit mir allein und sah den Block, gemächlich umblätternd, noch einmal durch.

»Akutin«, sagte sie und starrte mit ihren finsteren, schwarzen Augen auf meine Nasenwurzel, »hast du das wirklich nirgendwo gelernt?«

Ich schwieg.

»Was frag ich da«, fuhr Liliana Borissowna fort. »Wo hättest du das schon lernen sollen?«

Du weißt natürlich nicht, Akutin, wie junge Mädchen von sechzehn, siebzehn sind, dachte die Lehrerin und sah den Jungen aufgeregt an. Sie werden in diesem Alter auffallend hübsch. Ihr Körper, ihr Gesicht, ihre Augen, ihre Haare, alles wird ungewöhnlich. In dieser Zeit ist jede würdig, Prinzessin zu sein. Wenn diese Zeit im Leben eines Mädchens kommt, ist sie unendlich wertvoll, und sie weiß das und erwartet vom Leben Außerordentliches. Sie wird klüger, ihr Erwachsenwerden vollzieht sich nicht in Tagen, sondern in Stunden, sie fängt sehr bald an, alles zu begreifen, im

Fluge zu erhaschen, und es gibt nichts, worüber man mit ihr nicht reden könnte. Später vergeht das freilich, sie weiß selbst nicht mehr, wie sie war, sie wird allmählich ein gewöhnliches dummes Weib und schafft sich in der Regel einen Typen mit Kraushaar und Koteletten an. Ja, mein Junge, keine von uns, fast keine begegnet rechtzeitig dem, der ihrer würdig wäre. Solche gibt es nicht, oder? Nein, zu uns kommen keine Prinzen, und unsere Zeit verstreicht nutzlos. Aber alles, woran ich denke, ist für dich unbegreiflich, Akutin, entschuldige schon, ich bin siebenundzwanzig Jahre alt und habe längst das Alter hinter mir, in dem wir auf einen Prinzen warten.

Die Lehrerin sah Dmitri, auf dem Stuhl sitzend, aufmerksam an, wir beide sind Waisen, und in dem kindlichen Verwaistsein gleicht sich alles so sehr, daß die Waisen verschiedener Völker und Zeiten eine Bruderschaft bilden, in der keiner vor dem andern ein Geheimnis hat. Wir wissen, was dieser oder jener Bruder von der Außenwelt bekommen kann und was sein argwöhnisches Herz im Moment einer Gefahr oder einer unverhofften Freude empfindet. Kurzum, wir wissen alles voneinander, nur wollen wir es nicht wissen. Darum ist es in unserer riesengroßen Welt so, daß eine Waise eine andere sogleich erkennt, hingeht, dem Gefährten auf die Schulter klopft und sich schweigend entfernt, ohne sich umzudrehen – wir lieben unsere Erinnerungen nicht. Wenn ein Mensch klein ist, ein Kind noch, ist ihm nichts teurer als das Gefühl der Sicherheit, dieses geht gewöhnlich von einem Erwachsenen aus, der bereit ist, für das Kind sein Leben zu geben, und diese Bereitschaft lernt es mit untrüglichem Gespür zu erkennen. Die Lehrerin dagegen, die Akutin mit finsteren, unbegreiflichen, keineswegs guten Augen ansah, versetzte ihn allmählich in Schwermut. Ab und zu hob er den Kopf und sah sie schüchtern an, blickte jedoch gleich wieder weg von dem rosa glühenden Frauengesicht.

Von diesem denkwürdigen Tag an begann die Lehrerin zu handeln. Akutin mußte ihr seine Zeichnungen zeigen. Das sah schon nach Zwang aus. Sie analysierte die Zeichnungen und belehrte ihn, und ihre Belehrungen waren vielleicht sogar nützlich für die Entwicklung seiner Fähigkeiten, doch seine Seele geriet in zunehmende Verwirrung, und manchmal hatte er gar keine Lust mehr zum Zeichnen. Leider besaß er nicht meinen Eichhörnchenscharfsinn, sonst würde er sogleich erkannt haben, was für ein Tier es war, das ihm seine Aufmerksamkeit schenkte.

Jetzt kam es häufig vor, daß Akutin, dank der Bemühungen seiner Lehrerin eigens freigestellt, um zu zeichnen, so tat, als ginge er mit dem Skizzenblock zur Oka, in Wirklichkeit aber schlich er auf Umwegen zu einem Schuppen voll altem Trödel, dort stand eine Hobelbank, die in Bergen von gekräuselten Spänen versank, und in der Ecke ruhte auf Ziegeln das Gerippe eines kleinen Autos ohne Räder, mit ausgebautem Motor. An der Wand stand ein neuer Sarg, gezimmert von dem alten Tischler des Kinderheims Fewraljow, der kürzlich gestorben und aus irgendwelchen Gründen nicht in diesem selbstgefertigten Gehäuse beerdigt worden war. Akutin benutzte die Sargkiste mit großem Gewinn, er zog sie hinter die Hobelbank, füllte sie mit Spänen und hatte nun ein weiches Lager. In den Schuppen kam niemand, alle hatten Furcht vor dem unbenutzten Sarg, und es fiel niemandem ein, ihn wegzuschaffen. So blieb der Schuppen eine mystische Stätte, die von den Heimbewohnern geflissentlich gemieden wurde, und Akutin war vollauf zufrieden, eine Zuflucht gefunden zu haben, wo er sich vor den Anschlägen der Lehrerin sicher fühlte, die immer dringlicher von seinen Fähigkeiten sprach. Aber sie spürte ihn auf...

Also, sie spürte Akutin auf, als er eben genüßlich im Sarg des Tischlers Fewraljow schnarchte. Es war im Frühling, in der Zeit der Schneeschmelze und der ermüdenden ersten warmen Tage, die ja so sehr zum Dösen und trägen Ruhen verleiten, der Kopf neigt sich von selbst im Rausch des neuen Frühlings. Die Lehrerin fuhr mit der Hand durch die raschelnden Späne und setzte sich auf den Rand des Sarges, in welchem Akutin lag wie ein Asket, der mit einem Gebet auf den Lippen den Tod erwartet.

»Was willst du damit beweisen?« fragte die Lehrerin, von deren glattgekämmten schwarzen Haaren der feingestrickte kuschelige Schal zum Hinterkopf geglitten war.

Akutin, der gar nichts beweisen wollte, umging die Antwort mit Schweigen und wollte aus dem Sarg steigen, aber die Lehrerin streckte die Hand aus, stieß ihn vor die Brust und gebot ihm wortlos liegenzubleiben, da legte er sich gehorsam zurück und schloß unwillkürlich die Augen, denn durch die offene Tür drang ein Sonnenstrahl herein, schnitt das Halbdunkel des Schuppens in zwei Hälften und schlug ihm ins Gesicht. Der warme Strahl schuf eine seltsame Empfindung, er war gleichsam ein erregendes Zeichen von außen, aus einer Welt, in der alles gut und richtig ist, gesandt an die Welt der Verirrungen, der Trauer und der unklaren

Schuld des Jungen. Nach dem rauschhaften Frühlingsschlummer spürte er plötzlich eine neue Art der Wahrnehmung, so daß er selbst den ungehobelten Balken über sich, die raschelnden Späne um sich, das Sonnenlicht und die schöne Lehrerin vor sich als nie gesehene wunderliche Realien einer ihm unbekannten Wirklichkeit empfand.

Hindert mich nicht am Fliegen – ich fliege, fliege überm blauen Wasser des Sees! Der Wind weht, er trägt mich weg zum fernen Ufer, dreht mich im Fluge mit dem Kopf nach unten, und ich sehe ganz nah, dicht vor meinem Gesicht, die vielen kleinen Wellen, in schaumige Flocken zerrissen und so saftig blau, daß es scheint, sie würden die Hand färben, wenn man sie ins Wasser tauchte; der Wind wirft mich hoch, dreht mich wieder herum, und nun sehe ich nur den Himmel und die Kiefern, deren Wipfel sich in der blendenden Watte der flaumigen Wolken verheddern. Und ich muß diese Kiefern, diese Wolken und Wellen nicht zeichnen. Ich brauche nur die Hand auszustrecken und mit dem Finger die Umrisse der Kiefer am Himmel nachzuziehen. Oder ich nehme einen möglichst dünnen Strohhalm und zeichne die gewundenen Linien und Spinnenfäden, die die Sonne tief im Wasser entstehen läßt, auf der Oberfläche nach. Was brauche ich Papier und Bleistift, den ich ewig anspitzen muß?

»Keinerlei Bevorzugung gegenüber den anderen, verstehst du das?« sagte Liliana. »Du wirst alles selbst tun müssen. Hundertmal mehr als andere arbeiten. Talent allein genügt nicht, man muß sich auch zur Arbeit erziehen. Nur dann, Dmitri, wirst du Erfolg im Leben haben.«

Ich widersprach ihr nicht, aber nur, weil ich ihre weiteren Worte nicht hörte. In der offenen Schuppentür zeigte sich der weiße Haarkranz des alten Fewraljow, er nickte mir zu und zog dann mit Luftgriffen Hand über Hand mein erschlafftes Wesen auf sich zu, als holte er ein Netz aus dem Fluß ein. In der Sargkiste auf den Spänen ließ ich ein anderes, ausgewechseltes Wesen zurück, fühllos wie ein Holzklotz, aber von dem Austausch wußte die Lehrerin nichts. Der alte Fewraljow trug mich unterm Arm aus dem Schuppen, stellte mich auf die Beine und gab mir einen Klaps auf den Rücken. Meine Aufmerksamkeit aber war nicht auf diesen freundschaftlichen Klaps konzentriert, sondern auf die rasche, heftige, ungeduldige Berührung durch die schmale Hand der Lehrerin, die sich meiner jungen, friedlichen Brust eingeprägt hatte. Liliana hatte mir den Stoß versetzt, damit ich liegenblieb, in dieser hilflosen Lage meine Scham womöglich stärker empfand und tiefer von Reue durchdrungen wurde. Ich jedoch war ihrer Strafpredigt auf listige Weise entronnen und begab mich nun mit dem fröhlichen Gespenst des Tischlers zur Oka. Wir liefen die breite Uferböschung hinab zum Wasser, hier kroch der Alte ins Gebüsch, brachte die grünen Wipfel des Weidichts in Bewegung und kam dann wieder heraus, in jeder Hand einen löchrigen Eimer – heute würden wir also in den löchrigen Eimern fliegen, ein neuer Einfall Fewraljows.

»Zeichne niemals, verstanden?« belehrte er mich, als wir die Oka überfliegen, über das krause grüne Vließ des dichten Waldes hinwegsausen und uns im Zenit der Seebläue befinden; die Ränder des runden Sees, gleichsam eine hingepinselte Borte, haben das undurchdringliche dunkle Nachtblau in sich eingesaugt. »Zeichne nie, denn es würde ja doch unwahr sein, nicht das Richtige. Wozu zeichnen, wenn es schon alles auf der Welt gibt, noch dazu viel schöner, als du es je zeichnen könntest?«

»Gut. Aber kannst du mir sagen, für wen du den Sarg gemacht hast?«

»Erstens habe ich nicht einen, sondern zwei Särge gemacht. In dem einen haben sie mich auch begraben.«

»Und der andere?«

»Zweitens sage ich dir nicht, für wen er ist. Vielleicht für dich?«

»Ich bin noch klein, er ist zu groß für mich.«

»Wirst schon noch wachsen.«

Aber ich will nicht wachsen. Meine Brust erinnert die Berührung der Frauenhand, und in der Brust reift ein verzweifelter Schrei von Trauer und Protest. Fewraljow und ich fliegen, jeder mit einem Fuß in seinem Eimer, in steilem Winkel zum Horizont gebeugt, und wir schwenken die Arme wie Flügel. Ich begreife ganz deutlich, wie recht der Alte hat, wenn er mir zuredet, nicht zu zeichnen. Ich rudere mit dem freien Bein durch die Luft, um die Flugrichtung zu ändern. Wohin wir heute fliegen, weiß ich noch nicht, aber ich werde wie immer an derselben Stelle ankommen.

»Nun sag mir doch um Himmels willen, was mit dir los ist, Akutin«, sagte die Lehrerin nunmehr in zärtlichem, teilnahmsvollem Ton. »Ist etwas geschehen? Hat dir jemand was getan? Bist du krank, oder hast du eine schlimme Nachricht bekommen? Was ist passiert?«

»Nichts, Liliana Borissowna«, antwortete ich, schüttelte die Betörung ab und sprang aus der Sargkiste. »Nichts ist passiert, ich habe bloß keine Lust mehr zu zeichnen.«

»Mein Gott, Akutin, was redest du da«, sagte sie und schlug die Hände zusammen. »Besinn dich! Du hast großartige Fähigkeiten, großartige, verstehst du? Ich habe als Kind auch gezeichnet und eine Malschule besucht, ich wollte sogar studieren. Aber solche Zeichnungen wie bei dir habe ich noch nie gesehen.«

»Na und?« antwortete ich, und der blaue See, bis zu dem ich nun doch geflogen bin, blinkt noch einmal vor meinen Augen. »Ich mag nicht mehr zeichnen.«

»Warum nicht? Aus welchem Grund?«

»Keine Lust«, sagte ich, und das war der wirkliche Grund und die Wahrheit.

Eben, er hatte keine Lust, Bleistiftstriche aufs Papier zu werfen, während eine Welt existierte, in der Milliarden Waldblätter raschelten und nirgendwo der blaue See war, zu dem er jedesmal hinstrebte und in dem seine Mutter verschwunden war, die er im Traum deutlich sah. Von diesem See erzählte Akutin niemandem außer mir und dem Gespenst Fewraljows, das den Maler im Schuppen des Waisenhauses zu besuchen pflegte, wenn auf dem Fluß krachend und knirschend das Eis brach und der hohe Himmel im zarten Dunst erstarrte, als erwarte er das Trompeten der zurückgekehrten Kraniche. Akutin, wenn er im Niemandssarg lag, überließ sich den Erinnerungen an die Mutter, und da berührte ihn die Hand der fremden Frau an der Brust, richtiger gesagt, die bekrallte Pfote des Iltis-Vampirs.

Wieviel Gefahren drohen doch dem menschlichen Talent, kaum daß es sich auf die Welt wagt! Nehmen wir nur die Wehmut und Gleichgültigkeit als Folge früher Einsicht in die Doppelsinnigkeit unserer Daseinsgesetze. Der Teufel des Zweifels, einmal in der Seele geboren, weicht nie wieder, er wächst nur noch und erstarkt. Ein begabter Mensch, an dem dieser Zweifel von innen nagt, verliert jedweden Wunsch, sich zu rühren, und wenn er dann noch solch eine unruhige, anspruchsvolle Liliana neben sich hat... Es wäre Akutin überaus schwer und schmerzlich angekommen, irgend jemandem Zutritt zu gewähren zur Welt seiner Träume, die ihm die jenseitige Existenz seiner Mutter nahebrachten. In seinem jugendlichen Alter konnte er an Ernstes nicht denken, er konnte nur trauern und die beißende Trauer infolge seines verschlossenen

Charakters in Schweigen und Einsamkeit hätscheln. Neben ihm aber saß ein Weib und quasselte von seinen großartigen Fähigkeiten.

Eigentlich wünschte diese Lehrerin dem jungen Talent ja doch wohl Gutes, und sie sorgte und kümmerte sich um ihn, und sie führte kluge Gespräche, doch im Ergebnis liefen ihre Handlungen nur darauf hinaus, das Talent auszubluten. So sind sie wohl alle, diese ungestümen Adeptinnen, die danach gieren, dem Genie zu dienen, diese Frauen, die bereit sind, treue Freundinnen großer Künstler zu sein. Aber was hast du, Eichhörnchen, über die Frauen zu urteilen? Lasse doch Akutin selbst erzählen; vielleicht erzählt auch Liliana, die Schuldige an allen seinen Miseren? Sie würde das besser können, unter der Bedingung freilich, daß sie nicht lügt noch Ausflüchte macht, um sich reinzuwaschen.

Na schön, ich werde mir Mühe geben, nicht zu lügen, zumal ich, um mich »reinzuwaschen«, eben nicht lügen muß. Ich will auch nicht, daß das geschwänzte Eichhörnchen mit seinem winzigen Gehirn über mein Leid und meinen Schmerz befindet. Ich, Liliana, werde selber erzählen, ich werde versuchen, das Chaos verständlich und die Absurdität meiner unerfüllbaren Wünsche überzeugend darzustellen. Das Eichhörnchen saust einen Kiefernstamm hoch und versteckt sich im dichten Nadelgezweig, doch von dort, unbeweglich an einen Ast geschmiegt, beobachtet es mich aufmerksam. Der arme Dmitri Akutin aber korrigiert mich von Zeit zu Zeit mit seiner etwas dumpfen, unschlüssigen Stimme.

Ich hatte beschlossen, Akutin mitzunehmen. Meine Pflichtzeit nach dem Studium war abgelaufen, und ich konnte nach Hause zurückkehren, in die Nähe von Moskau. Die beiden Jahre, die ich im Waisenhaus gearbeitet hatte, würden nur noch Gegenstand unfroher Erinnerungen sein.

Von Anfang an hatte ich gewußt, daß ich trotz meines Vorsatzes, meine Pflicht gut zu tun, meine Arbeit nicht würde liebgewinnen können. Die kurzgeschorenen Mädchen, ihre ärmliche Heimkleidung, ihre frühe Kindergrobheit und die genormte Einrichtung ihres Waisenasyls stießen mich ab.

Ich litt schrecklich und konnte den Sommerurlaub kaum erwarten. Ich wohnte allein in einem Zimmer des Seitenflügels und aß in der Heimkantine. Eines Tages besuchte mich eine Freundin mit ihrem Mann, die in der Nähe in einem Sanatorium Urlaub machten. Zum Essen nahm ich sie mit in die Heimkantine, da erhoben unsere diensthabenden Mädchen, die das Essen auftrugen und das Geschirr wuschen, ein fürchterliches Geschrei – da muß man hier nun alle möglichen Schmarotzer füttern und ihnen das Geschirr nachräumen und so weiter. Ich schämte mich dermaßen vor meinen Gästen, daß ich weinen mußte, zum erstenmal, seit ich in diesem Haus arbeitete.

Ich weiß nicht, wie ich diese zwei Jahre durchgestanden haben würde, wenn ich nicht Akutin entdeckt hätte. Seine Zeichnungen verrieten Talent, das sah jeder auf den ersten Blick. Mit scharfgespitztem Bleistift ausgeführt, waren es eigentlich festgehaltene Bewegungen. Er zeichnete den Wind! Wie er schwanke Weidenruten über den Ufersand bog. Hohe Pappeln peitschte. Die feinmaschige grüne Kleidung der Trauerbirken zauste. Wind auf dem bewegten Wasser der breiten Oka. Den Lauf der Wolken an einem aufgeregten winddurchwehten Tag mit ständigem Wechsel von Licht und Schatten. Das Gleiten der Mondschlange im schläfrigen Wasser des nächtlichen Flusses. All das konnte also ungeheuer glaubhaft mit einem einfachen Bleistift wiedergegeben werden! Ach, Akutin! Ich kann nicht wissen, warum ausgerechnet er diese Begabung hatte, aber ich kann sie sehen, erkennen und ihr treu dienen.

Sein Schulabschluß fiel mit dem Ende meiner Pflichtzeit im Kinderheim zusammen, und ich überredete die Heimleitung, Akutin mit mir nach Moskau gehen zu lassen. Im letzten Frühjahr hatte er freilich aufgehört zu zeichnen, irgend etwas war mit ihm vorgefallen, doch ich hoffte, die jähe Veränderung im Leben, die Reise und die freundliche Umgebung würden ihm heraushelfen aus seiner Verzagtheit und Verschlossenheit. Im Juni fuhr ich mit ihm zuerst mit dem Zug, dann mit der Vorortbahn zu der Datschensiedlung W-ka, wo ich mein Haus hatte. Ich kann nicht sagen, daß Dmitri stürmische Freude gezeigt hätte.

Das stimmt, ich hatte wirklich keine Freude an der gemeinsamen Fahrt mit der langweiligen Liliana, doch ich begriff schon, was für gewaltige Veränderungen in meinem Leben begannen. Meine Seele rotierte vor Erregung darüber, daß ich bald mit meinen eigenen Füßen den Moskauer Bahnsteig betreten, daß ich den Kreml, die Moskwa, die Tretjakow-Galerie sehen würde. All das kannte ich ja nur aus Büchern und aus Lilianas Erzählungen.

Im Zug passierte ein Vorfall, der uns, Akutin und mich, auf

seltsame Weise einander näherbrachte. Ein vierschrötiger Kerl, Bohrarbeiter, war nach einem Besuch im Speisewagen in einen unzurechnungsfähigen, finsteren Zustand geraten, er zog das Hemd aus und setzte sich nur im Turnhemd, betrunken hickend, mir gegenüber, starrte lange meine Beine an und griff dann plötzlich wortlos nach meinem Arm. Ich versuchte mich loszureißen, aber das ging nicht.

Ich saß neben meiner Lehrerin, warf einen Blick auf sie und sah ihr Gesicht rot werden und ihren schönen Mund sich verzerren, ein Zeichen der für Außenstehende unbemerkbaren Anspannung, mit der sie ihre schmale weiße Hand aus der dunklen Pranke des muskulösen Bohrarbeiters loszureißen versuchte. Mir blieb das Herz stehen von plötzlichem Haß und einem Andrang von Wut. Zum erstenmal spürte ich, wie man so sagt, das Tier in mir, ich verkrallte mich mit Gewalt in das Handgelenk des Kerls und bog es zur Seite; er ließ Liliana los, machte einen Ruck, wobei seine feuchte Achselhöhle schmatzte, und starrte mir zähneknirschend mit schwerem Blick in die Augen. Ich hielt sein dickes Handgelenk noch immer fest, doch seinen Blick konnte ich nicht ertragen und senkte die Augen, ich hatte nicht genug Haß in mir, um dem starken Gefühl, das die bleigrauen Augen meines Gegners füllte, standzuhalten.

Ich erstarrte vor Angst bei dem Gedanken, mein junger Verteidiger könne ängstlich werden, seine Angst zeigen und damit den besoffenen Idioten zu weiteren Flegeleien ermutigen. Das hölzerne Gesicht des bärenstarken Kerls wechselte zusehends die Farbe, aus dem fröhlich glühenden Rot wurde ein mattes Grau wie Seife.

Ich, Akutin, ließ seine Hand los, alles in mir wurde taub, und das, was in mir die Borsten aufgestellt hatte gleich einem Tier, das Gefühl rasender männlicher Eifersucht, verschwand wie in eine Höhle geschlüpft. Mit verwüstetem Herzen, gänzlich einsam, saß ich demütig vor dem anschwellenden Klotz eines für mich unbegreiflichen Grimms. Ich kann nicht sagen, daß ich feige geworden wäre, aber die Gelassenheit, mit der ich den weiteren Ereignissen entgegensah, war voller Trauer – ich war in dieser Welt zeit meines Lebens verurteilt, angesichts von Grimm zwar keine Angst zu haben, aber zu leiden. Meine Lehrerin beobachtete uns verängstigt, ich saß reglos, erfüllt von meiner schneidenden Trauer, und neben mir saß das Ungeheuer des Hasses, übelriechenden Glutdunst verströmend, und wurde allmählich zu einem gewöhnlichen besoffenen Kerl im Turnhemd, der unter dem Andrang der ihn sprengenden Schnapsdünste schnaufte. Die Lehrerin biß sich auf die verzerrte Unterlippe und sah mich fast spöttisch an, aber ich muß zugeben, durchaus freundschaftlich.

Ich sah den armen Akutin verwundert an, gerührt, daß er es meinetwegen gewagt hatte, Hand an dieses besoffene Vieh zu legen. Ich hatte vorher nie darüber nachgedacht, was der Junge für mich empfand, und plötzlich hatte sich auf höchst überraschende Weise gezeigt, daß er ein Gefühl und Aufmerksamkeit für mich hatte, daß er mich beschützen wollte, mich, die schwache Frau.

Dies war der Anfang, ein unbedeutendes Reiseabenteuer, das Liliana und ich in der Folgezeit mit Stillschweigen übergingen, wir waren uns plötzlich der heimlichen Kompliziertheit unserer Beziehungen bewußt geworden. Aber gar zu groß war der menschliche Unterschied, gar zu unüberwindlich die Distanz der von uns beiden durchlebten Zeit, als daß einer sich dem andern gänzlich hätte anvertrauen können. Meine seelischen Kräfte, richtiger gesagt, meine seelische Schwäche, die Verschlossenheit des Knaben, der sich gern im Traum mit seiner Mutter traf und mit dem Gespenst des Tischlers Fewraljow Freundschaft hielt, fand weder Unterstützung noch Widerstand in der leidenschaftlichen Verwirrtheit der Frau, die fast doppelt so alt war wie ich. Wir empfanden unser Beisammensein als eine Notwendigkeit, von der wir nicht wußten, ob sie für uns kostbar oder belastend war. Was erwarteten wir voneinander? Etwa nicht das, was ein durchs Dunkel Irrender erwartet – zufällige Stütze auf dem unsichtbaren Weg? Wir fuhren in demselben Zug, in derselben Richtung, aber unsere Wege führten durch verschiedene Zeiten. So wie zwischen einer Wolke und ihrem Schatten lag zwischen uns ein Raum, und wir konnten nicht zueinanderfinden, uns nur in dieselbe Richtung bewegen. Zwei Hoffnungen, so ungleich und ihrer Natur nach so verschieden, leiteten uns auf dieser Reise.

Was wollte ich, siebzehnjähriger Jüngling, Vollwaise, Waisenhauszögling? Ich wollte, daß mein erstes Leben, das ganz und gar aus ungesühnter Trauer bestand, bald zu Ende ginge und ein anderes begänne, das dem ersten nicht gliche. Dieser Wunsch, ein völlig neues Schicksal zu erlangen, war so stark, daß ich mich bereit gefunden hatte, mit Liliana zu fahren, deren bleiches Gesicht, dunkle Augen und kräftiger Frauenkörper mir unendlich fremd waren, während ihre teilnahmsvolle Aufmerksamkeit für meine zeichnerischen Fähigkeiten mich einschüchterte, bedrückte und abschreckte. Ich konnte nicht begreifen, was sie von meinem Zeichnen hatte, ich sah, daß ich selbst ihr fast nichts bedeutete, daß ich ihr ebenso gleichgültig war wie ihre anderen Schüler aus dem Waisenhaus, sie behandelte mich genauso, doch meine Zeichnungen raffte sie an sich und betrachtete sie mit gieriger Aufmerksamkeit.

Ich sah in seinen Zeichnungen eine Sühne für die Scheußlichkeiten des Lebens, von denen ich nichts gewußt, nichts geahnt hatte, bis ich neun war. In einer Sommernacht stand ich in unserm Fliedergebüsch, äugte in das erleuchtete Fenster des Anbaus und erfuhr das entsetzliche Geheimnis, das die Menschen, wie sich da herausstellte, mit sich herumschleppen. Vielleicht hätte ich dieses Geheimnis nicht von außen, also als Zuschauerin, kennenlernen sollen, sondern lieber von innen, durch die ungeduldigen Forderungen des blindlings reifenden Fleisches, dann wäre alles in Ordnung gewesen, und ich wäre den ausgetretenen Weg gegangen wie alle. Es mußte jedoch geschehen, daß Freunde meiner Mutter uns besuchten, ein kahlköpfiger Major und seine beleibte Frau. Das Ehepaar wurde in dem für Gäste bestimmten Sommeranbau untergebracht; es war ein schwüler, feuchter, vom Duft des stürmisch blühenden Gartens gesättigter Abend, ich lief die Außentreppe hinunter, schon im Nachthemdchen, und da ich zu faul war, den schon taunassen Garten zu durchqueren, schlüpfte ich ins Fliedergebüsch. Die beiden hatten nicht einmal die Vorhänge zugezogen, die meine Mutter tags zuvor sorgfältig gebügelt und mit neuen Schnüren aufgehängt hatte. Ich sah alles, von Anfang bis zu Ende, und nun lebe ich inmitten der Menschen und denke, wenn ich sie sehe: Damit leben wir also? Davon flüstern wir, es wäre die größte aller Wonnen? Vielleicht bin ich krank und gehöre in Behandlung, aber die Sache ist ja gerade die, daß ich nicht kuriert werden will. Wozu? Damit die fette Nahrung des Daseins auch für mich zugänglich wird?

Ich hätte mich zur Nonne scheren lassen mögen. Das würde ich auch getan haben; aber es gibt ja keine Klöster mehr. Wie oft zieht es mich süß, ach wie süß in die völlige Abgeschiedenheit des Schlafs, ich möchte einschlafen, denn ich brauche rein gar nichts. Meine Mutter hat mich gelehrt, mit den Händen über der Zudecke zu schlafen, sie hat mich aufmerksam, mit schlechtverhohlenem Argwohn im Blick, mit den erfahrenen Augen der Erwachsenen beobachtet und mir die gesündesten Gewohnheiten beigebracht, doch wenn die Ärmste gewußt hätte, was mein innerer Blick sah, während ich sauber gewaschen im Bett lag, die Hände demütig auf der Brust gefaltet! Der Schleier war gar zu plötzlich von dem Geheimnis weggerissen worden, und seither bewirkte alles, was die Mutter, diese eifersüchtige Hüterin von Reinheit und Ordentlichkeit, mich lehrte, das genaue Gegenteil. Wäre es nach den Gesichten in meiner wirren Seele gegangen, so hätte ich schon früh ein ausschweifendes Leben führen müssen, doch ich lebte in der wohlanständigen Atmosphäre einer sittsamen Familie, las viel, zeichnete, hörte Musik, und statt ein wüstes Leben zu führen, wurde ich eine alte Jungfer. Meine Schönheit, die die Instinkte vieler junger Männer anzog, wurde für sie zur uneinnehmbaren Festung. Wären der kahlköpfige, hagere Major und seine breithüftige Majorsche ein paar Jahre später in unser Haus gekommen und hätten all das getan, wozu ihre Erfahrung und die Hemmungslosigkeit ihrer langjährigen Sexualpartnerschaft sie Lust haben ließen, ich glaube, es würde mir nicht geschadet haben.

Mutter, ich sehe in deinen verblichenen, einstmals grünen Augen die Wehmut und Verständnislosigkeit einer alten Kuh, die nicht begreifen kann, warum ihre Tochter, das Kalb, nicht neben ihr stehen und friedlich wiederkäuen will, sondern statt dessen mit gesenkten Hörnern und hochgerecktem Schwanz gegen die Wand rennt. Ja, es sieht so aus, als ob ich mit dem Kopf durch die Wand möchte. Und wenn ich durch das Loch gesprungen bin, wird sich jenseits der Wand eine andere Weide auftun. Ich konnte nicht Malerin werden, obwohl ich schon damals als Kind gern zeichnete und tuschte, doch ich lernte begreifen, daß geniale Maler mir insofern ähnlich sind, als sie mit dem Kopf durch die Gefängnismauer des grauenhaften Alltagslebens hindurch wollen zu einem anderen, geheimnisvollen Leben jenseits der Grenze. Und sie finden ihr heimliches Schlupfloch – ein jeglicher das seine. Während ich inmitten von gewöhnlichen Sterblichen lebte, wäre ich nie auf den Gedanken gekommen, ich könnte unter ihnen den Gezeichneten finden, welchem der Herrgott den Geheimgang durch die Mauer weisen würde.

Wenn sie mir von ihren Genies erzählte, stellte ich mir immer den alten Fewraljow vor. Ein Genie vermag nach ihren Worten etwas zu schaffen, was noch kein anderer vermochte, und die Verstofflichung seiner Inspiration verbleibt auf Erden in Gestalt von Werken, die für die Menschen aller nachfolgenden Generationen lehrreich sind. Ich erinnerte mich, was für ein Mensch dieser versoffene Fewraljow gewesen war: Er hatte mutterseelenallein, ohne Familie, in seiner rüchigen Höhle am Korridorende des alten Schulgebäudes gewohnt. Dunkelhäutig, hager und hart wie Holz, mit chinesischen Backenknochen und einem verfilzten weißgrauen Haarkranz um die spiegelblanke Glatze gefiel mir der Alte, weil er jeden von uns Waisenhausinsassen als gleichberechtigten Menschen gelten ließ. Vielleicht hatte er längst sein Gehirn versoffen und sah nicht mehr recht durch, aber er begrüßte jeden von uns kleinen Banditen aus der untersten Gruppe mit völligem Ernst, der jedwede Heuchelei ausschloß, und mit Handschlag, blieb stehen und plauderte mit ihm über das Wetter oder ein verschwundenes Stemmeisen, fluchte wüst in den gewohnten Klischees des allrussischen Obszönjargons, lud wohl auch solch einen Bengel in sein Kämmerchen ein, um brüderlich mit ihm die Neige der Flasche zu teilen, diese bewahrte er in einem selbstgezimmerten Schränkchen mit geschnitzter Tür auf, das sich mit einem krummgebogenen Nagel öffnen ließ. Fewraljow wurde von jedem Höhergestellten beschimpft, und höhergestellt war von der Putzfrau bis zum Direktor jeder, aber der Alte hatte goldene Hände, er konnte eine Wand mauern, Schlösser reparieren, den Abtritt reinigen, die Stämme der Apfelbäume weißen und Fensterrahmen binden. In meiner Phantasie hatten Lilianas Genies Ähnlichkeit mit Fewraljow, nur daß dieser dann nicht betrunken war, sondern sauber rasiert, einen guten Anzug trug und aus irgendwelchen Gründen auf dem flachen Schuppendach stand. Ich wußte einfach nicht, was meine Lehrerin mir da eintrichtern wollte, und die Höhen des Lebens und des Geistes, über die sie sich den Mund fusselig redete, vermochte ich mir nicht auszumalen, und menschliche Höhe ging in meiner damaligen Vorstellung nicht über das Schuppendach hinaus. Der alte Fewraljow war schließlich gestorben, ohne etwas Lehrreiches für die Nachfahren zu hinterlassen mit Ausnahme des geheimnisvollen Sarges, von dem wir nicht wußten, für wen er bestimmt war.

Wir trafen mitten im Sommer in Moskau ein und hatten keine Ahnung, was uns erwartete. Auf uns zu strömte eine Menschenmenge aus drei Bahnhöfen, die um einen einzigen Platz gelegen waren. Eine Moskauer Menschenmenge ist ein besonderes Element, ähnlich einem Sturm oder einem aufgewühlten Meer, und ihr mächtiges Brüllen und ein Gefühl der Einsamkeit ängstigen den Neuankömmling ebenso stark und unbezwingbar wie ein wirklich ausbrechender Orkan. Oh, welch namenloses Entsetzen erfaßt die Provinzseele beim Geräusch der Hunderttausende von menschlichen Füßen, die über den Stein schurren, wie unerträglich ist für sein feines Gehör, das an die leere Stille der Felder gewöhnt ist, das Bellen und Husten aus den heißen Kehlen vieler Motoren. Rote Straßenbahnen schleppen mit mühsamem Geratter ihre lästige Menschenfracht durch die Mengen der Autos, die Stromabnehmerbügel sprühen knisternd Funken, die Stahlfüße rattern auf den ehernen Pfaden. Wenn um die Mittagszeit Moskau dröhnt, wenn die Quellen seiner unzähligen Plätze sprudeln, wenn die Lebensströme sich in die Flußbetten der Straßen, in die Tunnels der unterirdischen Welt ergießen oder wenn die steinernen Schwämme der vielzelligen Gebäude die Menschen in sich einsaugen, dann erhebt sich der allmächtige Demiurg der technischen Schöpfung über der Stadt und reckt seine schwimmhäutigen Schwingen. Wir fielen, zwei Tropfen der Hoffnung, in den brodelnden Kessel von Moskau und gaben sofort unser Leben ab an den kochenden rätselhaften Brei. Wozu so viele Autos, Omnibusse, glitzernde Turmspitzen auf den Gipfeln der stolzen Wolkenkratzer? Was wurde aus uns gekocht? Sie, die Hauptstadt des Demiurgen, verändert den Provinzler für immer. Fortan wird er, wer immer er zuvor gewesen, bis zu seinem Tode das Bild des Feuerwirbels erinnern, der über dem Gipfel des gewaltigen Landes faucht.

Vielerlei Veränderungen vollziehen sich mit dem Menschen in Moskau, wenn er vom Ozean oder aus der Steppe kommt, um künftig in der Hauptstadt zu leben. Der Neophyt selbst wird sich dieser Veränderungen kaum bewußt sein, doch eines Tages fällt sein Blick vielleicht zufällig in den Wandspiegel im Gang eines belebten Warenhauses, und dann erkennt er sich nicht wieder. Mit Akutin geschah die Veränderung gleich am Tag seiner Ankunft in der Hauptstadt – von diesem Tag an sah er nie wieder im Traum den blauen See, auf dem wie eine Schwanenkönigin seine verstorbene Mutter schwamm. Noch viele weitere Veränderungen gingen bald mit ihm vor, doch Liliana bemerkte sie nicht, die einzige, die sie hätte bemerken können, wenn sie sich für ihn interessiert hätte, statt ausschließlich für sich selbst.

Tags darauf suchte die ungeduldige Lehrerin mit Akutin und seinem Zeichenblock die Kunsthochschule auf, denn sie gedachte ihren Plan unverzüglich in die Tat umzusetzen. Schon bei den ersten Schritten durch das erschreckend prachtvolle Vestibül des Instituts spürte Akutin, wie er ganz schnell immer kleiner wurde. Liliana merkte natürlich nichts davon, aber er betrachtete die großartigen Studien an den Wänden, sah zum erstenmal mit eigenen Augen die Bleistifttechnik der akademischen Zeichenkünstler, war erschüttert und fühlte sich nichtig. Vor der steil aufwärts führenden Treppe blieb er stehen – mit dem unbezähmbaren Wunsch, von hier wegzugehen, zu fliehen, ehe es zu spät war.

Es war ein richtiger Instinkt, der ihm gebot, sich durch Flucht zu retten, doch Liliana zog ihn bei der Hand weiter. In einem großen, leeren Arbeitszimmer voller unbarmherzigem Sonnenlicht saß hinter einem breiten Schreibtisch ein grauhaariger, sauber gewaschener Mann, der jede einzelne Runzel blankgescheuert zu haben schien und einen komplizierten Duft verströmte, er sprach nur kurz mit Liliana, nachdem er ein paar von Akutins Zeichnungen flüchtig betrachtet hatte. Die Lehrerin sprach laut und drängend, der Grauhaarige nickte, sein gepflegtes Gesicht zeigte eine saure Miene, er zündete sich eine Zigarette mit vergoldetem Mundstück an, und am Ende des Gesprächs schrieb er, linkisch zur Seite geneigt, etwas auf ein Blatt Papier und gab es Liliana.

Akutin vermochte dem Gespräch nicht zu folgen, denn der Prozeß seiner raschen Verkleinerung setzte sich fort, beschleunigt von den kalten Blicken, mit denen der Mann voller heimlicher Gereiztheit seine Handlungen begleitete. Die maßlosen Lobsprüche, die Akutin früher von Liliana gehört hatte, waren nicht spurlos an ihm vorübergegangen, denn er hatte sich daran gewöhnt, daß alles, was er zeichnete, außergewöhnlich gut war, und obwohl er nicht genau begriff, warum es gut war, gewann er unwillkürlich Respekt vor seinen Zeichnungen wie vor äußerst wertvollen Dokumenten freilich unbekannter Bestimmung. Die Geringschätzung, mit der der sauber gewaschene Mann, der Zigaretten mit vergoldetem Mundstück rauchte, sie ansah, war für Akutin gänzlich überraschend und vernichtend.

Aber Liliana, nachdem sie den Zettel erhalten, strahlte vor Freude, wurde hübsch und rosig, verabschiedete sich sehr kokett vom Inhaber des Zimmers und bescherte ihm sogar einen vielverheißenden zärtlichen Blick, der den Mann ein wenig aufleben ließ, er erhob sich, drückte der Lehrerin die Hand und lächelte mit nur einer Gesichtshälfte.

»Dmitri, du wirst an der Kunsthochschule studieren«, teilte sie Akutin mit, als sie das eindrucksvolle staatliche Gebäude verließen. »Dieser Mann hat großes Gewicht, und er ist gut bekannt mit meinem Vater, ansonsten wären wir nicht bei ihm vorgelassen worden. Jetzt haben wir unsere Sache unter Dach und Fach, denn Choroschutin persönlich empfiehlt dich dem Hochschuldirektor.«

Auf diese Weise gelangte Akutin auf die Liste der begabtesten Abiturienten der Kunsthochschule. Choroschutins Empfehlung tat das ihre, doch wir alle, die auf dieser Liste standen, hätten aus fester Überzeugung bestätigen können, daß Akutin in der Tat ein höchst begabter Bursche war. Das wußten wir, nachdem wir eine Weile zusammen studiert hatten, und seine originellen Zeichnungen gefielen uns so sehr, daß wir seine Entwürfe und Zufallsskizzen, die er bereitwillig verschenkte, um die Wette an uns rafften. Akutin war der geborene Zeichner, aber auch sein Farbensinn war ungewöhnlich und von ganz besonderer Eigenart. Ich stamme aus Armenien, und ich war der einzige in unserem Vierergespann, der offene leuchtende Farben aktiv wahrnahm und sie ohne Scheu oder Zweifel zu einer temperamentvollen, heiteren Harmonie zusammenfügte – mein Farbempfinden war zweifelsfrei, stark ausgeprägt und vollauf überzeugend für jeden Betrachter. Oder nehmen wir ... i, der genetisch mit den Schulen des alten Ostens verbunden war, seine Farben waren stets Zutat zur Zeichnung, das heißt ein Mittel, die Strichlinien so oder anders zu kolorieren. Die Malerei war somit für ihn ein didaktisches Mittel, mit dessen Hilfe er den Betrachter gleichsam überzeugte, daß dies etwa ein Himmel sei und jenes ein grüner Heuhüpfer. Ganz anders bei Akutin. Sein Farbempfinden kam auch aus der Tiefe der nationalen Psyche, die untrennbar verbunden war mit der Natur und den besonderen Bedingungen der Landschaft, in der sich diese Psyche herausgebildet hatte.

Wie alle Studenten der Kunsthochschule mußte auch ich häufig studienhalber in die mittelrussischen Regionen fahren, und ich sah alte Dorfhäuser, deren Balkenwerk mit der Zeit die gleiche graue Farbe annimmt wie alte Steine, wie der düstere Herbsthimmel, schwer von der Bürde der Regenmassen. Ich sah graue Zäune aus

Schalbrettern, Schuppen, Lehmwege durchs niedergetrampelte Gras, mit Stroh oder Holzschindeln gedeckte Tennen – das hölzerne Rußland, das längst im Aussterben begriffen war und doch noch immer lebte, zäh und endlos. Graue Gestalten von alten Frauen, von Bauern in Wattejacken ... Frühjahrsschmelzwasser in den Sümpfen, kahle Wälder im tiefen November. So wie alte Arbeitskleidung fadenscheinig wird und zu einem undeutlichen Grau ausbleicht, so war das arbeitende graue Land in zarten und wehmütigen Variationen der Farbskala koloriert. Von daher auch die besondere, geliebte Stimmung in den Landschaften von Sawrassow, Serow und Lewitan – die »finsteren«, »düsteren« und »grauen« Tage, die herbstlichen und winterlichen Wälder. Niemand vermochte so wie die russischen Maler die Schönheit des aschfarbenen Glanzes eines Schlechtwetterhimmels zu erfühlen und zu besingen. Um solche Malerei liebzugewinnen oder zu schaffen, muß man demütig und geduldig, bescheiden und zugleich mächtig sein, man muß die Gabe der Einfachheit besitzen, und das bei äußerst komplizierter und feiner Seelenstruktur.

Akutins Aquarelle und seine kleinen Studien in Öl lehrten mich in größerem Maße, dies zu verstehen, als die berühmten Meisterwerke in der Tretjakow-Galerie. Viele von seinen Studien entstanden vor meinen Augen, und ich kann sagen, daß das Geheimnis des Talents viel zu groß ist, um sich gänzlich in einem einzelnen Menschen kundzutun und sich in seiner Persönlichkeit zu erschöpfen. Ich sah diesen schlichten Jungen, der zum erstenmal Farben in die Hand bekam, malen wie ein in den Feinheiten des Handwerks geübter Kolorist, und es war nicht zu fassen, denn wir saßen nebeneinander und malten dieselbe Natur, dasselbe Motiv, und bei mir wurde es ein der Natur ähnliches Bild, bei Akutin dagegen etwas ganz anderes.

Wenn ich nicht gewußt hätte, daß er jungfräulich unerfahren war, daß er das erste Jahr in Öl malte, ich würde geglaubt haben, daß ein Ästhet vor mir saß, ein kühner Neuerer mit eigenen Malprinzipien. Alles lag daran, wie seine Augen beschaffen waren. Nein, nicht nur seine Augen, vor allem seine Seele, in der etwas vorging, während er, die Bärenäuglein leicht verengt, auf der Palette zögernd die Farben mischte und sie dann eifrig und behutsam auf die grundierte Pappe auftrug.

Meine berühmte Tante Maro D. sah eines Tages vor vielen Jahren, wie ich in unserem Dorf einen schnauzbärtigen Bauern mit schwarzen Augenbrauen zeichnete und seine Wangen mit Granatapfelsaft färbte; sie stürzte sich auf mich, schloß mich in ihre mächtigen, nach französischem Parfüm duftenden Arme und brüllte mir ins Ohr, ich hätte ja keine Ahnung von meinem Wert, ich Herzblatt. Das Ergebnis dieser flammenden Umarmung war, daß ich zehn Jahre später nach Moskau reiste, im Gepäck einen gewaltigen Korb mit den Gaben des gesegneten Armenien.

Meine Tante, stolz, unabhängig und stark im Geiste, war weithin bekannt, seit sie vor längerem ihre eigene Art zu malen entwikkelt hatte. Diese bestand darin, daß sie in völligem Gegensatz zu den Impressionisten die grellen Farben strikt ablehnte und mit einem Gemisch aus den unwahrscheinlichsten Verbindungen malte, dabei bevorzugte sie als Grundlage Ocker und Erdfarben, setzte auch kühn die schwarze Farbe ein. Das Ergebnis waren dichte, schöne Bilder nach dem Flächenprinzip, und ihre halbdekorativen Monumentalgemälde fanden weithin Anerkennung.

Als ich das erstemal ihr riesiges Moskauer Atelier betrat, war ich verblüfft über die vielen gewaltigen Leinwände, von denen sie gleichzeitig mehrere in Arbeit hatte, indem sie mit schwerem Elefantengang von einer Staffelei zu anderen lief. Unter der kurzen Bluse, die mit einer Goldschnur umgürtet war, trug sie lange Pantalons mit Spitzenbesatz, wie herrschaftliche Kinder sie im vorigen Jahrhundert getragen hatten. Mich Herzblatt quartierte die Tante in ihrem Atelier ein, damit ich, ohne erst lange laufen zu müssen, aufs schnellste die Methoden ihrer Monumentalmalerei studieren könne. Ich widersetzte mich jedoch, ich liebte die Bilder von Sarjan, es ödete mich an, in Tante Maros ungemütlichem Atelier mit ihren monotonen Meisterwerken eingesperrt zu sein, und nach einer lautstarken familiären Auseinandersetzung erhielt ich die Erlaubnis, an der bekannten Moskauer Kunsthochschule zu studieren. Hier lernte ich im ersten Studienjahr Dmitri Akutin kennen, und bald waren wir eng befreundet.

Eines Tages legte ich meiner Tante Akutins kleine Zeichnungen vor, nur um ihr zu zeigen, mit was für begabten Jungs ich befreundet war. Tante Maro betrachtete die Zeichnungen aufmerksam und hieß mich lässig, ihren Schöpfer irgendwann mal mitzubringen. Dieser Wunsch meiner namhaften Verwandten verwunderte mich höchlich, denn ich wußte, daß sie keine Fremden in ihrem Atelier duldete, sie ließ niemanden herein außer mir und der Putzfrau, und sie hatte, soviel ich wußte, selbst ihren Ehemann kein einziges Mal hierher mitgenommen, ihren Silanti, Doktor irgendwelcher Wissenschaften, Liebling unserer zahlreichen Sippe. Und schon bald führte ich, stolz auf den Freund, diesen durch die schweren Portieren, und er trat, von Schüchternheit gebeutelt, vor die große Malerin hin. Ich hatte gedacht, meine Tante, die den Gast erwartet hatte, würde wenigstens die blöden Pantalons ablegen und durch etwas Anständiges ersetzen, aber damit war's nichts. Sie zeigte sich in ihrer Alltagsgewandung, einen schmierigen Pinsel in jeder Hand, doch Akutin nahm das kaum wahr, denn er war in schrecklicher Erregung. Zum erstenmal lernte er eine Malerin höchsten Ranges in ihrem Atelier kennen.

»Georgi, ist das dein Zeichner?« fragte sie mitleidig auf armenisch.

»Ja«, antwortete ich auf russisch.

»Warum schneidet er sich nicht die Nägel, und warum zieht er die Nase hoch, hat er Schnupfen?« fuhr sie in der Sprache unserer Vorfahren fort.

»Das hat nichts zu bedeuten, Tante Maro«, antwortete ich, aufbrausend, in derselben klangvollen Sprache.

»Na schön«, antwortete sie, winkte mit dem Pinsel Entlassung und wandte sich ihren Staffeleien zu.

Gänzlich entgeistert über diesen Empfang nahm ich Akutin mit in mein Kämmerchen im Zwischenstock, wo ich es gemütlich hatte. Da stand eine breite Couch, die meine Tante, wie sie versicherte, einst der Schwester des Dichters Majakowski abgekauft hatte. Darüber hing ein langes Wandbrett voller Kunstbände, die in prachtvollen Farbreproduktionen die Malerei aller Länder und Zeiten präsentierten. Neben einem dekorativen Leuchter aus gebogenen Eisenstäben lagen auf einem kleinen Läufer zwei Halbzentnergewichte, daneben Hanteln und Expander. Es waren die Kraftsportgeräte meiner Tante, die von klein auf Schwerathletik trieb. Unterhalb des Zwischenstocks stand ein Gerüst für eine Hantel, deren Scheibensortiment mehr als hundert Kilogramm wog.

Meine große Verwandte war nicht ohne Absonderlichkeiten, und in ihrem Atelier gab es noch viele kuriose Dinge, das sonderbarste waren jedoch die Hantel und eine Sammlung von Schädeln. Wo sie die herhatte und seit wann sie die sammelte, weiß ich nicht, jedenfalls stand in einer Ecke des Zwischenstocks ein Glasschrank, in dem mehrere Reihen hohläugiger Menschenköpfe die Zähne bleckten. Der Schrank war mit einem japanischen Seidenvorhang verhängt, den ein weißer Reiher schmückte.

Anfangs, als meine Tante mir den Zwischenstock als Wohnraum zuwies, wußte ich noch von nichts und erschrak eines Tages tüchtig, als ich gedankenlos den Vorhang zurückzog. Auf meinen Schreckensschrei antwortete von unten ein brüllendes Gelächter meiner Tante, die lange lachte und hustete, mich dann ein Weib nannte und des Aberglaubens, der Feigheit und dummer Spießervorurteile zieh. Mein Stolz, genährt von dem heftigen Wunsch, meiner ungewöhnlichen Verwandten zu gefallen, schäumte auf, und ich verschwor mich, die Knochengehäuse nie wieder zu beachten. Und wirklich hatte ich mich bald an sie gewöhnt, nur nachts, wenn meine Tante wegfuhr und ich allein im Atelier bleiben mußte, war's mir doch etwas gruselig. Da ich aber merkte, daß Maro D. mich auf die Probe stellte, wollte ich in Ehren bestehen, zumal ich sah, daß sie bei der Arbeit an irgendeiner Gestalt ihres jeweiligen Bildes sich einen der Schädel aus dem Schrank holte, vor sich hinstellte, aufmerksam studierte und dann zuversichtlich ein menschliches Antlitz schuf. Kurz und gut, sie konnte sich wie ein wirklicher Meister nach dem Schädeltyp ein lebendiges Gesicht vorstellen, und der grausige Friedhof im Schrank diente somit als Arbeitsvorlage für die Vielfalt der Natur. Dies beruhigte mich endgültig, und ich war ein übriges Mal hingerissen von der Weisheit der Tante, die das Problem der Modelle so einfach gelöst hatte.

Ich nötigte Akutin auf die Couch, bot ihm an, die Kunstbände zu betrachten, und öffnete den Kühlschrank, um etwas zu essen herauszuholen, denn wir kamen vom Sport und hatten zwei Stunden lang Volleyball gespielt. Der Kühlschrank meiner Tante war stets gut bestückt, darauf hielt sie sehr, und sie schickte ihre Zugehfrau Stescha durch ganz Moskau, damit diese eine bestimmte Wurst, Fisch oder Geräuchertes besorgte. Ich wählte einen halben Ring dicke Wurst, eine Flasche trockenen Wein und ein Glas weißen Meerrettich. Während wir aßen und pichelten, war die Tante unten bei der Arbeit, sie schabte mit den Pinseln über die Leinwände und pfiffelte vor sich hin, ohne uns zu beachten. Nun, Akutin und ich langweilten uns ohne sie nicht und machten die Flasche Wein nieder.

Als es dunkel wurde, forderte die Tante telefonisch den Fahrer an, zog sich unten in ihrem Boudoir um und ging dann, auf den

Wagen wartend und vor sich hin pfiffelnd, im Atelier auf und ab. Sie betrachtete unvollendete Arbeiten, trat dann zur Hantel, spuckte sich in die Hände, bückte sich, im eleganten Leinenkostüm und mit Hütchen, zu dem Gerät, ging in die Hocke und riß es zur Brust. Nachdem sie es zur Hochstrecke gebracht hatte, ließ sie es klirrend auf die Holzunterlage fallen und trat aus dem Hause, ohne noch etwas zu uns gesagt zu haben, als wären wir nicht vorhanden.

Wieder war ich verwundert. Sie, die mir strengstens untersagt hatte, in ihrer Abwesenheit jemanden ins Atelier mitzubringen, worüber auch ihr treuer Wächter Trytschkin Bescheid wußte, erlaubte mir jetzt wortlos, mit meinem Freund im Atelier zu bleiben. Ich verstand gar nichts. Wenn Akutin ihr wenigstens gefallen hätte, doch nein, sie hatte sich auf den ersten Blick von seiner völligen Nichtigkeit überzeugt und jegliches Interesse an ihm verloren. Wie dem auch sei, wir blieben als Herren des Ateliers allein zurück und konnten uns weiter amüsieren.

Ich schlug Akutin vor, im Gewichtheben zu wetteifern. Er war einen Kopf kleiner als ich, aber breitschultrig, stämmig und wurde mit dem Halbzentnergewicht weit besser fertig als ich, er stemmte es mehrere Male mit der rechten und der linken Hand. Mit der Hantel wußte er jedoch nicht umzugehen, er blieb weit hinter mir zurück und brachte nicht mehr als fünfzig Kilo zur Hochstrecke, wie er sich auch abmühte. Dann stiegen wir wieder zum Zwischenstock hinauf, schalteten Musik ein, und ich entkorkte die zweite Flasche. Und da kam es mir in den Sinn, spaßeshalber Akutins Mut auf die Probe zu stellen, indem ich ihm die Nummer mit den Schädeln vorführte. Unbemerkt zog ich hinter seinem Rücken den Vorhang mit dem Reiher weg und beobachtete schweigend meinen Freund. Ich brauchte nicht lange zu warten, er drehte sich zufällig um und stieß einen ganz unglaublichen, entsetzlichen Schrei aus. Vor meinen Augen wurde er so bleich, als hätte ihn ein Unsichtbarer mit weißer Schminke übergossen, die Haare auf seinem Kopf standen steil zu Berge, er prallte, sprang zurück, als hätte er einen Stromstoß erhalten, stieß gegen die gewundenen Eisenstäbe des Leuchters, stolperte über die Hantel und fiel hin. Lachend stürzte ich zu ihm und wollte ihn beruhigen, aber er blökte kläglich, wehrte mich mit der Hand ab und fiel besinnungslos auf den Teppichläufer. Eine solche Wendung hatte ich nun gar nicht erwartet, ich stand bei meinem Freund und wußte nicht, was tun. Ich hob ihn auf und legte ihn auf die Couch, dann rannte ich hinunter ans Telefon und wählte die Nummer von Tantes Wohnung. Sie war selbst am Apparat, sehr ungewöhnlich, denn sonst nahm stets Silanti den Hörer ab, der ungeachtet seines Doktorgrades den Sekretär seiner berühmten Gattin spielte. Ich wollte der Tante erzählen, was geschehen war, aber die Zunge gehorchte mir nicht, etwas ungeheuer Wehmütiges, Finsteres und Starkes hielt mein Herz gepackt, darum sagte ich, laut hustend, Maro nichts von dem Vorfall und bat sie nur mühsam um Erlaubnis, Akutin im Atelier übernachten zu lassen.

»Gut«, antwortete die Tante sogleich, doch dann fügte sie, jedes Wort eindringlich betonend, hinzu: »Aber daß du ja niemand zu Hilfe holst! Verstanden?«

»Bestimmt nicht«, sagte ich gehorsam, dann überlief es mich kalt, und ich fragte ungeduldig: »Woher wissen Sie, Tante?«

»Ganz ruhig, mein Herzblatt«, sagte Maro D. grob und spöttisch.

Damit legte sie auf, ich horchte auf das Freizeichen und begriff nicht gleich, daß unser sonderbares Gespräch beendet war. Zum erstenmal ging mir, dem siebzehnjährigen Jüngling, auf, daß sich hinter der äußerlichen Ruhe und Alltäglichkeit des Lebens eine geheime Tiefe verbarg, die gleich unter dem dünnen Film der Banalität anfing und hinunterführte in dichte Finsternis, wo unbekannte Ungeheuer sich regten und mühten. Das Stück der Nacht, das von den Wänden und der Decke des Ateliers umschlossen war, wurde still und starr, irgendwo weit weg lärmte das nächtliche Moskau, ich stieg mit einem Glas Wasser die knarrende Treppe hinauf zum Zwischenstock, und mir war, als ob Tante Maro mich irgendwie beobachtete und jeden meiner Schritte sah.

Als ich zu Akutin kam, war er schon wieder bei sich und lag mit offenen Augen da. Schweigend starrte er mich an, und sein Blick war mir unverständlich, entsprach jedoch der vagen machtvollen Schwermut, die mich gepackt hatte. Durch den Wein und die Aufregung hatte sich mein Bewußtsein gleichsam entfernt und existierte etwas abseits von mir, die Gedanken und die ihnen folgenden Worte kamen gewissermaßen von außerhalb, und mein eigentliches Ich, in plötzlichem Gram eingeschlossen, wollte weder denken noch reden.

»Warum bist du so erschrocken, Dmitri?« fragte meine erschrockene Stimme. »Was bist du doch schreckhaft, Alter. Entschuldige. Daß das so blöd kommen mußte, verdammt nochmal«, lispelte die Stimme weiter.

Akutin gab keine Antwort, er sah mich weiterhin so seltsam an, setzte sich auf, holte tief Luft und hielt beide Hände vors Gesicht, wie um die stürzenden Tränen zu bedecken. Aber er weinte nicht, er saß eine Weile reglos, nahm dann die Hände vom Gesicht und stieg von der Couch. Ich hielt ihm das Glas Wasser hin.

»Trink.«

Er schob meine Hand weg und ging um mich herum zur Treppe.

»Dmitri, was ist denn? Hast du wirklich solche Angst vor ein paar leeren Knochen?« fragte ich und legte ihm die Hand auf die Schulter. »Bist du mir böse? Warum?«

Er blieb stehen, drehte sich um, ließ den Blick ruhig über das Regal mit den Schädeln gleiten. Dann öffnete er den Mund, bewegte lautlos die Lippen und senkte trübsinnig den Blick. Ich weiß nicht, warum, aber das kam mir dermaßen komisch vor, daß ich schallend lachen mußte und Wasser aus dem Glas verschüttete. Akutin sah mich wieder ernst und aufmerksam an und stieg die Treppe hinunter. Ich aber konnte nicht mehr innehalten und lachte Tränen, lachte mit sonderbaren kreischenden und schluchzenden Untertönen, goß den Rest Wasser auf den Läufer und trottete mit dem leeren Glas in der Hand hinter ihm her. Unten im halbdunklen Gang drängte ich mein Gelächter mühsam weg und versuchte ihn zurückzuhalten, indem ich ihm zu verstehen gab, daß es schon spät, daß schlechtes Wetter sei, er weit zu fahren habe und doch besser bleiben solle. Akutin jedoch stand stumm vor der Ausgangstür, geduldig wartend und ohne sich nach mir umzudrehen. Ich war gezwungen, an Trytschkins Tür zu klopfen; er kam in Soldatenunterhose, dunkelblauem Turnhemd und Pantoffeln an den bloßen Füßen böse knurrend aus seiner Höhle gekrochen und klirrte mit dem Schlüsselbund.

»Schließ nicht ab, Fedot Titytsch, ich bin gleich wieder da«, sagte ich.

»Du hättest gar nicht erst kommen sollen, liederlicher Kerl«, schimpfte der Wächter und trat frierend von einem Bein aufs andere.

»Ganz ruhig, Trytschkin«, bremste ich den Knurrkopf, bemüht, meiner Stimme den spöttisch-überlegenen Ton meiner

Tante zu geben. »Ich begleite den Mann und komme gleich wieder.«

»Morgen sag ich's ihr, daß du hier gesoffen hast, Georgi«, drohte mir der Alte, bevor er hinter uns die Tür schloß.

Maros Atelier lag in einem Moskauer Neubaugebiet, es nahm die Hälfte eines großen Pavillons mit verglastem Oberlicht ein; die andere Hälfte gehörte dem Landschaftsmaler Choroschutin und war durch einen Lattenzaun abgegrenzt, während das ganze Grundstück, das zu den beiden Ateliers gehörte, von einem Gitterzaun umschlossen war. Ich hatte den Landschaftsmaler nie in seiner Hälfte spazierengehen sehen, dort gab es überhaupt keinerlei Anzeichen für Leben, und in dieser späten Stunde, es war gegen elf, machten der Hof und die Gartenwege und die mächtigen dunklen Fenster in der herbstlichen Regennacht einen ziemlich finsteren Eindruck. Akutin und ich traten durch die Pforte, nachdem wir das komplizierte System von Riegeln und Schlössern bewältigt hatten, und gingen zur Straßenbahnhaltestelle. Akutin mußte, um zum Studentenheim zu gelangen, quer durch ganz Moskau fahren, zuerst mit der Straßenbahn, dann mit der Metro.

»Na, Dmitri, geht's wieder?« fragte ich, als wir die zu dieser Stunde menschenleere Straßenbahnhaltestelle erreichten.

Er gab keine Antwort. Die Straßenbahn ließ auf sich warten. Wir standen im kalten Nieselregen, den Kragen des Regenmantels hochgeklappt. Ich spürte, daß nach unserer Freundschaft, die so schön begonnen hatte, eine unsichtbare feindliche Hand ausholte. Aber ich war noch nicht fähig zu begreifen, was geschehen war, und ohne das Eichhörnchen würde ich es bis ans Ende meiner Tage nicht verstanden und den seltsamen Abend am nassen Stadtrand von Moskau vergessen haben. Das kalte Licht der grellen Laternen leuchtete sinnlos kräftig über der leeren Straße, und rund um die Leuchten ballten sich, wie umgestürzte Metallpissoirs anzusehen, Wolken aus Regentropfen. Die Straßenbahn kam, naß, von dünnen Lichtreflexen gesprenkelt, und schleuderte bläuliche Funkengarben in die nasse Höhe des Stadthimmels. Akutin drückte mir wortlos die Hand und sprang auf das Trittbrett des leeren Wagens. Er setzte sich auf den Platz neben dem Kassenverschlag, preßte das Gesicht an die Scheibe voller Regentropfen und blickte mich an, bis die Straßenbahn abfuhr. Und in dem Blick meines Gefährten, den die Bahn ins Halbdunkel der endlosen Moskauer Straßen davontrug, war das gleiche wehmütige Gefühl von Begreifen, das auch ich in mir hatte. Wir wußten: Eine unbekannte Macht trennte uns.

Dies alles geschah an einem regnerischen Moskauer Abend, der viele Jahre zurückliegt, und heute schlafe ich in meiner Ranch am Cooper Creek, und mein Schlaf ist tief, und neben mir schläft Ewa, meine Frau, Australierin polnischer Abstammung, und in den Nebenzimmern schlafen unsere drei Kinder, der Diener, der Maler Zborowski, unser Gast, ein weitläufiger Verwandter meiner Frau, und die Bernhardinerhündin Elsie, das gutmütige Dummchen mit den Hängebacken. Millionen von schläfrigen Traumgesichten sausen über das schweigsame Land meines schlafenden Verstandes hinweg wie unzählige Wolken von rosa und weißen Vögeln. Ich muß wohl vollkommen glücklich sein, wenn die Vögel meiner schläfrigen Träume so friedlich sind, und die Stille umspült die unabsehbaren Grenzen der Seele, die sich im Schlaf weit auftut. Aber da läuft irgendwo am Rand dieses Reiches der Stille ein Tierchen mit buschigem rötlichem Schweif, seine klugen Perlenäuglein funkeln, und im Nu verengt, verdichtet sich all das Grenzenlose auf die Größe eines gewöhnlichen Menschenkörpers. Ich bin wieder in der Gewalt von Eichhörnchen, und er führt mich zurück in die Moskauer Herbstnacht meiner Jugend, in die nasse Dunkelheit, die an den leuchtenden Laternen vorüberschwebt, in den Wind, der so feucht und bitter ist wie meine plötzlichen nächtlichen Tränen. Dmitri Akutin! Er war mein erster Freund und Bruder in der heiligen Bruderschaft der Maler unserer Welt.

Hinter dem Gitterzaun, der den zweigeschossigen Atelierpavillon umgab, sah ich den Schatten eines riesigen Tiers sich bewegen. Ich ging auf die Pforte zu, öffnete sie leise und schlich gebückt den Weg entlang, bemüht, im Licht der fernen Laternen zu erkennen, was da so schwergewichtig an dem Lattenzaun entlangglitt. Da sah ich wieder das gewaltige Tier. Aus der Nähe konnte ich es gut betrachten – es war eine unwahrscheinlich große Dogge. Sie lief zwei Schritte von mir, schnaufend, prustend, mit den Krallen über die Steine kratzend, lief durch eine Pfütze und verschwand zur Hälfte hinter einem dicken Baumstamm. Ich konnte gut sehen, wie der Hund mit dem Schwanz wedelte, dann reckte er ihn säbelartig hoch und hob ein Bein. Nachdem die Dogge ihr Geschäft verrichtet hatte, verschwand sie, und hinterm Stamm hervor trat statt ihrer ein Mann, der sich im Gehen die Hose zuknöpfte. Er kam direkt auf mich zu und blieb auf der anderen Seite des Zauns stehen; er legte eine Hand auf eine Zaunlatte, sprach mich an und bat um Feuer, ich hatte mir beim Verlassen der Straßenbahnhaltestelle eine Zigarette angezündet und hielt sie noch in der Hand. Ohne mich von meiner Verblüffung erholt zu haben, reichte ich sie dem Unbekannten hin, er beugte sich vor, in seinem Mund steckte eine lange Zigarette, deren Ende ein wenig zitternd den roten Glutpunkt der meinigen berührte. Im selben Moment verschwand der Unbekannte, und ich stand da, die Hand mit dem Stummel über den Zaun gestreckt. Ich ließ ihn ins nasse Gras fallen und ging zur Ateliertür.

Mit drohendem Knurren und Schlüsselklirren sperrte Trytschkin die Tür auf und ließ mich ein. Ich begann auch zu schimpfen, stellte mich betrunken, tastete an der Wand heimlich nach dem Schalter und knipste plötzlich das Licht an. Der Bewacher der Meisterwerke meiner Tante stand vor mir, geschwänzt, ein Halsband um den langen sehnigen Hals. Etwas war geschehen in dieser Nacht, wodurch alle Wandlinge nicht rechtzeitig ihr menschliches Aussehen wieder annehmen konnten und so das Geheimnis ihrer gräßlichen Verwandlungen preisgaben. Mit schadenfrohem Vergnügen, demonstrativ beäugte ich den Kringelschwanz und die zottige weiße »Hose« des alten Köters, die ich vorher in der Dunkelheit als Soldatenunterhose angesehen hatte. Meine besondere Aufmerksamkeit richtete sich auf das Halsband, denn es war mit runden Goldscheiben besetzt, ich wollte es sogar berühren, aber da hielt Trytschkin, der den Blick mit Fleiß abgewandt und so getan hatte, als wäre nichts Besonderes, es nicht aus, brüllte heiser auf und schnappte mit den Zähnen nach meiner Hand. Es knirschte – ein künstliches Gebiß fiel zu Boden. Mit kläglichem Geheul bückte sich der Wächter danach, und als er sich wieder aufrichtete, waren Schwanz und Halsband verschwunden. Ich lachte, ließ ihn in Ruhe und begab mich in meinen Zwischenstock.

Dieser Trytschkin hatte vor seinem Dienst bei Maro D. als Maurerbrigadier auf dem Bau gearbeitet. Seine Brigade galt bei der Verwaltung als vorbildlich, wie der Alte zu erzählen pflegte. Aber eines Tages geschah es, daß der Bagger, der neben einem Neubau einen Graben aushob, auf eine alte Latrinengrube stieß, und in den vermoderten Fäkalien blinkten Münzen. Irgendwann einmal mußte jemand einen großen Schatz von goldenen Zarenmünzen in der Latrine versteckt haben. Der Baggerführer stürzte hinzu, um sie herauszuscharren, das sahen die Maurer, verließen schleunigst das Gerüst und wühlten hastig die goldhaltige Grube um. Jeder machte reichliche Beute, und alsbald scharwenzelte ein Typ mit grauer Persianermütze um die Arbeiter herum, und ein Stündchen später war die ganze Brigade volltrunken. Der Brigadier, dem ein halbes Kochgeschirr voll Münzen zugefallen war, verließ sogleich seine Familie und setzte sich ab nach dem Süden. Übers Jahr kehrte er mit schuldbewußt eingekniffenem Schwanz nach Hause zurück, doch er wurde nicht über die Schwelle gelassen. Darauf verwandelte er sich in einen streunenden Hund und trieb sich bei den Müllgruben herum, bis Tante Maro ihn in ihre Dienste nahm. Von den goldenen Tagen, die er in den Kurorten der Krim und in den Schaschlikstuben des Kaukasus verbracht hatte, waren ihm ein paar Münzen übriggeblieben, die er als teures Andenken hütete und zwecks größerer Sicherheit an einem Hundehalsband befestigt trug. Ich hatte ihn oft diese traurige Geschichte erzählen hören, die er jedesmal mit einem belehrenden Ausspruch schloß, der vom moralischen Standpunkt nicht ganz astrein war: »So ist das, mein Lieber, Gold richtet den Menschen zugrunde. Aber dafür habe ich Wein getrunken, Fleisch gefressen und Frauen gehabt. Man muß zu leben verstehen, mein Jungchen.«

Jetzt trottete dieser Genießer hinter mir her und winselte, ich verdammter Saufbold hätte ihm das Gebiß zerbrochen, das ihn sechzig Rubel gekostet habe. Ich empfahl ihm freundlich, seine restlichen Münzen in Goldzähnen anzulegen, dann werde das Edelmetall weit sicherer aufbewahrt sein als an dem Hundehalsband mit den scheinbar messingnen Beschlägen. »Wieso denn Halsband?« leugnete Trytschkin frech. »Was denkst du dir da aus, du Milchbart? Gleich morgen sag ich alles der Frau Tante, dann wird sie's dir schon zeigen, dann schmeißt sie mit dir rum statt mit der Hantel, du Rowdy.«

Tags darauf kam es in der Tat zu einer großen Aussprache zwischen mir und Maro D., im Zwischenstock, wo ich angezogen auf der Couch schlief; die Tante war heraufgekommen, weil ich auf ihre Rufe von unten nicht reagiert hatte.

»Erklär mir, was das bedeuten soll, Georgi«, dröhnte sie spöttisch, während sie monumental vor mir aufragte; ich lag ausgestreckt auf der Lagerstatt meiner Besoffenheit, umgeben von leeren Flaschen und runden Totenköpfen. »Du bist nicht zum Unterricht gegangen, du hast Trytschkin verprügelt, du hast den ganzen Weinvorrat ausgetrunken, und jetzt liegst du vor mir in der Pose eines Saporoger Kosaken und geruhst nicht einmal aufzustehen. Steh sofort auf, sonst kriegst du eins hinter die Ohren, verstanden?«

»Verstanden, Tante. Guten Morgen«, antwortete ich und erhob mich eilig. »Aber all das habe nicht ich getan, Tante, das waren die da.« Ich zeigte auf die verstreuten Schädel und Flaschen.

»Was heißt das?« Maro hob die dichten schwarzen Brauen, und die schwarzen Augen der Südländerin durchbohrten mich.

»Als ich gestern Dmitri zur Haltestelle brachte und zurückkam, amüsierten sich hier fünfundzwanzig Burschen und Mädchen, Tante. Sie waren nackt und wunderschön.«

»Wie sind die hierhergekommen, du Tagedieb? Wieviel Wein muß man süffeln, um fünfundzwanzig nackte Mädchen zu sehen!«

»Der Wein hat damit nichts zu tun, Tante Maro. Den Wein haben sie getrunken, ich nur eine Flasche, und die mit meinem Freund.«

»Wer – sie?«

»Na sie, die schon hier waren, als ich reinkam. Goldhaarige Gespenster, Tante. Sie haben mir doch gesagt, das wären nur Anschauungsmittel für die Arbeit, doch das stimmt nicht. Jeder von ihnen war mal ein Mensch, jung und schön. Ich bin doch auch noch jung und schön, nicht wahr, Tante Maro?«

»Ohne Frage, mein Herzblatt. Du bist so schön, daß es keinen Vergleich gibt. Aber was sage ich deinem Vater? Daß du hier während eines Studienjahrs gelernt hast, zu feiern und zu saufen? Du tust mir leid, Georgi.«

»Ich tue Ihnen leid!« schrie ich und klatschte mir auf die Hüften. »Und diese armen Teufel, die Sie im Schrank aufbewahren, die tun Ihnen nicht leid?«

»Aber du sagst doch, sie haben fast den ganzen Vorrat von meinem teuren Wein ausgetrunken, du Tunichtgut.«

»Hören Sie auf, Tante! Was machen Ihnen die paar Flaschen Wein aus, wo Sie so reich sind. Geben Sie's zu, Sie sind doch sehr reich?«

»Ja, ich bin reich, aber nicht reich genug, um so einen frechen Alkoholiker wie dich auszuhalten.«

»Ich glaube, ich und meine Freunde aus dem Schrank haben nicht den ganzen Wein getrunken. Trytschkin wird uns geholfen haben. Wo ist er? Fragen wir ihn doch.«

»Trytschkin ist in die Poliklinik gegangen, und ich werde ihm das Gebiß bezahlen müssen, das du ihm zerbrochen hast.«

»Da können Sie mal sehen, wie reich und großzügig Sie sind. Und die schwarze Dogge auf der anderen Seite, die ist wohl auch reich?«

»Was für eine Dogge? Bist du Choroschutin begegnet? Hast du ihn etwa auch angepöbelt, du dummer Kerl?«

»Nein, wo denken Sie hin, solch einen anzupöbeln ist gefährlich, der beißt einem gleich die Kehle durch. Ich habe ihn auf seinem Hof spazierengehen sehen. Was Sie für einen Nachbarn haben, Tante! Ein ernsthaftes Tier, kann ich Ihnen sagen. Man sieht gleich, daß er auch reich ist. Aber sagen Sie mir, wie kommt es, daß Sie so reich sind? Wie machen Sie das?«

»Ganz einfach, Neffe. Ich arbeite, also bin ich reich, wie du sagst, aber du bist noch zu dumm, um zu wissen, was es heißt, wirklich reich zu sein.«

»Was Sie nicht sagen!« rief ich mit gespielter Betrübnis. »Unmöglich! Nein, Sie sind der reichste Mensch, den ich kenne, Tante Maro.«

»Stell dir vor, das stimmt nicht«, antwortete Maro D. mit einem Seufzer. »Bald kriege ich Besuch von einer wirklich reichen Frau, einer Millionärin aus Australien. Die kann sich wahrhaftig reich nennen. Gegen die, mein Lieber, bin ich eine Bettlerin, jawohl, eine Bettlerin.«

»Hei, wie ich Sie beneide«, fuhr ich im gleichen Ton fort. »Was für Leute zu Ihnen kommen, Tante Maro! Weswegen kommt sie?«

»Sie will mir Bilder abkaufen.«

»Und Sie verkaufen ihr welche?«

»Warum nicht? Mach ich.«

»Und verlangen Sie viel dafür?«

»Nach billigen Bildern wäre sie nicht so verrückt. Das ist eins der Geheimnisse, Neffe, warum deine Tante nicht zu den Ärmsten gehört. Man muß arbeiten, Herzblatt, viel arbeiten, man muß ein Ziel haben, dann wird man auch reich. Aber jetzt habe ich genug von dir, bring dich in Ordnung und geh mir aus den Augen.«

»Eine letzte Frage, Tante. Warum werden Ihre Bilder so teuer bezahlt?«

»Weil sie es wert sind, du frecher Kerl. Und nun geh schnell, ehe ich dir die Knochen zerbreche.«

»Ich geh ja schon! Und zwar für immer, liebe Tante. Ich will nicht mehr bei Ihnen leben. Ich mag Ihre Bilder nicht, entschuldigen Sie schon, und ich würde nicht so viel Geld dafür bezahlen. Meine eigenen Skizzen gefallen mir viel besser, und noch besser gefallen mir die Bilder von Dmitri Akutin. Für jede kleine Skizze von ihm würde ich mehr geben als für Ihr größtes Bild. Sie werden mich gleich totschlagen, aber lassen Sie mich noch eine Minute leben und hören Sie mich an. Ich möchte nicht reich sein, ich möchte arm sein. Und ich glaube – das sagt mir eine innere Stimme –, Sie sind gar nicht Maro, die Schwester meines Vaters, von der erzählt wird, sie sei vor vierzig Jahren in ihrem einzigen Kattunkleid und mit einem schwarzen Ridikül in der Hand aus dem Hause gegangen. Sie sind nicht diese Maro D., Sie sind eine andere, Sie sind ausgewechselt. Sie haben bestimmt jenes großartige, dicke armenische Mädchen aus Megri umgebracht, so wie Sie gestern versucht haben, Dmitri Akutin umzubringen. Ja, ich bin Ihnen auf die Schliche gekommen. Einen Anschlag auf einen Menschen kann man auf verschiedene Weise verüben. Man muß nicht unbedingt auf ihn schießen oder Messerstecher zu ihm schikken. Es gibt Menschen, die vor Schreck sterben, und manch einer hängt sich auch auf, wenn man ihn soweit bringt. Man kann ihn aber auch neben einem Friedhof einquartieren, neben einem mit Toten vollgestopften polierten Schrank, und dem Ärmsten versichern, das wären nicht die sterblichen Überreste von denkenden Wesen, sondern Anschauungsmittel. Und eines Nachts, wenn Dämonen und Wandlinge sich aus irgendwelchen Gründen freien Lauf lassen, erscheinen ihm fünfundzwanzig goldhaarige Gespenster und sagen ihm, daß sie auch einmal Burschen und Mädchen waren und gern leben und sich amüsieren möchten. Nach solch einer Begegnung, Tante, da möcht man sich schon aufhängen, haben Sie das gewußt oder nicht? Natürlich haben Sie's gewußt. Nur eines ist mir ein Rätsel: Warum, warum mußten Sie den Anschlag auf Dmitri verüben? Und wieso bin ich Ihnen im Wege? Wozu diese Berge von Essen, von Wein, wozu der Kühlschrank, voll von fertigem Fraß, wonach man nichts mehr tun möchte, nur noch schlafen oder Dummheiten machen? Sie haben einen Anschlag auf mein Leben verübt mit Hilfe des Kühlschranks, Tante! Ich ziehe ins Wohnheim, ich will lieber nachts Güterwagen entladen, und meinem Vater schreibe ich selbst, er ist ein einfacher Dorfschneider, er wird mich verstehen. Sie dagegen ...«

»Du bist ja verrückt, du Lump!« brüllte die Tante und ballte die ringgeschmückten Hände zu gewaltigen Fäusten. »Gleich mach ich Schaschlik aus dir! «Sie fauchte vor Wut und hustete wie eine Tigerin.

Dies benutzte ich, um an ihr vorbeizuschlüpfen, ich ergriff meine zuvor in Zeitungspapier verschnürten Habseligkeiten und stürmte die Treppe hinunter. Hinter mir polterten die Schritte der Tante, von denen die Treppe erzitterte, und ihre wütenden Fäuste machten das Geländer schwanken.

Unten hätte ich beinahe ein junges Mädchen mit komischem Sommersprossengesicht umgerannt, das so bunt gesprenkelt war wie ein Vogelei. Ein langer roter Schal war über ihre Schulter geworfen und hing bis über den Saum ihres hellen Mantels hinunter. Unsere Blicke trafen sich, ich zwinkerte ihr zu und lief weiter zum Ausgang. Und da erdröhnte es hinter mir wie eine Orgel, schluchzend, flüsternd und zugleich in tiefem Baß, und die Tante sang mit nie gehörter Stimme:

»Aah, da ist ja mein Liebchen! Ich warte und warte schon lange auf Sie, liebste Ewa, kommen Sie herein, meine Herzensfreude!«

Ich erstarrte vor Verwunderung, denn alles deutete darauf hin, daß dies die erwartete Millionärin war, doch das konnte ja wohl nicht sein. Schlicht, mager, mit gesprenkelter Nasenwurzel und vor allem blutjung! Aber die Orgel der Tante verströmte eine Musik, daß sämtliche Zweifel schwanden – es mußte die Millionärin sein. Da legte ich mein Bündel vor der Tür des treuen Trytschkin auf den Fußboden und machte kehrt. Die Tante stand da, die haarigen Beine auseinander, die für mich ohne die Pantalons mit dem Spitzenbesatz ungewohnt aussahen, die Hände in die Hüften gestemmt, ließ die dichten Augenbrauen auf und ab gehen und sperrte den dicklippigen Mund auf, als wollte sie das zierliche Mädchen mit Appetit verschlingen.

»Ent-schul-di-gen Sie die Ver-spä-tung«, sagte Eva sorgfältig mit der zauberhaften Aussprache, mit der gebildete Ausländerinnen russisch sprechen.

Sie stand vor Maro D. und richtete den Schal an ihrer biegsamen superdünnen Figur. Eine plötzliche Erleuchtung, die du, Eichhörnchen, auch kennst, flammte in meiner Seele auf. Ich spürte das Wesen einer Gottheit in der sterblichen Frau und verliebte mich in sie. Ich liebe Eva sogar im Schlaf und erlebe immer wieder den ersten Moment unserer Begegnung nach, die – o Gott! – auch hätte ausbleiben können, wäre ich zwei Minuten eher weggelaufen.

Da ich mich nicht näher an sie herantraute, rief ich aus schicklicher Entfernung:

»Missis Eva!«

»Georgi!« schrie Maro D. herrisch. »Scher dich weg, blamier mich nicht, du Esel!« Das letzte hatte sie ruhiger auf armenisch gesagt.

»Missis, kommen Sie zu mir, ich möchte Ihnen etwas sagen, doch ich traue mich nicht zu Ihnen«, lockte ich sie, ganz Aufmerksamkeit, bereit, jeden Moment wegzuspringen.

»Sie trauen sich nicht? Warum denn nicht?« fragte Ewa lächelnd.

»Ich habe ihr gesagt, daß ihre Bilder schlecht sind. Sie kriegt es fertig und schlägt mich dafür zum Krüppel, verstehen Sie? Sie ist sehr stark, sie kann hundert Kilo stemmen.«

»Ist das Ihr Sohn? Wie nett er ist«, sagte Eva höflich-liebenswürdig zu Maro D.

»Mein Neffe«, antwortete die Tante herablassend. »Achten Sie nicht auf ihn, er ist betrunken.«

»Oh! Betrunken?« Die Millionärin machte runde Augen.

»Nein, nein, glauben Sie ihr nicht«, rief ich hastig. »Sie betrügt jeden, sie will auch Sie betrügen. Ja, ja, sie will Ihnen für irres Geld ihre Schmierereien andrehen. Glauben Sie ihr kein Wort, sagen Sie nichts und kommen Sie mit mir, ich zeige Ihnen wirkliche Maler.«

Die Ausländerin warf verwunderte Blicke auf Maro und mich, sie war ganz verwirrt, behielt aber den liebenswürdigen Gesichtsausdruck bei und fragte:

»Aber das ist ja ein Skandal, Mrs. D.?«

»Macht nichts, ich werde ihn gleich rausbringen«, antwortete die Tante, das Wort »rausbringen« klang bei ihr wie »umbringen«, und kam auf mich zu.

Ich schnappte mein Päckchen und schoß wie eine Kugel aus dem Atelier. Als ich nicht das Trampeln von Maro hinter mir hörte, blieb ich stehen, riß das Zeitungspapier von dem Päckchen, knautschte es zu einer lockeren Fackel zusammen und zündete sie mit einem Streichholz an. Mit der brennenden Fackel drang ich wieder in das Atelier ein und schleuderte sie mit dem Ruf »Maro, ich brenn dir deine Bude an!« in den Zwischenstock. Dort qualmte es, gleich darauf flammte ein kleiner gelber Schein. Maro schlug die Hände zusammen und stürmte mit der Flinkheit eines Flußpferdes die Treppe hinauf. Ich packte Eva am Arm, ließ sie nicht zur Besinnung kommen und zog sie mit Gewalt hinaus, ohne auf ihr Protestgeschrei zu achten. Hinter mir polterte etwas die Treppe herunter, dumpf die Stufen zählend. Ich wußte, es waren elf. Wie oft war ich sie, vom leicht zugänglichen Wein der Tante betrunken, hinuntergerutscht und hatte sie mit dem eigenen Hinterteil gezählt. Offensichtlich nahm Maro jetzt den gleichen Weg, mit genau der gleichen Abfolge.

Ich sah es nicht, ich habe Maro D. überhaupt nie wiedergesehen, ich zog Eva aus Leibeskräften hinter mir her. Erst ein ganzes Stück hinterm Tor blieb ich stehen, verwundert, daß ich keine Rufe hinter mir hörte. Als ich mich umdrehte, sah ich Eva mit weit offenem Mund lautlos lachen, sie starb sozusagen vor Lachen, ihre Augen glitzerten von Lachtränen. Und da fiel ich vor ihr auf die Knie, legte die Arme um sie und drückte das Gesicht in den langen Schal, der ihr von der Schulter hing; mit diesem Schal wischte ich mir die Tränen der ersten Liebesekstase meines Lebens aus dem Gesicht und murmelte unter Schluchzen:

»Warum bist du nicht ein Mädchen von uns, sondern ausgerechnet Australierin? Warum bist du Millionärin und nicht einfach eine ausländische Studentin? Und warum bist du nicht eine Witwe, die ich heiraten könnte? Vielleicht gehst du weg von deinem Millionär und heiratest mich, Eva?«

»Oh, ich bin ja Witwe!« antwortete sie lachend und verschmierte mir mit dem Fingerchen die Tränen auf der Wange. »Und ich bin ein Mädchen von euch, ich bin beinahe Russin!«

Und dann erzählte sie mir ihre einfache Geschichte. Ihr Vater war ein russischer Offizier, der nach dem Krieg eine Polin heiratete und in der Heimat seiner Frau blieb. Ewa war achtzehn, als sich der Sohn eines australischen Geldsacks, des größten Viehzüchters auf dem Kontinent, in sie verliebte, er heiratete sie und brachte sie von Warschau nach Australien. Schon mit zwanzig wurde sie Witwe, denn ihr Mann und ihr Schwiegervater stürzten sich im eigenen Flugzeug an einem Felsen zu Tode, und Eva war Alleinerbin eines der größten Vermögen des südlichen Kontinents.

»Jetzt bin ich schon das zweite Mal in Rußland«, erzählte sie mir, während wir auf einem weißen Ausflugsdampfer über die Moskwa fuhren. »Hier im Gebiet Rjasan lebt meine Großmutter, die ich sehr liebe. Sie lebt in einem kleinen Dorf, und ich habe bei ihr gewohnt, und wir sind zusammen in die Pilze gegangen. Sie ist sehr gut, meine Großmutter, aber sie möchte nicht zu meinem Vater ziehen und zu mir auch nicht. Sie sagt, sie hat nicht mehr lange zu leben und will da sterben, wo sie geboren ist. Ich weine immer, wenn sie so redet, denn sie ist sehr krank und ganz schwach, und niemand steht mir näher als sie.«

Von Kunst verstand Eva etwas und liebte sie, denn sie hatte in Warschau an einem Studio für Malerei studiert und wollte Berufsmalerin werden, doch die Heirat und der Reichtum kamen dazwischen, worauf sie sich entschloß, Bilder zu sammeln.

An der Krim-Brücke stiegen wir aus und fuhren mit der Metro weiter, denn ich besaß gar kein Geld, und die Millionärin hatte nur ein paar Rubel in ihrem Täschchen. An der Allunionsausstellung verließen wir die Metro, setzten uns in ein Café und aßen eine Kleinigkeit, die Besitzerin unermeßlicher Schafherden bezahlte, und danach reichte das Geld nicht mehr fürs Taxi. Aber das machte mir wenig Sorgen, denn ich hoffte, im Studentenheim jemand anpumpen zu können. Dieses lag, wie ich mich erinnere, im Alexejewski-Studentenstädtchen, einem Bezirk langgestreckter zweigeschossiger Häuser, steinerner Baracken, deren Putz mit gelber Wasserfarbe gestrichen war. Auf den mit Pappeln bestandenen Höfen gab es zahlreiche Bretterschuppen und Taubenschläge.

Mein Morgenschlaf ist tief, in zwei Stunden werde ich aufwachen, die Augen öffnen und die glattgehobelte, lackierte Holzwand unseres Vorstadtbungalows erblicken; auf der Wand sitzt ein zufällig hereingeflogener Schmetterling, dessen letzter Traum vor dem Tode ebenso verschwommen ist wie die Gesichte meines vergangenen Lebens.

Dem Eichhörnchen folgend, verlasse ich den Kerker des Traumlebens eines reichen Australiers, ich bin wieder jung und lustig und sehe den mit Pappeln bestandenen Hof des Studentenheims, die an der Wand entlangschleichende gefleckte Katze und die verlassene Tischtennisplatte voller nasser Ahornblätter. Eva, die junge Millionärin, bestaunte die Häßlichkeit dieses Wohnheims, das einer Kaserne ähnelte, doch ich hoffte sie damit zu beeindrucken, daß sie inmitten dieser Schlichtheit Schöpfungen von wahrem Talent zu sehen bekäme, die länger leben würden als ein gewöhnlicher Sterblicher.

Es war Abend, das ausgehungerte Studentenvölkchen hatte die

akademischen Übungen hinter sich und widmete sich der Zubereitung von keineswegs geistiger Nahrung, das Treppenhaus roch nach Bratkartoffeln, Qualmwolken quollen aus der angelehnten Tür der Gemeinschaftsküche. Ich hatte das sympathische gertenschlanke Mädchen bei mir, und keiner meiner Kommilitonen, die mit Pfannen und Kasserollen an uns vorbeiliefen, konnte ahnen, wer sie war. Alle grüßten hastig, warfen einen flüchtigen Blick auf meine Begleiterin und verschwanden in ihren Zimmern im Vorgeschmack des harmlosen Genusses ihrer abendlichen Mahlzeit. Ewa und ich wußten noch nicht, daß dieser Moment – der Geruch angebrannten Sonnenblumenöls, der mächtige Lupetin im gestreiften Matrosentrikot, der mit dem Fuß die Tür aufstieß und dahinter verschwand, nachdem er uns freundschaftlich zugelächelt hatte, unser langsames Hinaufsteigen auf den knarrenden Holzstufen zum Obergeschoß –, daß all dies für uns eine der schönsten Erinnerungen an den Beginn unserer Liebe bleiben würde.

Wir klopften an eine Holztür, die mit derber brauner Ölfarbe gestrichen war, geeignet, den Geschmack eines Malers zu beleidigen; jemand rief, und wir traten ein. Vor uns stand ... i, die Brille auf der Nasenspitze, im Sportdreß, mit jämmerlich aufgeschlagenen Knien, in Hauslatschen und mit nackter, bronzebraun schimmernder Brust unterm offenen Hemd.

Wir fühlten an diesem Herbstabend nichts Besonderes, sprachen nur ein Weilchen darüber, daß Dmitri Akutin, den alle sehen wollten, in der letzten Nacht verschwunden, nicht nach Hause gekommen und nicht im Unterricht erschienen war, und niemand wußte, wo er sich jetzt aufhielt. Dies beunruhigte uns nicht weiter, und wir gingen auseinander, ohne zu ahnen, daß weder Georgi Asnaurjan noch ich oder sonst einer von uns ihn in den Wänden der Hochschule oder unserer Studentenkaserne je wieder sehen sollte.

Er war ein Jahr zuvor in unser Studentenwohnheim gekommen, nachdem er das Haus seiner Lehrerin verlassen hatte, wo er Tisch und Obdach und vollen Unterhalt gehabt hatte, doch wir kannten diese Umstände noch nicht, als er mit seinem selbstgemachten Sperrholzskizzenblock und einem Kleiderbündelchen bei uns einzog und das Bett neben der Tür belegte. Nach seinem Verschwinden blieb es nicht lange leer, denn bald darauf schlief Georgi Asnaurjan darin.

Aber jetzt will ich Georgi in Ruhe lassen, mag er friedlich schlafen in Australien neben seiner geliebten Millionärin, ich möchte eine Zeitlang ich selbst sein und mich in keinen anderen umwandeln. Die dazu erforderliche geistige Anstrengung ist gewaltig, und wer sich mit solchen Späßen abgibt, muß von Zeit zu Zeit in der eigenen Haut bleiben und seine Kunst gleichsam vergessen. Und mit erbarmungsloser Nüchternheit sich selbst betrachten, sich, den Zauberer, um ohne jedwede Selbsttäuschung bestimmen zu können, was er in Wirklichkeit darstellt.

Ich bin ein kleines Tier, eines der harmlosesten im Walde, das auf niemand Jagd macht. Kraft ist mir nicht gegeben, nur Geschicklichkeit und Feinfühligkeit, die mich in den Stand setzen, einen Feind rechtzeitig wahrzunehmen und ihm mit erhobenem Schweif zu entfliehen. Die höchsten Mächte haben gewollt, daß ich in der Großstadt lebe und als künstlerischer Redakteur in einem Verlag des Gesundheitswesens tätig bin. Ich bin also nicht Maler geworden, sondern Beamter. Ich weiß um die Gründe dieser Verwandlung, und, zugegeben, von Zeit zu Zeit empfinde ich große Schwermut und Unruhe, doch ich gebe mir Mühe, mich zu bezwingen und meinen dienstlichen Obliegenheiten möglichst gut nachzukommen. Das gelingt mir, denn die Natur hat mir Ordnungssinn, Pünktlichkeit, ein gutes Gedächtnis und Arbeitsamkeit geschenkt.

Auf Arbeit werde ich von den Natschalniks wie von den Künstlern geschätzt, und der Chefredakteur Pawel Kusanow, zugleich Vorsitzender des Künstlerischen Rates, ein alter, ergrauter Foxterrier, lobt mich öffentlich.

Kusanow ist seelisch so beschaffen, daß er mit Vorliebe solche Gesundheitsplakate zeichnet, auf denen er den Menschen in seiner abstoßendsten, entstelltesten Gestalt abbilden kann. Daher beansprucht er für sich alle Themen, die Pathologien und Anomalien des menschlichen Körpers betreffen, desgleichen satirische Plakate über Alkoholismus, darum biete ich solche Aufträge immer gleich dem Chef an. Was für grausige Mißgeburten und abscheuliche Lemuren seine geschickte Hand zu zeichnen vermag! Wie ausdrucksstark kann die Phantasie eines geistigen Monsters sein! Und da Kusanow Inspiration nicht fremd ist, hat er Erfolg in der Arbeit. Seine Alkoholiker, Schmiergeldnehmer, Radaubrüder, die er oft veröffentlicht – nicht bei uns, sondern in satirischen Presseorganen –, haben ihm großen Ruhm eingetragen.

Aber ich bin abgeschweift, abgekommen vom Nachdenken über mich selbst. Ich zeichne noch, ja, ich zeichne, mehr nicht, und veröffentliche dann und wann eine Zeichnung in einer Illustrierten. Und obwohl ich die Kunsthochschule und danach das Polygraphische Institut absolviert habe und früher große Pläne hegte, bin ich jetzt mit knapp dreißig auf dem Posten des künstlerischen Redakteurs im Plakatverlag schon endgültig zur Ruhe gekommen. Seit ich mich als Eichhörnchen erkannt habe, ist mir klargeworden, daß in dieser Welt nur größere Tiere große Pläne hegen können, während so kleine wie ich sich lieber möglichst früh ein bescheidenes, doch sicheres Plätzchen suchen sollten. Das habe ich getan, und alles geht gut, nur quälen mich die Träume meiner Jugend, die Träume der hoffnungslosen Liebe zu Ihnen, meine Teure, und mich bedrückt die ständige Angst, daß ich damals der vierte auf der Liste des Direktors war und mich somit letzten Endes das gleiche erwartet wie die drei anderen. Wiederum, was kann mir schon drohen, wenn ich selbst, freiwillig, mit der Beflissenheit des bescheidenen und seinen Platz kennenden Subjekts allen Ansprüchen des Talents entsagt habe und ein gehorsamer Werktätiger in einem kleinen Verlag geworden bin?

Meine prägenden Eigenschaften: Ich weiß nicht weniger als andere, aber ich prelle niemals vor. Auf den Sitzungen des Künstlerischen Rates erklingt meine Stimme sehr selten, und wenn ich spreche, dann nach meiner festen Gepflogenheit ausschließlich über Geschmacksfragen, taktvoll und ohne jemand zu nahe zu treten. Daran haben sich alle gewöhnt, und meine Auslassungen werden stets mit herablassender Aufmerksamkeit angehört wie etwas, was nicht ohne Freundlichkeit und Feinheit ist, jedoch am Wesentlichen nichts entscheidet. Gelegentlich dienen meine Auftritte als willkommene Ablenkung von gar zu heftig entbrannten Leidenschaften und werden von Kusanow zum Anlaß genommen, einen Witz zu machen, aber nie auf meine Kosten. Und selbst Kusanows Stellvertreter für den Textbereich, ein gewisser Krapiwo, ein viehisches, erbarmungsloses Lebewesen, behandelt mich mit geduldiger Gleichgültigkeit, so wie eine Bulldogge einen zwitschernden Sperling. Dabei gibt es fast keinen Verlagsmitarbeiter, vom Boten Lapschow, einem Alkoholiker, bis zum Verlagsdirektor Rokotow, der noch nicht die stumpfen Reißzähne Krapiwos zu spüren bekommen hätte. Dieser Kelch ist gottlob bisher an mir vorbeigegangen.

Eines Tages wurde ich unversehens Zeuge eines so unbeschreiblichen Grauens, daß ich mich ein für allemal verschwor, niemals näher als auf fünf Schritt an den Stellvertreter des Chefs heranzutreten. Der Vorfall geschah während einer ausgedehnten Sitzung des Künstlerischen Rates, die irgendwie besonders schiefging, weil beide Leiter, Kusanow und Krapiwo, alle anderen in der Luft zerrissen, wohingegen das eingeschüchterte Häuflein der Ratsmitglieder in nichts zu widersprechen wagte und beflissen den jeweiligen Märtyrer weiter zerfetzte und zertrampelte. An dieser leidigen Sitzung nahm ein Verseschmied teil, ein kräftiges Kerlchen mit rotem Gesicht und kurzen grauen Haaren, ein überaus galliger und übelnehmerischer Mensch. Krapiwo drosch sogleich auf dessen Zweizeiler ein:

Auch im Kuß Gift stecken kann.
Küß dich nicht mit jedermann.

Das sollte eine Warnung vor Geschlechtskrankheiten sein, die auch bei einem so unwesentlichen Akt wie einem Kuß übertragen werden konnten. Kusanow blieb gleichmütig, obwohl es eindeutig sein Thema war (oh, er würde einen solchen Kuß so abgebildet haben, daß sich dem Betrachter die Haare gesträubt hätten), Krapiwo aber lief dunkelrot an wie eine Wanze und lehnte sich im Sessel zurück wie ein bis in die tiefsten Tiefen entrüsteter römischer Patrizier auf dem Forum.

»Wo haben Sie bei uns«, sagte Krapiwo mit Betonung des letzten Wortes, »wo, mein Bester, haben Sie bei uns jemand sich mit jedermann küssen sehen?«

»Ich meine ja nicht, daß er sich unbedingt mit jedermann küßt«, widersprach der gewiefte Verseschmied. »Verstehen Sie nicht, oder wollen Sie nicht verstehen? Ich meine doch das genaue Gegenteil, das ist der Sinn des Plakats.«

»Was für ein Plakat, Genossen?« Krapiwo ließ den Blick verwundert über die Versammlung gleiten. »Kann bei uns etwa ein unmoralisches und apolitisches Plakat veröffentlicht werden? Wen rufen Sie denn auf, sich nicht mit jedermann zu küssen? Unsere Arbeiter? Unsere Bäuerinnen? Meinen Sie, die wären imstande, sich mit jedermann zu küssen, wenn Sie sie nicht rechtzeitig zur Ordnung rufen?«

»Sie verdrehen den Sinn meines Themas, Pjotr Sergejewitsch,

und Sie tun es mit Bedacht«, schrie der Poet, spannte den mächtigen Nacken und lief noch dunkler an als Krapiwo.

»Und Sie, mein Lieber, demoralisieren uns«, sprach Kusanow mit fröhlichem Zähnefletschen, und da wußten alle, auf wessen Seite er sich schlug.

Krapiwo fühlte sich ermuntert, er schloß die Augen, schüttelte den Kopf, daß seine Hängebacken wabbelten, dann riß er die Augen weit auf, und darin stand majestätisches Leiden.

»Und dann die Form! Nikolai Nikolajewitsch, Sie sind doch ein bekannter Dichter, muß ich Ihnen beibringen, wie man Verse schreibt? Erlauben Sie mir die Frage, wo ist denn hier die Poesie? Küß dich, noch dazu nicht mit jedem, sondern mit jedermann! Wieso denn jedermann? frage ich Sie. Meinen Sie damit jeden einzelnen Menschen?«

»Wieso denn jeden einzelnen Menschen?« Der Verseschmied sprang auf.

»Das frage ich Sie«, sagte Krapiwo aufrichtig verwundert und sah seinen Chef an.

Der breitete die Arme aus und zog die Oberlippe hoch, was bei ihm ein Lächeln bedeutete. Der Dichter sprang zum Tisch und riß Krapiwo das Blatt mit dem Text aus der Hand.

»Ich verbitte mir den Hohn«, sagte er mit Tränen in der Stimme. »Die Verse sind in Ordnung, ich verbitte mir das!« Die letzten Worte brachte er nur noch mühsam flüsternd hervor.

»Hören Sie auf mit der Übelnehmerei, Nikolai Nikolajewitsch, wir sind doch keine Kinder. Und Ihre Verse, geben Sie's zu, mit denen ist wirklich nicht viel los«, sagte Kusanow friedfertig und väterlich. »Das Thema ist ja wohl auch nicht brandaktuell. Wenn es für uns interessant wäre, würden sich auch, Verzeihung, kompetentere Verse finden. Denken Sie an Majakowski: Warum und wozu müssen wir uns eigentlich dauernd küssen, war das nicht so? Sie sehen, kürzer und umfassender und vor allem poetischer.«

Es wurde gekichert, respektvoll für den witzigen Redner und beleidigend für den Dichter. Der verlachte Poet beugte den grauen Kopf zum Zeichen der erzwungenen Demut und ging langsam um den Tisch herum zur Tür des Sitzungszimmers. Als er aber an Krapiwo vorbeikam, brach sein Charakter durch, und er sagte giftig:

»Du freust dich wohl, Vampir? Hast mal wieder Blut gesoffen... gesoffen!«

Dieser Angriff war entsetzlich grob und taktlos, die Leute um den Tisch saßen wie erstarrt, und im allgemeinen Schweigen verließ der Dichter mit triumphierender Miene den Raum.

Krapiwo ruckte mit einer Schulter, dann mit der anderen, blickte mit seinen vorstehenden Augen zur Decke und sagte, an niemand gewendet, im Ton tiefsten Mitleids:

»Der Mann scheint beleidigt zu sein. Er hat die Kritik nicht akzeptiert. Ich muß den Ärmsten beruhigen. Darf ich die Sitzung für ein paar Minuten verlassen, Pawel Eduardowitsch?« fragte er den Chef.

Der wandte sich ihm halb zu, bewegte die rötlichen Büsche der Augenbrauen und senkte vielsagend den Blick, wodurch er drei Fliegen mit einer Klappe schlug: Er gab Krapiwo die Erlaubnis, sich zu entfernen, drückte tiefes Mitgefühl für den alten Mitkämpfer aus und anerkannte wortlos dessen Menschenliebe und Feinfühligkeit. Mit einer knappen Verbeugung an alle entfernte sich Krapiwo, die fette Brust kühn vorgewölbt.

Ich mußte eben ein paar Papiere holen und verließ hinter Krapiwo den Raum. Als ich am Zimmer des Direktors vorbeikam, hörte ich Lärm und Gepolter und blieb stehen. Durch die ledergepolsterte Tür sickerten sonderbare Knurr- und Kreischtöne. Ich stieß die Tür an, sie war nicht geschlossen. Was ich da sah, wird mir für immer im Gedächtnis bleiben. Krapiwo hatte den Verseschmied an der Kehle gepackt und rollte ihn über den Teppich. Der schlug verzweifelt kreischend mit allen vier Gliedmaßen um sich, sichtlich bemüht, seinen Beleidiger in den Bauch zu treffen, aber Krapiwo, der den Feind mit der Brust zu Boden drückte und mit seinen Tatzen umklammert hielt, lastete schwer auf ihm. Schaumfetzen flogen nach allen Seiten, Reißzähne klackten aufeinander. Bald jedoch nahm der Dichter in völliger Hilflosigkeit die Unterwerfungspose ein, das heißt, er hob alle vier Tatzen, bot die Kehle dar und legte den Kopf zur Seite, wobei er kläglich winselte. Krapiwo lockerte endlich die Umklammerung, knurrte drohend, rollte die blutunterlaufenen Augen, stellte sich in der Position eines Rüden über den Gefällten und ließ zwei greisenhaft schwächliche Strahlen auf den vernichteten Gegner niederspritzen. Dann brachte er sich schweratmend in Ordnung und zog den Schlips zurecht. Der Dichter atmete hechelnd, ließ die Zunge zu Boden hängen und blickte seinen Besieger mit ergebenen Demutsaugen an. Ich schloß sacht die Tür und floh, voller Furcht, man könnte mich bemerken.

Von diesem Tag an verdreifachte ich meine Wachsamkeit und lernte es mit der Zeit, fast fehlerfrei Wandlinge von Menschen zu unterscheiden. Der feine Instinkt des Eichhörnchens half mir dabei.

Ich bin vorsichtig, und obwohl ich vieles weiß, ziehe ich es vor, mein Wissen für mich zu behalten. Ich sehe sehr wohl die Umtriebe der Wandlinge und entdecke allenthalben die Spuren ihrer Verschwörung. Aber in ihrem erbarmungslosen Krieg gegen die Menschen kann ich weder auf der einen noch auf der anderen Seite stehen. Zwar bin ich selbst ein Tier, wenn auch ein friedliches, kein Raubtier, doch ich kann nicht mit den Wandlingen im gleichen Rudel sein, und das Ihretwegen, Geliebte.

Aber ich kann mich auch den wirklichen Menschen nicht anschließen, denn ich bin anders als sie. Ich habe nicht ihre sorglose, wahrhaft göttliche Furchtlosigkeit, sondern bin von Ängsten besessen. Mir ist nicht die selige Blindheit gegeben, welche die Menschen in den Stand setzt, im Wetterleuchten von Weltkatastrophen Reigen zu tanzen, Operetten zu verfassen und einander zu besuchen. Und schließlich fürchte ich mehr als alles andere den Tod, gleichviel, ob gewaltsam oder natürlich, und diese Furcht, die vom Geist nicht bezwungen wird, läßt mich nicht zu einem wirklichen Menschen werden. Von Dämonen besessen, von Tieren zerfleischt, immer wieder sterbend in den Ruinen dessen, was sie selbst zu errichten versuchen, benehmen sich die Menschen wie Unsterbliche, obwohl sie hinlänglich Beispiele dafür haben, daß sie durchaus sterblich sind. So eine schöne Seele werde ich niemals haben, denn im Grunde meiner Wesenheit sitzt das Mißtrauen, sowohl zu dem anderen Wesen als auch zu mir selbst und zum Herrgott, der diese Welt geschaffen hat. Da ich es nicht wage, an irgendwelche Wunder zu glauben, und überhaupt zu keinem Glauben fähig bin, zapple ich allein in der Nacht wie eine Spinne auf dem Boden eines leeren Krugs, in den sie gefallen ist, und warte, in die Dunkelheit glotzend, auf das unvermeidliche Ende.

Gleichwohl habe ich spezifische Eigenschaften, die mich nicht gar so jammervoll zeichnen. Ich besitze Fertigkeiten, Geschenke der Natur, die uns Eichhörnchen vollkommener und wohl auch glücklicher machen als die Menschen. So habe ich einen hervorragenden Geruchssinn, und in der Kantine des benachbarten Ministeriums, wo wir Verlagsmitarbeiter mittags essen gehen, weiß ich schon an der Tür, welche Gerichte aus frischen Zutaten zubereitet sind. Wenn ich mit der Nase schnobere, kann ich die fünf oder sechs Gerichte des Angebots unterscheiden; ich könnte auch vierzig unterscheiden, wenn es so viele gäbe. Gleichzeitig nehme ich wahr, wie die Uniformbluse des speisenden Wachmanns und die nagelneue Aktentasche des weißgesichtigen Beamten, eines Dienstreisenden, riechen; mit heimlicher Erregung atme ich den Geruch der Achselhöhlen eines unglaublich schönen Mädchens ein, bläulicher, rasierter, entzückender Vertiefungen, sorgsam mit Lotion gewaschen. Und als Krönung spüre ich in der Stickluft den feinen, das Herz vereisenden Minzeduft eines über uns hinwegfliegenden Engelsboten, der eilig seine Bahn zieht, um jemand eine frohe Botschaft zu bringen, einen beglückenden Brief, in die Mütze eingenäht.

Ich bin leicht durch meinen kleinen Körper, den ich zur Vollkommenheit beherrsche, ich kann blitzschnell den Stamm des höchsten Baumes hinaufsausen bis zum Wipfel. Trotz meiner zierlichen Gestalt bin ich immer gesund, und rasche körperliche Bewegung bereitet mir großes Vergnügen. Ich bin stets munter, äußerlich vergnügt und umgänglich, darum mögen mich meine Arbeitskollegen, darum möchten sie mich immer wieder in die Gewerkschaftsleitung oder eine Kommission wählen. Dafür, daß ich überhaupt keinen Alkohol trinke, weil ich einen unüberwindlichen Abscheu dagegen empfinde, hat mich das Verlagsvölkchen anfangs insgeheim in den Bann getan, später hat es sich jedoch daran gewöhnt und behandelt mich seitdem wie ein armseliges, minderwertiges Wesen. Nicht an mir, dem kleinen Tierchen, ist es, über menschliche Schwächen und Laster zu urteilen, doch wenn ich bärtige Stadtmänner mit Schlips und modischer Wildlederjacke am Honorartag besoffen sehe, wie sie im Zimmer der künstlerischen Redakteure mit den Bärten den Tisch fegen und ohne Sinn und Verstand irgendwas reden, Worte, in denen, wie eine Fliege im Fangnetz der Spinne, ein dumpfer Ärger oder der Zorn über eine Zurücksetzung zuckt – oh, dann kann ich nicht sagen, daß der Verstandesmensch ein Glücksmensch wäre, der Teufel führt ihn dennoch in die Irre! Denn enthielte er sich nur ein Jahr lang des Trinkens, wieviel Geld könnte er sparen!

In einem entlegenen Dorf der tiefsten russischen Provinz, wohin es mich einmal verschlug auf der Suche nach Stille und Natur, gab es einen jämmerlichen Kaufladen, dessen Warenregale außer

Fischkonserven lediglich die allgemein verschmähten Erzeugnisse der vaterländischen Konfektionsindustrie anboten, dafür war reichlich Wodka vorhanden, mehrere Sorten, darunter »Sibirischer« und »Weizenbrand«. Ich sann darüber nach, wessen Obsorge und Aufmerksamkeit solch hervorragende Versorgung des Dorfes mit Spirituosen bewerkstelligt haben mochte, und ich sah ein breitmäuliges, vollgefressenes Tier, einen dicken Dachs, geräuschlos und manierlich, mit leeren Augen ohne jedweden Ausdruck, in einem hellen Leinenjackett, welches sehr gesittet und uniformartig das kugelrunde Bäuchlein umschloß. Wo aber solch ein Tier auftaucht, habe ich nichts zu suchen, da kann ich nichts machen, da gehe ich besser für den ganzen Tag in den tiefen Wald, möglichst weit weg von den Weideplätzen der Menschen, die zu der vergasten Luft der Städte verurteilt sind.

Im Wald verwandle ich mich, vergesse im Nu die Fertigkeiten des zivilisierten Wesens, klettere auf Bäume und hüpfe von Zweig zu Zweig. Wenn ich mich so eine Weile vergnügt habe, erklimme ich den allerhöchsten Baum und sitze ganz oben lange still auf einem schwankenden Zweig. Die wunderliche Welt der Waldwipfel liegt vor mir, ich sehe das dichte Grün, das vom Wind bewegt wird wie das Meer, nur daß die Wellen im Auf und Ab ihrer schwungvollen freien Bewegung nie ihr ursprüngliches Aussehen verlieren, sondern mit der sanften Beharrlichkeit standhafter Wesen immer wieder in ihre Umrisse zurückkehren. Stundenlang blicke ich wie berauscht auf die stürmische Bewegung, die nichts verändert, auf den sanften Lauf, der nirgends hinführt, erkenne mit Andacht die weise Eigenschaft des biegsamen krausgrünen Baumvolkes, dem leichten Druck des Windes wie auch dem Orkan nachzugeben, im Nachgeben jedoch sich in der ursprünglichen Form zu bewahren. Das grüne Land des wogenden Walddaches dünkt mich bewohnt von geflügelten Elfen, die zwitschernd und kreischend durch die Baumwipfel huschen und das Laub schütteln, das keinen Staub kennt.

Und was für Pilze ich im Wald finde! Wenn wir Verlagsleute, ein ganzer Autobus voller Pilzsammler, am Samstagabend zur Stadt hinausfahren und die nächtliche Chaussee, von den Scheinwerfern unzähliger Pilzsammlerautos grell beleuchtet, wie ein aufgestörtes Ungeheuer summt, wenn der Autobus erfüllt ist von Lärm und Gesang und Geplauder, dann sitze ich still, zusammengekauert in einem Winkel und zittere während der ganzen Fahrt im freudigen

Vorgefühl meiner Heldentaten bei der Pilzsuche. Im Wald dann, wenn die Kollegen ein lächerlich großes Lagerfeuer anzünden und die Gefäße der Freude zum Munde führen, entschlossen, die Nacht durchzufeiern, entferne ich mich unbemerkt und laufe schon bald, glücklich prustend, über eine nach feuchten Pilzen duftende kühle Erde, über die der schläfrige schwarze Wald sein Zelt breitet.

Das Morgengrauen erlebe ich in einem verwunschenen Waldwinkel, auf einer verborgenen Lichtung, wo andere nicht hinfinden, und hier erwarten mich meine treuen Untertanen, die Steinpilze, von denen ich reichlich Tribut kassiere. Mit den ersten Sonnenstrahlen, die in die kühle Dämmerung des erwachenden Waldes dringen, habe ich den Korb bereits voll erlesener Stücke und bin auf dem Rückweg zu unserem Lager.

Unterwegs stoße ich immer wieder auf unbeholfene Sammler, sie sehen verquollen aus von der schlaflosen Nacht und den übermäßigen Trankopfern, und ihre Körbe sind zumeist leer. Krachend brechen sie durch das Unterholz, trotten scharenweise durch den Wald, verängstigt von seiner finsteren Unfreundlichkeit, von den tierischen Mooszotteln und dem wilden Bruchholzgewirr auf der Erde; sie wechseln verwegene Zurufe, um sich gegenseitig aufzumuntern, und ihre Angst, sich zu verirren, ist größer als ihr Wunsch, Pilze zu finden. Nachdem sie lange erfolglos gesucht haben, sammeln sie sich im Kreis und veranstalten Beratungen, wie weiter vorzugehen sei, worauf sie ausschwärmen und wieder brüllen, um Anschluß zu halten, dabei zertrampeln sie schonungslos die Pilze zu ihren Füßen. Die Ärmsten wissen nichts von der Zauberkraft der Pilze, unsichtbar zu werden für Sammler, vor denen sie Angst haben oder die sie nicht mögen, und sie mögen keinen, der sich im Wald nicht zu benehmen weiß und überflüssigen Krach macht, keinen, der unfähig ist, die naive, stolze Autorität des schlummernden Waldschrats zu begreifen, des Herrn und Herrschers der feuchten Dickichte, der Beute spendet, wenn er will, doch rein gar nichts, wenn er nicht will.

Aber der Alte ist gutmütig, nicht ohne Sinn für Humor, er mag die Menschen eigentlich, ist neugierig auf sie, und daß er ihnen gar nichts spendet, kommt kaum vor, doch er zeigt seine Freigebigkeit so, daß es das reinste Gaudium ist. Ich habe mehr als einmal gesehen, wie der Herr des Waldes sich über seine dümmlichen Gäste lustig machte. Einmal war ein Kunstwissenschaftler mit uns, ein bärtiger Riese von nettem Aussehen, der sich unentwegt damit brüstete, daß er bei sich auf der Datscha in Abramzewo die Steinpilze nur so aus dem Gestrüpp am Straßenrand rupfe und die Hallimasche eimerweise in seinem Garten hinter der Abfallgrube sammele. Durch den Wald ging er selbstzufrieden ins Moos schneuzend, ausspuckend und laut sich selbst lobpreisend. Mit dem wollte sich der Herr des Waldes einen Spaß machen. Er stellte seitlich von ihm einen Pilz hin, um ihn anzulocken, dann etwas weiter weg noch einen und führte ihn so allmählich ein tüchtiges Stück von den anderen weg. Der Bärtige ging immer weiter, behext vom Waldschrat, ohne auf die Zurufe der Kollegen zu antworten und schon im voraus den Triumph auskostend, den er genießen würde, wenn er ihnen die Beweisstücke für seine Macht über die Pilze präsentierte. Allein, die Pilze standen bald spärlicher, dann gab es gar keine mehr, und den Bärtigen beschlich eine gewisse Wehmut. Nachdem er noch eine halbe Stunde gesucht hatte, wurde es ihm langweilig, und er gähnte mit weit aufgerissenem haarumwuchertem Rachen. Noch einige Zeit später erfaßte ihn die schläfrige, finstere Trauer der totalen Pilzlosigkeit, und um sich irgendwie aufzumuntern, brüllte er eine Art Nonsenslied vor sich hin:

Schischkin, Pyschkin, Sachmuryschkin,
Borosdin, Gwosdin, Swjosdin!

So sang er, während er wie ein erschrockener Elch durch das Unterholz tobte. Die Angst packte ihn immer stärker, und er versuchte sie durch mehrmalige Wiederholung seines schlichten Liedchens zu verscheuchen. Aber diese Angst hatte ihm der Waldschrat geschickt, und sie übermannte ihn vollends, so daß er bei einer Tanne stehenblieb und voller Entsetzen Umschau hielt. Der Herr des Waldes, der mit seinem Wuchs die Tanne überragte, umarmte sie mit seinen zottigen Armen und streckte den Kopf hinter ihr hervor, da stieß der Kunstwissenschaftler einen Schrei aus und galoppierte von dannen, so daß ihm Pilze aus dem Korb purzelten. Seine großen Gummistiefel, innen schweißnaß, gluck, sten wie die Milz eines trabenden Rosses. Aber wo lief er eigentlich hin? Ringsum war düsterer, urtümlicher Wald, der dem Menschlein den sicheren Tod androhte. Da ließ der Bärtige alle Hemmungen fahren und vergaß seinen Stolz, sein Diplom und seine Hochschulbildung: Er weinte wie ein Kind, ging vorwärts und zurück, rang die Hände und schrie kläglich: »Menschen! O Menschen! Wo seid ihr, Menschen!« Der Korb mit den sinnlos gewordenen Pilzen baumelte an seinem Ellbogen, er biß wütend in seine Fäuste, mit denen er von Zeit zu Zeit die blindmachenden Tränen aus den Augen wischte. Und so – gänzlich demoralisiert, die Tränen und den Rotz letzter Verzweiflung im Bart, mit zerbissenen Fäusten –, so sah ich ihn, als ich voller Erbarmen, gegen den Willen des Waldschrats, zu ihm trat. Der Alte lachte, warf sich mit dem Bauch in den Sumpf und drohte mir mit der Faust, die so groß war wie ein herausgerissener Baumstumpf. Ich schüttelte vorwurfsvoll den Kopf: Du hast den Spaß zu weit getrieben, Väterchen, schämst du dich gar nicht, was hast du mit dem Mann gemacht?

Der junge Kunstwissenschaftler stürzte auf mich zu, und ehe ich beiseite springen konnte, steckte ich fest in seiner feuchten Umarmung, meine Knochen knackten, und seine verkrampften Arme waren so stark wie bei einem Epileptiker. Er bedeckte mein Gesicht mit saftigen Küssen und schrie jubelnd:

»Du bist ja ein Mensch! Wenn's jetzt ans Sterben gehen soll, dann wenigstens zusammen!«

Nach solchen Geschichten fühle ich, daß ein Eichhörnchen zu sein keineswegs schlechter ist, als ein Mensch zu sein. Wie hilflos ist er doch in den Armen der Mutter, die ihn geboren hat, er kann nicht einmal die ihm hingehaltene Brust nehmen, um die belebende Milch zu genießen, und wenn er die mütterliche Brustwarze zu fassen kriegt, dann beißt er sie blutig.

Das Ziel seiner unglaublichen Tätigkeit scheint darauf hinauszulaufen, alle übrigen – die Nichtmenschen – zu vernichten, in die Sklaverei zu führen und seine totalitäre Alleinherrschaft auf Erden zu errichten. Doch selbst wenn es so kommt, was hat er davon, wie bereichert das sein eigenes Dasein? Ist es etwa nur das prahlerische Gefühl, alle übertroffen, alle unterworfen zu haben?

Mit Neugier, oh, mit großer Aufmerksamkeit beobachtete ich den bärtigen Pechvogel, als er, beim Autobus angekommen, die Brust vorwölbte wie ein Gockelhahn, den Korb mit den wirkungsvollen mächtigen Steinpilzen (die meiner Meinung nach durch und durch madig waren) vorwies und – seinen eben noch so desolaten Zustand hatte er schon vergessen – nicht ohne Humor erzählte, wie er sich in seinem Sammeleifer verirrt, wie wir uns dann getroffen und mit knapper Not das Lager wiedergefunden hatten.

Also, viel besser als der Mensch kenne ich die Seligkeit des sinnlichen Lebens und die echte Daseinsfreude, geboren vom feuchten Schoß der Natur. Darin liegt meine Überlegenheit, aber auch mein Unglück. Wenn ich nach all diesen Abenteuern im Wald aus der frischen Luft in mein Verlagsbüro zurückkehre, gibt es kein unglücklicheres Geschöpf auf der Welt als mich. Ich brauche nur für eine Sekunde die Augen zu schließen, schon sehe ich riesige, wahrlich einmalige Pilze vor mir, so groß wie die Höcker einer Panzersperre.

Doch jetzt, meine Teure, möchte ich Ihnen erzählen, zu welcher Zeit und auf welche Weise ich zum erstenmal meiner Fähigkeit zur Verwandlung und meiner Gabe zur Umwandlung gewahr wurde.

Seit langem schon, von klein auf, weiß ich um die Ähnlichkeit mancher Menschen mit Tieren. In unserer Siedlung auf Sachalin wohnte ein kräftiger Bursche namens Grischa, der gab sich mit uns kleinen Kindern ab und weihte uns in einige Geheimnisse des Geschlechtslebens ein, für die wir noch nicht reif waren, und er hatte einen riesigen grauen Hund Loban mit einem Kopf wie ein Kalb und mit Hängeohren, der war seinem Herrn so ähnlich, daß ich nur so staunte. Als ich einmal mit meinen Freunden darüber sprechen wollte, verstand mich keiner. Vielleicht war die Vorstellungskraft meiner kleinen Gefährten noch nicht weit genug entwickelt, um die Ähnlichkeit von Mensch und Tier zu erfassen, vielleicht aber überstieg meine eigene schon damals die Norm. Jemand hinterbrachte Grischa meine Beobachtungen von ihm und Loban, der ein begeisterter Katzenwürger war, schon viele der armen Tiere hatte der böse Hund zu Tode gebracht, indem er sie mit manischer Hartnäckigkeit jagte, bereit, unter dem Zaun oder dem Pfahl, auf dem die Katze saß, zu warten, und wenn es den ganzen Tag dauerte. Eines Tages erwischte mich Grischa hinter dem Kohlenschuppen, stieß mich um, drückte mich mit dem Knie zu Boden, dann legte er mir die rechte Hand fest auf den kurzgeschorenen Kopf, zog mit der linken den rechten Mittelfinger zurück und ließ ihn niederschnellen wie einen Eichenknüppel. Ich lag mit dem Kopf im Kohlengrus, verlor allmählich das Bewußtsein von den schmerzhaften Schlägen und sah von unten den unweit sitzenden Hund Loban, dessen Augen und gutmütig lächelnd aufgerissene Schnauze und seitlich heraushängende Zunge haargenau so aussahen wie bei seinem Herrn.

Weiterhin, so erinnere ich mich, hatte ich den Eindruck, daß Grischas Visage von mir wegwiche und sich entfernte, ja, sie bewegte sich blitzschnell von mir weg, und ich fühlte mich befreit von den drückenden Händen und Knien. Die Visage des grauen Hundes hingegen kam mir plötzlich ganz nah, der Hund atmete mir schwülheißen Kötergeruch ins Gesicht und betrachtete mich mit dem konzentrierten Blick eines Mörders, der im Begriff steht, ohne Federlesens sein Opfer zu erledigen. Grischa hatte mich vielleicht dreißig, vielleicht auch hundertmal geschlagen, doch bei dem letzten Schlag geschah die erste Verwandlung meines Lebens. Ich hüpfte flink zwischen seinen auseinanderstehenden Beinen hindurch und sprang geschwind quer über den Ödplatz. Zum erstenmal spürte ich meinen buschigen Schweif – im Wind geplustert, störte er mich und hob mich in die Luft, wodurch mein Lauf ohne meinen Willen gleichmäßig, schwebend wurde, doch nicht so schnell, wie mein Entsetzen es verlangte. Meine Pfoten strebten nach rasend schneller Bewegung, statt dessen berührten sie die Erde sanft und kaum hörbar, und von hinten schwoll näherkommend das heisere Gebrüll des heißen Hundeatems immer mehr an. Auf diesem Ödplatz würde mein letztes Stündlein geschlagen haben, würde ich frühzeitig zur Ruhe gekommen und niemals Ihnen begegnet sein, meine Unvergleichliche, wären nicht die Schuppen gewesen. Oh, diese unverzichtbaren Gebäude in urtümlicher Architektur, wie teuer sind sie der Menschheit in ihrem Siedlungsstadium! Die Schuppen retteten mir das Leben. Wie die Fuhrwerke der alten Nomadenvölker standen sie in Reih und Glied da, sträubten die ungleichmäßig zugeschnittenen Enden der Schalbretter und bildeten den Abschluß des mit Melde und Unkraut verstrüppten Ödplatzes. Im Anlauf sauste ich in ein unverglastes Fensterchen oberhalb einer Tür, fühlte mich in Sicherheit und spürte den ersten Zustrom von wilder Eichhörnchenwut. Ich steckte den Kopf aus dem Fensterchen, sah voller Verachtung hinunter auf den tobenden Köter und spuckte ihm geschickt auf den Kopf.

Auf diese Weise entdeckte ich schon in früher Jugend unter dem Druck böser Umstände erstmals in mir die Fähigkeit, mich in ein Eichhörnchen zu verwandeln, und ich konnte diese Eigenschaft in der Folgezeit mehr als einmal in Momenten, die für meinen leichtverletzlichen Stolz unerträglich waren, bestens ausnutzen.

Als ich schon bedeutend älter war, entdeckte ich in mir eine weitere Fähigkeit. Das war nach dem zweiten Studienjahr in den Ferien. In dem Sommer damals wohnte ich in einem Dörfchen unweit von Moskau bei der alten Praskowja, in einem Sommerhäuschen unter einer ausladenden alten Pappel. Viele Male kam mir der Gedanke an eine plötzliche nächtliche Katastrophe, denn die gewaltige Pappel konnte ja unter dem eigenen Gewicht brechen und mit der Wucht ihres Stammes auf das Häuschen stürzen. Aber dies geschah nicht, ich verlebte bei Praskowja einen glücklichen Sommer, obwohl ich einsam war und unter der unerwiderten Liebe litt. Mich besuchten des öfteren zwei Jungen aus dem Dörfchen, Wowka und Sanez, erfüllt von neugierigem Staunen über die Beschäftigung, der ich mich von früh bis spät widmete – ich malte Aquarelle. Vor Tau und Tag stand ich auf, verließ mit dem Skizzenblock und einer Mappe Zeichenpapier den Hof und schaffte bis zum Abend viele Blätter. Müde, halbtot vor Hunger kehrte ich nach Hause zurück, hier warteten meine jungen Freunde und betrachteten, offene Verständnislosigkeit in den unaufgeklärten Gesichtern, meine Pinseleien und Tuschereien – ich erarbeitete mir grade das Malen auf feuchtem Papier.

Damals war mir eine kurze Zeit wundersamer Freiheit gegeben, die ich heute als die Freiheit der Wahl definieren kann, mir gewährt von den höheren Mächten der Jugend. Diese unbekannten Mächte verfallen irgendwann in Nachdenken darüber, was sie mit dir anfangen sollen, wenn du nun schon mal zur Welt gekommen, aufgewachsen und aufgeblüht bist. Da die Götter dem jungen Menschen wohlgeneigt und günstig gesonnen sind, beschließen sie, ihn eine Zeitlang gänzlich sich selbst zu überlassen. Er bekommt für eine gewisse Frist den Rang eines Engels und dazu die Flügel, was ihn feit und unverwundbar macht, was ihm in der Welt der Natur und in der Welt der Menschen Liebe sichert und ihn gleichsam zum Fliegen befähigt. Aber riskieren wir es auch immer zu fliegen? Wie groß ist unser Mut bei der Wahl des Schicksals? Zu diesem Zeitpunkt wird entschieden, was einer wert ist – die Antwort ergibt sich aus seiner Wahl.

Ich erinnere mich, wie es in meinen Ohren läutete und wie mir der Mund trocken war von der dauernden Erregung und wie die ganze Erde gleich einem riesigen Rad lautlos um mich kreiste. Auf diesem Rad jagten die Tage einer nach dem andern dahin, ich ging durch sie hindurch mit ermüdender Seele, ich konnte und konnte meine Wahl nicht treffen. Nicht weil kein würdiges Ziel dagewesen wäre, im Gegenteil, in meiner Jugend gab es keinen diesigen Morgen, die Sonne ging klar und deutlich auf und zeigte den ausgeprägten Horizont. Ich mußte den großen Weg der Kunst wählen – ich mußte ... Aber manchmal überkam mich eine ungeheure Trauer, ich warf mich irgendwo ins Gras, weinte bitterlich und küßte die Erde, wie um Abschied zu nehmen von der Straße vor mir, die ich niemals gehen würde. Meine eigene bedrohliche Ursprünglichkeit, die sich dem Verstand und den Wünschen entzog, drängte mich auf einen anderen Weg. Ich spürte, daß die Trennung von etwas überaus Geliebtem bevorstand, und ich hatte in den Tagen meiner kurzen Freiheit das bittere Vorempfinden vieler Kümmernisse, und ich liebte meine Malerei mit quälender Liebe, die geschwächt wurde vom Vorgefühl ihres Verlustes. So ging es mir auch mit Ihnen, ich wußte gleichsam im voraus, daß es nichts werden würde, doch in diesem Wissen blickte ich hingerissen auf den Weg, auf dem Sie vorübergingen, und ich erinnerte mich mit Zärtlichkeit an den Ödplatz am Rande von Jushno-Sachalinsk, hinter dem Ihr Haus stand – ich reiste ja in den Sommerferien hin, um Sie wenigstens von weitem zu sehen.

Insgeheim wußte ich, daß ich, da ich ein Eichhörnchen war, die klassischen Wege der Menschen nicht wählen konnte. Mein Schicksal hielt etwas anderes für mich bereit, vielleicht etwas sehr Schweres und Einsames, aber *meins.* Ich wußte nur nicht, vermochte auch nicht zu erraten, was es war. Vorderhand widmete ich mich mit dem heißen Ungestüm der Jugend meiner schönen, geliebten Arbeit und hoffte im stillen, der Kelch werde an mir vorübergehen, ich könne bis zuletzt auf der klaren Straße verbleiben und der ausgeprägte Horizont werde mich zu sich rufen, zu sich locken. Und ich würde ihm froh und frei zustreben wie bisher, den Skizzenblock über der Schulter, ohne nachzudenken über die Zeit, das tägliche Brot, über gestern und morgen.

Eines Tages kehrte ich sehr spät zu Praskowjas Haus zurück, die Alte schlief schon und hatte die Pforte mit sämtlichen Riegeln verschlossen, so daß ich über den Zaun klettern und mich im Dunkeln vorsichtig durch die kratzigen Himbeersträucher zu dem Sommerhäuschen unter der Pappel tasten mußte. Nachdem ich Licht gemacht hatte, war ich wie geblendet und stand mit zugekniffenen Augen ein Weilchen in der Tür, da hörte ich ein lautes, hartnäckiges Summen, das aus einer Zimmerecke kam. Als meine Augen sich an das Licht gewöhnt hatten, sah ich mich um, legte meine Sachen auf ihre Plätze und wollte etwas essen, wenn sich etwas fand, aber das hartnäckige Insektengesumm schien mich zu rufen. Ich ging in die Ecke und sah eine Biene, die rücklings an einem straffgespannten Spinnennetz klebte. Viele der Fangfäden waren von den kraftvollen Bemühungen der Gefangenen zerrissen, doch sie war schon geschwächt und vermochte sich nicht loszureißen, während die Herrin der Falle, eine dickbauchige Spinne, geschäftig um ihre Beute herumlief und eilig neue und neue Fesselsträhnen um sie spann. Ich beobachtete die Biene eine Zeitlang und hatte es nicht eilig, ihr die Freiheit zu schenken, und allmählich verlor ich den Begriff, ob ich dastand und den Leiden der Biene zusah oder ob ich selbst in das Spinnennetz geraten war, eben den einen Flügel freizukämpfen suchte und die Wärme näher kommen fühlte, die von dem gewaltigen Berg des menschlichen Körpers ausging. Das Spinnennetz bebte und schüttelte mich wie eine schwanke Hängematte, die roten Augen der Spinne, die mich gierig und schadenfroh beobachteten, hüpften vor mir, meine Kräfte gingen zu Ende, ein fürchterlicher Schmerz lähmte meine Flügel, aber der furchtbare fremdartige Gestank der Spinne entsetzte mich und weckte dadurch neue Kräfte für den Widerstand gegen den Tod.

Ich gewann eine große Klarheit der Erinnerung und dachte daran, wie ich heute früh aus dem Flugloch krabbelte, mitten im Gedränge der mürrischen, unausgeschlafenen Arbeitsbienen des Schwarms, von denen ich viele nicht kannte und darum ärgerlich wegstieß, wenn sie über meinen Kopf zu kriechen versuchten. Wohin ich fliegen mußte, war klar – zu dem Buchweizenfeld, und der Weg dorthin führte über den Wald hinweg. Ich mußte mich mit einem Absprung vom Flugloch aufwärts schnellen, den anderen hinterher, die wie goldglänzende Strömchen in den Himmel flogen, hinein in das helle Fenster über der grünen Lichtung mitten im tiefen Kiefernwald, auf der die Imkerei stand. Nachdem ich Höhe gewonnen und mich so ausgerichtet hatte, daß der rote Klumpen der soeben über dem Wald aufsteigenden Sonne mir in das linke Auge schien, nahm ich den wohlbekannten Weg zum Buchweizenfeld, so gerade wie ein Lichtstrahl.

An diesem Tag fühlte sich die Biene so schlecht ausgeruht wie noch nie, und in der Schläfrigkeit, die sie während des Fluges befiel, sah sie immer wieder, wie andere Bienen sie überholten. Es war auch früher schon vorgekommen, daß die jungen, eifrigen Arbeiterinnen, die den ersten Sommer ihrer Tätigkeit nachgingen, sie überholten, aber noch nie hatten so viele sie hinter sich gelassen wie heute.

Die Biene versuchte schneller zu fliegen, doch ihre an den Enden gespaltenen Flügel klebten in der Luft, und es ging nicht schneller. Sie fand sich damit ab und flog tiefer, hielt sich dicht über dem milchigen Dunst, der aus dem Wald aufstieg, und hatte den Waldrand noch nicht erreicht, als ihr schon die ersten Sammlerinnen mit Beute entgegenschwirrten. Voller Unruhe spürte sie, daß sie zu spät kommen würde, doch da war der Wald zu Ende, der Wohlgeruch des blühenden Buchweizens flutete auf sie zu, sie tauchte abwärts, möglichst schnell hinunter zu dem wohlbekannten Feld, und alsbald umbrodelte sie das weiße Blütenmeer.

In aller Eile saugte sie sich satt am süßen Nektar und fühlte ihr Bäuchlein schwerer werden, da löste sie sich von den Blüten und flog zurück, diesmal mit dem rechten Auge in die Sonnenglut starrend. Und wieder merkte sie, daß die anderen sie überholten. Sie bemühte sich aus Leibeskräften, nicht zurückzubleiben, aber sie bewegte sich matt. Eine trübe Unruhe und Unsicherheit bemächtigten sich ihrer immer mehr, und die wohlbekannte muntere Freude an der Arbeit wollte sich nicht einstellen. So arbeitete sie bis Mittag, und als sie, vor Müdigkeit taumelnd, ihr letztes Höschen anbrachte und sich, in einem Winkel des Stocks geduckt, ein wenig ausruhen wollte, da stießen ärgerliche Arbeitsbienen sie wieder weg. Um ihren letzten Ertrag zu holen, mußte sie sehr lange fliegen und unterwegs ein paarmal auf einem Baumblatt landen und verschnaufen; ohne Nektar gesammelt zu haben, flog sie leer zurück. Müde sank sie auf den Rand des Anflugbrettchens und kroch schuldbewußt zum Loch, doch da standen kräftige böse Wächter, die ließen sie nicht in den Stock und drohten ihr mit ihren Stacheln, da begriff die alte Biene, daß alles aus war und flog weg von der Imkerei, wieder zurück zu dem Feld.

Schon lange rückten Regenwolken heran, und die Arbeitsbienen aller Schwärme eilten zurück zu ihren Stöcken, nur sie flog einsam in Richtung des Feldes. Der Regen ereilte sie über dem Waldrand, die ersten Tropfen sausten an ihr vorüber und schlugen sie fast zu Boden, als sie schwerfällig über einer Linde kreiste. Sie suchte Deckung unter einem Blatt, rieb sich mit den Pfötchen die Augen trocken und beobachtete auf dem schwankenden Zweig, wie die gewaltigen Wasserkugeln, so groß wie ihr Kopf, ins Blattwerk peitschten, die Blätter bewegten und rauschend abwärts kullerten. Die Luftwirbel, die der fallende Regen auslöste, bogen ihre zerfransten Flügel zur Seite, sie duckte sich und preßte sie fester an den Rücken.

Das Gewitter endete ganz plötzlich, und in der Luft kehrte Stille ein. Die Sonne lugte hervor, das frischgewaschene Grün des Waldes gleißte blendend. Die Zeit, die die Biene unter dem Lindenblatt gesessen hatte, war für sie so lang, daß sie schon alle Sorgen und Kümmernisse vergessen hatte; sie war seit ihrer Geburt nie außerhalb des Schwarms gewesen und stand jetzt auf einmal ganz allein da, und die Freiheit, die sich ihr in dem hinreißenden Sonnenglanz und in den Regentropfen darbot, erschreckte sie. Leise, ohne zu summen, flog sie abwärts und ließ sich auf einer großen Margerite nieder, die der Sonne glückselig ihre frischgewaschenen weißen Blütenblätter entgegenbreitete.

Auf dem runden gelben Hügelchen, dem Mittelpunkt der Margeritenblüte, lag ein gewölbter Tropfen, und die müde Biene senkte behutsam ihr Rüsselchen hinein, um das zitternde Wasser zu trinken. Der gewölbte Tropfen spiegelte sie ganz und gar mit ihren kläglichen Flügelresten und dem ins Ungeheuerliche vergrößerten Kopf. Die Biene lachte über diese spaßige Spiegelung und dachte zum erstenmal, daß ihr heimatlicher Schwarm nur Arbeit von ihr verlangte und daß sie ohne Arbeit gar nichts war. Man hatte sie zum Sterben hinausgestoßen, und außer dem Tode blieb ihr nichts mehr, mithin war sie ein vollkommen stimmloses Einzelwesen, trotz des triumphierenden Summens ihres fernen Schwarms.

Viele winzige Fliegen schlüpften aus den Ritzen der Blüte und erstarrten verwundert angesichts des riesigen Gastes mit dem runden Kopf. Die Biene senkte demütig den Blick und wich zurück vor den kleinen Fliegen, betrübt, daß sie sich nicht in einen der Winzlinge dieses sonderbaren Völkchens verwandeln konnte, das nach geheimnisvollen Gesetzen lebte. Schwerfällig hob sie ab von der schwankenden Blüte und flog ins Ungewisse, berauscht von der Bitternis ihrer überraschenden Freiheit und ohne zu ahnen, daß sie am Ende ihres Weges einer Spinne in die Klauen fallen würde.

Ich nahm sie behutsam aus dem Netz, da krümmte sie sich und stach mich mit letzter Kraft in den Finger. Der Schmerz durchzuckte uns beide gleichzeitig, der Stachel riß sich mitsamt dem feuchten Klümpchen ihrer Eingeweide aus ihrem Bäuchlein, ich öffnete das Fenster und warf die Biene ins Dunkel der Nacht, wo schwarz das Haus der alten Praskowja stand. Der Himmel schimmerte wie ein dunkelblauer Edelstein, und in seiner Tiefe glomm ein mir unbekannter Stern wie ein Fünkchen des erloschenen

Tages, wie die Seele der Biene, wie mein unerträglicher, aber wohliger Schmerz im Finger – ein Schmerz des Lebens und meines Mitgefühls für alles Lebende um mich herum.

Auf diese Weise entdeckte ich meine zweite Fähigkeit, die denn auch meinen Lebensweg bestimmte, und ich folgte ihm gehorsam, obgleich ich nicht sagen kann, daß dieser Weg besser wäre als andere.

Aber schlecht kann ich ihn auch nicht nennen, denn inmitten der Myriaden von Schicksalen, die von Göttern, Titanen und irdischen Geschöpfen durchlebt worden waren, ist es nicht langweilig, als neugieriges Lebewesen aufzublinken, das nicht weiß, wozu es auf dieser Welt lebt, dafür aber die Gabe der wundersamen Umwandlung besitzt, der Umwandlung in ein beliebiges anderes Wesen, ausgenommen Sie, meine Kostbare, denn Sie habe ich mit der ehrlichen Liebe des ersten Frühlings geliebt, und Sie sind für mich das größte, erregendste Geheimnis des Alls.

Zweiter Teil

Als Dmitri Akutin spät in der Nacht mit der Straßenbahn wegfuhr von Georgi Asnaurjan, ahnte er nicht im mindesten, daß er niemals in die Kunsthochschule zurückkehren und keinen von uns je wiedersehen sollte. Der Regen lief in Strömen außen an den Straßenbahnfenstern herunter, Dmitri drückte das Gesicht an die Scheibe, um in den menschenleeren Straßen etwas zu sehen, aber es gab nichts zu sehen, nur einmal sah er an einer Haltestelle einen Mann in durchnäßtem Jackett vorüberlaufen, der seinen eigenen Kopf unterm Arm zu tragen schien.

An der Haltestelle stiegen zwei junge Männer ein, musterten die leeren Bankreihen und kamen direkt auf Dmitri zu.

»Den Fahrschein«, forderten die Kontrolleure, die offenbar Fanatiker ihres Auftrags waren oder aber sonderbare Käuze, da sie zu so später Stunde auf die Jagd gingen.

Es gehörte nicht zu Dmitris Gewohnheiten, für die verschiedenen Formen des Personennahverkehrs Fahrscheine zu lösen, nur in der Metro bezahlte er, und wenn er als Schwarzfahrer erwischt wurde, erklärte er jedesmal demütig, er sei Student und habe kein Geld. Das fiel ihm ebenso leicht wie jede andere Wahrheit, und die Kontrolleure glaubten ihm gewöhnlich gern und ersparten ihm Weiterungen. Diesmal hatte er aus irgendwelchen Gründen nicht die Kraft, die gewohnte Formel herzusagen, und die Kontrolleure setzten ihm mit wachsender Dringlichkeit zu. Es waren zwei rotäugige Kaninchen, die das runde Abzeichen der gesellschaftlichen Kontrolle zufällig besaßen. Sie hatten sich vorgenommen, Geld für ein Saufgelage am nächsten Tag zusammenzuräubern, und durchkämmten die nächtlichen Straßenbahnen mit ihren wenigen Fahrgästen, von denen viele guten Grund zu dem Kalkül hatten, daß die Zeit der Fahrscheinkontrollen längst vorbei sei und sie daher ohne Befürchtungen schwarzfahren könnten. Die Gebrüder Kaninchen waren kleine Leutchen mit grauen Ohren, die infolge der täglichen Lebensunbilden herabhingen, aber sie besaßen, wenn auch zu Unrecht, das Abzeichen, das ihnen ein berauschendes Machtgefühl verlieh und sie zu ganz unüblichem Diensteifer drängte. Als Dmitri statt mit Entschuldigungen, Bitten und sinnloser Frechheit mit völligem Schweigen reagierte, waren die Kontrolleure beleidigt und beschlossen, den Schwarzfahrer hart zu strafen, welcher der gesellschaftlichen Aufsicht mit seinem Benehmen eine unerhört dreiste Herausforderung hinwarf. Mit heimlicher Angst und unsicheren Pfoten packten sie Dmitri am Kragen, gewärtig, der stämmige und offenbar sehr kräftige Schweiger werde sie in Stücke reißen. Doch das Unwahrscheinliche geschah: Der junge Mann begab sich gehorsam zum Ausgang, zu dem sie ihn stießen, und das ungeachtet der sehr deutlichen Drohung, sie würden ihn dem nächsten Milizrevier zuliefern. Nachdem sie mit trübroten Augen Blicke gewechselt hatten, zögerten sie vor der offenen Tür, die sich jeden Moment bei Abfahrt der Straßenbahn wieder schließen mußte, dann stießen sie ihm gleichzeitig das Knie in den Hintern, so daß er unvorbereitet aus dem trockenen Wagen in den Regen flog, beinahe zu Boden stürzte und ein ganzes Stück mit nachgebenden Beinen weiterlief, nach Halt fuchtelnd, während die Straßenbahn sich schnell entfernte. Als Dmitri wieder sicher stand, drehte er sich um und sah zwei langohrige Köpfe ans Fensterglas der erleuchteten Straßenbahn gedrückt. Die beiden Kaninchen vollführten Sprünge und schwenkten die Pfoten vor Freude, daß sie sich so geschickt des sonderbaren und darum gefährlichen Schwarzfahrers entledigt hatten, der womöglich imstande gewesen wäre, unterwegs in einer menschenleeren Gasse seinerseits über die Beutelschneider herzufallen oder wirklich zur Miliz mitzugehen, was für die selbsternannten Kontrolleure gar nicht wünschenswert gewesen wäre, denn das Abzeichen hatte einer der beiden Kumpane seiner Gattin geklaut, die in der Tat als Verkehrskontrolleurin tätig war.

Mitten in der Nacht bei strömendem Regen in einer fremden finsteren Straße zu sein und ringsum nichts Lebendiges zu sehen außer der sich entfernenden Straßenbahn, aus der er hinausgeworfen worden war – oh, es war kein angenehmer Moment für Dmitri! Verwirrt hielt er Umschau, und die Finsternis ringsum, diabolisch verstärkt durch die eigene Einsamkeit, dünkte ihn unüberwindlich und viel zu stark für das Licht der kommenden Tage.

Das Mädchen mit den Kinderzöpfchen, bleiches Großstadtpflänzchen, aufgewachsen in einem winzigen Zimmer mit sich lösenden hellblauen Tapeten, fiel ihm zu dieser Stunde ein. Wenn der Wind, der auf unbekannten Wegen ins Zimmer drang, die Tapeten bewegte, schien die Wand tief und unhörbar zu seufzen. Vor dieser atmenden Wand saß das Mädchen, die Hände schulterhoch erhoben, mit niedlich verzogenem Gesicht und schob die reife Unterlippe über das Blasloch der Flöte, der die zarte, herzergreifende Musik des Windes entströmte, ein Strom schwacher Seufzer, undeutliche Klage eines zerbrochenen Schilfhalms und das Flehen eines ungeflügelten Nestlings um Schutz.

Warum ist sie in mein Leben getreten? überlegte Dmitri Akutin, während er durch diesen unbekannten Teil der Großstadt schritt, für wen war es notwendig, mir den Rest zu geben, als ich ohnehin schon keine Kräfte mehr hatte? Oh, wie er sie scheute, die Prüfungen des Künstlers, die unvermeidlich waren, wenn er weiterleben würde; ihn zog es in dieser nächtlichen Stunde zu denen, die schon aller Sorgen ledig, die allgegenwärtig und bedeutend zahlreicher waren als die Lebenden, unter ihnen seine Mutter und der alte Fewraljow, sie hatten nichts mehr zu fürchten, sie hörten nicht mehr, wie die Flöte spielte und irgendwohin rief, wo niemand je hingelangen würde.

Die städtische Nacht war taub, die Laternen fanden keinen Schlaf, es goß wie aus Eimern, und Dmitri ging durch unbekannte Gassen, bald nach rechts, bald nach links abbiegend, sein Regenmantel saugte sich immer mehr voll, das Wasser sickerte durch das Gewebe und rann den Körper hinunter. Er durfte nicht länger ins Ungewisse laufen, sein ganzes Wesen, gegen ihn selbst protestierend, wünschte nicht, in dieser regendurchrauschten Finsternis zu versinken, aber er ging und spürte, daß endlich die Stunde einer endgültigen Lösung näher rückte, und sie zu umgehen oder umzukehren war schon nicht mehr möglich.

Schließlich ging er durch einen Torbogen, durchquerte einen geschlossenen Hof, ging durch einen zweiten Torbogen und gelangte auf einen schmalen Platz. Hinter nassen Bäumen sah er die erleuchteten Fenster eines Vergnügungsetablissements; vor der Eingangstür parkten eine Reihe Autos und ein Transporter, und ein Personenwagen stand etwas abseits, von den übrigen gleichsam abgesondert, einsam bei den dunklen Bäumen. Die Tür dieses Wagens war offen, trübes Licht brannte darin, aber kein Mensch war im Innern zu sehen. Dmitri näherte sich dem leeren Auto, angezogen von den seltsamen Lauten und der unruhigen Bewegung eines dunklen Klumpens, der sich undeutlich unter einem Baum abzeichnete. Dmitri erkannte zu seiner Verwunderung in dem Klumpen ein Schwein, nicht groß, aber gedrungen und schwarz; es streckte dem Näherkommenden sein Rüsselchen entgegen, sog geräuschvoll die Luft ein, grunzte und schmatzte zugleich mit gierig mampfender Schnauze. Dmitri blieb stehen, er traute sich nicht näher an das Schwein heran, das nicht sehr friedfertig gestimmt schien, denn es machte drohend ein paar ruckhafte Bewegungen zu ihm hin, beugte den Rüssel zu Boden und stellte die Ohren auf, wie um warnend darauf hinzuweisen, daß alles Futter zu seinen Füßen (mutmaßlich Eicheln) nur ihm gehöre und es nicht vorhabe, mit irgendwem zu teilen. Dmitri wollte sich schon der Drohung beugen und um das schwarze Schwein herumgehen, da drängte mit trunkenem Lärm eine lustige Gesellschaft aus dem Etablissement, stieg in ihr Auto und fuhr davon; das war nicht ungewöhnlich, doch ganz unerwartet benahm sich das schwarze Schwein. Als es die Stimmen hörte, erstarrte es zunächst, nur das Schwänzchen zuckte, dann, als das Scheinwerferlicht des abfahrenden Autos zu ihm glitt, duckte es sich und schlüpfte flink in den leeren Wagen, der unter seinem Gewicht federnd nachgab. Dmitri, von dem sonderbaren Tun des Schweins verwundert, trat näher an den Wagen heran, bückte sich und äugte durch das Seitenfenster hinein. Dort saß ein kleiner Mann und sah ihn mit zähnefletschendem Lächeln an. Dmitri öffnete die angelehnte Tür, steckte den Kopf ins Innere und wollte den Mann fragen, wo das schwarze Schwein geblieben sei und was das alles eigentlich zu bedeuten habe. In diesem Moment warf der Mann den Arm hoch, an dessen Ende plötzlich ein gewaltiger Feuerklumpen aufblitzte. Mit schon durchschossener Kehle dachte Dmitri verständnislos: Feuer? Wozu denn? Da verstopfte ihm der hallende Krach des Schusses die Ohren. Es dünkte ihn, daß seine Füße sich von der Erde lösten und er endlich sanft davonschwebte.

Verwundert horchte er auf das Gluckern des sprudelnden Blutes und fing mit erlöschendem Bewußtsein irgendwelche undeutlichen und unverständlichen Laute auf, ein überkippendes Stöhnen, ein Stammeln und Gurren; er kam endgültig zu sich und begriff, daß es die Tauben auf dem Schuppendach waren, draußen, vor dem offenen Fenster, im Zimmerchen aber dämmerte das fast lichtlose graue Halbdunkel des Morgenanbruchs. (Bis zu der Begegnung Dmitris mit der kleinen Flötistin ist es noch lange hin, aber vor Ihnen, meine Teure, steht ein Mensch, von dem Sie bereits wissen, daß er getötet wurde. Weckt jetzt nicht jeder Schritt von ihm, sein Schicksal, jede seiner Taten Ihr besonderes Interesse? Sie werden doch nicht mehr bestreiten, daß jeder Augenblick im

Leben von besonderer Bedeutung ist?) Das flirrende Spiel des erwachenden Lichts vor dem Fenster war erfüllt von lautlosem Plätschern, es waren faserige rosa Wolken, die Vorboten des volltönenden Tages, die hoch am Himmel über den schläfrigen Schatten der Erde hinwegzogen.

Welche unbekannte Macht, wessen Wille bewog in dieser Stunde den Jüngling, den festen Schlaf abzuwerfen und mit vernebelten Augen zum Fenster hinauszusehen? Dmitri wartete recht eigentlich auf die kleine blasse Flötistin, die er in naher Zukunft liebgewinnen würde, doch statt dessen erschien ihm die reife Liliana in kurzem Nachthemdchen.

Sie betrat das Kämmerchen unter der Treppe, die zum Dachboden führte, wie ein Gespenst der Nacht, das sich noch in den Winkeln versteckt.

Ich, Liliana, konnte in dieser Nacht nicht einschlafen, ich hatte Angst vor dem Licht des Morgengrauens und davor, wieder einmal den hellen Tag zu erleben, an dem es nicht mehr möglich sein würde, meine Wünsche zu verwirklichen, ich stand auf und ging los, und alles in mir war elastisch und machtvoll dem Erwarteten zugewandt. Ich warf alles von mir, was mich behinderte, und fühlte mich maßlos glücklich. Aber unser Glück währt stets nur Momente, es ist nichts als ein süßes Gift, das die Leidenschaft schürt, wenn man es trinkt, und den Genuß mit plötzlicher Qual löscht, wenn man sich losreißt von dem Trank, um Luft zu holen.

Dmitri war nicht im mindesten gefaßt auf diese Wendung in unseren Beziehungen, und ich sah, daß Scham und Niedergeschlagenheit ihn bedrückten, morgens beim Frühstück und später am Mittagstisch, und wenn wir unter Menschen waren, wenn wir mit der Vorortbahn nach Moskau oder zurück fuhren und wenn wir die Laufereien wegen seines Eintritts in die Kunsthochschule erledigten. Im Sprechzimmer der Aufnahmekommission erfuhren wir, daß er trotz der Empfehlung Choroschutins nicht allzusehr hoffen durfte, aufgenommen zu werden, da er nicht die geringsten Fertigkeiten im akademischen Zeichnen besaß. Er mußte schnellstens lernen, Gipsornamente, Tonkrüge, Stoffdrapierungen und Wachsfrüchte zu zeichnen. Ich stürzte zu Somzow, dem Neffen Choroschutins (dem mein Onkel, Bruder meines Vaters, Architekt, die Datscha im Kreis Jarachtur entworfen und gebaut hatte), und Somzow gab mir die Adresse eines Kulturhauses der Bauarbeiter, wo es ein Studio für darstellende Kunst gab, welches ein Bekannter von ihm leitete, und nun fuhren wir mit einem Zettel von Somzow los, um dieses Kulturhaus zu suchen.

Wir beide erlebten ein neues, verlogenes Stadium unserer Beziehungen, tagsüber benahm ich mich, als sei nichts gewesen, und spielte die besorgte Lehrerin... nachts aber sah ich auf meiner schmalen Lagerstatt eine nackte Hexe mit heißen Schenkeln, erfüllt von der nicht verausgabten Glut überreifer Jungfräulichkeit. Aber ich war erst siebzehn, und meine noch nicht gefestigte Seele war zu schwach für die Belastung der Sündhaftigkeit, darum konnte ich tagsüber Serafima Grigorjewna, der Mutter Lilianas, nicht in die Augen sehen... ja, meiner Mutter begann etwas zu schwanen, von Zeit zu Zeit sah sie mich durchdringend und Offenheit heischend an, doch ich setzte eine ungerührte Unschuldsmiene auf, fiel ihr um den Hals und trieb allerlei närrisches Zeug.

Eines Tages lag ich spät vormittags in meinem Bett und war noch nicht zur Ruhe gekommen nach der wunderschönen und entsetzlichen Nacht, da kam plötzlich meine Mutter herein, setzte sich auf die Bettkante, schob die Hand unter die Decke und kitzelte mich am Fuß. Ich lachte hell auf, wimmerte dann launisch, strampelte mit den Füßen und schlug aus – und spürte auf einmal ein so vollblütiges Glück, nur weil ich lebte, erwacht war, die Augen geöffnet hatte und nun das gutmütige, verfettete Gesicht meiner Mutter sah, daß ich vor Freude hätte schreien mögen. Und dieses bestürzende Glück hatte mir ein unschöner Junge geschenkt, mein Schüler, mein Stolz und meine Hoffnung. Und du dumme, wunderliche Frau fahndest mit argwöhnischen Augen nach einer verborgenen Ratte der Unanständigkeit, nach einem Spinnengewebe der Sündhaftigkeit... oh, Mama!

»Mir schien«, begann sie schmeichlerisch und sah mich prüfend an, »mir schien«, sagte Serafima Grigorjewna, »ich hätte heute nacht in Dmitris Zimmer jemand reden und lachen hören.« (Ich stand vor der Tür, ich war eben aus dem Garten ins Haus gekommen und hörte jedes Wort der Unterhaltung zwischen Mutter und Tochter.) – »Na und? Dmitri wird im Schlaf gesprochen haben. Bestimmt hat er geträumt«, antwortete die Tochter und gähnte ins Fäustchen. »Das kommt vor bei ihm.« – »Nein, das war nicht Dmitri«, widersprach Serafima Grigorjewna. »Es war eine Frauenstimme.« – »Was willst du damit sagen, Mama? Daß Dmitri mit weiblicher Stimme redet? Oder daß nachts eine unbekannte Dame zu ihm kommt?« – »Ach, Töchterchen, du weißt genau, was ich sagen will.« – »Stell dir vor, Mama, ich – uaaach! – ich weiß gar nichts und kapiere gar nichts.« – »Hast du keine Angst vor den Folgen, Liliana?« – »Ich verstehe dich nicht, Mama.« – »Du verstehst mich sehr gut. Wozu lügen und täuschen, wenn wir ja doch eines Tages sterben müssen?« – »Na, du legst ja los ... Erklär mir doch, worauf du hinauswillst mit deinen feierlichen Vorreden.« – »Ich habe in der Nacht vor der Tür gestanden und alles gehört.« (Ich stand jetzt auch vor der Tür und hörte alles.) Nachdem Liliana eine Weile geschwiegen hatte, sagte sie ruhig: »Mama, es gibt Dinge, nach denen du mich nicht fragen darfst.« – »Was denn, in meinem eigenen Haus? Meine eigene Tochter?« – »Eben. Du hast ganz richtig gesagt: Wir müssen ja doch eines Tages sterben. Darum gibt es Dinge, die dich rein gar nichts angehen, nur mich!« – »Ich denke, die Verführung Minderjähriger in meinem Haus geht auch mich an.« – »Mama, du sagst immer wieder: in meinem Haus. Und ich, bin ich in einem fremden Haus?« – »Nein, es ist auch dein Haus, du bist hier aufgewachsen. Das meinte ich auch gar nicht, du weißt es wohl.« – »Dann laß mich in Ruhe.« – »Nein, ich lasse dich nicht in Ruhe. Ich schmeiße den Bengel raus. Mein Gott, diese Schande!« – »Wozu bist du reingekommen und hast mich am Fuß gekitzelt?« – »Noch heute schmeiß ich ihn raus!« – »Du haßt mich doch, und doch kitzelst und küßt du mich.« – »Was passiert nicht alles auf der Welt! In meinem Haus! Grauenhaft!« – »Schon wieder dein Haus? Geh doch zum Teufel mit deinem Haus, ich kann jederzeit ausziehen.« – »Bist du verrückt?« – »Ich kann auch zurückfahren.« – »Nein, sie ist nicht mehr normal. Jetzt dreht sie den Spieß um und beschuldigt mich. Mich!« – »Laß uns in Ruhe. Ich gehe.« – »Nein, er geht.« – »Er geht auch.« – »Und wollt ihr heiraten?« – »Wenn nötig, heiraten wir.« – »Und wer soll euch trauen?« – »Übers Jahr traut man uns, keine Bange.« – »Na dann herzlichen Glückwunsch zum Ehemann, der halb so alt ist wie du.« – »Na und? Außerdem ist er nicht halb so alt, nur elf Jahre jünger.« – »Nur elf Jahre? Und das findest du normal?« Oh, wie ich dieses Wort schon als Kind gehaßt hatte. Normal. Unnormal.

Ich stand vor der Tür und hätte mich vor Scham und dumpfer Seelenpein in tausend Stücke zerschneiden lassen mögen. Serafima Grigorjewna hatte immer und in allem recht, davon war sie unter beliebigen Umständen überzeugt. Ich mit meinen siebzehn wähnte, diese Überzeugung entspränge lückenloser Kenntnis sämtlicher Regeln der Lebensgrammatik. Ich würde nicht einmal zu denken gewagt haben, ihre Vollkommenheit könnte Zweifeln unterliegen oder ihresgleichen finden in der Welt der willensschwachen Wesen, über denen Serafima Grigorjewna schwebte wie eine Adlerin, die von Angst und Unruhe nichts weiß.

Plötzlich aber hörte ich ein lautes Kakeln und ein nervöses »gack-gack« – aus Lilianas Zimmer kam ein gesprenkeltes Huhn mit gespreizten Flügeln und irr blickenden runden Feueraugen gelaufen, und ich erkannte plötzlich die wahre Natur blinder Selbstüberhebung und Lebensweisheit einer Glucke, die ihre Kükken ausgebrütet hat. Bestrebt, nicht nur jedes einzelne Kücken, sondern auch die ganze Welt zu überzeugen, daß sie die volle Wahrheit über die Welt wisse, wo das Wichtigste die Würmer in der Erde seien, gackert die Glucke drohend, plustert die Halsfedern und zwingt jeden, der sie sieht, daran zu glauben. Die Ärmste entfernte sich mit kratzenden Krallen aus dem Hause und nahm ihre schwächliche Weisheit mit und ihren mütterlichen Wahnsinn, der sie zwang, auch dann noch zu gackern, wenn sie allein war und im Dung scharrte, um sich selbst zu überzeugen, daß sie alles auf der Welt wüßte und alles lehren könnte und in allem recht hätte und unerschütterlich an die Wahrheit glaubte, daß dieser Dunghaufen die Krönung des Weltalls wäre.

Ihr einziges Kücken aber pfiff sich was auf ihre Lockrufe, blieb im Bett liegen und rollte sich unter der Decke zusammen. Achtundzwanzig Jahre lang hatte die arme Serafima über ihrer Tochter gegackert, und die, statt anständig zu heiraten, verleitete ein Jüngelchen zu Ausschweifungen. Das wollte Serafima nicht in den Kopf. Während sie sich die Niedrigkeit und Scheußlichkeit des Sturzes ihrer Tochter bewußt machte, durchwühlte sie ihre Phantasie auf der Suche nach Strafen, die sie über die Liebenden verhängen mußte. Sie hatte ihr Leben lang friedlich als Ökonomin gearbeitet und konnte zu Hause nicht mal ein Huhn schlachten, doch jetzt malte sie sich plastisch aus, wie sie die nackten Liebenden mit einer Leine aneinanderfesselt, mit einer Schubkarre zum Teich schafft und ins Wasser wirft. Oder aber sie zieht nur den stämmigen Bengel zur Verantwortung, den kleinen Banditen aus dem Waisenhaus, und übergibt ihn unter einem passenden Vorwand der Miliz. Serafima empfand einen so brennenden Haß auf die unstatthafte Sünde und auf die Schmach ihrer Tochter, daß sie wirklich imstande gewesen wäre, eine unerhörte Untat zu verüben oder selber Rattengift zu schlucken.

Also, was steckte hinter ihrer dermaßen kriegerischen Tugend und ihrem unversöhnlichen Haß auf das Frauenleben ihrer Tochter, das sich nicht nach den Regeln und Begriffen der Mutter abspielte? Meine Liebste, bitte verzeihen Sie mir die Freiheiten, die ich mir herausnehme, aber es ist schon tief in der Nacht, bald drei, die Zeit, in der ich mich besonders schlecht fühle, und da denke ich, ohne die scharfen Ecken und Kanten mildern, glätten, retuschieren zu wollen, an die verfluchten Mächte, die der Verwirklichung wahrer Liebe im Wege stehen. Schon lange schlafe ich nachts nicht mehr, um an Sie zu denken und um nicht von Ihnen zu träumen, denn mein Traum ist immer wieder der gleiche: endlose Versuche, Ihnen meine Liebe zu gestehen, und immer wieder kommt etwas dazwischen.

Ich schlafe nachts nicht, um mit Ihnen zu plaudern, und ich kann das tun, seit mir aufgegangen ist, daß mein tägliches Tätigsein, das heißt mein Eifer, Tätigsein vorzutäuschen, eigentlich ein Traum ist, ein teuflischer Bluff des Daseins, und mir blieb nur übrig, den physiologischen Akt des Schlafs dem Automatismus solchen Zeitvertreibs anzupassen. Ich begann auf Arbeit zu schlafen, und ich lernte, dies mit offenen Augen zu tun, nicht zu schnarchen und auf die horizontale Lage zu verzichten, ich kann sogar im Gehen schlafen, und das hat bis heute niemand bemerkt. Nächtlich aber liege ich wieder Ihnen zu Füßen und kann Ihnen alles sagen, was mir in den Sinn kommt, kann alles auspacken, was ich weiß, ohne Furcht, mißverstanden, verlacht oder verraten zu werden, denn meine freien Reden berühren Ihre Ohren nie. Natürlich tut es mir leid, daß meine klugen Gedanken und meine schwindelerregenden Umwandlungen somit für Sie unerreichbar bleiben, aber ich liebe Sie so sehr, daß ich bereit bin, mein Leben lang allein dem Klang Ihres Namens zu dienen, so wie ein ergebener Hund seinem Herrn dient.

Aber zurück zu Serafima Grigorjewna. In den guten Zeiten sagte sie mehr als einmal zu mir: »Dmitri, werde ein ordentlicher Mensch, das steht über allem, dann wird es dir im Leben immer gutgehen.« Manchmal juckte es mich, sie zu fragen, ob denn in ihrem Leben alles gut stehe – denn daran, daß sie ein *ordentlicher* Mensch war, konnte es keinen Zweifel geben –, doch ich wagte es nicht, obschon ich sah, daß nicht alles bei ihr als »gut« gelten konnte.

Ich hatte die Möglichkeit, das Leben dieses weitverbreiteten

Wandlings ausgiebig zu beobachten, unseres friedlich gesprenkelten Huhns nämlich, und mir eine Vorstellung von den religiösen Anschauungen einer gackernden Glucke zu bilden. Als unbeteiligter Beobachter kann ich versichern, daß sie den uralten Formen des Schamanentums anhängen. Ich habe mit meinen eigenen Augen gesehen, wie diese dicke, teigige, adrette Frau mit dem Löffel den Kessel voll brodelnder Konfitüre umrührte und dabei den Hausgeist aufrief, ihren schwankend gewordenen Glauben zu kräftigen. Da wuchs aus einem dünnen Fussel Petroleumblak auf dem Kupferkessel wie ein Baum ein großes Wesen von unbestimmtem Aussehen hervor. Der Geist, von Serafimas inbrünstigem Hokuspokus herbeigerufen, zwinkerte ihr zu und versprach ihr, alles werde in Ordnung kommen, aber ihr Boris Jegorowitsch, der sich auf seine alten Tage ein feuriges Weib in Moskau zugelegt hatte, weilte nach wie vor selten im Haus, und wenn er kam, dann mit finster gerunzelten, zottigen, graumelierten kastanienbraunen Augenbrauen, ohne mit jemand zu kommunizieren; er aß Mitgebrachtes aus der Aktentasche und ging frühmorgens zur Vorortbahn, ohne ein Wort gesagt zu haben.

Serafima legte den Gegenstand weg, mit dem sie den Geist gerufen hatte, einen großen Silberlöffel mit beinernem Griff, und begann sich bei ihrem Beschützer zu beschweren. Der rief ihr in Erinnerung, daß sie nie im Leben mit schweinischen Wörtern geflucht, nie kniefreie Röcke getragen, im Erholungsheim nie nach fremden Männern ausgeschaut, sondern statt dessen einen Wollpullover für die Tochter gestrickt, nie einem anderen Menschen als dem Arzt ihre Brüste gezeigt und nie aus falschem Mitleid den frechen Zigeunerinnen in der Vorortbahn ein Almosen gegeben hatte, die, um tätiges Mitgefühl zu erregen, ihre Schmuddelbabys mit sich herumschleppten. Kurz und gut, das Verzeichnis ihrer Tugenden wurde immer länger, sie sah es selbst und beruhigte sich allmählich; ihr Schutzgeist nickte wohlmeinend, erhob sich zum Schluß leise zur Decke und löste sich im Küchenwrasen auf, irgendwo zwischen den an einer Leine aufgehängten blaßblauen Büstenhaltern Größe acht.

Ich wurde von ihr ohne jedwedes Drumherum aus dem Haus geworfen, in Lilianas Abwesenheit, die grade im Schwitzbad war; zum Abschied ging sie recht rüde mit mir um. Doch Ehrenwort, noch in meiner Todesstunde, welche die innere Wahrheit jeglichen Ereignisses im Leben ans Tageslicht bringt, könnte ich wiederholen, was ich immer gesagt habe: Ich liebte die unglückliche Glucke und empfand Achtung vor ihr. Oh, ihr kämpferischen Schmäher der Spießergemütlichkeit, ihr Bohemiens und Verächter des Alltags, ihr Enthusiasten der zwanziger und ihr Hippies der sechziger Jahre – wenn ihr wüßtet, wie mir nach meinem Waisendasein, nach den vielen Jahren des Lebens im Kinderheim fast wie in der Kaserne Serafimas blitzsaubere Küche gefiel! Mit welchem Entzücken beobachtete ich die Geburt und Vollendung einer grandiosen Erdbeertorte, hörte ich die laut geäußerten strategischen Pläne für den Angriff auf die reifenden Tomaten, die in kürzester Frist in ein gläsernes Gefängnis gebracht, mit duftender Marinade übergossen und mit einem blanken Konservendeckel eingesperrt werden sollten. Wie verzaubert lauschte ich den Legenden von der königlichen Konfitüre aus grünen Stachelbeeren, denen vor dem Kochen die Eingeweide entfernt wurden.

Dmitris Mörder, das zähnefletschend lächelnde Schweinchen, ein gewisser Ignati Artjuschkin, hatte fast sein ganzes Leben lang ausschließlich in verschiedenen Bewachungsorganen gedient. Eines Tages wurde er dadurch berühmt, daß er als Patient im Ersten Stadtkrankenhaus von einer Krankenpflegerin auf frischer Tat ertappt wurde, wie er auf dem Klo mit Rotstift eine Zeichnung im Lokusgenre an die Wand malte. Auf ihr Geschrei eilten Patienten und Ärzte herbei, und da riß Ignati, der stets und ausschließlich die Qualifikation eines Wächters in sich wußte, eine eingebildete Pistole hervor, holte nach der Pflegerin aus und vollführte krampfhafte Gesten, die demonstrieren sollten, wie er ihr mit dem Griff der Waffe auf den grauhaarigen Kopf hämmern würde. Der Schmierfink wurde aus der Behandlung entlassen, ehe die Zeit abgelaufen war, die er auf Krankenhauskosten zu verbringen vorgehabt hatte.

Vom Krankenhaus fuhr er nicht nach Hause in seine Junggesellenbude, sondern zu einer Gevatterin, einer Bettfreundin, die soeben einen halben Eimer Kuheuter erworben hatte und nun flink eine Pfanne voller Nahrung briet.

Der Wohnungsnachbar schaute herein, ein gewisser Tjubikow, der nur von vorn zu sehen, von der Seite hingegen unsichtbar war, denn er war so flach wie eine Spiegelfolie. Der weiße Wodka aus dem Gläschen jedoch, welches die freigebige Gevatterin auch ihm gespendet hatte, verschwand spurlos hinter seiner Fassade, als er die Flüssigkeit in das Loch seines aufgerissenen Mundes kippte. Da er nach dem Schnaps zu rauchen wünschte, begab er sich in sein Zimmer, um Zigaretten zu holen, und kehrte seitlich zu der ehrenwerten Gesellschaft zurück, so daß er unsichtbar war.

Am selben Tag gegen Abend erschien er auf der Brücke über die Bahngleise einer Frau mittleren Alters, Irina Pjatitschassowa, einer schreckhaften Witwe, deren Jackentasche unterm Regenmantel eine Börse mit dem soeben empfangenen Lohn barg. Sie schielte ängstlich nach dem vorbeigehenden Mann, doch zu ihrer größten Verwunderung war niemand zu sehen. Sie schlug sich mit der Hand vor die Stirn und lachte, doch um sich zu vergewissern, drehte sie sich um und erblickte den Mann, der traurig ein paar Schritte hinter ihr stand und sie durchdringend ansah.

Die Witwe schrie gellend auf und hoppelte mit den plumpen Sprüngen einer dicken Häsin über den hallenden Bretterbelag der Brücke, da gewahrte sie vor sich am Ende der Brücke den Hut und den Kopf eines treppauf steigenden Bürgers, gefolgt von seinen Schultern und dem ganzen Rumpf, auf dem er einen gewichtigen Sommerfrischlerrucksack schleppte. Irina stürzte auf ihn zu wie auf einen guten Freund, und der Mann mit Hut und Rucksack begriff zwar nicht, breitete jedoch mit Vergnügen die Arme aus und erwies sich ungeachtet seines prosaischen Aussehens als fröhlicher und feuriger Mann, denn er preßte den wohlgebauten weichen Körper Irinas fest an sich. Sie erklärte ihm endlich, was Sache war, doch als die beiden auf der Brücke dahin blickten, wohin der flatternde Zeigefinger der Witwe wies, war dort niemand, die lange Brücke war gänzlich menschenleer, und unten auf dem Gewirr der blanken Schienen und auf den öligen Schwellen lag kein herabgestürzter Menschenkörper – der geheimnisvolle Mann, von dem Irina dem Sommerfrischler hickend erzählte, war spurlos verschwunden oder existierte gar nicht, zumindest glaubte dies der Sommerfrischler, der die Witwe immer nachdrücklicher an sich preßte.

So lernten sie sich auf der Fußgängerbrücke des Bahnhofs kennen, und übers Jahr hatten sie bereits ein Kind, einen Jungen namens Arsik, der schon am vierten Tag nach der Geburt Zähnchen bekam, mit einem halben Jahr, als er noch nicht sitzen konnte, Schach spielen lernte und mit zwei Jahren die Welt verblüffte, weil er heimlich ein symphonisches Konzert »Ein Morgen im Kindergarten« schrieb; Auszüge daraus brachte er auf einem verstimmten Klavier der Kindergärtnerin und seinen kleinen Kollegen aus der jüngsten Gruppe zu Gehör.

Der Ruhm des ungewöhnlichen Wunderkindes wuchs von Jahr zu Jahr, es sorgte immer wieder für Überraschungen, die den Vater, wissenschaftlicher Mitarbeiter, entzückten und die Mutter, Textilgestalterin, ängstigten, und in all den Jahren, in all der Zeit, in der andere sich kennenlernten, zusammenfanden, an ihrem menschlichen Glück bauten, bewahrte Liliana, die treue »Freundin des Genies«, die Erinnerung an Dmitri Akutin, obwohl sie von ihm selbst kurz vor seinem Tode von der Existenz eines Mädchens mit Flöte erfuhr.

Du, Eichhörnchen, magst mich nicht, ich weiß es, darum wird Liliana (das heißt ich) selbst von sich erzählen, und du geh, tummle dich, hüpfe von Zweig zu Zweig, klettere hinauf bis zum dünnen Wipfelkreuz einer Tanne, schwinge dich von dort mit gespreizten Pfoten und geplustertem Schweif in die hellblaue Leere, falle, klammere dich im Flug an den schwanken, nachgiebigen Wipfel einer Jungbirke, der bis fast zur Erde hinunter federt, springe auf eine Blüte, von dort auf einen kleinen Haselnußstrauch und von dem Strauch auf eine hochgeschossene junge Kiefer und sause wieder aufwärts zum blauen Himmel mit den weißen Wolken. Spiele, Eichhörnchen, ich muß aus meiner Datschensiedlung nach Moskau fahren. Nun bin ich in Moskau, in dieser Hochschule, ich stehe in dem fensterlosen Korridor, wo Studentenarbeiten hängen, Aquarellstilleben mit Äpfeln, Birnen und Tonkrügen, mit Stoffdrapierungen und Holzlöffeln, gemalt mit erschreckender Handfertigkeit und anödender Musterhaftigkeit.

Ich werde hier unter der Treppe auf der Bank gegenüber der Garderobe sitzen und auf meinen Jungen warten. Wie schwer, fast unmöglich ist es, sogar mir selbst zu erklären, warum ich hier in der Ecke sitze; es riecht nach den unvermeidlichen Miasmen von Räumen, in denen sich viele Menschen aufhalten, jedoch niemand wohnt; in den Ecken und hinter der Bank sammelt sich jahrelang Müll und Staub, und selbst die Schutzengel, die ihren Protegés folgen, ein jeglicher dem seinen, stoßen in der Luft über der Treppe zusammen und zanken sich ziemlich grob.

Herein kommt und setzt sich neben mich auf die Bank ein rosiger, glattrasierter, jugendlich wirkender Greis mit süßlichem Gesicht und dem treuherzigen Lächeln eines Väterchens aller

Jünglinge und eines Opas aller Kinderchen, entnimmt der vorsintflutlichen Einholetasche einen Skizzenblock und einen Fallminenstift, den er sogleich zwischen die Lippen steckt, die weiterhin in einem Lächeln blühen, schlägt den Block auf, sieht mich dann mit übertriebener Aufmerksamkeit an, nimmt den Stift und führt ihn stürmisch übers Papier. Ich sitze da, kaum noch lebendig vor Aufregung, und warte auf meinen Jungen, den glücklichen Studenten, der von mir weggegangen ist und mein Haus verlassen hat mit einem Gefühl der Erleichterung, denn meine orientalischen Nächte waren eine Belastung für ihn, obwohl ich schwören könnte, daß sie ihm nicht weniger Freude bereiteten als mir. Ja, sie waren eine Belastung für ihn, obwohl in diesen Nächten aus dem schüchternen Waisenhauszögling ein lichter Prinz wurde, der über sich selbst hinauswuchs und in seiner Leidenschaft, in seiner sinnlichen Raserei, da er keinen anderen Ausweg fand, wunderschöne Tränen vergoß, die mich wahnsinnig machten – und neben mir sitzt ein kahlköpfiger Greis und untersteht sich, die Lippen süßlich gekerbt, mich mit blödsinnigem Eifer demonstrativ zu porträtieren!

Ich bin keine Hexe, sondern eine ganz gewöhnliche Frau, wenn auch sehr schön und attraktiv, wie mir oft gesagt wurde, und in meinem Gefühl für den siebzehnjährigen Jungen ist nichts, was aus dem Rahmen fällt, doch ich war bereit, in diesem Gefühl zu erstarren wie eine Fliege im Bernstein oder mich in ihm zu vollenden wie die Welt im letzten Aufflammen der Katastrophe, aber er, mein Junge, wollte das nicht. Er erwartete außer der sinnlichen Liebe noch sehr viel vom Leben, auch künstlerisches Schaffen, er erwartete die Begegnung mit dem flötespielenden Mädchen, das wußte ich, das erriet ich, und da wurde ich zur wilden Hexe.

Nachdem er unser Haus verlassen hatte, forschte ich lange nicht nach ihm, denn ich wollte zur Vernunft kommen, ich ließ im Bezirkskrankenhaus eine Abtreibung machen und lag eine Weile zu Hause, doch eines trüben Oktobertags fuhr ich nach Moskau und betrat den dämmrigen Korridor der Kunsthochschule. Ich setzte mich zum erstenmal auf diese Bank, wie eine Verbrecherin auf die Folterbank des Scharfrichters, und wartete bebend auf das Erscheinen desjenigen, der genau ein Jahr später eines regnerischen Abends bei dem Inkassoauto von Ignati Artjuschkin erschossen werden sollte.

Jetzt ist Dmitri schon tot, verblutet, und er wurde begraben, kaum daß man seine Identität festgestellt hatte, denn er trug keine

Papiere bei sich außer einem dreieckig gefalteten Brief an eine gewisse Person; schon hat die Urmutter aller Lebewesen, die feuchte Erde, das arme Kind in ihrem Schoß zur Ruhe gebettet, ohne sich zu erinnern, daß sie selber es einmal aus sich ausgestoßen hatte. Am Himmel fliegen wie Bienen oder Vögel Schwärme fröhlicher Menschen, geflügelt, vielfarbig, furchtlos gegenüber der Luft, der Wolkenhöhe, und es herrscht ein für die Menschen früherer Epochen erstaunliches weltweites Karnevalstreiben auf der grünen Erde, und alles Traurige darauf ist längst vergessen.

Ich aber sitze auf der Holzbank neben dem Alten, der sich wie ein gewiegter Zeichenkünstler gebärdet. Da ich diese erbärmliche Komödie nicht länger ertrage, die der alte Esel weiß Gott wozu veranstaltet, frag ich ihn:

»Darf man mal sehen, was Sie da zeichnen?«

»Nein, auf keinen Fall!« ruft er auffahrend mit Jubelstimme. »Ich zeige meine Zeichnungen keinem Menschen, denn ich bin kein Maler, sondern Modell, obgleich ich nicht schlechter als viele andere zeichne. Man verlacht mich, mein Fräulein. Und warum? Weil Trifonytsch nie studiert, sondern es von selbst zur Meisterschaft gebracht hat, nach eigenem Verständnis, und das mag keiner. Ich bin Autodidakt, und in unserem Zeitalter der Industrialisierung finden Laien keine Geltung. Aber Ihnen vertraue ich, Sie sind mir sympathisch, seien Sie mir bitte nicht böse, ich bin ein alter Mann, ich könnte ihr Vater sein und habe keine bösen Hintergedanken.«

Ich höre nicht mehr auf den Alten und betrachte gleichgültig sein entsetzliches Gekrakel, ausgeführt mit flegelhaft aufgedrücktem Stift, der sich stellenweise durch das Papier gebohrt hat, betrachte zerstreut das wertlose, traurige Geschmier, ohne an etwas zu denken, aber in diesem Moment wird mir trüb bewußt, daß alle meine Bemühungen vergeblich sein werden.

Da kommt Dmitri endlich, er läuft die Treppe herunter in Begleitung eines gutgebauten jungen Mannes mit einem gewaltigen Skizzenblock über der Schulter; einen solchen hat Dmitri nicht, er trägt seinen selbstgebastelten Sperrholzblock und hält unterm Arm eine Rolle grauen Karton. Dieses Gesicht kann ich lesen, ohne vor Eifer die Lippen zu bewegen, sogar ohne ihn anzusehen, nur mit den Fingerspitzen kann ich es lesen, wie Blinde es tun, in tiefster Finsternis, in gesegneter wohltuender Dunkelheit. Endlich erfasse ich mit meinem ganzen Wesen den höheren Willen, dem ich mich nicht zu widersetzen wage; ich muß verbrennen in der Liebe, deren Element das Feuer ist. Wir versuchen, mit unserer Leidenschaft andere zu entzünden, aber wenn sie kalt sind, mißlingt das, und wir verbrennen in Einsamkeit. Bis zu meinem achtundzwanzigsten Lebensjahr habe ich jeden verachtet, der in Liebe rast, doch jetzt habe ich erlebt, wie die seltsamen Tage und Nächte meines Lebens aufflammen und zu Asche werden, für niemanden von Nutzen und nur dazu tauglich, um als Reisig, als dürres Gras für das fressende Feuer zu dienen.

Ich sitze auf der Bank und spüre, wie meine Haare sich regen und in der Flamme zu knistern beginnen, Qualm entströmt meinen Ohren und Nasenlöchern, die durchsichtigen Hüllen meiner Augen platzen, und in einem einzigen Augenblick lodert auf meinen Schultern, da, wo der Kopf sein muß, knallend eine gewaltige Fackel auf. Ich befinde mich im Innern der Flamme, darin Tränen der Scham zischend kochen, ich will schneller sterben, weil auch Dmitri sterben wird, niemand braucht die böse Qual, in der ich mich winde, und er geht vorbei, er schämt sich meiner wegen meiner zur Schau gestellten Unanständigkeit, wegen meiner Todespein, aber ich sitze da, ohne mich zu rühren, und von irgendwo dringt ein zarter Vogellaut zu mir, bin ich das wirklich, das hübsche, brünette kleine Mädchen, das am hohen Ufer des Flusses sitzt, die Beine in der Sandgrube baumelnd, und über mir sirren die Schwalben, und ich weiß noch nichts von der Erniedrigung und dem Schmerz und der Angst und dem Wahnsinn und der Trauer, die da Liebe heißen? Bin ich das? Gewiß ein Irrtum.

Ich sitze noch immer auf der Holzbank gegenüber der Garderobe, wo gewöhnlich Modelle auf Beschäftigung warten oder Studenten, die ihre Übungen schwänzen, eine Zigarette rauchen. Ich sitze eine Ewigkeit, eine schlimme Minute – die erste Minute, seit Dmitri an mir vorbeigegangen ist, ohne mich auch nur anzusehen. Ich sitze da; ein paar Fakten des Lebens führen mich zu der Erkenntnis, daß die Ewigkeit ein Dreck ist, man braucht nicht mal daran zu denken, sollen doch alle Augenblicke davongehen ins Nichts, ins Null, und nichts Ewiges gibt es, gab es oder wird es je geben, ich bin nicht die erste und nicht die letzte, die ihr Leben verflucht, sei verflucht, sei verflucht, es gab gar keinen Jungen mit dem Siegel des Genies, es gab, wie sich zeigt, nur einen grausamen Mann, der mich herrisch genommen und mich brutal versklavt hat im Namen des weltbeherrschenden EROS...

Aber er ist zurückgekehrt, mein lieber Dmitri! Auf irgendeine Weise hat er sich losgemacht von seinem gutgebauten Freund und ist allein zurückgekommen zu der Bank meiner ewigen Schmach, auf der ich sitze, ich, eine Frau von achtundzwanzig Jahren, eine schöne brünette Lehrerin der russischen Sprache und Literatur, er hat mir zugenickt und ist zur Tür gegangen, und ich bin aufgestanden und ihm gehorsam gefolgt.

Wir mieteten ein Zimmerchen in der 2. Mestschanskaja-Straße, genauer gesagt, ich mietete es, ich fand Arbeit im Exkursionsbüro, und ich besuchte sie von Zeit zu Zeit abends, blieb auch manchmal über Nacht, wenn auch nicht sehr gern. Aber ich war wieder glücklich, denn er ging mir nicht mehr aus dem Wege, wenn er mich auch viel seltener besuchte, als ich mir gewünscht hätte, er hatte sich an die neuen Beziehungen gewöhnt und genierte sich nicht mehr, mit mir ins Kino oder in eine Gaststätte oder sonstwohin zu gehen, ich ging neben ihr die Straße entlang, nicht mehr halb hinter ihr wie früher, und es war mir sogar angenehm, eine so schöne, gutgekleidete, überaus ansehnliche Begleiterin zu haben. Ich dachte nicht mehr daran, wieviel älter sie war als ich, vergaß es sogar manchmal, etwa wenn wir uns in unserm Schlupfwinkel herumbalgten und uns voreinander in den riesigen ausgetrockneten Kleiderschränken versteckten, die das Zimmer füllten, in diesen vorsintflutlichen Möbeln mit den knarrenden Türen, hinter denen ich mich umzog oder meine Wäsche auf die Leine hängte.

Dieser Herbst und Winter gehörten uns beiden, waren erfüllt von einer vor der ganzen Welt verborgenen Seligkeit, die gleichwohl einen Beigeschmack von unausweichlichem Unglück hatte. Wie kam das nur: Ich spürte bereits, daß der Verlust meiner Liebe vorherbestimmt und nicht mehr fern war. Warum dachte ich in den Stunden der Einsamkeit unaufhörlich an meine geheimen Freuden und Ängste, warum sah ich meine Beziehungen zu Dmitri immer als ungesetzlich, verbrecherisch und daher zur baldigen Katastrophe verurteilt? Ich liebte meinen armen Jungen, doch er wurde getötet, eine Kugel durchschlug seinen Hals, den ich mit den sanftesten Berührungen meiner heißen, zitternden Finger geliebkost hatte. Ich kaufte ihm ein Hemd, er wollte es nicht nehmen, aber ich zog ihn beinahe mit Gewalt aus und zögerte, mich an seinem Anblick weidend, lange, ihm die Neuanschaffung anzuziehen, doch er fröstelte in dem kühlen Zimmer, knurrte mich an, und seine Bärenäuglein blitzten ärgerlich – ach, warum glaubte ich, unsere Beziehungen stünden außerhalb irgendeines Gesetzes? Was für ein Gesetz konnte ich Idiotin meinen, wo es doch einzig das ewig geltende, unerbittliche Gesetz des Verlustes gibt?

Das Hemd war mir ein wenig zu groß, ich mußte die Ärmel aufkrempeln, und die arme Liliana beugte sich plötzlich über meine Hand, auf die ein kleiner Anker tätowiert ist, und küßte sie. Meine Hand küßte sie! Voller Angst riß ich sie weg, doch sie stürzte sich lachend und weinend auf mich, warf mich auf das Sofa, riß das neue Hemd auf meiner Brust auf und saugte sich mit einem stechenden heißen Kuß an meinem Hals fest, oberhalb des Schlüsselbeins, da, wo die Schlagader pulst und bebt.

Die Uhr der Seligkeit hat keine Zeiger, die sich drehen, die Uhr des Glücks mißt die Zeit mit der Wärme und Kälte der Meere, mit dem Wechsel von Ebbe und Flut, mit dem Kreisen der Feuervögel hinter den geschlossenen Lidern. Erst später, wenn man ein wenig zu sich gekommen ist, sieht man allmählich die rauhe Hülle, die dürre Schale, die Außenhaut des Lebens, das zerwühlte Bett, den abgerissenen Hemdknopf, die nackte, satte, müde Schulter der Freundin und das schwarze Sternchen eines Muttermals auf ihrer atlasweißen Haut.

Na schön, wir brauchen nichts mehr zu beweisen oder zu rechtfertigen, wir haben einfach dies und jenes gemacht, das führte zu diesem und zu jenem – und das wär's dann, das ist in Kürze unser schlichtes Poem. Ich starb mit einem Gefühl größter Erleichterung, und ich begrub ihn mit dem Gedanken, daß er nicht seine eigene Schuld bezahlt hatte, richtiger gesagt, daß er ohne jede Schuld getötet worden war, einzig und allein deshalb, weil es dieser Welt völlig schnuppe ist, wer wann und warum stirbt. Liliana wurde gefragt, wer ich für sie sei und ob wir verwandt wären, ich hörte jedes Wort, das sie dem offiziellen Behördenvertreter antwortete, aber ich konnte nicht die Augen öffnen und sie sehen, ich stellte mir das blutleere Gesicht meiner Lehrerin, Geliebten und treuen Anhängerin vor – ich antwortete, der Verstorbene sei mein Vetter, dann schrie ich auf und wankte, der Amtsmensch tröstete mich mit besorgtem Eifer und gab mir Dmitris Brief, geschrieben nicht an mich, nicht an mich!, der Milizoffizier glaubte nicht so recht an unsere Verwandtschaft, aber er verlangte keine Beweise von mir. Ohne alle Formalitäten überantwortete man mir den Toten aus dem Leichenhaus, er lag im Sarg, angetan mit den neuen Sachen, die ich hingebracht hatte, sehr bleich, der Hals mit Watte ausgestopft und verbunden (die Dienerin der unterirdischen Welt, eine bejahrte Sanitäterin mit Wachstuchschürze, hatte den komplizierten Verband mit größter Sorgfalt angelegt, als sollte ihr Tun von einem Natschalnik oder einer Kommission überprüft werden – danke, gute Frau!), und dann brachte mich der Wagen vom Leichenhaus direkt zum Friedhof, und darin saß nur Liliana.

Ich geleitete Dmitri auf seinem letzten Weg ohne Tränen, mit einem ausgebrannten Loch in der Brust, da, wo früher das Herz gewesen war, der große Autobus des Bestattungsbüros mit den vielen leeren Sitzen holperte auf den Unebenheiten der Straße, dann machte der Sarg jedesmal einen kleinen Sprung. Dmitri schien zu nicken, sein bleiches Gesicht mit den geschlossenen Augen wirkte verschmitzt und gutmütig wie in manchen Momenten seines Lebens. Ich war in dem Wagen ganz allein mit dem Toten, den ich noch immer liebte, und ich konnte nicht einmal weinen, ich hatte nicht die Kraft, Wahnsinn drang auf mich ein; erst jetzt begriff ich, warum sich Menschen versammeln, um einen Entschlafenen gemeinsam zu beweinen, oh, ich hätte schreien, mich an seine Brust klammern mögen, und dann würden die Frauen, die mit mir geweint hätten, mich von ihm weggezogen haben, aber die *Einsamkeit* am Sarg war so schwer, so furchtbar, so unendlich traurig, daß ich nicht einmal flüstern, geschweige denn schluchzen konnte. Ich sah den Fahrer mit dem geschorenen Kopf und den abstehenden Ohren, wie er den Autobus sachlich, ohne mich zu beachten, durch die geräuschvollen Moskauer Straßen lenkte, und es wollte mir nicht in den Sinn, daß dieser fremde Mann und ich in derselben Welt lebten, derselben Zeit angehörten. Mir schien, daß, wenn ich nicht sofort irgend etwas tat, etwas Entsetzliches geschehen würde, darum stand ich taumelnd auf und schob den Deckel über den Sarg. Aber mir wurde nicht leichter, da fiel ich auf den nächsten Sitz, grub den Kopf in die Arme und hörte eine Zeitlang auf zu existieren.

Ich, Dmitri Akutin, horchte währenddessen auf die Geräusche der entrückten Welt und erfaßte allmählich den ungewöhnlichen Reiz gemächlichen Nachdenkens, welches nicht mehr gestört noch unterbrochen werden kann. Mit Entzücken hatte ich den brennenden Bienenstich in den Finger empfangen, denn das war eine dingliche Äußerung der unter der Sonne summenden Welt des Lebens, doch die goldene Biene tat mir leid, die ich unwillkürlich zerquetscht und zu Boden geworfen, dann aber durchs Fenster in die nächtliche Finsternis geschleudert hatte. Ich zog ihren steckengebliebenen Stachel aus der Haut, eine dunkle Nadel mit einem Tröpfchen Bieneninnerei, und zum erstenmal empfand ich mit Verdruß, daß ich nur ein gewöhnlicher Mensch war, teilhaftig keiner Zauberkünste noch des feinen Könnens eines Wunderdoktors und Tierheilers wie Doktor Aibolit, welcher den herausgerissenen Stachel wohl in das Bienenbäuchlein wieder einzufügen vermocht hätte. Obwohl mein sittlicher Schmerz der Biene nichts nützte und sie mein Mitleid nicht gespürt haben konnte, da es in der Natur so etwas wie Mitleid nicht gibt, war ihr Stich direkt und zielgerichtet. Sie stach zu, um der höchsten Kraft der Natur, dem Tode, ihren Tribut zu zollen; sie war bereit, jeden, der ihre Inspiration, ihre unbarmherzige eifrige Arbeit störte, dem Tode auszuliefern, und sie war bereit, für ihren leidenschaftlichen Stich selber mit dem Tode zu bezahlen – und sie leistete die Zahlung unverzüglich und ohne zu zaudern. Und der Giftstachel, die Waffe der Leidenschaft, riß sich heraus aus ihrem Bäuchlein, zusammen mit einem Fetzen des Magens, löste sich von ihr und wurde zu einem sichtbarlichen, unstrittigen Zeichen ihres eigenen Todes, der die zitternde Biene sogleich mit einer heißen Welle ungewöhnlicher, nie gehabter Gefühle überspülte... töten und getötet werden... die beiden ältesten Gesetzmäßigkeiten der Welt waren von der höchsten schöpferischen Idee nebeneinander verwahrt worden, im selben Gefäß, Tötung und Tod, Jäger und Opfer, und wir beide, meine Teure, wollen sie trennen und in verschiedene Schachteln tun – ist das nicht die eitelste aller Bemühungen?

Noch ein paar Worte zur Beisetzung Dmitri Akutins, und Sie werden die Geschichte seiner Liebe zu der jungen Flötistin hören, ich heiße Innokenti, mit Zunamen Lupetin, ich habe meinen Militärdienst bei der Kriegsmarine geleistet und die Kunsthochschule bezogen, im gleichen Studienjahr mit Dmitri, und den ...sker Friedhof suchte ich an diesem Tag auf, um an der Beisetzung eines Aquarellmalers teilzunehmen, den ich zufällig kennengelernt und mit dem ich mich angefreundet hatte; er war ganz überraschend gestorben. Mir tat das bitter leid; gemeinsam mit anderen trat ich zum Sarg, nahm Abschied von dem alten Maler und zog mich dann etwas zurück, um ein paar Erinnerungsskizzen zu machen. Da sah ich bei der Betonfläche, auf der die ausgeladenen Särge abgestellt wurden, wieder einen Autobus vorfahren, Leute stiegen aus, auch ein Blasorchester mit Trompeten und einer mächtigen Trommel. Unser Trauerzug hatte ebenfalls ein Blasorchester mit, das bereits etwas Leidvolles schmetterte, und nun legte quer dazu das neu eingetroffene Orchester los, verströmte die gleiche dienstliche Trauer, und es kam zu einer phantastischen Kakophonie. Ein weiterer Autobus fuhr vor, ich wartete auf einen zusätzlichen Jux, doch der blieb aus, denn dem Fahrzeug entstieg lediglich eine brünette Frau in hellblauem Mantel, und sie hatte keinen dabei, der den Sarg herausgehoben hätte, dies übernahmen die Sargträger, Kerle in Steppjacken und mit schnapsroten Visagen.

Diese Beisetzung ohne Leidtragende war ungewöhnlich traurig! Die bleiche Brünette war übrigens sehr hübsch und weckte eine Menge Mitgefühl. Wo seid ihr, meine Freundinnen aus der Marinezeit, dachte ich unwillkürlich, wo seid ihr, von denen der Matrose träumt? Würdet ihr Mädchen auch so traurig auf meinen Sarg blicken, wie diese junge Frau das armselige, mit billigem Stoff überzogene Gehäuse ansieht? Plötzlich traf es mich wie ein Schlag. Diese Frau hatte ich schon einmal gesehen! Sie hatte ihm Korridor der Hochschule neben dem Modell Trifonytsch auf der Bank gesessen, als ich mit Dmitri Akutin vorbeiging, und da hatte ich noch gedacht... Natürlich, sie war es – rabenschwarzes glattgekämmtes Haar, in der Mitte ein weißer Scheitel. Damals hatte ich gedacht: Donnerwetter, was für Glückspilze müssen das sein, die solche Weiber haben! Wenn ich solch eine hätte und sie auf die Idee käme, nackt als Modell zu posieren – ich würde es auf keinen Fall dulden, sondern ihr eher die Haare abschnippeln, damit sie nicht aus dem Hause gehen könnte. All dies flüsterte mein Gedächtnis mir ganz deutlich zu.

Es erschien mir möglich, die einsame Frau anzusprechen, sobald die Busse, die sie und »meinen« Toten hergebracht hatten, weggefahren sein würden, um anderen Platz zu machen, die ununterbrochen einer nach dem anderen an der Betonfläche anlegten; die Frau in Hellblau stand vor dem frischen Grabhügel, ohne auf die besoffenen Trottel zu achten, die nebenan wirtschafteten, um eine neue Grube zu schaufeln, die den nächsten Toten aufnehmen würde. Ich wollte der Frau an diesem Trauertag sagen, daß ich keine Worte hätte, um ihr meine Anteilnahme auszudrücken, aber sie solle mir glauben, daß der Tag des Leids vorübergehen und ein Tag der

Freude kommen werde, woran sie jetzt noch nicht zu denken vermöge. Statt dieser wohl angebrachten Worte sagte ich etwas ganz Wirres und Abstruses:

»Fräulein, weinen Sie nicht. Lassen Sie sich von mir nach Hause bringen.«

»Sie wissen wohl nicht, wo wir hier sind?« fragte sie streng.

»Entschuldigen Sie, ich wollte Ihnen nicht zu nahe treten«, sagte ich gänzlich verwirrt.

»Hier darf man nicht dumm sein«, sagte sie traurig und ihr Taschentüchlein fingernd. »Haben Sie kein Gefühl dafür, wieviel Kränkung und Unglück hier verscharrt liegen?«

»Doch«, antwortete ich schuldbewußt und ging mit gesenktem Kopf davon.

Ich verließ den Friedhof allein, aber ich mußte die verhärmte Brünette wiedersehen, darum fuhr ich oft hinaus zu dem Friedhof in der Hoffnung, sie dort zu treffen. Den ganzen Herbst und Winter über sah ich sie nicht, die Totenstadt dehnte sich in dieser Zeit aus, die Gräberreihe, in er mein alter Maler und der mir unbekannte Angehörige der brünetten Frau nebeneinander ruhten, war in die Länge gewachsen, so daß ihr Ende im Wald verschwand. Im Frühling, als der Schnee taute und die Grabhügel eingesunken waren, begann man Grabdenkmäler aufzustellen, fast alle einheitlich, viereckig, aus Marmorsplitt. Auf dem Grab meines Aquarellisten hingegen erschien ein ungewöhnlicher Granitblock mit seinem Bildnis als Basrelief, in dem ich sein denkwürdiges Gesicht kaum wiedererkannte, das Nachbargrab hingegen erhielt ebenso eine Platte wie 99 Prozent ringsum, eine rechteckige Platte mit Namen und Daten des Toten.

Gierig blickte ich hin, um wenigstens irgend etwas über das Leben der verschwundenen Unbekannten zu erfahren, und da traf es mich wie ein Blitzschlag! Leute! Es war das Grab von Dmitri Akutin! Von seinem Tode hatte im letzten Herbst die ganze Hochschule gesprochen, doch wo er beigesetzt worden war, wußte kein Mensch. Im Studentenheim hatten wir auf sein Seelenheil getrunken, und ich hatte im Suff einen Hundesohn beleidigt, der einem blutjungen Mädchen nachstieg, der Enkelin des Modells Trifonytsch, die in einem Kämmerchen neben der Wohnung des Heimleiters hauste. Ich wußte, daß Dmitri Akutin, der nicht mehr auf der Welt war, sehr an ihr gehangen hatte.

»Also hier liegst du, Dmitri?« sagte ich, und verdammt, mir

kamen die Tränen, und es wollte mir nicht in den Kopf, daß ich den ganzen Winter über hierhergefahren und, wie ich nun wußte, bei Dmitri gewesen war.

»Wie konnte das bloß passieren, Alter?« sagte ich, und mir wurde ganz schlecht, denn ich erinnerte mich, wie ich einmal spät nachts bei klirrendem Frost von einer Fahrt aufs Land ins Heim zurückkehrte, einen Sack Kartoffeln geschultert, und an der Wand Dmitri stehen sah, ohne Mütze, in einem aufgeknöpften dünnen, fipsigen Mäntelchen, dessen Kragen bis an die Ohren hochgeklappt war.

»Dmitri, was stehst du da und frierst?« schnauzte ich schon von weitem. Er trat von einem Fuß auf den andern, antwortete nicht und krümmte sich vor Kälte. Ich trat näher, ließ den Sack zu Boden fallen, wir begrüßten uns, seine Hand war wie ein eiskalter Stumpf. »Komm mit, wir braten uns Kartoffeln, ich habe noch eine Flasche Selbstgebrannten«, lockte ich ihn, doch er lehnte ab. »Gut, ich komme später«, fügte er lächelnd hinzu. »Später ist zu spät«, beharrte ich, »komm gleich mit, ehe die Kumpels aufwachen und angeströmt kommen.«

Unser Wohnheim lag längst in Schlaf und Stille, die Fenster waren dunkel, nur über uns war ein Fensterchen mit einer Gravur von silbernen Eisblumen erleuchtet, von dort strömten frei und ungehindert die Klänge einer Flöte, auf der Trifonytschs Enkelin Marina übte. Ihre Eltern waren angeblich nach dem Norden gefahren, um Geld zu verdienen, und hatten das Mädchen unter der Obhut des Alten zurückgelassen, doch sie schienen es mit der Rückkehr nicht eilig zu haben, und so stand sie schon vor dem Abschluß der Musikhochschule, während Trifonytsch, der einzig Übriggebliebene von den alten Bewohnern unserer Baracke, immer öfter im Krankenhaus liegen mußte; Marina schloß allmählich Freundschaft mit unseren Studentinnen, nahm an unseren Vergnügungen teil und hungerte mit uns – auch das gab es.

Früher war das Heimgebäude eine gewöhnliche Wohnbaracke in dem stillen Moskauer Vorort gewesen, doch seine Bewohner hatten nach und nach neue Wohnungen bezogen, nur der Alte hatte sein Kämmerchen dickköpfig nicht verlassen wollen und führte einen Kampf mit den Behörden, um eine besonders günstige Wohnung zu bekommen. Ich aber glaube, er hatte einfach keine Lust, von uns wegzugehen, denn sein Leben hatte sich völlig verändert, seit das Haus ein Heim für Kunststudenten geworden war. Bei ihnen hatte er sich mit der Leidenschaft für das Zeichnen infiziert, sie bezogen ihn als Modell in ihre Arbeit ein, was ganz nach dem Geschmack des kontaktfreudigen Alten war. Er begann zu glauben, daß er bald ungeahnte Höhen in der Kunst erklimmen und daß der Ruhm ihm in den Schoß fallen würde wie ein goldenes Äpfelchen, verbunden mit großem Reichtum, und indes er darauf wartete, vergaß er die Bemühungen um die neue Wohnung und wollte überhaupt nicht mehr wegziehen. Marina, seine sanfte Enkeltochter, hatte nichts dagegen, denn sie war ein sorgloses und etwas entschlußarmes Wesen.

Mir fiel ein, daß Dmitri in der Frostnacht damals unter ihrem Fenster gestanden haben mußte, um ihrem Flötenspiel zu lauschen; er war still und ruhig gewesen wie immer, und nichts hatte darauf hingedeutet, daß er verliebt war, ich hatte auch gar keinen Sinn für solch feine Beobachtungen, ich war todmüde, denn meine Reise mit dem Kartoffelsack, den ich vom Dorf her schleppte, hatte den ganzen Tag gedauert. In den Hungertagen, die für uns etwa eine Woche nach dem Stipendium begannen, gab es für uns nichts Schöneres als mehlige Kartoffeln vom Lande, auf natürlichem Dung und nicht auf Chemie gewachsen, und seit ich einmal einen Sack dieser Delikatesse ins Wohnheim mitgebracht hatte, schickte mich das Studentenvölkchen von Zeit zu Zeit auf Dienstreise in meine Heimat und legte für die Reisespesen zusammen.

In dieser Akademie von Essern dörflicher Kartoffeln war Dmitri ein ständiges aktives Mitglied, ich wußte um seinen Eifer, darum wunderte ich mich über seine Ablehnung und war sogar ein wenig gekränkt, denn er hätte mir ja auch, verdammt noch mal, helfen können, den Sack die Treppe hinaufzutragen, den ich fast dreihundert Kilometer auf meinem Buckel geschleppt hatte. Jetzt aber, als ich an seinem Grab weinte, vermochte ich zu begreifen, was in der kalten Nacht damals sein Herz bewegt hatte, und ich verzeihe dem Freund für immer und ewig die unwillentliche flüchtige Kränkung, die er mir zugefügt hatte, als er noch lebte.

Des weiteren erinnerte ich mich in diesem Moment, als ich mit der Hand über das stachlige Gras strich, den ersten Frühlingsschmuck auf Dmitris Grab, wie er vor Jahresfrist etwa um die gleiche Zeit in dem Zimmer mit den sich ablösenden Tapeten, Trifonytschs Kämmerchen, hockte und eifrig Marina zeichnete, die ihm mit der Flöte in den Händen Modell saß. Ich ging vorüber und sah durch die angelehnte Tür – sie schloß schlecht und stand immer ein wenig offen, wenn sie nicht abgeschlossen war – Dmitris gesenkten Kopf, und ich hörte die schmachtenden, trägen Läufe der Flöte, auf der Marina nicht spielte, sondern widerwillig übte. Da ich Dmitris außergewöhnliche Schüchternheit und Zurückhaltung gegenüber Mädchen kannte, wurde ich sehr neugierig und äugte durch den Türspalt. Es gibt gewisse momentane Eindrücke, die mit einem Schlag das tiefste Geheimnis eines Geschehens enthüllen. In dieser Sekunde, in der ich meinen Freund mit einem vielsagenden Blick und einem Zwinkern bedachte, wurde mir folgendes klar. (Ich kann es jetzt einordnen, damals aber lachte ich und ging meines Wegs.) Dmitri lebte kaum noch vor lauter Glück, mit diesem blassen Mädchen allein zu sein, er wischte sich mit dem Hemdärmel den Schweiß von der Stirn, als wäre er hier zu Hause, trank Tee aus einem Glas und ließ den Stift über das Papier flitzen. Ferner war zu sehen, daß das bescheidene Mädchen mit der Flöte diese Sitzung keineswegs als großes Glück empfand. Die abgelöste Tapete, die sich wie ein mächtiger Bauch über dem blonden Köpfchen der Flötistin wölbte, atmete, und die Seufzer ihres Instruments, wahrhaftig, sie wirkten wie die Seufzer des angeödeten Modells, und als die Musik abbrach, hörte ich ein Rascheln und Kratzen hinter den Tapeten, dort rieselte etwas über das trockene Papier, und diese ungemütlichen Geräusche erregten meine Aufmerksamkeit und prägten sich mir ein. Die tote Musik der Tapete und die wehmütigen Flötentöne gemahnten an etwas Ungeordnetes und gänzlich Unerfüllbares. Deutlich war zu sehen, daß Dmitri sich vergeblich bemühte, flott und verwegen zu zeichnen wie bei einem wichtigen Examen; das Mädchen, das schon Hunderte Male vor Studenten mit der Flöte posiert hatte, war sämtlicher Zeichner der Welt längst überdrüssig, und sie unterdrückte mühsam ein Gähnen über dem ans Kinn gehaltenen Blasinstrument. Kurz und gut, um Dmitris Sache war es schlecht bestellt, es würde nichts werden, denn das Mädelchen konnte sich ersichtlich nur aus natürlicher Trägheit und Sanftmut nicht entschließen, ihn rauszuschmeißen.

Sich ablösende Tapete... Geraschel. Dmitri! Ist wirklich nur das von dir geblieben, noch dazu in meinem löchrigen Gedächtnis? Wozu brauchtest du dieses krummrückige, im Gehen schlafende Ding? Du müßtest mal wissen, was sie anstellt seit einiger Zeit, seit sie auf den Geschmack gekommen ist.

»Ich würde dir nie davon erzählen, wenn du lebtest«, sagte ich und legte die Hand auf den Grabstein wie auf die Schulter meines Freundes, »aber du liegst in der Erde, und hier auf dem Grabstein steht dein Name. Was soll ich sagen, Dmitri, die Flötistin ist nicht mehr bei uns, Trifonytsch hat sie mitgenommen in die neue Wohnung in Medwedkowo, die er endlich bekommen hat.«

Warum muß ich ausgerechnet an das Pfiffelholz denken, an die Flöte? Ich weiß nicht, welchen Platz sie in deinem Leben eingenommen hat, Dmitri, aber mich scheint jemand hinzuschieben zu der Erinnerung an alles, was sie betrifft. Warum nur, Menschenskind? fragte ich Dmitris Schatten, seinen armen Staub, angesichts der schweigenden Erde, die sich über ihm geschlossen hatte. Und plötzlich vernahm ich gleichsam eine Antwort, gesprochen von einer hellen Frauenstimme:

»Guten Tag. Ich habe Sie ja doch erkannt.«

Ich saß an Dmitris Grab auf dem Erdboden und blickte von unten auf zu der Frau, auf die ich schon so lange wartete. Sie trug den wohlbekannten hellblauen Herbstmantel. Nur die Frisur war anders – statt des schweren Knotens auf dem Hinterkopf zwei glänzende Haarströme längs des Gesichts, wie zuvor geteilt von dem graden Scheitel.

»Soll das heißen ... Sie haben an mich gedacht?« fragte ich und stellte mich auf ein Knie.

»Ja. Und mir wollte und wollte nicht einfallen, wo ich Sie gesehen habe, aber dann erinnerte ich mich.«

»Ich habe auch an Sie gedacht. Ich wußte ja nicht, daß Sie Dmitri Akutin zu Grabe getragen haben.« Ich stand jetzt in voller Größe vor ihr und blickte auf sie hinunter.

»Sie waren sein Freund?«

»Ja, wir waren befreundet. Und Sie? Was hat er Ihnen bedeutet? Dmitri hat nämlich nie von sich erzählt«, sagte ich, während ich mir vorgebeugt die Erde von den Knien klopfte.

»Ich war seine Frau.«

»Ja so ... Davon hat er mir auch nichts gesagt.« Ich richtete mich wieder auf, stand dicht vor ihr und sah ihr aufmerksam in die Augen, in denen wahnsinnige Schwermut glomm.

»Ich weiß viel von ihm. Mir hat er alles erzählt. Ich weiß nur nicht, ob aus Vertrauen zu mir oder aus Haß.«

»Aus Haß?« fragte ich entgeistert. »Auf Sie? Was reden Sie da! Dmitri war gar nicht fähig zu hassen!«

»Aber warum hat er mir alles von ihr erzählt? Kurz vor seinem

Tod hat er einen Brief an sie geschrieben, aber adressiert war der aus irgendwelchen Gründen an mich. Was wollte er? Sollte ich mit meinen eigenen Händen ihr den Brief geben, der anderen?«

»Was denn für ein Brief? Erzählen Sie, wenn Sie möchten.«

»Ein ganz gewöhnlicher, eine Liebeserklärung. Wegen dieses Briefes wurde ich zur Miliz bestellt, weil meine Adresse auf dem Umschlag stand. Ich bekam die Erlaubnis, ihn zu beerdigen. Sie kennen doch bestimmt diese Marina?«

»Nein«, log ich. »Vielleicht ist sie in einem anderen Studienjahr.«

»Sie ist keine Studentin. Sie spielt Flöte.«

»Solch eine kenne ich nicht«, bekräftigte ich.

»Schade. Sonst hätten Sie ihr den Brief geben können. Ich kann damit nichts anfangen. Was meinen Sie, weshalb wollte Dmitri diesen Brief an mich schicken? Er ist ja auch wirklich in meine Hände gelangt. Was meinen Sie?«

»Ich weiß nicht. Vielleicht wollte er... Nein, ich kann es mir nicht denken.«

»Ich auch nicht. Er besuchte mich ja kaum noch; im letzten Monat habe ich ihn gar nicht mehr gesehen. Und auf einmal werde ich hinbestellt, man zeigt mir den Brief... Hier ist er, lesen Sie selbst.«

»Entschuldigen Sie, aber hier steht doch nirgends ein Name!« sagte ich verwundert, nachdem ich gelesen hatte. »Eine Marina ist nirgends erwähnt. Woher wissen Sie, daß der Brief an sie gerichtet ist?«

»An wen denn sonst?« In ihrem Blick war deutlicher Abscheu.

»Vielleicht... an Sie?«

»Lassen Sie das.«

»Liebste wenn Du dies liest bin ich nicht mehr auf der Welt man wird Dir den Brief übergeben. Ich habe mich entschlossen mein Leben zu beenden denn es ist sinnlos immer nur zu leiden und ich habe das alles satt. Es gibt in der Welt nichts Gutes nur Dich allein. Ich liebe Dich so sehr daß es mir leid tut zu sterben einzig Deinetwegen von allen übrigen trenne ich mich ohne Bedauern. Ich möchte Liebste daß Du lange lebst und immer weißt es gab einen etwas wunderlichen Jungen der Dich liebte wie eine kleine Göttin. Leb wohl. Gebt ihn ihr – Dmitri Akutin«

»Wem sonst hätte er so etwas schreiben können? Ich mußte mir ja oft genug seine Herzensergüsse anhören. Er glaubte, mir alles erzählen zu sollen, um sein Gewissen zu beruhigen.«

»Und wie haben Sie das aufgenommen?«

»Schlecht natürlich, schlecht. Wir hatten ein Zimmer in der Zweiten Mestschanskaja genommen. Seit er sich verliebt hatte, besuchte er mich nicht mehr. Er übernachtete im Studentenheim, und wenn er mal abends kam, dann nur, um von seiner Liebe zu sprechen. Anfangs versuchte ich, ruhig zu bleiben und mir einzureden, daß der Junge schuldlos sei, schuld hätte nur ich, und überhaupt sei das zu erwarten gewesen, denn früher oder später hätte es ihn ohnehin zu einer Gleichaltrigen gezogen. Ich habe mit mir gekämpft, glauben Sie mir, und ich wollte das Ganze vernünftig aufnehmen. Aber eines Tages geschah etwas, was ich nie erwartet hätte. Ich hatte ein chirurgisches Skalpell in der Hand, mit dem Dmitri immer seine Bleistifte anspitzte. Sie werden ja wissen, daß er mit nadelspitzen Stiften zeichnete.«

»Ja, ich weiß.«

»Also, dieses Skalpell, ich weiß nicht mehr, in welchem Moment das war, ich saß Dmitri ruhig gegenüber, da zog ich es mir von der Schulter bis zum Ellbogen. Die Haut klaffte sofort, anfangs kam kein Blut, aber dann strömte es nur so. Weiter weiß ich nichts. Zum erstenmal im Leben verlor ich das Bewußtsein. Auf dem Arm ist eine Narbe geblieben. Kurzärmlige Sachen kann ich nicht mehr tragen. Dmitri pflegte mich drei Wochen lang. Einige Zeit später ging er eines Tages weg, und ich habe ihn lebend nicht mehr gesehen.«

»Soll ich Ihnen von mir erzählen?« sagte ich und gab der Frau Dmitris Brief zurück.

Sie nahm das vierfach gefaltete Blatt, steckte es in den Umschlag und verwahrte diesen in ihrer Handtasche.

»Was denn?« antwortete sie und ließ mit einem befremdeten Blick auf mich das Schloß zuschnappen. »Und wozu, entschuldigen Sie?«

»Weil Dmitri hier in der Erde liegt und wir beide noch auf der Erde sind und Sie sich interessieren sollten für das, was rund um Sie vorgeht.«

»Warum soll ich mich dafür interessieren?« Ihr Blick war so, daß ich nicht mehr von ihr weg konnte.

»Als ich bei der Marine war, ist folgendes passiert. In unserm

Unterseeboot brach ein Brand aus. Wir mußten die Schotten dichtmachen, damit das Feuer nicht auf die anderen Räume übergriff. Die Jungs, die nicht mehr raus konnten, verbrannten bei lebendigem Leibe. Wir hörten sie klopfen und schreien. Aber wir konnten nicht öffnen. Wir wurden gerettet, und sie starben.«

»Und was wollen Sie damit sagen?«

»Glauben Sie nicht, daß es uns leichtfiel. Ich zum Beispiel habe seit damals graue Haare. Zwei andere mußten ausgemustert werden, sie hatten einen Dachschaden weg.«

»Wie traurig. Aber was erwarten Sie von mir?«

»Ich möchte, daß es Ihr Herz erreicht. Die Jungs, die lebendig verbrannten, waren noch ganz jung. Sie konnten ihr Leben nicht leben, verstehen Sie? Unsertwegen. Und wenn wir noch hier auf der Welt sind, müssen wir es für sie mitleben. Auch für Dmitri. Er hat ja ebenso wegen einem von uns sein Leben nicht gelebt.«

»Aber wozu ist das notwendig? Und für wen?« antwortete sie mit verhaltenem Ärger. »Ich habe meins auch nicht gelebt ... und werde es nicht leben. Na und? Wen schert das? Wem sind wir etwas schuldig? Wer ist uns etwas schuldig? Irgendein jämmerlicher Dreckskerl hat Dmitri umgebracht, dabei war der Junge ein Genie. Wie sollen wir, Sie oder ich oder dieser Typ, Dmitris Leben mitleben? Was phantasieren Sie da für ein Zeug? Sehen wir doch lieber der Wahrheit ins Auge: Ich lebe nur, weil ich den Tod fürchte, nicht weil ich leben will. In Wirklichkeit will niemand leben, nicht mal die drolligen kleinen Kinder, die wollen es auch nicht, sie ganz besonders nicht, darum weinen sie so oft.«

»Sie meinen, die Kinder weinen deswegen?« fragte ich erstaunt.

»Was glauben Sie denn, weshalb sie weinen? Ein Mensch vergießt Tränen – warum?«

»Na, aus ganz verschiedenen Gründen«, sagte ich, um eine versöhnliche und, wie mir schien, in diesem Falle notwendige Vernünftigkeit bemüht. »Es gibt ja auch Freudentränen.«

»Was verstehen Sie schon davon? Und weshalb verschwende ich hier meine Worte? Na schön, Sie werden's nicht begreifen, aber merken Sie es sich wenigstens. Nur der Mensch weint, und durchaus nicht vor Freude, sondern weil er weiß, wie sinnlos alles ist, selbst die Freude. Alle Menschen, bis auf den letzten, unsere ganze Welt wünscht sich nur eines: den Selbstmord. Und nur die Angst vor dem Tode hält sie ab.«

Ich mußte lachen.

»Sie erinnern mich unheimlich an einen Bekannten. Allerdings äußert er seine Gedanken in etwas anderem Stil. ›Die Welt bewegt sich in Richtung auf ihre lo-gi-sche Vollendung, und wir tragen mit allen Mitteln dazu bei‹, etwa so drückt er sich aus. Er heißt Tarelkin, hat einen angeborenen Herzfehler und steht schon mit einem Bein im Grab. Er rasiert sich nicht, er wäscht sich nicht, er hockt ewig in einem Winkel und verkündet von dort seine Weisheit, mit der er die kleinen Mädchen erschreckt.« (Dieser Tarelkin, den Lupetin erwähnte, war wirklich ein hoffnungsloser Fall. Unterm Arm trug er ständig das Buch »Die Welt als Wille und Vorstellung« von Schopenhauer. Er war zwar nur mittelgroß, wirkte aber sehr groß, weil er entsetzlich mager und hohlwangig war; die Haare baumelten ihm wie schmutziger Werg auf die hängenden Schultern, die weiß von Schuppen waren, seine Augen flackerten wie bei einem Wahnsinnigen. Jeder an der Hochschule, selbst der zynische, grausame Somzow, behandelte ihn mit Respekt, der einer tragischen Figur zukommt. Obwohl er im Unterricht rein gar nichts tat, wurde er immer wieder von einem Studienjahr ins nächste versetzt. Wenn alle nach der Natur zeichneten, hockte er gebückt und mit verflochtenen Beinen vor seiner Staffelei und studierte seinen Schopenhauer. So wird es noch zwei Studienjahre weitergehen, dann wird Tarelkin eines Tages verschwinden. Niemand wird Fragen stellen, denn jedem wird klar sein, warum der Ärmste nicht zu sehen ist. Genau ein Jahr später aber wird in der Hochschule ein blitzsauberer, gutgenährter Junge mit zarten Wangen erscheinen, die Haare kurzgeschnitten wie bei einem Amerikaner um die Jahrhundertwende, und alle werden nur so staunen, wenn sie erfahren, daß dies Tarelkin höchstpersönlich ist, der Krepierling, der allen von der »logischen Vollendung« der Welt erzählte. Es stellt sich heraus, er hat sich einer erfolgreichen Herzoperation unterzogen, wie sie ganz selten gelingt, ist völlig genesen, binnen eines Jahres um einen halben Kopf gewachsen und zu einem rosigen Jüngling geworden. Noch viele Jahre werden vergehen, da laufe ich eines Tages den Arbat entlang und stoße plötzlich mit der Nase auf einen erwachsen gewordenen Tarelkin, der sich ganz schön herausgefressen hat, er trägt einen gediegenen Anzug und befindet sich in Begleitung eines Pärchens ehrenwerter Meerschweinchen. Er begrüßt mich widerwillig und stellt mich seinen Schwiegereltern vor, die äußerst unwirsch die langen Zähne gegen mich fletschen; meine Einladung, uns in ein Café zu setzen und zu plaudern, lehnt er ab mit der Begründung, er wolle mit den Eltern seiner Frau einkaufen; ohne meine Frage, wie es dem Herrn Schopenhauer gehe, zu beantworten und ohne sich zu verabschieden, schreitet er stolzen Ganges von hinnen, mit den Armen rudernd, eskortiert von seinen hinterhertrippelnden rundlichen Anverwandten. Oh, wenn Lupetin gewußt hätte, daß dem Verkünder der logischen Vollendung der Welt ein solches Schicksal beschieden sei, es wäre ihm leichter gefallen, Liliana zu widersprechen, als sie ihm einreden wollte, jeder Mensch sei ein potentieller Selbstmörder.) Ich hätte ihr sagen können, daß das Leben nur dem abstoßend und unmöglich vorkommt, der aus irgendwelchen Gründen selber für dieses Leben überflüssig ist, was ihn natürlich berechtigt, seinerseits das baldige Weltende zu verkünden. Darf man solch einem armen Menschen Misanthropie, Bösartigkeit und Grausamkeit vorwerfen? Er gibt ja nur das von sich, was ganz von selbst, auf natürliche Weise aus seiner Seele herausgepreßt wird unter dem Druck grausamer und gleichgültiger äußerer Kräfte, die ungleich stärker sind als seine eigenen.

Kurz und gut, ich hätte Liliana sagen können, daß sie recht habe, doch nur weil sie in Not und Leid geraten sei, daher müsse sie schnellstens ihre Misere überwinden. Das hätte ich ihr sagen können, aber ich antwortete ihr anders.

»Gilt das etwa auch für uns beide?« fragte ich.

»Wie kommen Sie darauf, wir könnten eine Ausnahme bilden?« fragte sie auflachend.

»Aber ich spüre vorerst nicht grade den Wunsch, ins Wasser zu gehen oder mich aufzuhängen.«

»Du lieber Gott«, sagte sie leise, hob langsam beide Hände und strich die glänzenden Haare glatt, »du lieber Gott, wozu verschwende ich hier meine Worte.«

»Sie brauchen mich nicht für einen Plattkopf zu halten. Meine Physiognomie ist ein bißchen mißlungen«, versuchte ich einen freundlicheren Ton anzuschlagen. »Wenn Sie meinen, ich verstünde Sie nicht, will ich Ihnen was erzählen. Ich bin als Kind viel verprügelt worden, und ich habe auch manch einen verprügelt. Eines Tages droschen wir uns mit Knüppeln, wir und die Bande aus dem großen Nachbardorf, da habe ich einem kleinen Jungen ein Auge ausgeschlagen. Als er hinfiel und sich auf der Erde wälzte, sind alle weggelaufen, und ich bin auch abgehauen. Später kriegte ich's mit der Angst und bin wieder hin. Wie ich zu ihm komme, kniet er mitten auf dem Brachplatz und versucht, sich mit einer Hand einen blutigen Klumpen ins Auge zu stopfen. Das habe ich erst gar nicht kapiert. Doch dann ging mir auf, er hält das ausgeschlagene Auge in der Hand. Da bin ich wieder abgehauen. Ich habe mich in einem Schuppen verkrochen, habe lange auf dem Holzstoß gesessen, dann habe ich eine Leine an den oberen Balken gebunden, eine Schlinge gemacht, den Kopf reingesteckt und den Holzklotz weggestoßen. Schwer zu erklären, warum ich das gemacht habe. Aber darum geht's nicht. Ich will Ihnen nur sagen, daß *dies* mir kein bißchen Angst mehr macht. Keinerlei Qualen. Das ist so ähnlich wie Einschlafen. Vor dem Tode also habe ich keine Angst, doch ehrlich gesagt, ich wünsche ihn mir nicht. Damals hat man mich zufällig heruntergeholt und wieder zum Bewußtsein gebracht, und ich habe das nie wieder probiert, denn ich hatte bestens begriffen, daß ich vor allem leben will, einfach leben, verstehen Sie? Als ich mich aufhängte, war ich erst fünfzehn.«

»Schönen Dank für die Aufklärung. Und jetzt entschuldigen Sie mich.«

»Wo wollen Sie denn hin?« fragte ich verwirrt.

»Wohin? Dahin, wo ich hin muß.« Ihre schwarzen Augen musterten mich mit gnadenloser Gleichgültigkeit von Kopf bis Fuß, wobei sie schon halb abgewendet stand.

»Was machen Sie von Berufs wegen? Sagen Sie mir wenigstens das!« rief ich, gänzlich ratlos, was ich tun, was mir einfallen, was ich sagen sollte. »Und sagen Sie mir um Gottes willen Ihren Namen!«

Sie antwortete nicht, drehte sich um und ging, ein Schleier von zartem Grün flirrte um ihren schwarzhaarigen Kopf, der seinen Stolz, sein Unglück, seine furchtbare Einsamkeit hocherhoben und unbeugsam von dannen trug, und der hellblaue Mantel legte sich wie ein exakter Pinselstrich auf den weißen Hintergrund der Birkenstämme. Ich begriff plötzlich, daß ich ein Bildmotiv vor mir sah, das ich schon immer hatte malen wollen. Ich mußte nur noch alles Überflüssige, Zufällige wegnehmen, das meiner geistigen Gier nicht entsprach: die Gräber und die schmählichen Betonplatten, den Müll von alten Trauerkränzen, die ausgehobenen Lehmgruben, den eben auf den Friedhof einbiegenden Leichenwagen, alles Tote und Halbtote, und übrigbleiben durfte nur der Geist des Frühlingswäldchens, das Blau darüber und der machtvoll und freudig den Himmel wiederholende leuchtend blaue Fleck des Mantels dieser Frau, deren Geheimnis darin bestand, daß ich sie liebte wie die Seele dieses Bildes, wie eine Absicht Gottes, die plötzlich mein Herz berührt hatte.

Sie ging, doch in mir war für immer das Bild, das ich irgendwann einmal malen würde. Auf die Größe einer unsichtbaren Gehirnzelle verkleinert, blieb es in der Tiefe meiner Erinnerung verborgen. Jetzt mußte es auf seine Stunde warten, in der eine seelische Aufwallung es ans Licht holte. Ich kämpfte einen qualvollen Kampf mit mir selbst, um mich zu zwingen, Liliana hinterherzulaufen, neben ihr herzugehen; mochte sie schelten, mich demütigen, wie sie wollte, wenn ich nur bei ihr war, sie nicht tun ließ, was sie mit ihrer angeknacksten Seele zu tun strebte. Ich mußte notfalls mit Gewalt bei ihr bleiben, sie überallhin begleiten … aber ich tat nichts.

Vom Friedhof fuhr ich zur Hochschule. Die morgendlichen Studien hatte ich schon versäumt, aber ich konnte zur vorletzten Zeichenstunde noch zurechtkommen. Sie wurde in unserm Studienjahr von Somzow geleitet, und als ich mich dem Hörsaal näherte, stieß ich auf ihn. Er war auf den Korridor herausgetreten, um zu rauchen.

»Lupetin, Sie geruhen sich zu verspäten? Warum?« forschte der Dozent wie stets in grob-spöttischem Ton.

»Ich habe Geld für meinen Lebensunterhalt verdient, Genrich Afanassjewitsch«, log ich, ohne mit der Wimper zu zucken.

»Das geht mich nichts an. Von mir aus können Sie weiter bummeln.«

»Sie mögen Ihre Mitmenschen nicht, Genrich Afanassjewitsch«, sagte ich wütend.

»Was?« Jäh wandte sich seine hohe, etwas gebeugte Figur mir zu.

»Wissen Sie wenigstens, wie Ihr Student Akutin gestorben ist?« fragte ich und wußte nicht, warum.

»Nein, interessiert mich auch nicht.«

»Und wissen Sie, Genrich Afanassjewitsch, daß Akutin eine Frau hatte?« stieß ich voller Wut hervor und konnte mich kaum noch beherrschen. »Daß sie bald den Verstand verliert vor Kummer und sich womöglich jeden Moment umbringt?«

»Ja, darüber habe ich einige Informationen. Ich kann Ihnen sogar ihre Adresse geben. Die möchten Sie doch wissen, nicht wahr?«

»Ja …« Zugegeben, ich war perplex über die überraschende Antwort des Pädagogen.

»Kommen Sie mit in den Hörsaal, ich schreibe Ihnen die Adresse auf.« Er machte auf dem Absatz kehrt und ging, beschwingt mit den langen Armen rudernd, durch die Tür, die er offenließ.

Ich folgte ihm, und das erste, was ich sah, war das bärtige Gesicht meines Kommilitonen Iwanow, der sein Zeichnen eine Zeitlang unterbrach, gähnte und mich mit einem undefinierbaren, doch aufmerksamen Blick ansah. Ich nickte ihm, ...i und Georgi Asnaurjan zu und sah über die Staffeleien hinweg das bläuliche Gesicht des rothaarigen Modells Ljussja, die unbeweglich auf dem Podest saß, in einer schmachtenden, süßlichen Pose, die Somzows Geschmack bestens entsprach. Dieser ging in seinen Winkel, wo er mit übergeschlagenen Beinen auf einem Stuhl zu thronen pflegte, wenn er keine Lust hatte, seinen pädagogischen Obliegenheiten nachzukommen, das heißt, von Staffelei zu Staffelei zu gehen und die Mängel der Zeichnungen giftig zu bespötteln. Er entnahm der Jacke, die über die Stuhllehne gehängt war, ein dunkelblaues Notizbuch, schrieb etwas auf, riß die Seite heraus und gab sie mir.

»Gehen Sie zu dieser Adresse, und Sie werden finden, was Sie suchen«, sagte er mit einem Blick auf meine Stirn. »Bemühen Sie sich, sie zu trösten und zu unterstützen.«

Das war in seinem gewohnten lässigen, ein wenig spöttischen Ton gesagt, so ganz alltäglich, und keiner wäre in diesem Moment auf den Gedanken gekommen, daß wieder einer von uns sich selbst zu Leid und Tod verurteilt hatte, nun, wenn nicht zum Tod, so doch zu einem sinnlosen Dasein, das sich kaum vom Nichtsein unterscheidet... Geliebte, in der letzten Nacht habe ich wieder von Ihnen geträumt, ich verbrachte sie in einem recht bequemen Sanatoriumsbett irgendwo am Rande von Georgien, bei Pizunda, und Sie waren im Traum jung und nicht wiederzuerkennen, doch wie immer sehr schön. Und wieder gab es ein langes und zähes *Beschwichtigen*, wonach das Glück erreichbar sein konnte, doch leider zog sich das Beschwichtigen in die Länge, und das Glück blieb aus. Sie hatten eine Schwester, eine äußerst attraktive, wohlanständige Person, die mir eifrig Ihre Vorzüge, außergewöhnlichen Talente und seelischen Qualitäten herzählte, und ich hörte hingerissen zu, nur irgendwo ganz unten am Grund kratzte eine sorgsam übermalte Unruhe, eine Angst, weil ich nicht mehr jung war und graue Schläfen hatte, weil ich, wie sich auf einmal herausstellte, eine Familie besaß, ein Söhnchen und eine Ehefrau, von der ich mich scheiden lassen mußte, um den ewigen Bund mit Ihnen einzugehen.

Doch leider, ehe es soweit war, wachte ich auf und sah vor mir einen fetten, schnauzbärtigen, riesengroßen jungen Mann, der halbnackt auf seinem Bett saß und gähnte, ohne die weißlich bewimperten kleinen Augen zu öffnen. Er war ein Bergarbeiter vom Donbass, doch er sah aus wie ein reinrassiger Kaufmannssohn. Endlich zwang er die schläfrigen hellblauen Äuglein auf und sagte mit gutmütigem Lächeln: »Grüß dich, Nachbar.«

Da begriff ich, daß für mich auch in Wirklichkeit alles aus war: Ich war nicht mehr jung, ich kurte in Sanatorien, Sie waren ewig jung geblieben, Ihre Schönheit würde nie verwelken, sich nur ein wenig verändern, so wie die blühenden Frühjahre unserer Erde alle wunderschön, doch einander ganz unähnlich sind. Aber genug von solchem Zufallsquatsch wie dem Traum von meiner Liebe, denken Sie lieber an die Tücke derer, die sich mit größtem Erfolg als Menschen ausgeben, sich von ihnen jedoch dadurch unterscheiden, daß sie keine Freundschaft, keine Aufopferung, keine selbstlose Liebe kennen. Nie werden sie das große Glück kennenlernen, das darin besteht, daß man sein Leben für das geliebte Wesen opfern kann. Für sie steht an erster Stelle ihre tierische Berechnung, sonst nichts.

Innokenti Lupetin begab sich tags darauf zu der Adresse, die er von Somzow bekommen hatte; er empfand eine gewisse Zuversicht, daß es ihm gelingen könnte, die unglückliche Frau aus ihrer finsteren Verzweiflung herauszuholen. Er hatte sich vorgenommen, ihr sein Herz zu öffnen, in welchem ein großer Traum wohnte: Er wollte Dorflehrer werden wie seine Mutter. Der mächtige Bursche, rechter Flügelmann der U-Bootbesatzung, liebte kleine Kinder, denn sie waren als Menschen viel besser als die Erwachsenen. Ihm war jedoch aufgefallen, daß die letzteren sich gleichwohl etliche Vorzüge der Kindheit bewahrt haben, darum wollte der angehende Lehrer auf seinem Tätigkeitsfeld darauf hinarbeiten, daß seine Schüler während des Heranwachsens und Erwachsenwerdens in sich möglichst viele der angeborenen Eigenschaften wie Sauberkeit, Gutherzigkeit und Selbstlosigkeit bewahrten. Wenn er über seine Verantwortung nachdachte, gelangte er zu dem Schluß, daß ein Lehrer ein allseitig entwickelter Mensch sein müsse: in den Wissenschaften, in den Künsten, in der körperlichen Ausbildung. Die Voraussetzungen erschienen günstig – in den Wissenschaften konnte er sich autodidaktisch weiterbilden, Kraft und sportliche Gewandtheit besaß er, nur mit den Künsten haperte es. Schon als Matrose hatte er zu zeichnen begonnen, hatte Wandzeitungen und die Diensträume im Stützpunkt ausgeschmückt, hatte im Chor gesungen und im Matrosenensemble getanzt. Beim Zeichnen stellte sich überraschender Erfolg ein, er porträtierte seine Kameraden erstaunlich genau, malte ein paar Meereslandschaften in Öl und erhielt auf einer Laienkunstausstellung den ersten Preis. So begann sein Weg zur Malerei, der ihn für ganze fünf Jahre von der Verwirklichung seines Traums vom Lehrerberuf entfernte, ihm aber größere Zuversicht brachte, den Dorfkindern eine bestmögliche ästhetische Erziehung geben zu können. Natürlich spürte er, wie allmählich der Künstler in ihm erwachte, doch wenn er sich an die Jahre seiner Kindheit kurz nach dem Krieg erinnerte, dachte er mit unendlicher Trauer an die unersetzlichen Verluste, die die kindlichen Seelen in den Jahren der Armut, des Hungers, des Elends hatten erdulden müssen.

Während der S-Bahn-Fahrt legte Lupetin sich sorgfältig zurecht, wie er Liliana seinen heimlichen Traum darstellen würde, seine Idee, die er als das Höchste ansah: sich selbst, alle seine Kräfte und Fähigkeiten dafür herzugeben, im Menschen die besten Eigenschaften seiner Kindheit zu bewahren. Er wollte der Frau, die ihm wahnsinnig gut gefiel, seine kostbaren Seelenschätze darbringen, und sein schlichter Matrosenschädel wäre nie auf die Vermutung gekommen, diese Schätze könnten sich für ein Frauenherz als Mumpitz herausstellen. Doch leider kam es so.

Liliana sah lange zornig und verständnislos den puterroten und vor Anspannung schwitzenden Lupetin an, der da auf dem alten Wiener Stuhl in der Veranda saß. Sie selbst stand mit der Schulter ans Türfutter gelehnt, und in der Türöffnung war das grüne Feuer des Mailaubs zu sehen, das in den Sonnenstrahlen loderte; als er seine unbeholfene Rede, die unter Lilianas eisigem Blick und Schweigen gefror, schlecht und recht zu Ende gebracht hatte, wippte sich die junge Frau heftig vom Türfutter los, richtete sich auf, zog das Tuch fester um die Schultern und stellte mit mörderischer Ernsthaftigkeit die Frage:

»Sagen Sie mal, sind Sie verrückt?«

»Ein Dummkopf vielleicht, verrückt nicht«, entgegnete der arme Lupetin und senkte den Blick.

»Weshalb sind Sie hergekommen? Um mir blauen Dunst vorzumachen? Habe ich nicht schon genug an meinem eigenen Kummer?« peitschten ihre bösen Fragen auf ihn ein. »Wozu muß ich mir noch Ihre Lebenspläne anhören? Was soll ich damit?«

»Ich wollte«, knurrte Lupetin, »daß Sie wüßten... Sie sollten nicht glauben, wir alle auf der Welt wären Selbstmörder wie die Skorpione.«

Hier lächelte Lupetin, griff jungenhaft hastig in die Tasche, holte seine alte Taschenuhr hervor und zeigte Liliana einen Gegenstand, der wie eine Berlocke an der Kette befestigt war.

»Da... wie der hier«, sagte er und griente dümmlich.

»Was ist das?«

»Ich glaub, ein technisches Harz. Man gießt damit einen Skorpion oder irgendein Insekt ein. Bitte schön, wie lebendig!«

Lupetin drehte vor Lilianas Augen die durchsichtige Berlocke, in der für immer ein kleiner Skorpion erstarrt war.

»Das Ding hat mir ein Kumpel aus Gagra geschenkt, dort haben sie Spaß an so was«, erläuterte er beflissen und beobachtete voller Angst, wie sich das blasse Gesicht der Frau immer mehr verhärtete. »Ich möchte, daß Sie mir glauben... Ehrenwort, weiter will ich nichts, nur deshalb bin ich zu Ihnen gekommen. Sie müssen mir glauben, unter den Menschen, so schlecht sie auch scheinen mögen, gibt es mehr gute als schlechte. Solche, die nicht aus Feigheit oder Gemeinheit leben, wie Sie meinen, sondern weil sie einfach gern leben und auf der Welt etwas zu erledigen haben. Diese Menschen sind die wichtigsten auf der Welt, auf ihnen beruht das menschliche Leben, und solche sind auch nicht feig vor dem Tod, auf den sie was pfeifen.«

»Wie heißen Sie?« fragte Liliana mit zur Schulter geneigtem Kopf auf einmal freundlich.

»Innokenti«, antwortete er, und sein Kopf erglühte wie eine mächtige Fackel.

»Innokenti... Also, Innokenti, wären Sie imstande, sich zu erschießen, wenn ich Sie sehr darum bitte?«

»Wozu... wollen Sie das?« murmelte der Student kaum hörbar und erlosch.

»Ich will es«, erklärte die Frau entschlossen. »Und sei es nur, um mich zu überzeugen, daß es Menschen gibt, die, wie Sie sagen, auf den Tod was pfeifen.«

»Aber verstehen Sie, ich hoffe...«, begann Innokenti, doch er verstummte und dachte nach, wobei er ab und zu den Kopf schüttelte, gleichsam verblüfft über die Gedanken, die sich in seinem großen, schönen Kopf bewegten. »Womit soll ich mich erschießen?« Mit dieser Frage beendete er seine Überlegungen.

»Mit einem Jagdgewehr. Mein Vater hat eins. Soll ich's holen?«

»Holen Sie's«, knurrte der Student.

(Seitdem ist Lupetin nie wieder in der Kunsthochschule aufgetaucht.) Liliana ging in das Zimmer ihres Vaters, nahm die Tulaer Hammerleß-Doppelbüchse von der Wand, vergaß auch nicht die Patronentasche und kehrte mit diesem todbringenden Gerät auf die Veranda zurück. In ihrer äußersten Verbitterung war die Frau nicht mehr zu klarem Denken fähig und wußte, wie man so sagt, nicht, was sie tat.

Danke, Eichhörnchen, daß du mit so viel Nachsicht versuchst, Liliana zu rechtfertigen, aber ich muß dir gestehen, daß ich durchaus klar denken konnte. Ich wußte genau, daß der Matrose sich nicht erschießen würde, denn er liebte das Leben zu sehr. Aber ich habe etwas gegen diese eifrigen Optimisten, diese pfiffigen Muntermänner, und ich wollte wenigstens einem von ihnen eine Lehre erteilen. Riskierte ich dabei einen fremden Kopf? Sie sehen, nein. Als ich auf die Veranda zurückkehrte, war der Matrose verschwunden.

Ja, ich war eine Minute zuvor verschwunden, war aus dem Fenster gesprungen und durch den Garten gelaufen, ohne mich umzusehen... Davor war ich ruhig auf den Tod gefaßt gewesen. Ich hatte es nur als kränkend und zuwider empfunden, daß so ein Blödsinn wie die grausame Laune einer halbverrückten Frau mein Leben beenden sollte. Aber ich hatte einen jener Momente gekommen gewähnt, in denen der Mensch nicht mehr zurückkann. Fluchend und ausspuckend vor Grimm, muß er sein Leben für eine Prise Tabak hergeben.

Und da sah ich den Geist von Dmitri Akutin lautlos in der Veranda erscheinen. Hätte ich nicht gewußt, daß er vor über einem halben Jahr gestorben war und auf dem ...sker Friedhof begraben lag, ich würde ihn für den lebendigen Dmitri gehalten haben und nicht für eine Vision, so real und stofflich war er. Sein Hals war mit einer schmutzigen Binde umwickelt. Während er mich mit einem graulichen Blick anstarrte, wedelte er mit der Hand, sichtlich um mir zu bedeuten, ich hätte mich sofort zu entfernen. Meine Haare sträubten sich und knisterten von elektrischen Funken, ich wich immer weiter zurück und schwang mich übers Fensterbrett.

Bald darauf kam ich, Liliana, in die Veranda zurück und sah Dmitri auf demselben uralten Wiener Stuhl sitzen, auf dem eben noch, als ich hinausging, mein überraschender Gast gesessen hatte, der ehemalige Matrose der Baltischen Flotte. Als Dmitri mich mit dem Gewehr in der Hand sah, machte er große Augen, hob scherzhaft die Hände hoch, blieb so stehen und sah mich freudig lächelnd an. Ich erschrak nicht, nein, sogleich ließ mich die tierische Schwermut los, ich glaubte, ja, ich begriff, daß höchste Gnade ergangen und der geliebte Mensch mir wiedergegeben war. Ich ließ Gewehr und Patronentasche fallen, trat zu ihm und umarmte ihn, ein säuerlicher Gestank ging von ihm aus, doch es war der Geruch eines lebendigen Wesens, des einzigen auf der Welt, dessen ich zum Leben bedurfte, und so segnete ich im Herzen seinen Gestank. Unter meinen Händen war Dmitris lebendiger Körper, ich befühlte gierig seine Schultern, seinen Rücken, alles war genau so, wie meine Finger und Handflächen es erinnerten, nur war Dmitri stark abgemagert, war härter und irgendwie kleiner. Ich weinte nicht und lachte nicht vor Freude, Freude empfand ich eigentlich gar nicht, in mir war nur etwas bislang nicht Gekanntes, etwas Großes und Geruhsames wie die Wolken am Himmel. Ich weiß nicht, wieviel Zeit verging, bis ich ein wenig zu mir kam und wieder die Realität meiner Umgebung empfand; als ich mich endlich beruhigt hatte, fragte ich:

»Wo ist denn dein Kamerad, Dmitri?«

Er verlangte mit Gesten Papier und was zum Schreiben, ich führte ihn ins Haus, wo ich zu dieser Zeit allein lebte, denn mein Mammilein war in die Karpaten gereist, um ihre Gelenke zu kurieren, und mein Pappilein war wohl endgültig nach Moskau zu seiner neuen Gefährtin gezogen. Ich nötigte Dmitri an den Tisch, warf ihm einen Stoß Schreibpapier und einen Kugelschreiber hin, sagte »Schreib!« und lief in die Küche, um ihm etwas zu essen zu machen. Das seltsame Erscheinen des einstigen Matrosen in unserm Haus und dann die wundersame Wiederkehr Dmitris, die ich noch nicht fassen konnte, was auch gar nicht notwendig, eher gefährlich gewesen wäre – all das verband sich zu einem Ganzen, ich dachte mit mehr Sympathie an den linkischen Matrosen und glaubte im stillen, sein Besuch und Dmitris Rückkehr hätten gewiß etwas miteinander zu tun.

Wundersam ist auf dieser Welt die Liebe, doch was soll man erst sagen von der Wiederauferstehung eines Toten, von der Rückkehr eines geliebten Menschen aus dem unterirdischen Reich des Todes! Und was soll man sagen von der völligen Hoffnungslosigkeit der Liebe, von dem furchtbaren Moment, da diese Hoffnungslosigkeit im hellen Tageslicht deutlich wird und die glitzernde Welt des Lebens in einen verhaßten, quälenden Kerker verwandelt? Lupetin stand auf dem Bahnsteig, dem Aussehen nach ein wackerer Kerl in weiter Matrosenhose, mit wilder Mähne, die romantisch im Wind flatterte, doch in dem angenommenen Raum, den wir Seele nennen, vollzog sich der Einsturz einer Welt. Erstens hatte ihm die Frau, die erste Liebe des reinherzigen Hünen, als Antwort auf sein Hochgefühl und seine freigebige Selbstöffnung nahegelegt, sich zu erschießen. Zweitens war in der Welt, in der Innokenti Lupetin sauber, ehrlich und offen hatte leben wollen, das Gespenst eines Verstorbenen aufgetaucht und hatte den einstigen Matrosen der Baltischen Flotte fast zu Tode erschreckt. Drittens bedeutete das Erscheinen von Dmitris Gespenst ein Signal, eine Mahnung für ihn, daß er nicht die Gemeinheit begehen dürfe, sich in die Witwe seines Freundes zu verlieben und ihr überdies mit lauter schönen Worten den Kopf zu verdrehen, um sie Dmitri vergessen zu machen und ihr letzten Endes freundschaftliches Mitgefühl oder gar Liebe abzuringen. Innokenti Lupetin stand im kühlen Maiwind und spürte, daß alles, alles in ihm einstürzte, und von oben blickte die über dem Bahnsteig kreisende mürrische Sonne angewidert auf ihn herab. Da beschloß er, daß es genug sei, daß er in Moskau hinlänglich Kunst getankt habe und gleich morgen alles hinschmeißen und aufs Land fahren müsse, zu seiner Mutter, um Dorflehrer zu werden.

Liliana, die nichts von seinem Entschluß wußte und offen gestanden gar nicht mehr an ihn dachte, briet auf voller Gasflamme Buletten und trällerte unter dem Zischen und Brutzeln ein Liedchen ohne Worte vor sich hin ... ja, meine Freunde, ich merkte selbst nicht, daß ich sang, daß ich also wieder singen konnte, und meine Wolke war zu mir zurückgekehrt, mein versonnener Schatten, die zärtliche Stille der Seele, aus der das anspruchslose Liedchen ganz von selbst strömte.

Das erste, was Liliana auf dem Blatt Papier las, war:

›Er ist durchs Fenster abgehauen.‹

Sie konnte den Sinn dieser Worte nicht begreifen, stand mit der Pfanne in der Hand da und starrte verständnislos auf das Blatt, da schrieb er hinzu:

›Innokenti. Ich habe ihn weggeschickt weil er dich liebt und ich dich selber brauche und du mich auch.‹

»Was denn, Dmitri, du kannst nicht sprechen?« fragte Liliana, stellte die Pfanne auf den Tisch und blickte besorgt in sein schmal gewordenes, sehr verändertes Gesicht.

›Ich kann nicht sie haben mir die Kehle herausgeschnitten. Die Studenten im Anatomieunterricht.‹

»Nun iß erst mal was, dann reden wir weiter.«

›Essen kann ich nur Brot und trinken nur Wasser‹, schrieb Dmitri rasch auf das Blatt, hob den Kopf, sah Liliana zärtlich an und schrieb weiter: ›Ich kann auch ganz ohne Nahrung auskommen.‹

»Wie soll das gehen, Dmitri!«

›Der Verband wird vom Essen jedesmal dreckig. Lieber esse ich gar nichts. Nur Brot zum Vergnügen.‹

»Ach, du Ärmster, du mein Ärmster!« Erst jetzt erreichte es Lilianas Bewußtsein, wie viele Qualen und Entsetzlichkeiten ihr Liebster durchgestanden hatte und durch wieviel schwere Prüfungen er gegangen war, um lebendig von den Toten aufzuerstehen.

»Aber Dmitri, wie konntest du ...«, begann sie. »Ich verstehe gar nichts, mein Liebster, aber du wirst mir alles erzählen.«

›Ich bin nicht gestorben ich konnte nicht sterben das ist unmöglich wenn ein Künstler etwas tun muß und weiß was er tun muß und es noch nicht getan hat. Ich habe alles gehört und alles verstanden obwohl ich keinen Finger rühren und fast nicht atmen konnte. In der Anatomie haben sie mich zerschnitten du brachtest mich zum Friedhof dann wurde ich begraben und hörte die Erde auf den Sarg poltern. Ich lag da und wußte daß mein Tod so nicht sein würde das war unmöglich. Die Friedhofsarbeiter haben mich bald wieder ausgegraben. Ich klopfte gegen den Sargdeckel da erschraken sie und liefen weg. Ich habe den Deckel geöffnet er war nur mit zwei Nägeln befestigt die übrigen waren am Sargrand vorbeigerutscht. Kaum wehte mich der kalte Wind an da holte ich zum erstenmal Luft und fing an zu atmen. Es war Abend und schon dunkel ich nagelte den Sarg mit einem Stein zu bevor ich ging sonst wärs wohl zu einem Skandal gekommen.‹

»Aber was hat die Arbeiter dazu gebracht, dich wieder auszugraben, mein Liebling?«

›Eine Flasche. Als sie mich eingruben fiel einem von ihnen die Wodkaflasche aus der Tasche in die Grube er merkte es nicht. Nach der Arbeit wollten die Jungs einen heben aber der Wodka war weg. Da fiel dem Kerl ein wie es geplumpst hatte und er dachte sich daß er die Flasche mit mir begraben hatte. Als sie den Sarg freigelegt hatten sprang er in die Grube und schrie da ist sie ja die gute heil und unversehrt ich hab dir ja gesagt Tolja sie ist mir reingefallen du wolltest es nicht glauben. Ich hab's ja plumpsen gehört bloß ich dachte das ist ein Stein.‹

»Was mußt du für Angst gehabt haben! Mein armer Dmitri!«

›Nein keine Angst und keine Schmerzen es war wie ein langer Schlaf und alles was sie mit mir machten spielte sich wie im Schlaf ab. Ich bin dermaßen ausgeschlafen daß ich seitdem gar nicht mehr schlafen mag.‹

Die erste Nacht verbrachte er in einem Wäldchen unweit des Friedhofs unter einer dichten Tanne, auf der Nadelstreu sitzend. Durch die herabhängenden Tannenzweige sah er die fernen Lichter eines technischen Mastes, der auf einem schwarzen bewaldeten Hügel am Ende eines weiten Feldes aufragte. Der schrille Schrei einer nächtlichen Eule durchdrang den feuchten Atem des Waldes wie ein Pfeil aus einer anderen Welt – grauenhaft war dieser Moment, in dem sich die Spitze des Vogelschreis in den empfindlichen Körper der Stille bohrte; aber die unermeßliche Sanftmütigkeit der Nacht war stärker, und es folgte gleichsam ein tiefer Atemzug des fernen bewaldeten Hügels. Die Lichter des Mastes grüßten den auferstandenen Dmitri wie Kinder, die ihn von weitem sahen und mit Freudenschreien, die wegen der Entfernung noch nicht zu hören waren, durch die Luft zu ihm eilten – bis zum Morgen flogen die lebensfrohen Lichter auf ihn zu, wenn er sie ansah, und zerstreuten sich, wenn er sich abwandte. Gegen Morgen aber, als sich über dem Wald trüb der nebligblaue Himmelsvorhang abzeichnete, verloren die Lichter sogleich ihren kindlichen Übermut, wurden blaß, großäugig und müde, als hätten sie in der schlaflosen Nacht einen Kummer erlitten.

Er würde um Almosen bitten und von milden Gaben leben, zumal er jetzt offenbar nicht mehr viel Nahrung brauchte. Das Wichtigste jedoch, was er in seiner neuen Situation überraschend gewonnen hatte, war die Befreiung von der Schwermut und dem brennenden Lebensüberdruß, die seine letzten Tage vor dem Tode verdüstert hatten. Die Gründe, die diesen Überdruß in dem jungen Mann ausgelöst hatten, waren natürlich nicht verschwunden, und die Tiere, die sich mit so viel Erfolg als Menschen tarnten, vergällten nach wie vor das Leben, darum kochte die ganze Welt von Haß und Grimm, und die Schweine waren überaus dick und glücklich, aber der auferstandene Dmitri hatte zu all dem eine neue Einstellung gefunden, ungefährlich für seine Seele, die gewissermaßen in ihrer Glut die kritische Temperatur überschritten hatte und nicht mehr wie Kristall war, gegen jeden Schlag von außen krankhaft empfindlich, sondern halbluftig, gegen beliebige Schläge gefeit. Dmitri war durch den Tod hindurchgegangen und dann mit ungewöhnlicher Hartnäckigkeit aus dem Grabe auferstanden, um den Prozeß zu vollenden, der nicht unvollendet bleiben konnte. In seinem Herzen war Ruhe, hoch und unerschütterlich wie der Himmel des neuen Morgens.

Aber Dmitri Akutin wollte für den Anfang einen Umstand klären und beschloß, seinen Mörder zu suchen. Er ging zum Friedhofstor, wo um diese Stunde noch kein Mensch war, und dachte daran, daß bald ein Menschenfluß durch die Straßen fluten und die morgendliche Spitzenstunde anbrechen würde, und da erfaßte ihn auch schon der breite Menschenstrom, der sich zum Eingang der Metrostation wälzte, in der Tür wurde er von Menschenkörpern eingequetscht, die so hilflos waren wie er, von der ungeheuerlichen Druckkraft hineingezogen in den Rachen des unterirdischen Reiches, welcher seine Betonkehle anspannte und die übliche Morgenportion von Fahrgästen verschlang.

Vielköpfiges harmloses Ungeheuer, du siehst aus wie ein einzigartiger Riesenkrake, deine Ringlinie gemahnt an die Höllenkreise, aber du bist kein Krake und kein Höllenraum, du bist das barmherzigste Ungeheuer der Riesenstadt, in deinem steinernen Bauch geht das menschliche Gewimmel nicht zugrunde, du schleust es geduldig durch deinen langen, donnernden, steinernen Leib und stößt es wieder aus, unter die Sonne und den Himmel, nachdem du jedem einzelnen lediglich das gelbe Tröpfchen einer Kupfermünze ausgesaugt hast – ein Fünfkopekenstück. Du bist ein sehr anspruchsloser Esser, ein Feinschmecker von demokratischer Sinnesart, du schluckst unbeirrt alles herunter – die nach französischem Parfüm duftende Moskauer Dame ebenso wie die verschwitzte Zigeunerin mit den zerrauften Haaren; den finster blickenden blutjungen Suworow-Schüler in der schwarzen Uniform mit den roten Biesen ebenso wie den Provinzonkel mit der tief über die schlauen Äuglein gezogenen Schirmmütze; die glotzäugige Dickmadam, die argwöhnisch auf das Band der Rolltreppe zu ihren Füßen blickt, ehe sie sie betritt, ebenso wie den eleganten Marineoffizier mit dem nagelneuen blanken Diplomatenköfferchen in der Hand; die zwei Meter lange Basketballspielerin ebenso wie das ehrenwerte, mit Gold und Perlen behängte Liliputanerpärchen mit den Greisengesichtchen neugeborener Säuglinge; den Negerjüngling in rosa Hose, mit krausem Bärtchen und Gazellengang ebenso wie die Oma im dunkelbraunen Schaltuch, die, zwei vollgestopfte Einholtaschen über der Schulter, überraschend flott auf die sich bewegende Treppe hüpft. Bejahrte Kaukasier mit rasierten Wangen und durchdringendem Blick, gewaltige flache Schirmmützen auf dem Kopf; ausländische Touristen in Kord, Wildleder und verwetzten Jeans mit europäischem höflich-befremdetem Gesichtsausdruck; sittsame Standarddamen, die irgendwelche kleinere Behörden und Institutionen leiten, belastet von dienstlicher Verantwortung und verborgenen familiären Sorgen; Schwärme von Studentinnen, die herausfordernd zwitschern und je nach Stand der Unterhaltung einander, die Nachbarn und die Nachbarinnen scharf mustern; melancholische langhaarige Jünglinge mit bleichen Gesichtern, in denen sich auf ungreifbare Weise Züge von Unschuld und Vielerfahrenheit miteinander verbinden; mürrische junge Milizionäre, die sich zueinander halten und entweder zum Dienst oder vom Dienst nach Hause fahren; Männer, Frauen – nicht gesichtslos, sondern so vielgesichtig, daß sie kaum zu unterscheiden sind. Eine gewaltige Menge! Die Menschen des frühen Morgens. Sie fahren zu ihrem Arbeitsplatz, in die friedliche Schlacht um das Recht, diesen Tag zu durchleben. Sie hegen im Herzen Wünsche und Hoffnungen, die in Erfüllung gehen werden oder auch nicht, doch alles wird sich in der langen Reihe der kommenden Tage und Nächte vermischen, wird einfließen in das Himmelsblau, und eine ferne Musik, fast unhörbar, wird die Ohren eines Menschen streifen und die Sehnsucht neuer Wünsche in ihm wecken. Auch ich schwimme im Strom der ephemeren Wünsche, deren Zukunft die gleiche ist wie ihre Vergangenheit – ich selbst bin eine solche Ephemeride wie Sie meine Kostbare, weshalb also haben Sie mich seinerzeit abgewiesen?

Dmitri Akutin entstieg dem Wagen des unterirdischen Zuges,

blieb in der gewaltigen Stationshalle stehen, hob den Kopf und beobachtete die in der Luft herumfliegenden geflügelten Wesen. Es waren ihrer so viele, daß sie eigentlich nicht flogen, sondern mit zappelnden Flügeln hilflos nebeneinander flatterten. Gut, daß mein Schutzengel nicht mehr dabei ist, dachte Dmitri. Sie taten ihm leid. Nachdem sie ihre Schutzbefohlenen verloren hatten, die ohne sie eingestiegen und weggefahren waren, ruderten sie jetzt sinnlos in der Luft, drängten sich unter der Stationsdecke, und viele der Engel tauchten verzweifelt, ohne Sinn und Verstand in den schwarzen Rachen des Tunnels in der Hoffnung, den abgefahrenen Zug einzuholen. Aus dem anderen Tunnel aber, aus dem der Gegenzug kommen mußte, flogen plötzlich einzelne, bald jedoch ganze Scharen hervor, die auf der vorherigen Station in den Tunnel geschlüpft waren; jetzt kam der Zug mit fürchterlichem Tempo dröhnend und klirrend aus dem schwarzen Loch gesaust, überpudert von Flaum und Federn der Engel, deren zerzausten, zerknitterten Schwarm er vor sich her jagte.

Dmitri begab sich zum Ausgang und vermerkte unterwegs, daß die Menschenmenge, in der viele elegante Frauen waren, nicht minder märchenhaft aussah als etwa die Karnevalsumzüge auf den Gemälden der alten Italiener. Jede Epoche hat natürlich ihr eigenes Antlitz, das sich im äußeren Anblick einer Menschenmenge zeigt, doch zu allen Zeiten, seit Menschen sich in herausgeputzten Mengen sammeln, war der Anblick geschmackvoll angezogener, friedlicher, mit sich selbst zufriedener Menschen feierlich, märchenhaft und geheimnisvoll, ungeachtet der unterschiedlichen Kleidung. Menschen sind schön – die Maler verschiedener Zeiten haben das begriffen und das rätselhafte Fest des Lebens, den geräuschvollen Karneval auf den unendlichen Ödplätzen der Ewigkeit in ihren Gemälden wiedergegeben.

Plötzlich tippte ihm jemand auf die Schulter, und er drehte sich lebhaft um, erfreut über diese erste Berührung. Ein altes Männlein mit kurzgestutztem grauem Spitzbart und den hohlen Wangen des Hungerleiders, doch mit sehr lebhaften runden Augen stand da und sah ihn lächelnd an. Dmitri erkannte in ihm eines der Modelle, den Mann, den sie stets zum Unterricht in plastischer Anatomie eingeladen hatten, denn der Alte hatte ungeachtet seines ehrwürdigen Alters, seines Hungergesichts und seines kleinen Wuchses einen vorzüglichen, muskulösen Körperbau und verstand es vor allem, jede beliebige Muskelgruppe, die die Lehrerin mit dem

Zeigestock von ihm verlangte, reliefartig anzuspannen. Er war ein Meister seines Fachs, Dmitri hatte ihn mehr als einmal gezeichnet, doch er entsann sich nicht, je mit ihm gesprochen oder auch nur ein paar Worte gewechselt zu haben. Der Alte strahlte in seinem freundlichsten Lächeln, wackelte vor Freude mit den Ohren und ließ die leichte feste Hand auf Dmitris Schulter liegen. Der Alte schien nichts von seinem Tod gehört zu haben, denn er zeigte weder Verwunderung noch Angst über diese Begegnung, sondern lediglich helle Begeisterung. Donnernd fuhr ein Zug ein, der Alte klopfte dem jungen Mann ein letztes Mal energisch und respektvoll auf die Schulter, und ohne auch nur ein Wort gesagt zu haben, entfernte er sich flink, um Dmitri niemals wieder zu begegnen. Dmitri ging weiter, fuhr mit der Rolltreppe nach oben und starrte gierig in die Gesichter der entgegenkommenden Menschen.

Für ihn, der eben erst von den Toten auferstanden war, teilten sich die Menschen eigentlich nicht mehr in Bekannte und Unbekannte. Er hätte jetzt nicht mehr den einen liebgewinnen, den andern aber hassen können.

Der Moment des Todes, durch den er schon hindurch war, sollte für immer in ihm bleiben, und er betrachtete alle Menschen jetzt aus diesem erstarrten Moment heraus. Mit solch einem Blick auf die Menschen war es unmöglich, Liebe oder Haß für sie zu empfinden. Jeder Mensch war gleichsam er selbst, gleichviel ob Mann oder Frau, Kind oder Erwachsener – jeder barg in sich das Eine, Hauptsächliche, was sie vor dem Himmelreich alle gleich machte. Und für dieses Hauptsächliche Liebe oder Haß zu empfinden, Dmitri wußte es jetzt, war dumm und eitel, es war, als könnte man etwa den Blitz oder den Nordpol lieben oder hassen. (Kann man denn sagen: Ich liebe den Blitz, oder: Ich mag den Nordpol nicht?) Dieser gänzlich neue Blick – die Weltsicht des auferstandenen Lazarus – bestimmte jetzt sein Verhältnis zu den Menschen.

Er mußte gründlich bedenken, was er mit seinem neu gewonnenen Leben anfangen sollte. Vorerst freilich hatte er's nicht eilig. Er kam langsam zu sich, betrachtete die Welt mit Augen, die noch von den Todesträumen getrübt und verzaubert waren, sich noch nicht wieder an das irdische Sehen gewöhnt hatten, welches den Anblick von innen nach außen gekehrter Erscheinung, die man Wunder nennt, strengstens ausschließt, darum präsentierte sich ihm die bekannte irdische Wirklichkeit ein wenig verschwommen und geheimnisvoll. Aber die gewöhnlichen Hindernisse, die das Eindringen in das innere Wesen der Dinge unmöglich machen, schien es für ihn nicht mehr zu geben. Er vermochte jetzt die Gefühle derer, auf die er seine gebündelte Aufmerksamkeit richtete, zu lesen und zu begreifen. Darüber hinaus aber begann selbst ein Straßenstein, den er plötzlich ansah, ihm zu offenbaren, was er in sich barg, und erschien ihm nicht als harter Brocken, sondern als eine malerische Wolke mit rosa blinkenden Einsprengseln, nicht unbeweglich, sondern von häufigem tiefem Atmen pulsierend: Dmitri sah die tausendjährige Seele des Steins. Jedoch ungeachtet derartiger Klarsicht vermochte er beim Betrachten der Menschen einen einfachen Schluß nicht zu ziehen: ob sie erhaben waren wie die Götter, die sie sich selbst ausgedacht hatten, oder niedrig wie die Würmer; wenn sie aber das eine und das andere Prinzip in sich vereinten und sich damit in ihrem wahren Wesen bestimmen ließen, was hatte dann ein solches Nebeneinander von Schönem und Scheußlichem zu bedeuten? Diese Frage war mit ihm durch die Todesstille hindurchgegangen, und als Dmitri aus ihr erwachte, wurde er abermals von ihr gepackt. Ja, er hatte das Leben zurückbekommen und wußte jetzt, was das einzige ist, wofür es lohnt, es zu opfern, aber so wie er früher gefühlt hatte, daß er nicht die Kraft hatte weiterzuleben, fühlte er nunmehr die Unmöglichkeit, neu zu leben, ohne irgendwie sein Mißverständnis aufgeklärt zu haben. Er wußte, was er wollte; nicht wollte er nur, daß das, was er sich wünschte, sich als hohl und als verhängnisvolles Mißverständnis herausstellte. Doch das konnte nur geschehen, wenn er als Mensch wirklich verflucht, von einer fehlerhaften Schöpferkraft der Natur hervorgebracht und ein von Grund auf doppelsinniges Wesen war, tief gefallen in den Augen irgendwelcher unbekannter höchster Richter.

Er verließ die Metro und gelangte bald an eine Straßenbahnhaltestelle, wo er sich in ein Grüppchen Wartender einreihte. Von diesen befand sich nur einer in Begleitung seines Schutzengels, ein junger Mann mit rötlichem Bart, gutgewachsen, etwas voll, mit blauen Säuglingsaugen, bekleidet mit einem Ledermantel. Sein Schutzengel, der im Tageslicht kaum zu erkennen und halb durchsichtig war wie Pappelflaum, schwebte über dem Kopf seines Schutzbefohlenen und hielt eifersüchtig den Flügel über ihn. Den anderen waren die Hüter ihres Schicksals offenbar in der Metro oder anderen öffentlichen Verkehrsmitteln abhanden gekommen. Mindestens zwanzig von ihnen flatterten hastig über dem Platz hin und her, sie hatten diejenigen, die sie beschützen sollten, offenbar längst hoffnungslos verloren.

Als die Straßenbahn kam, stürmte der junge Mann im Ledermantel, die andern wegstoßend, als erster zur Tür und stieg ein; sein Schutzengel wollte sich flügelschlagend über den Köpfen der drängenden Fahrgäste ihm hinterherzwängen, doch vergeblich. Dmitri Akutin, schon im Wagen, äugte neugierig durchs Fenster und sah, wie das halb durchsichtige Wesen der Straßenbahn zu folgen versuchte, wie es aus Leibeskräften mit den im Gedränge zerdrückten Flügeln schlug, dann jedoch ärgerlich abwinkte und zurückblieb.

Dmitri dachte: Wo habe ich eigentlich meinen Schutzengel verloren? Ob mein Mörder auch einen hat? Was mag der für ein Mensch sein? Ich möchte ihn gern einmal sehen... Und plötzlich befand er sich vor einem eisernen Tor und erblickte den Mann, den er sehen wollte. Ignati Artjuschkin kam mit zwei Wächterkollegen heraus und ging mit ihnen zur Straßenbahnhaltestelle. Dmitri folgte seinem Mörder in einiger Entfernung und beobachtete ihn mit größter Neugier. Artjuschkins Figur erinnerte an ein Ziesel, das Männchen macht; sein watschelnder Gang, durch den der sackartige Zieselkörper hin und her schwankte, verriet seinen Wunsch, als sachlicher, selbstsicherer und gänzlich selbständiger Mensch zu erscheinen.

Aber Artjuschkin war weder ein Mensch noch ein Ziesel – ihn verrieten der rosige Ferkelhals, der über dem Kragen seiner Uniformjacke wulstete, und das runde, bewegliche Rüsselchen mit den beiden Nasenlöchern, die dreist auf den Betrachter gerichtet waren. Unterwegs nahm er ein paarmal die Mütze vom Kopf und strich, die Unterhaltung mit den Kollegen fortsetzend, das winzige Schöpfchen glatt, das ihm über der niedrigen Stirn verblieben war, diese zeigte eine einzige, dafür tiefe Falte.

Er konnte lächeln und sanft und lieblich blicken; sein Lächeln war ein waschechtes Ferkellächeln mit gefletschten großkalibrigen gelben Zähnen und mit einem süßen Blinzeln der winzigen Augen. Artjuschkin hatte ein breites Hinterteil und einen vergleichsweise schmalen und kleinen Kopf. Er war von mittlerer Größe.

Dmitri hätte gar zu gern einen seltsamen Umstand geklärt: Warum hatte das Gesicht des Wächters in dem kurzen Moment vor dem Schuß das typisch Artjuschkinsche zähnebleckende Lächeln gezeigt? Es hatte nur den Bruchteil einer Sekunde gestrahlt, sich jedoch Dmitri für immer eingeprägt. Dann hatte der Schuß gekracht... Also, Dmitri interessierte nicht einmal, warum der Schuß gekracht hatte, obwohl der auch hätte unterbleiben können; nein, ihn interessierte nur eines: Warum hatte der Wächter ihm so lebensfroh, so freundschaftlich zugelächelt, ehe er die Kugel auf ihn abfeuerte? Dies wollte er nicht etwa wissen, um Rachedurst in sich zu sammeln oder, im Gegenteil, um Artjuschkin auf christliche Art zu verzeihen. Er brauchte keine Rache als Sanktion gegenüber diesem Wesen, das selbst sehr bald an Mastdarmkrebs sterben, würdelos, qualvoll sterben und die letzten zwei Tage ununterbrochen mit grauenhafter – nicht menschlicher und nicht tierischer – Stimme brüllen würde. Dmitris Klarsicht wußte bereits um das traurige Finale des Wächters. Aber den Grund seines Lächelns wollte er unbedingt wissen.

Vor seinem Tode hatte Dmitri begreifen gelernt, daß die menschliche Welt, gelinde gesagt, recht kompliziert und furchteinflößend ist, weil eine Vielzahl von allen möglichen Raubtieren in ihr tätig ist. Artjuschkin erwies sich als ein Wandling von rein tierischer Natur, doch nicht die Enträtselung dieses Wesens war Dmitris Aufgabe. Natürlich nicht. Aber unmöglich, unmöglich war es, zu begreifen, wie in der Physiognomie des Wächters das strahlende, herzliche Lächeln entstehen konnte, worauf das Schweinchen den Abzugsbügel der Pistole durchzog. Dieses Lächeln war doch so zuverlässig, so gefahrlos! Dmitri entsann sich deutlich, wie er, ganz und gar von einer unklaren Hoffnung durchzuckt, sogleich auflebte und auf diesen freundschaftlichen Appell reagierte und beinahe auch gelächelt hätte, doch dazu kam er nicht mehr, und so war sein Mund leicht geöffnet in dem Moment, als die Kugel seine Kehle durchschlug und der hallende Donner des Schusses ihm die Ohren verstopfte.

Artjuschkin hatte sich derweil längst von seinen beiden Kollegen getrennt und fuhr mit der Metro. Er saß zwischen zwei Frauen, hatte die straff geballten Fäuste auf die Knie gelegt und blickte traurig vor sich hin. Daß ich bloß nicht noch Mitleid für ihn empfinde, dachte Dmitri, der ihm gegenübersaß. Aber wie komme ich an dieses Ferkel heran? Ich kann ihm ja nicht gut erklären, was ich von ihm will, und er dürfte es auch kaum kapieren. Vorerst blieb eines: dieses Wesen zu beobachten und aus seinem Verhalten und seinen weiteren Handlungen Schlüsse zu ziehen.

Der vom Dienst ermüdete Artjuschkin aber fuhr zu seiner Freundin, schon jetzt gelangweilt und angeödet von dem bevorstehenden Liebesrendezvous. Er hatte sich dieser Gevatterin nach dem Tode seiner Frau und dem völligen Bruch mit seinen drei Kindern angeschlossen, die von ihm nichts wissen wollten und ihren Pappi schon seit der Kindheit haßten. Man kann nicht sagen, daß Artjuschkin über die Undankbarkeit seiner Kinder sehr unglücklich gewesen wäre, schließlich konnte er jetzt alles Geld, das er für seine Arbeit bekam, für sich behalten, überdies besaß er ein stattliches Päckchen von Obligationen aus diversen Staatsanleihen. Die Gevatterin war gut zum Erquicken und zum Waschen seiner Wäsche, womit der gealterte Artjuschkin nichts zu tun haben mochte. Er und die Gevatterin stammten aus demselben Dorf, und Artjuschkin erinnerte sich, daß Matrjona in ihrer Jugend als dumme Trine galt und sich mit rumänischen Kriegsgefangenen herumtrieb, doch siehe da, das Leben in der Stadt hatte sie ganz schön umgekrempelt, sie besaß eine eigene Einzimmerwohnung, bezog einundachtzig Rubel Rente und hatte nicht wenig Geld in die Matratze eingenäht, die sie ihn in besonders vertraulichen Momenten befühlen ließ, dann ertastete er ein ziemlich dikkes Päckchen Papier. Wieviel das war, konnte Artjuschkin natürlich nicht wissen, er wollte es auch gar nicht wissen, denn das war Matrjonas Kapital, das sie nie aus der Hand geben würde, mochte sie also darauf liegen, bis sie starb; nach ihrem Tode würde ihre Tochter Sina das Geld an sich nehmen, die von dem Versteck wußte und den Besucher Artjuschkin stets mit Wolfsblicken ansah.

Alle diese Gedanken und Gesichte des Wächters konnte Dmitri mühelos lesen und zur Kenntnis nehmen, während er ihm gegenübersaß, und es war nichts Besonderes darin. Dmitri sah vor sich einen der kleinen Menschen unserer Welt, der rein gar nichts Geheimnisvolles an sich hatte. Gleichwohl trug er den Teufel in sich. Dmitri hatte sein Antlitz gesehen, bevor er vollkommen vorsätzlich einen Mord verübte, als verrichte er eine Arbeit, die kleine, scheußliche Arbeit eines kleinen, scheußlichen Menschen.

Aber das Wunder des menschlichen Lächelns in der Physiognomie dieses Wandlings! Ein Lächeln, dem Dmitri geglaubt hatte: Er hatte geglaubt – und war sogleich erschossen worden von dem Wesen, das ihm zugelächelt hatte. Wie konnte so etwas geschehen? Waren etwa die Engel, die er jetzt allüberall sah, in einem schrecklichen Moment fähig, sich in Dämonen zu verwandeln? Gab es denn eine Trennung von Gut und Böse, von Menschlichem und Tierischem? Oder war das alles eins?

Er mußte wohl für einen Moment eingeschlafen sein auf der Polsterbank, oder sein Bewußtsein war vorübergehend in einer Art Betäubung oder Vergessen versunken, und während dieses Zustands war sein Beobachtungsobjekt aus dem Metrowagen verschwunden. Artjuschkin mochte auf der vorigen Station ausgestiegen sein.

Dmitri Akutin verließ die Metro und ging an die Luft, wo im dämmrigen Licht der Laternen dünne Regenstriche glitzerten. Der Regen war kaum bemerkbar und doch stechend. Dmitri trottete in irgendeine Richtung und genoß das Gefühl grenzenloser Freiheit. Er brauchte vorläufig gar nichts, nicht Nahrung noch Obdach. Ich bin wie ein freies wildes Tier, dachte er, ach, wenn ich doch ein freies wildes Tier werden könnte! Auf einmal befand er sich inmitten von Hochhäusern mit vielen Wohnungen, die Hunderte von gelb erleuchteten Fenstern zeigten, und in dieser stillen Gasse begegnete er einem mächtigen Elch, bucklig, ohne Schaufeln, der geräuschlos zwischen den parkenden Autos einherwandelte. Dmitri trat nah an das Tier heran, da wandte es ihm den Kopf mit der hängenden Oberlippe zu und sah den Menschen mit einem schläfrigen, zuwartenden Blick an. Eine alte Frau mit Einholtasche kam dem Elen entgegen, stieß es beinahe an und wedelte erschrokken mit der Hand, wobei sie kriegerisch und ängstlich rief: »Kusch! Geh weg!« Der Elch machte kehrt, trottete wieder zwischen den Autos hindurch und verschwand in einem Wäldchen, das an das Wohnviertel angrenzte. Die Alte kam an Dmitri vorüber und warf ihm schief lächelnd einen argwöhnischen Blick zu. Er folgte dem Elch und schritt tastend zwischen den dunklen Bäumen einher, da hörte er aus der Tiefe des Waldes ein rufendes Lippenschmatzen, an dem er sich orientierte, und alsbald erblickte er das gewaltige schwarze Tier. Dessen Augen schillerten in der Dunkelheit in einem tiefen rosa Licht. Der Elch stand da, spielte mit den Ohren und sah Dmitri aufmerksam an, dann machte er eine ausdrucksvolle Kopfbewegung, wie um ihn zum Mitkommen aufzufordern, drehte sich um und wanderte gemächlich, lautlos in die Dunkelheit. Dmitri ging ihm nach und gab sich Mühe, nicht zurückzubleiben. Sie durchquerten das Wäldchen, das nicht groß war, gelangten auf eine von hellen Laternen erleuchtete breite

Chaussee, überquerten sie und tauchten wieder in einen Wald, der bedeutend größer und dichter war als der erste. Sie gingen ziemlich lange, Dmitri verlor den Elch mitunter aus dem Blick und richtete sich dann in der Dunkelheit nach dem Knistern und Rascheln des Laubs, das den Weg des Elchs bezeichnete.

Sie gelangten endlich auf eine runde Lichtung, auf der undeutlich eine kleine Gruppe junger Birken zu erkennen war. Unter diesen Birken erblickte Dmitri dunkle Blöcke. Es waren Elche, eine kleine Herde, zu der auch das schaufellose Tier gehörte, das Dmitri hergeführt hatte. Er trat hinzu und blieb vor einem gewaltigen Bullen mit breiten Schaufeln stehen. Der alte Elch hob den Kopf und sah Dmitri lange starr an. Die übrigen Tiere nahmen ihn ebenfalls in Augenschein, unbeweglich wie Skulpturen. Und plötzlich machte der Bulle mit den Schaufeln eine Bewegung auf Dmitri zu, ließ sich schwerfällig schwankend auf die vorderen Knie nieder und stieß die Schaufeln gegen die Erde, als wollte er eine Verbeugung machen. Sodann zog er auch die Hinterbeine ein und legte sich ganz hin, wobei er tief ausatmete – der warme Rauch seines Atems streifte Dmitris Gesicht. Die übrigen Elche traten geräuschlos näher und stellten sich rechts und links des Leittiers auf, die Mäuler Dmitri zugewandt. Der Anblick des vor ihm liegenden alten Elchs erinnerte Dmitri an den Waisenhaustischler Fewraljow, der manchmal nach den Plagen und Mißerfolgen des Tages in seinem Kämmerchen ein Glas Wodka zu sich nahm und sich auf dem selbstgebauten Holzbett schlafen legte. Zumindest hatte er genauso geatmet und müde mit den Augen geklappert und lautlos mit dem Mund gemümmelt. Und da begriff Dmitri: Die Elche hatten ihn zu sich geholt, um ihm anzubieten: Sei mit uns, werde einer von uns, wenn du es willst...

Dmitri setzte sich unter eine niedrige, ausladende Kiefer und verbrachte die zweite Nacht im Wald, unweit der Elchherde, er hörte ihr friedliches Schnaufen und Prusten und ab und zu den Schlag einer Schaufel gegen einen Baum. Am Morgen stand der alte Elchbulle auf, auch die übrigen, die neben ihm gelegen hatten, erhoben sich; sie standen ein Weilchen mit hocherhobenen Köpfen da und blickten auf den unter der Kiefer zusammengerollten Dmitri, dann verschwanden sie rasch und lautlos im Unterholz. Dmitri glaubte einen von ihnen in der Ferne ein kurzes Männerlachen ausstoßen zu hören. Er lächelte, stand auf und ging aufs Geratewohl davon. Nein, meine Lieben, dachte er, ich kann nicht einer von euch werden, ich kann nicht mit euch gehen, denn ich bin ein Künstler, und mein Werk ist noch nicht getan. Aber danke, meine Lieben, danke für eure Güte. Dmitri gelangte auf die Chaussee – und plötzlich schlug ihm der steife und kühle Wind des Lebens ins Gesicht.

Dritter Teil

Auf einer Eiche saß ein Rabe, ein alter Knabe, hielt in der knorrigen Kralle eine Messingtrompete und versuchte darauf zu spielen, aber sein spitzer Schnabel war dafür nicht geeignet, darum stieß der mächtige schwarze Vogel ein betrübtes Ächzen und Krächzen aus und drehte den Kopf, um das nutzlose Instrument bald mit dem einen, bald mit dem andern Auge zu beschauen. Aus einer Wolke am Himmel senkte sich, auf einer Schaukel sitzend, ein junges Mädchen in einem langen Glitzerkleid herab, stieß mit dem Fuß nach dem Raben: kusch! und warf eine Apfelsinenschale nach ihm. Der Rabe flatterte schwerfällig auf, die Trompete flog über die Kante des Steilufers, auf dem die Eiche stand; im tosenden Meer, hin und her auf dem steilen Kamm einer anbrandenden Welle tummelten sich zwei kleine Delphine, die Trompete, deren Messing in der Sonne gleißte, sank in die Tiefe, da stellten sich die Delphinkinder senkrecht und sausten mit wedelnden Schwänzen kopfunter hinab. Dies ist noch nicht das Märchen, erst die Vorgeschichte, das Märchen fängt später an.

Die Delphinkinder, die anfangs in den Wellen gerauft und sich dann in der grünen Tiefe versöhnt hatten, erwischten die Trompete, spielten abwechselnd vergnügt darauf und erfüllten die Unterwasserwelt mit ohrenbetäubenden Läufen stümperhafter Musik, dann stürmten sie wieder aufwärts, aufwärts. Der Ozean war für sie ein freier Himmel, in dem sie sich im Frohsinn der freudigsten, reinsten Gefühle tummelten, und ihr leichtes Schweben war noch nicht das ganze Glück, das ihnen zugänglich war, denn oberhalb der silberglänzenden hauchdünnen Ozeandecke begann die untere Schicht eines weiteren, hohen Himmels, des Lufthimmels – hellblau, grau oder weiß –, in den die Delphine für einen Moment, der einer harmonisch gerundeten Ewigkeit glich, hinaussprangen und hinaufschnellten, um widerwillig ins Wasser zurückzukehren.

Sie hatten vor nichts Angst, denn sie waren die schnellsten und stärksten Wesen des Meereselements, wie sollten sie sich da mit Unfreiheit abfinden und Kunststücke zeigen zum Gaudium derer, die sie mit unglaublicher Hinterlist gefangen und in die Unfreiheit getrieben hatten? In Australien lebte der dressierte Delphin Thorpe, der es verstand, mit dem Schwanz auf der Wasserfläche stehend, einem Menschen die Schwimmflosse in die Hand zu geben und ein kreischendes herzzerreißendes Gelächter auszustoßen, das durchs ganze Delphinarium schallte. Worüber freute sich das dumme Tier, und was hatte es eingetauscht gegen die Freiheit, durch die Wellen zu jagen? Bedeutete sie ihm wirklich nichts, und waren ihm die paar fauligen Fische, die man ihm in den frohlokkenden Rachen warf, etwa mehr wert als die blaue Freiheit und die wilde Jagd auf einen Schwarm silbriger Heringe?

Ich will erzählen von einem Delphin, den ich kenne und der auf dem Kursker Bahnhof in Moskau entwischte, indem er nachts aus dem Tankwagen sprang, in dem sie ihn transportiert hatten, und dann zunächst über die Bahngleise, danach durch Seitengassen irgendwie bis zum Moskwa-Fluß hüpfte. Zwei Tage lang schwamm er von der Kotelnitscheskaja-Uferstraße bis Fili und zurück, ganz angetan von seiner ungewöhnlichen neuen Situation und von den bunten Farben der fremden großen Welt. Am dritten Tag wurde es ihm langweilig, denn er hatte einen umgänglichen Charakter und konnte Einsamkeit nicht ertragen. Nächtlicherweile stieg er ans Ufer und lernte gehen. Nach einiger Zeit konnte er bereits vertikal auf dem Schwanz laufen und war schneller als jedes alte Weiblein mit Einholnetz, das gewöhnlich eine Flasche Kefir und ein städtisches Brötchen enthielt, und er zuckte nicht zusammen, wenn er auf einen frechen Typ mit Brille und Spitzbart stieß, der drauflosmarschierte und trotz seines bärtigen Aussehens mit den Ellbogen ruderte. Nach einiger Zeit wagte sich der Delphin auch schon am Tag an Land, spazierte sittsam die Kadaschewskaja-Uferstraße auf und ab und beobachtete, wie Scharen von Touristen und Ausländern in Richtung der Tretjakow-Galerie strömten.

Selbstverständlich sahen ihn die Menschen, aber er bediente sich so geschickt eines alten Soldatenkoppels und eines Huts, die jemand in den Fluß geworfen und die er sich angeeignet hatte, und er kniff so pfiffig die Augen ein, daß man ihn offensichtlich für einen Ausländer gelten ließ und nicht sonderlich beachtete. Ich jedoch traf ihn eines Tages auf der Jakimanka und stieß vor Verwunderung einen Pfiff aus, aber der Delphin zwinkerte mir zu und gab mir mit erhobener Flossenspitze zu verstehen, ich solle schweigen und nicht die Aufmerksamkeit der Gaffer erregen. Darauf schloß er sich mir an, hakte sich bei mir ein, und wir gingen gemächlich in Richtung Baltschug.

Delphin, welches Schicksal hat Sie hierher verschlagen, fragte ich ihn in dem lautlosen Esperanto, dessen sich alle Tiere und Vögel bedienen. Das gleiche wahrscheinlich wie auch Sie, Sir Eichhörnchen, antwortete der Delphin, der aus irgendwelchen Gründen die englische Sprache wählte. Aber ich bin doch ein Waldbewohner, und die irdische Luft ist mir nicht gefährlich, sagte ich. Schauen Sie, gab er zur Antwort, ich atme doch auch die Luft, und ich habe am Hinterkopf Nasenlöcher und nicht Kiemen; aber meine Haut, da haben Sie recht, kann nicht lange in der Luft sein, da sie verderben würde, Sir, darum bin ich gezwungen, mich nicht allzuweit vom Fluß zu entfernen. Ich muß Ihnen gestehen, ich habe meine Untätigkeit ziemlich satt. Mit der Ernährung gibt es keine Schwierigkeiten, der Moskwa-Fluß enthält gottlob noch Fische, und das Wasser ist einigermaßen sauber, abgesehen von dem Ölfilm an der Oberfläche, also kann ich mich nicht beklagen. Aber ich langweile mich, ich möchte mich irgendwie beschäftigen. Was wünschen Sie denn zu tun, Sir, fragte ich, welches sind Ihre Neigungen? Oh, ich würde mit Vergnügen in einem Laden lebende Fische verkaufen, sagte er. Verkäufer zu sein, sagte ich, das ist in unserer Zeit ohne buchhalterische Kenntnisse schwierig, haben Sie denn wenigstens eine Vorstellung von dieser Wissenschaft? Überhaupt nicht, antwortete er. Ich auch nicht, sagte ich, da lachten wir beide. Könnten Sie denn zeichnen? fragte ich. Zeichnen? Nein, ich habe es noch nicht versucht, aber ich könnte es ja versuchen, mir scheint, dazu hätte ich eine Neigung.

Tags darauf brachte ich ihm einen Skizzenblock und einen weichen Bleistift mit, wir setzten uns auf das Geländer, und ich begann mit dem Zeichenunterricht. Wie erwartet, erwies sich mein Schüler als hochbegabt, und als ich beispielsweise einen über das Wasser springenden Delphin zeichnete, warf mein Schüler ein ganzes Dutzend springender Delphine hin, wobei die Bewegung jedes einzelnen so vorzüglich wiedergegeben war, daß ich nur so staunte. Bald schleppte ich eine zerlegbare Staffelei und Aquarellfarben mit, und wir nahmen Etüden in Angriff. Mit den Farben war er schwächer, er malte alles kalt und grünstichig, und warme Töne vermochte er überhaupt nicht wiederzugeben. Dennoch entschied ich, daß er durchaus befähigt sei, ein einfaches medizinisches Plakat zu erarbeiten...

Ach, was gibt es doch für seltsame Sonnenuntergänge in den Wüsten Australiens, wenn du das nur sehen könntest, mein

Freund, der du einem zugelaufenen Delphin das Zeichnen beibringst, wenn du sie nur sehen könntest, diese Sonnenuntergänge, diese schamanenhaft betörenden Erscheinungen in warmen, heißen Tönen, du würdest starr sein vor Entzücken, und dein meisterliches Können im Aquarellieren fände eine würdige Anwendung. Und die stillen, schleichenden, aschgrauen Gestalten der nackten Aborigenes, die zu ihrem Tanzplatz aufbrechen und die Speere klappernd gegen die Armreifen schlagen, und die in reflektiertem Licht schimmernden Felsen, die Sandhügel, die ausladenden dunklen Eukalyptusbäume vor dem Hintergrund des schmelzenden, fließenden Himmels!

Wie oft habe ich deiner gedacht, mein Freund, und mir ist aufgegangen, daß unser Werk nichtig ist, einfache Farbkleckserei, wenn es nicht von den grenzenlosen Leiden des menschlichen Geistes oder von der Liebe eines Menschen zu einem andern inspiriert wurde. Ich konnte mich nicht an der Schönheit der australischen Sonnenuntergänge in der Wüste ergötzen, denn ich war allein inmitten der Aborigenes, die mit den Füßen stampften und immer wieder hochhüpften, dabei schwenkten sie die Bäuche, die vollgestopft waren mit Wurzeln, Insekten und Eidechsen. Ich betrachtete die Schönheit ganz allein, und das ist eine beklemmend fruchtlose und traurige Einsamkeit – ja, ich kenne diese fruchtlose und traurige Einsamkeit, ich kenne sie auch, ich auch –, denn wir sind Maler und quälen uns mit unsern Pinseln und Farben nur deshalb herum, weil wir nicht fähig und nicht willens sind, die Schönheit in Einsamkeit zu betrachten, unser Herz erträgt nicht die überirdische Harmonie deines Himmelshauses, Hirt der Sterne, und wir müssen unsere quälende, schweigende Begeisterung irgendwie einer anderen Menschenseele mitteilen.

Zu mir trat ein zottiger alter Aborigene mit Hängebauch und einem Riemen um den Kopf, er roch nach erhitztem Tier, brabbelte etwas, klapperte mit den Augen und blickte an mir vorbei, ich verstand ihn nicht, und er war außerstande, mich zu verstehen. Die Schönheit des Himmels erlosch sacht in mir, obgleich sie so leuchtend war wie zuvor, ich nahm die Uhr vom Handgelenk und gab sie dem Alten, er vollführte einen Freudensprung, schrie etwas, machte kehrt und sauste zu seinen Stammesgenossen. Ich aber stand da, blickte auf die im Tiegel der dahingehenden Sonne halbgeschmolzenen Eukalyptuskronen und dachte an meine eigene Zufälligkeit, an die mit diesem Tag sterbende Schönheit, an den Tod, an den Stein, der vom Felsen ins Meer stürzt, an dich, mein Freund, und an den lustigen, hungrigen, wunderschönen Augenblick unserer Studentenzeit.

Und wirklich, wo wir jetzt auch sein mögen, in Australien, in dem mestscherjakischen Dorf, im Sarg unter der Erde oder auf einer hohen Birke, für jeden von uns ist die ganze Vergangenheit ein unbegreiflicher Augenblick, und der Moment der Studententage ist nur ein Teilchen dieses Augenblicks. Das winterliche Morgenrot flammt vor dem zugefrorenen Fenster, Georgi Asnaurjan schläft noch in dem Bett, in dem zuvor Dmitri Akutin geschlafen hat; Eichhörnchen schläft zusammengerollt unter einer fiskalischen grauen Decke; mit offenem Mund schnarcht Backe, der Student mit dem asymmetrischen Gesicht, dessen eine Hälfte flach und langweilig, die andere dagegen einem dicken Pfannkuchen ähnlich ist; zusammengekauert hockt sein Schutzengel bei seinem Kopfende auf dem Nachttisch; Punkt sieben wird er Backe sanft, doch hartnäckig rütteln, der wird, mürrisch guckend, mit der dickeren Gesichtshälfte zucken, wie um eine unsichtbare Fliege zu verscheuchen, aber der Hüter seines Schicksals ist hartnäckig – ach, wie deutlich sehe ich dieses morgendliche Bild, und mein ganzes Wesen erfühlt wieder das ausgekühlte Zimmer im Studentenheim.

Als Backe aufgestanden war, sich angezogen, das Zimmer verlassen und die Tür hinter sich zugeknallt hatte, erwachten wir auch, du blicktest mich an, ich blickte dich an, und wir lachten. Lachend begann der Morgen, wieder ein Hungermorgen, wir wußten das, denn der asymmetrische, bleiche Nikolai Backe war wieder vor allen andern aufgestanden und hatte die einzige Pfanne, die zwei Zimmern zu dienen hatte, mitgenommen, und jetzt würde der Geizhals Kartoffeln mit Speck braten, und in der kalten Luft der studentischen Verwahrlosung würde sich der berauschende Duft von brutzelndem Speck und leicht angebrannter Kartoffelkruste ausbreiten. Backe würde seine üppige Mahlzeit schweigend verputzen, und wir würden Spucke schlucken; er würde mit aller Kraft den Eindruck zu erwecken trachten, daß ihm die ganze Welt schnuppe wäre, in Wirklichkeit aber würde Triumph ihn gänzlich erfüllen wie das mittägliche Lied einer Lerche.

Wir aber würden einen Blick wechseln und lachen, wir würden das letzte Stück Graubrot brüderlich teilen, heißes Wasser mit Zucker aus Glasbechern dazu trinken und dann zum Unterricht gehen. Damals konnte nicht der Schatten von Neid in uns aufkommen, und Backes duftender Fraß verstärkte nur unsere ruhige Verachtung für ihn, denn wenn er auch von seiner ländlichen Verwandtschaft den Speck säckeweise mitbrachte, ich war doch der bessere Maler, und ich war der beste Zeichner der Hochschule. Backe dagegen zeichnete wie mit einem knorrigen Knüppel und schmierte Dreck auf die Leinwand, denn er sparte an den Farben.

Gesegnete Zeit! Bei der Straßenbahnhaltestelle holten wir dich ein, Innokenti Lupetin, anzuschauen wie der junge Zar Peter, als er das erste Mal daran dachte, das Fenster nach Europa aufzustoßen – ja, Jungs, ich sah euch auch, und mir wurde fröhlicher ums Herz, eure Gesichter glühten vom Frost so sehr, daß man sich daran eine Zigarette hätte anzünden können, eure zerrauften Köpfe waren ohne Mütze, über der Schulter trugt ihr den Skizzenblock am Riemen. »Oh, Innokenti, unser Ernährer, wann saust du mal wieder aufs Land und holst Kartoffeln, Innokenti, Kartoffelpräsident!« – »Bald, Leute, bis zu den Ferien ist's ja nicht mehr lang hin!«

Und nun hat es uns über die ganze Welt verstreut, obwohl unsere Stimmen sich verflechten. Ich bin in Australien, ich bin in Moskau, und ich bin kürzlich aus dem Grabe auferstanden und kapiere nicht, wo ich mich befinde – vor mir liegt die stille Straße irgendeiner Siedlung, und da geht eine alte Frau und zieht ein kleines Mädchen an der Hand hinter sich her. Und ich, Leute, bin endlich im Dorf gelandet, nur daß ich nicht mehr mit geschultertem Kartoffelsack zu euch eile, nein, ich bleibe für immer hier. Die Zeit vergeht, es ist schon wieder Herbst, wenig Menschen, dörfliche Stille, aber wohin soll ich fliehen vor dieser Stimme, vor der in meinen Ohren gellenden Stimme der Frau, die mich schreiend bittet, mich mit der Jagdflinte zu erschießen?

»Die Zeit ist der entscheidende Faktor« – so stand es auf einem Reklameplakat, das unten ein Passagierflugzeug zeigte. Die Zeit ist der beste Arzt, heißt es im Volksmund. Das eine wie das andere ist Quatsch, wenn man sich gehörig hineindenkt, um den wahren Sinn dieser Floskeln zu ergründen. Dieser Arzt heilt ja keine Krankheit, er bringt den Patienten lediglich dem Ende näher. Ich schließe die Augen und sehe, wie sich im Dorf ein Mensch quält, der in der kleinen, dämmerigen Stube auf und ab läuft, zu Tode verwundet von den bösen Worten, die die geliebte Frau in einem bösen Moment sprach, und die Zeit als entscheidender Faktor vermag den giftigen Moment nicht zurückzunehmen. Die Frau aber denkt längst nicht mehr an das unbedeutende Ereignis in ihrem früheren Leben, allenfalls unwillkürlich, bei Tisch, wenn ihre Hand nach dem Brot greift, dann blitzt es in ihrem Kopf auf, halb Gedanke, halb Vision: Kinder wollte er bis ins Alter bewahren, pfui, wie kann ich nur so reden, der junge Mann wollte doch etwas sehr Gutes, was mit Kindern zusammenhängt, etwas ganz Utopisches, das war so ein langer Kerl bis an die Decke, unter dem Hemd guckte ein Matrosentrikot vor, außerdem trug er alte Seemannshosen, deren Knie er wahrscheinlich selbst geflickt hatte.

Die Frau hat das so unbedeutende Detail wahrscheinlich längst vergessen, aber in meinem Gedächtnis, das immerwährend um den Trichter dieses entsetzlichen Tages wirbelt, brennen die schmachvollen Flicken auf den Knien und andere, die ich sorgsam vor ihr verbarg, indem ich ihr keinen Moment den Rücken zukehrte (sogar auf die Veranda, in die sie mich bat, glitt ich wie aus Höflichkeit und Galanterie seitlich hinein, mit dem Hintern die Wand streifend), brennen diese Stigmata meiner armen Jugend wie feurige Flecke ewiger Scham. Sie denkt überhaupt nicht mehr an mich, aber ich, wenn ich hier im Dorf das Pferd anspanne, ihm Heu vorwerfe oder auf dem rüttelnden Wagen sitze, mit den Lippen schmatzend und die Zügel straff haltend, ich lebe ausschließlich der Erinnerung an sie, und diese Erinnerung verbrennt mein Herz wie Feuer.

Ein erwachsener Delphin tauchte aus der Tiefe, nahm den Delphinkindern die Messingtrompete weg und spielte einen traurigen Blues der Erinnerungen, der die Unterwasserwelt vor Begeisterung erstarren ließ, und die kleinen Delphine bedrängten den Erwachsenen, als er zu spielen aufhörte: Onkel, erzähl doch, wo hast du so schön Trompetenblasen gelernt? Worauf der Delphin antwortete: Das ist eine wundersame Geschichte, Kinder, die können nur zwei auf der Welt erzählen: ich und der Rabe, der alte Knabe, der die Trompete ins Meer fallen ließ, aber dies ist noch nicht das Märchen, erst die Vorgeschichte, das Märchen fängt später an.

Der Delphin zeichnete auf Anhieb ein großartiges Plakat. Das Thema hatte ich den Anforderungen der Texter entnommen, es hieß »Wascht Obst und Gemüse«. Der Delphin wußte freilich nicht, was das ist, Obst und Gemüse, darum ging ich mit ihm auf den Dorogomilowski-Markt und zeigte ihm Möhren, rote Bete, georgische Äpfel, Zwiebeln und Petersilie. Er fertigte eine ausdrucksvolle Zeichnung, der Plakatentwurf glückte ihm vortrefflich, und mit den Farben wurde er ganz prima fertig, freilich sah er alles in der alten Skala, doch sein Plakat unterschied sich von den recht unbeholfenen Naturstudien wie der Himmel von der Erde. Kurz und gut, der erste Versuch gelang, und ich brachte Entwürfe und Original in Abwesenheit des Autors durch den Künstlerischen Rat. Das Plakat wurde angenommen, und bald darauf erhielt der Delphin sein erstes Honorar. Allerdings mußte es einem Bekannten von mir angewiesen werden, denn der Delphin besaß keine Papiere; der Strohmann behielt wie abgesprochen den Gegenwert einer Flasche Wodka für sich und gab mir den Rest, den ich dem Delphin brachte. Er freute sich sehr, denn ich hatte ihm Bedeutung und Bestimmung des Geldes erklärt, und er wollte für sein erstes Honorar Kleider kaufen. Damit kann ich, so erklärte er mir, meinen Landaufenthalt verlängern, denn unter der Kleidung trocknet meine Haut nicht so rasch aus. Nun gut, wir gingen in ein Konfektionsgeschäft. Hier aber ergab sich ein Problem, der Delphin hatte ja keine Beine und konnte gewöhnliche Herrenhosen nicht anziehen. Ich dachte nach und schlug dann vor, eine Übergröße zu kaufen; er sollte in das eine Hosenbein schlüpfen und das andere mit einer Sicherheitsnadel am Gürtel befestigen, somit würde er zu einem einbeinigen Krüppel. Wir würden Krücken besorgen, die konnte er unter die Achseln nehmen und sich dann an Land viel sicherer bewegen als zuvor. Ein weiterer Vorteil wäre, daß ich ihn dem Künstlerischen Rat als Invaliden präsentieren konnte, so würden seine Arbeiten bedeutend leichter durchkommen, denn wer mag schon einen Unglücklichen kränken? Aber meine Erwägungen mißfielen dem redlichen Delphin. »In der Kunst«, sagte er, »soll die freie Konkurrenz ohne Abstriche gedeihen, dafür ist sie ja die Kunst.« Er kaufte also keine Hose, sondern begnügte sich mit einer Pelzweste, einem karierten Schal und einem Hut. Angetan mit diesen Neuerwerbungen, betrachtete er sich im Spiegel und fand, daß er durchaus gut aussah. »Bei meinem Körperbau komme ich ohne Hose aus«, sagte er und rückte mit zufriedener Miene den alten, rissigen Riemen auf dem Bauch zurecht. Sein Gang war sehr ungewöhnlich, denn er hüpfte sozusagen auf einem Bein, aber in dem hauptstädtischen Gedränge, wo so viele Wandlinge herumliefen, manche sogar auf allen vieren mit Hufen oder Krallen, staunte niemand über den hüpfenden Delphin. Mit dem neuen Hut, der Weste und dem Schal um den Hals sah er wie ein richtiger Stutzer aus. Was soll's, der Junge hatte Geschmack, das ging klar daraus hervor, wie sicher und selbständig er seinen Kleiderstil gefunden hatte, der ihn als der Malerzunft zugehörig auswies.

Wir betraten einen Feinkostladen, der Delphin kaufte sich für den Rest des Geldes ein Kilo silbrige Fische und mir eine Tüte kandierte Haselnüsse. Es läßt sich leben, sagte er, während er im Gehen einen Fisch nach dem anderen verdrückte, ich würde gern noch etwas für Ihren Verlag tun, Mister Eichhörnchen. Wir kamen auf einen Boulevard, setzten uns auf eine Bank, ich holte Papiere aus der Aktentasche und bot ihm Themen an: Bitte sehr, Sir, suchen Sie sich eins aus. Was ist das, fragte er, ich habe noch nicht lesen gelernt. Das ist die Belebung eines totgeborenen Kindes. Und das? »Kampf dem Suff«. Nun, sagte der Delphin, alles zu düster oder kriegerisch. Aber das hier, Mister Delphin, scheint mir ein für Sie geeignetes Plakatthema zu sein: »Mein lustiger Hüpfeball«. Ballübungen für Vorschulkinder. Warum nicht, gefällt mir, das mache ich gern.

Und er fertigte ein ausgezeichnetes Plakat: Vor hellblauem Hintergrund, der an das Meer erinnerte, tummelten sich kleine Delphine und braune Kinderchen mit einem Ball. Die Zeichnung, die plakative Lösung, die leuchtenden Farben – alles war so ansprechend, daß der Künstlerische Rat Interesse für den Maler bekundete. Ich antwortete, er sei krank, habe sich das Bein gebrochen und müsse das Bett hüten, und seine Arbeiten schicke er mir mit einem Boten. Kusanow, Chefredakteur des Plakatverlags, äußerte den Wunsch, den begabten Künstler zu sehen, sobald er genesen sei. »Ich begrüße es stets«, sagte er, »wenn unsere Reihen, äh, mit guten Malern aufgefüllt werden.« Ich erzählte alles dem Delphin und gratulierte ihm. Wir erörterten, ob er wirklich vor dem Künstlerischen Rat erscheinen konnte.

Die Sache wurde dadurch erschwert, daß unser Verlag ziemlich weit vom Fluß lag, überdies besaß der Delphin keinerlei Dokumente, um sich auszuweisen; in der Buchhaltung mußten ja alle möglichen Papiere ausgefüllt und in der Registratur der künstlerischen Kader eine Personalkarte angelegt werden. Ich konnte ihm mein Diplom von der Kunsthochschule geben, ich besaß ja noch das vom Polygraphischen Institut. Aber er brauchte einen Paß. Lange zerbrach ich mir den Kopf, was wir tun könnten, und endlich fiel mir etwas ein. Mein Bekannter, auf dessen Namen bislang die Honorare für den Delphin angewiesen wurden, war ein gefälliger Mensch, wenngleich ein Trinker. Ich machte ihm den Vorschlag, gegen Belohnung seinen Paß zu verlieren, das heißt, ihn als verloren zu melden, mir zu geben, auf meine Kosten Strafe zu bezahlen und sich ein neues Dokument ausstellen zu lassen. Er willigte sofort ein, denn er vertraute mir unbegrenzt, und bald besaß der Delphin einen Paß auf den Namen Semjon Nikodimowitsch Naschiwotschkin. Es brauchte nicht einmal das Foto ausgewechselt zu werden, denn der echte Naschiwotschkin hatte so verschwommene Gesichtszüge, daß sie durchaus für die des Delphins hingehen mochten. Es kam der Tag, an dem ich, überzeugt, daß der Delphin alle meine Instruktionen beherrschte, ihn in den Verlag mitnahm.

Vor der Sitzung des Künstlerischen Rats brachte ich den neuen Künstler zu Kusanow, stellte ihn vor und fügte mit gesenkter Stimme betrübt hinzu:

»Er ist stumm, Pawel Eduardowitsch.«

Kusanow reagierte sofort und bewies wieder einmal, daß er zu Recht als geistreicher Spaßvogel galt:

»Anschlag für mich, er ist mein Mann.«

»Sie haben mich falsch verstanden. Ich wollte sagen ...«, begann ich.

»Ich habe Sie sehr gut verstanden«, unterbrach er mich, »aber hören kann er doch?«

»Mit seinem Gehör ist alles in Butter«, sagte ich ein wenig verwirrt. »Und die Sprache hat er nach einer Grippe plötzlich verloren. Das soll vorübergehen. Ansonsten ist er völlig in der Norm.«

»Gott sei Dank. Aber ich erinnere mich, äh, Sie sagten doch, er ist lahm?« sagte der Chef auf einmal mit breitem Lächeln und wandte sich halb seinem Stellvertreter Krapiwo zu. »War's nicht so, Pjotr Sergejewitsch?«

»Ähem«, räusperte sich Krapiwo, statt zu antworten.

»Er hat sich das Bein gebrochen, das stimmt«, antwortete ich. »Er hinkt noch immer ein bißchen.«

»Also – lahm und stumm, doch gar nicht dumm?« Kusanow würdigte endlich den Delphin eines wohlgeneigten Blicks.

Der, wirklich nicht dumm, erfaßte sogleich den Stil des Chefredakteurs, akzeptierte mit ganzem Herzen dessen gönnerhaftfreche Selbstherrlichkeit und beschloß, ihm zuzuspielen: Er nickte, lächelte breit, tat einfältig, nahm dann Haltung an und wölbte wacker die Brust vor.

»Gut, der Mann«, sagte Kusanow beifällig. »So muß man sich halten, mein Lieber. Nie verzagen, Optimist sein. Na, Pjotr Sergejewitsch, nehmen wir den Jungen?« wandte er sich wieder seinem Stellvertreter zu.

Der bewegte vag, aber durchaus friedfertig die Augenbrauen, errötete, hüstelte in die Faust und krächzte mit einem flüchtigen Blick auf den Chef:

»Warum nicht...«

»Ich finde, er ist unser Mann«, gab Kusanow seinen Entschluß bekannt. »Gehen Sie zum Kader und sagen Sie ihm, er soll ihn einstellen«, warf er mir über die Schulter zu. »Der Junge zeichnet flott.«

Welch unerhörter Erfolg! Auf Anhieb fest angestellt! Ich war zugegebenermaßen ein wenig verwundert und dachte sogar, dahinter könne ein Mißverständnis oder vielleicht der Anfang einer für mich undurchschaubaren Intrige stecken. Aber der Delphin nahm es wie etwas, was ihm zustand. »Wieso, ich bin ja wirklich kein schlechter Maler«, meinte er, »man darf doch annehmen, Sir, daß solche bei euch nicht auf der Straße herumliegen.«

Da mich der rätselhafte Schachzug der Chefredaktion irritierte, achtete ich anfangs nicht auf die Selbstzufriedenheit des Delphins, aber als er von mir eine Serie von Plakataufträgen zum Thema Naturschutz bekam und tatsächlich gute Arbeiten ablieferte, die im Künstlerischen Rat bestens ankamen, wurde er vollends hochnäsig, behandelte mich gönnerhaft, stieß einen lustigen Pfiff aus, wenn wir uns trafen, und klopfte mir herablassend auf die Schulter. Obwohl er nach wie vor unter der Kleinen Kamenny-Brücke wohnte, trieb er sich jetzt oft in der Redaktion herum, stand ganze Tage im Korridor im Kreise langhaariger, langbärtiger Maler, die schlüpfrige Witze erzählten, und lachte mit einem pfeifenden Unterton.

Ich besuchte ihn kaum noch wie früher in der Jakimanka oder in der Kadaschewskaja-Uferstraße, und mit unseren angenehmen Spaziergängen längs der Moskwa war es vorbei. Aber eines Tages verschwand der Delphin und tauchte lange nicht wieder auf, da machte ich mir Sorgen, zumal ich ein Thema hatte, das ich ihm geben wollte: »Ein Fischgericht – ein Fischgedicht!«, ein Geniestreich des Texters Pjotr Krapiwo. Ich machte mich also auf die Suche. Lange pendelte ich auf der Uferstraße zwischen Baltschug und dem Udarnik-Kino hin und her, doch vergeblich; mein Delphin war nirgends zu sehen. Ich wollte schon gehen, da hörte ich vom Fluß das wohlbekannte Pfeifen, und als ich mich über das Geländer beugte und hinunterblickte, sah ich direkt an der Ufermauer meinen Freund. Er stand bis zum Gürtel im Flachwasser und machte mir geheimnisvolle Zeichen.

»Was ist passiert?« fragte ich. – »Geh zur Berssenewskaja-Uferstraße«, antwortete er, tauchte sogleich und verschwand. Ich tat nach seinem Geheiß, fand meinen Freund an der Stelle, wo die Böschung zur Anlegestelle der Liniendampfer hinunterführt, und konnte zu ihm treten. Er sah verwirrt und verstört aus. »Was ist passiert?« fragte ich wieder. Er reckte sich aus dem Wasser und reichte mir ein in nasses Papier gewickeltes Päckchen. »Da, nimm das Geld«, sagte er hastig, »und kauf mir schnell eine Hose, Größe zweiundfünfzig.« – »Wozu brauchst du eine Hose?« fragte ich (wir waren längst von den englischen Floskeln zum einfachen Moskauer »Du« übergegangen) und sah verständnislos auf das nasse Geldpäckchen. – »Ich kann nicht aus dem Wasser, mir sind Beine gewachsen«, antwortete er. – »Was? Beine?« – »Ja, Beine.« – »Wie ist denn das passiert?« – »Weiß nicht«, sagte er bedrückt, »höchstwahrscheinlich, weil ich mich verliebt habe.« – »In wen?« – »In Tanja Polomartschuk.« – »Und weiter?« fragte ich verständnislos. – »Na ja, und da sind mir auch Beine gewachsen.« – »Auch«, sagte ich in einer plötzlichen Erleuchtung, an die ich jedoch nicht zu glauben vermochte, »auch ... und was noch?« – »Ja, das auch«, flüsterte er verschämt.

Da zerriß es mich in tausend Stücke, ich lachte schallend, lief auf der schwimmenden Anlegestelle hin und her wie ein Verrückter, machte Luftsprünge, schoß Purzelbäume, pfiff und kreischte und konnte mich nicht beruhigen. Endlich kam ich wieder zu Atem, beugte mich über den bedrückten Delphin und sprach ein sakramentales: »Auch du, mein Sohn Brutus ...« Aber da stockte ich, denn ich sah den Ärmsten im Wasser stehen und weinen, haselnußgroße Tränen rollten auf seine weiße Brust. »Nun hör doch auf, hör auf, Freund, warum weinst du denn?« sprach ich ihm beruhigend zu. »Gleich geh ich und kauf dir eine Hose.« – »Geh, mein Lieber«, antwortete er schluchzend, »danke ... kauf auch einen Gürtel und Schuhe ... Ich hab doch gedacht«, fuhr er unter

Schluchzen fort, »ich kann irgendwann zurück ins Meer. Aber jetzt...« – »Sei nicht traurig, Delphin«, sagte ich. »Du bist nicht der erste und nicht der letzte. Wir alle wollten irgendwann zurück ins Meer oder in den Wald, statt dessen kaufen wir uns Hosen mit Gürtel oder Hosenträgern.«

So kam es, daß der Delphin bald darauf Tanja Polomartschuk ehelichte, das Mädchen aus dem Keller, in dem das Plakatarchiv und das Papierlager untergebracht waren. In diesen schwülwarmen Katakomben, von wenigen Lampen schummerig beleuchtet, inmitten von Stellagen, Schränken und Papierrollen, befand sich das unterirdische Reich von Tanja, Kätzchen, wie sie von den Künstlern genannt wurde. In dem tiefen Gelaß wußte wahrscheinlich nur der Teufel, was wo lag, was für Gänge und Zimmerchen es in der gähnenden Finsternis gab, aber es brauchte nur einer in den Keller herunterzukommen und »miez-miez« zu rufen, dann tauchte Tanja aus der Dunkelheit, in einem sehr kurzen dunkelblauen Kittelchen, unter dem sie nichts trug, schlank und geschmeidig, mit wilden Haaren, geschminkt wie die alten Ägypterinnen und wie sie geneigt zu freiem, hemmungslosem Hetärenleben. An den Tagen, an denen der Künstlerische Rat tagte, liefen die zerrauften Meister der Plakatkunst, wenn sie die nervliche Anspannung vor dem erbarmungslosen Gericht über ihre Werke nicht mehr aushielten, alle naselang über die Steinstufen hinunter in den Keller, um dort im magischen Umgang mit Kätzchen Beruhigung zu finden. Es kam öfters vor, daß ein nach der Liste aufgerufener Künstler nicht im Sitzungssaal war, dann grinste Kusanow fröhlich und kommandierte von seinem Präsidentenplatz: »Lauf mal einer runter.«

Der naive Delphin, der nur wußte, daß Tanja ein gutmütiges und zutunliches Wesen war, geriet in ihre Netze und verliebte sich wahnsinnig in die Priesterin des Kellergelasses, und infolgedessen wuchsen ihm Beine. Doch damit war seine Metamorphose noch nicht beendet. Bei ihm bildete sich bald eine menschliche Stimme, die zwar piepsend und unschön klang, doch durchaus hinreichte, um sich zu erklären und Tanjas Hand zu erbitten. Diese freigebige Hand wurde ihm nicht verweigert, und bald feierte unser Verlagskollektiv, das Völkchen der Künstler und Redakteure, die Hochzeit, die mit Pomp und Lärm in den Mansardenräumen auf dem Sirenewy-Boulevard begangen wurde. Gleich in drei Ateliers waren Tische gedeckt. Tanja trug einen weißseidenen Kimono mit roten Drachen, in dem sie prachtvoll aussah, sie trank und juchzte und tröstete ein letztes Mal die Herzen der Freunde, und alle küßten sie, riefen »bitter« und brachten ihr Geschenke dar. Der Chefredakteur beglückte das Hochzeitsgelage zwar nicht mit seiner Anwesenheit, aber er schickte eine riesengroße himbeerrosa Grußadresse mit einem Glückwunschtext, der wie immer von Witz funkelte und in dem insbesondere die Rede war von der »hervorragenden und barmherzigen Rolle Tanja Naschiwotschkinas geborene Polomartschuk bei der Entwicklung der vaterländischen Plakatkunst«. Bei dieser Hochzeit in drei verschiedenen Räumen schien es drei Bräute zu geben, aber keinen Bräutigam, so geringfügig war seine Rolle bei der Feier seiner eigenen Eheschließung. Naschiwotschkin, überhaupt nicht ans Trinken gewöhnt, war nach dem ersten Glas blau, und nach dem zweiten entschlummerte er am Tisch, die Wange in einem Teller mit kaltem Stör; vier Bartträger schleppten ihn feierlich in den Zwischenstock, wo sie ihn auf ein Sofa betteten.

Nach der Heirat veränderte Naschiwotschkin sich sehr. Er zeigte sich überaus würdevoll, unbemerkt wuchsen ihm lange Locken und ein Spitzbärtchen nebst Schnurrbart. Zu meiner namenlosen Verwunderung wurde er schon bald ins Redaktionskollegium berufen und gleichzeitig zum Mitglied des Künstlerischen Rats ernannt. Wenn er mit mir allein war, sprach er bereits von seinem Wunsch, in den Verband Bildender Künstler einzutreten, ohne freilich zu erwähnen, daß er sich meines Hochschuldiploms bediente, welches er ziemlich grob gefälscht hatte. Seine Frau arbeitete nicht mehr bei uns, sie hatte überhaupt jegliche Arbeit aufgegeben, denn Naschiwotschkin verdiente jetzt sehr anständig. Außer dem Verlag hatte er ein künstlerisches Kombinat zu seinem Wirkungsfeld erkoren, für das der einstige Delphin, nachdem er sich die Bildnismalerei angeeignet hatte, maritime Gemälde schuf. Vorerst lebte er noch in der alten Wohnung seiner Frau, zusammen mit der Schwiegermutter, aber in der Liste der Wohnungsanwärter stand sein Name ganz obenan.

Der Delphin war überhaupt nicht mehr in ihm zu erkennen, er war ein wohlbeleibter, weißhäutiger Mann mittleren Wuchses mit den sanften, etwas plumpen Manieren eines gutmütigen Walrosses, das zur Fülle neigt, dabei jedoch flink und anstellig, einer der hoffnungsvollsten Plakatkünstler des Verlags. Unser Kusanow hielt sich wie jeder Despot Favoriten, die er von Zeit zu Zeit auswechselte, und Naschiwotschkin wurde bald einer seiner Lieblinge; wenn der Künstlerische Rat tagte, wandte sich der Chef ein dutzendmal an ihn, fragte nach seiner Meinung und umfaßte bei den Antworten, die mit hoher, ein wenig grunzender Stimme vorgetragen wurden, den Sitzungstisch mit einem aufleuchtenden Blick, ohne zu verhehlen, wie glücklich er war, die einzig vernünftige Meinung in einem Meer von absolutem Schwachsinn zu hören. Der Einfaltspinsel aber nahm eine Haltung an wie der brave Soldat Schwejk, wölbte die Brust vor und verschlang seinen Chef mit liebevollen Blicken. Kurz und gut, der Delphin fand sich mit viel Erfolg in das neue Milieu hinein, und ich mußte oft an den prophetischen Kalauer denken, den der allwissende Kusanow ausgesprochen hatte an dem Tag, als er Naschiwotschkin kennenlernte: »Anschlag für mich, er ist mein Mann.«

Mir gegenüber übte er nun große Zurückhaltung, insonderheit nachdem er zwei Jahre später zum Herstellungsleiter ernannt wurde, womit er faktisch stellvertretender Direktor war; die Herstellung galt im Verlag als die wichtigste Abteilung und ihr Leiter als eine der entscheidenden Figuren in unserem Gewerbe. Im Umgang mit mir vermied er geflissentlich auch die kleinste Äußerung von Vertraulichkeit, er sprach mit mir nicht mehr in der Ursprache unserer Tierwelt, und wenn ich mir erlaubte, ihm etwas in dem lautlosen Esperanto zu sagen, tat er, als verstünde er nicht. Unsere Unterhaltungen verliefen nunmehr etwa folgendermaßen.

»Mein lieber . . . i, Sie haben bei dem Plakat Nummer siebentausendvierhundertsechs schon wieder fünf Farben zugelassen statt vier«, sagte er, im Sessel zurückgelehnt, und bot mir nicht mal einen Stuhl an. »Das ist schon das dritte Mal in diesem Quartal.«

»Ich möchte Ihnen erklären, wie es dazu kam, Semjon Nikodimowitsch«, antwortete ich mit ehrerbietig gesenktem Blick. »Der Künstler hat mit den fünf Farben eine sehr ungewöhnliche Farblösung erzielt. Wenn ich eine davon herausgenommen hätte, würde das den ganzen Effekt zunichte gemacht haben.«

»Hören Sie mal, wem sagen Sie das?« meinte Naschiwotschkin mit strengem Blick. »Ich bin selbst Künstler und weiß sehr wohl, daß man auch mit vier Farben jeden gewünschten Effekt erzielen kann.«

Was zum Teufel bist du für ein Künstler, Sir, sagte ich giftig, natürlich nicht laut. Du bist ein Delphin, ein Autodidakt, und du bist so frech geworden, daß du dir schon herausnimmst, wirkliche Künstler zu belehren.

»Ich ersuche Sie, sich an die festgelegte Technologie zu halten!« sagte der Leiter mit erhobener Piepsstimme; im Vorzimmer, wo die Sekretärin saß, hörte das Klappern der Schreibmaschine auf.

Es gab Zeiten, da habe ich dir beigebracht, einen einfachen Apfel zu zeichnen, erinnerte ich ihn, und du hast dabei geschnauft wie ein eifriges Ferkel. Jetzt möchtest du die großartige Arbeit eines hochbegabten Künstlers verderben, den ich umwerbe wie ein junges Mädchen, nur damit er für uns arbeitet und nicht woanders hingeht.

»Semjon Nikodimowitsch, ich bitte Sie, der Künstler ist damit nicht einverstanden, er besteht auf seiner Lösung, und er hat ja auch recht, denn die Arbeit spricht für sich«, sagte ich höflich. »Wir müssen doch den Wert einer schöpferischen Entdeckung gelten lassen, Semjon Nikodimowitsch.«

»Was?« schrie Naschiwotschkin und fuhr hinter seinem Schreibtisch hoch. »Er besteht darauf? Er ist nicht einverstanden? Wer besteht worauf? Wer geht an wessen Zügel, Sie an seinem oder er an Ihrem? Wer von Ihnen ist der Redakteur, er oder Sie?«

Ich bin Redakteur, und du bist ein blöder Delphin, antwortete ich wütend, indes ich wortlos vor ihm stand. Hast du vergessen, wie du ohne Hose durch Moskau gelaufen bist und aus dem Einwickelpapier tiefgefrorene Fische gefressen hast? Ich lasse nicht zu, daß du eine gute Arbeit versaust, und wenn du platzt. Litwjagin hat drei Monate daran gesessen und nicht drei Tage wie du an deinem letzten Pfuschwerk.

»Wieso Pfuschwerk?« sagte er, sich vergessend, bestürzt. »Hast du mir nicht selber gesagt, daß meine Arbeit interessant ist?«

»Ich habe doch gar nicht von Pfuschwerk gesprochen, ich bitte Sie, Semjon Nikodimowitsch«, antwortete ich schmunzelnd. »Im Gegenteil, ich habe Ihnen erklärt, daß Litwjagins Arbeit Talent zeigt, darum mußte ich ihm entgegenkommen«, sagte ich, nun schon mit offenem Hohn.

Naschiwotschkin besann sich, setzte wieder die finstere Natschalnikmiene auf und piepste, bemüht, seiner Stimme die Unbeugsamkeit eines strengen, doch gerechten Richters zu verleihen:

»Für die Überschreitung der Kalkulation bei dem genannten Plakat haften Sie mit der eigenen Brieftasche. Vielleicht wird diese

Maßnahme Sie von weiteren Eigenmächtigkeiten abhalten.«

»Unerhört ist das, Semjon Nikodimowitsch«, antwortete ich kalt und verließ den Raum. Ich durchschritt das Vorzimmer, wo die Sekretärin Rita und die Ökonomin Gita ihre gekräuselten Perücken von den Papieren hoben und mich mit durchdringender Neugier anstarrten. Ich schnitt ihnen eine finstere Visage, trat in den Korridor, blickte nach rechts und links, und nachdem ich mich überzeugt hatte, daß niemand da war, hielt ich mir den Bauch und krümmte mich vor Lachen.

Ich fand es gar zu lächerlich, wie sich mein Delphin verändert hatte. Lächerlich und traurig. Aber ich hatte mich gewöhnt an diese Traurigkeit, ohne die das Leben wohl einen wesentlichen Beigeschmack verloren hätte. Meine Teure, wozu erzähle ich Ihnen das lange und eigentlich nicht besonders interessante Märchen von den Verwandlungen eines Delphins? Unser Leben ist freudlos und zermürbend, und niemand muckt dagegen auf. Ich versuche, mir ein Märchen auszudenken, um Sie zu zerstreuen, aber in das Gespinst der Märchenhandlung flechten sich gegen meinen Willen Fäden der verächtlichen Prosa des Lebens, und ich kann nichts dagegen tun. Darum ist das Gewebe, das ich wirke und vor Ihnen ausbreite, mit scheußlichen Löchern gesprenkelt, von glimmenden Kippen versengt, mit Büroklammern geschmückt. Ich müßte Ihnen erzählen, wie es mit dem Delphin weiterging und mit seiner Frau, die ihn knechtete, und wo der Delphinschwanz geblieben war und was sich statt seiner gebildet hatte und noch vieles andere, doch für heute mag es genug sein. Beim nächsten Mal, meine Teure, erzähle ich Ihnen das Ende dieser lehrreichen Geschichte, doch jetzt bin ich traurig und möchte allein sein.

Wir werden das Eichhörnchen auf der schlanken Birke finden, wo es sitzt, voller Kummer im Vorgefühl seines entsetzlichen Todes, der es übrigens nicht so bald ereilen wird. Es hat noch eine Reise ans Schwarze Meer vor sich, nach Pizunda, um Urlaub zu machen und sich zu kurieren. Wohnen wird es in einer wunderschönen Pension, die in einem Wald von Reliktenkiefern am Strand unweit des Leuchtturms steht, danach wird es nach Moskau zurückkehren, in einen Wald außerhalb der Stadt fahren, die hohe schlanke Birke hinaufsausen und reglos auf einem Zweig sitzen.

Wir kennen die Eigenschaft des Verstandes, geschäftig vorauszueilen, einen Boten in die Zukunft zu senden, der mit unseren Augen ausgestattet ist. Was sieht er dort, am Ende, außer der Grube, die für seine Beerdigung ausgehoben wurde? So trachtete auch ...i, der ängstlichste von uns vier Freunden, immer wieder, sein Leben in Augenschein zu nehmen, indem er es wie einen Filmstreifen rückwärts laufen ließ, wobei sich immer wieder ergab, daß er aus dem Grabe steigt, im Leichengewand und in weißen Schuhen vom Friedhof wegläuft und in den Schoß seiner Mutter zurückschlüpft, so wie die australischen Känguruhbabys in die Bauchtasche ihrer Gebärerin schlüpfen.

Aber wir wollen ihn nicht verurteilen, unseren Solisten, der keinen wirklichen menschlichen Intellekt besitzt, trotz allem zur Hälfte ein Tier ist und gleichwohl sehr gerne nachsinnt über die Seltsamkeiten des Lebens, des Raumes, der Träume, der unterirdischen Höhlen, der modernen Zivilisation, über Liebe und Tod und sonstiges, was immerhin beweist, daß er außergewöhnlich ist und sich in einem interessanten Übergangsstadium seines Verstandes befindet, welches sich von der Intuition zur höchsten menschlichen Selbsterkenntnis hin entwickelt. Also, wir vergeben dem Eichhörnchen seine häufigen und manchmal nicht sehr tiefen Umwandlungen, keiner von uns verübelt ihm, daß diese Umwandlungen nicht immer so genau glückten, wie wir es wollten. Wir sind der Meinung, daß alle Fehlschläge seiner artistischen Bemühungen voll und ganz aufgewogen werden von der Leidenschaftlichkeit und Seltsamkeit seiner halb tierischen Empfindungen, von dem traurigen Fatalismus seiner Wäldlerseele und vor allem von der Fähigkeit, diejenigen wahrhaft zu lieben, um die er sich sorgt, und treu zu sein wie ein Hund. Davon konnte sich jeder von uns, die seinerzeit mit ihm Berührung hatten, mehr als einmal überzeugen: Seine aufrichtige Anhänglichkeit an die Freunde war grenzenlos, darum irritierten uns seine schwindelerregenden Kurbetten nicht und riefen nicht unseren Protest hervor, schließlich waren sie diktiert von der Liebe und dem aufrichtigen Schmerz unseres großartigen ...i. Und seine nebelhaften Anspielungen auf sein unerwidertes großes Gefühl und sein Umgang mit einer mythischen Frau, die er »Madame« und »meine Teure« nannte, sprachen lediglich von seinem unschuldigen Wunsch, uns gleich zu sein, mit uns aus derselben Schale des Lebens den göttlichen Wein zu trinken, von dem man stirbt und dann unsterblich wird. Es war dem Ärmsten nicht gegeben, echte irdische Liebe zu empfinden, die in den Himmel hebt, und ein Werk zu schaffen, das den Moment des einen Lebens zum Flug in die Ewigkeit verlängert, aber er dürstete mit ganzem Herzen nach dem einen wie dem andern, darum konnte er mit dem vollen Recht der Freundschaft sich des Schicksals und der Erfahrung jedes einzelnen von uns bedienen, zumal wir alle aus dem Leben gegangen sind, besiegt von der Verschwörung der Tiere, und von unserem damaligen Freundeskreis er der einzige ist, der sozusagen die rätselhafte Erscheinung des Lebens noch immer erduldet.

Wenn wir über die seltsame und wunderbare Fähigkeit des Eichhörnchens nachdenken, sich in einen geliebten Menschen umzuwandeln, sehen wir darin ein Unterpfand der Unsterblichkeit; die Zukunft der Menschheit zeigt sich uns in einem gänzlich anderen Licht, wenn viele, sehr viele Menschen diese Fähigkeit gewinnen; einstweilen bewegen sich in solcher Höhe nur wenige Wellen des menschlichen Ozeans; die höchste Welle aber sieht am schrecklichsten aus, und wer auf ihrem Kamm dahinjagt, hat mehr Angst als andere. Also, Eichhörnchen, vorwärts! Laß dich nicht irritieren von unseren Worten und unseren Blicken aus der Finsternis des ALLS, wir sind noch immer deine Freunde, schönen Gruß von uns an deine »Kostbare«, und wenn du mit ihr sprichst, vergiß nicht die Anstandsregeln, laß schlechte Gegenstände aller Art unerwähnt und sprich um Himmels willen nicht davon, daß du auch etwas zu tun vermagst wie alle übrigen auf der Welt. Vorwärts, Eichhörnchen, spring rasch von deiner Birke, auf die du ja wieder zurückspringen kannst, mit dem Hinterteil voran, das heißt mit dem Schweif nach oben, und es lebe Australien, das auf dich wartet!

Nun denn, ich werde euren Rat beherzigen, meine lieben Freunde, was bleibt mir anderes übrig, aber um Georgi nach Australien zu folgen, wo ich doch noch mit einem Bein in Moskau stehe, muß ich durch viele quälende Zweifel hindurch, deren Grund immer derselbe ist: die Frage, warum ich einem Menschen zustreben soll, der mich und meine Freundschaft so leicht und einfach verworfen hat um seines Wohlergehens willen. Australien, das Land des erbarmungslosen Himmelsblaus, da ist es schon, ganz nahe, ich kann es mit der Bleistiftspitze berühren, aber kein Land liegt an der Stelle, wo wir es einmal angetroffen und berührt haben und uns sagten: Da, hier bin ich endlich – dieses »hier« gibt es nicht, denn wir alle fliegen, gleich den großen Ländern, durch den Raum des Alls wie ein unzählbarer Vogelschwarm.

Mein Australien begann in einem Appartement des Hotels »Moskwa«, ich betrat es an einem Herbstabend. Das war am ersten Tag unserer Bekanntschaft, nein, unserer Liebe; wir suchten Dmitri Akutin, hatten ihn jedoch im Studentenheim nicht angetroffen, wir warteten ein paar Stunden auf ihn, doch wie wir jetzt wissen, war er schon tot; ich wollte Ewa seine Arbeiten zeigen und kroch unters Bett, wo sie gewöhnlich lagen, fand jedoch zu meiner Verwunderung nichts, kein einziges Blatt. Eichhörnchen war auch verwundert, ja, das kam mir sehr bedenklich vor, denn in unserm Zimmer war seit gestern niemand gewesen außer mir und Backe, ich hatte gestern abend das Zimmer aufgeräumt, den Fußboden gefegt und unter Dmitris Bett die Stöße von Papier und Spannrahmen gesehen. Der Gedanke, Backe könnte die Arbeiten weggebracht haben, war unvorstellbar, denn Backe interessierte sich nur für seine Bratpfanne, paßte ewig auf sie auf und schleppte sie mit sich herum, er war ein ganz gewöhnliches Ferkel und hatte sich auch, als er sich ein Mädchen anlachte, von rein gastronomischen Erwägungen leiten lassen, denn sie war Essenausgeberin in einer Selbstbedienungskantine. Gleichwohl waren die Arbeiten sämtlich weg, und wir wissen jetzt, daß die Wandlinge just auf diese Weise die Unsterblichkeit der Menschen zu bekämpfen trachten, indem sie nämlich die materiellen Beweise ihres Schaffens vernichten. Damals hatten wir davon keine Ahnung. Wir wollten das rätselhafte Verschwinden ergründen, wenn Backe von seinem Liebesrendezvous zurückkäme, aber er kam nicht; wir schwatzten, aßen Pelmeni, die ich bereitet hatte, und ich ahnte nicht, daß ich mit meinem schlichten Studentenfutter eine Multimillionärin bewirtete.

Ach, wenn Sie gewußt hätten, meine Kostbare, daß Sie ein magisches Mittel in Händen hielten, mich endgültig in einen Menschen zu verwandeln ... wenn Sie es gewußt hätten ... hätten Sie es sich dann erlaubt, mich so ungeduldig und so ärgerlich wegzujagen und mir noch einen Kiefernzapfen hinterherzuschmeißen? Meine Haare werden immer dünner, von drei ausgefallenen ist eines grau, das Leben geht dahin, markiert seinen Gang mit Veränderungen. Ohne die grauen Haare, ohne die rätselhaften Geräusche im Herzen, ohne die ausgefallenen Zähne wäre der Ablauf des Lebens nicht zu bemerken, aber jetzt bin ich wieder der junge Georgi, fahre mit Ewa in der Straßenbahn von der Allunionsausstellung zum Sadowoje-Ring und dann im Lift hinauf zur Schwelle von Australien.

Was ist es, was da draußen vor dem Fenster des Hotelzimmers in der siebten Etage mitten in Moskau dröhnt und heult und rasselt? Der Lärm schwillt, dauert an und verstummt wieder, es müssen mächtige Motoren sein, die ihn hervorbringen und die massiven Mauern des Hotels, die schweren Mahagonimöbel, die Kristallanhänger des Lüsters und die Alkovenvorhänge über dem Bett erschüttern, in dem wir liegen, Adam und Eva. »Kann es überhaupt so schön sein?« sagt sie verwirrt, dann laut: »Wie kann das sein?« Das Poltern vor den Fenstern schwillt wieder an, wird zum Dröhnen, verebbt, und wir wissen nicht, was das ist. Von irgendwo fallen Tränen auf meine Lippen, mit ihnen fange, behüte ich das Zittern ihrer Augen, das Zucken ihrer nassen Wimpern.

»Verzeih mir, Emil«, sagt sie, »als du gestorben warst, dachte ich, ich brauchte keine Liebe mehr auf der Erde, wo alle sterben, in den Sarg gelegt und begraben werden. Ich habe viel geweint, Emil, ich bin nach Indien gefahren, nach Delhi, ich habe dort in einem Haus gelebt, in dem nur Heilige waren, und in mein Zimmer kamen des öfteren zwei saubere alte Männlein, die haben mich bedient und gesagt: Das Leben ist schön, Missis, und der Tod ist schön, man braucht nicht zu weinen. Ich habe ihnen nicht geglaubt, aber ich habe aufgehört zu weinen. Und jetzt weine ich schon wieder. Das Leben ist schön, Missis! Der Tod ist schön, Missis! Ich habe nur nicht gewußt, daß es so schön sein kann, verzeih mir, Emil!« Diese Ansprache galt ihrem verstorbenen Mann.

Auch Georgi schickte in Gedanken einen Gruß an den unbekannten Emil, denn unser Student war in diesem Moment mild und großmütig gestimmt, wie ein siegreich und lorbeerbekränzt aus der Schlacht heimgekehrter Held. Wirklich, dachte er, wenn es so schön sein kann, dann darf man nicht sagen, das Leben sei ein schlechtes Ding, aber was hat der Tod hierbei zu schaffen? Die alten Männlein in Indien müssen da was verwechselt, was vermuschelt haben, wie gewöhnlich ... Vor den Fenstern des Hotelzimmers ertönte wieder ein andauerndes Dröhnen.

Georgi sprang aus dem Bett, Eva versuchte ihn zurückzuhalten, aber es gab nichts zum Festhalten, ihre Hand glitt ab an dem straffgespannten Bogen seiner Gestalt und blieb bedauernd in der Luft hängen, die blasse, zarte, langfingrige Hand der Millionärin. Er drückte sich rasch ans Fenster, zog am Rahmen, und gegen seine nackte, warme Brust prallte mit feuchtem Metallgerassel eine Welle Kaltluft.

»Ah, jetzt weiß ich, was das ist!« rief Georgi fröhlich und steckte den Kopf aus dem Fenster. »Morgen ist doch Feiertag, da gibt's eine Militärparade, und das da ist die nächtliche Probe.«

Er schloß das Fenster, damit Eva keine kalte Zugluft bekam.

Sich bei der Hand haltend, blickten sie hinunter auf die mit wild dröhnenden Gleisketten über den Platz kriechende Kolonne von gepanzerten Landungstransportern mit aufgesessener Infanterie; später hockten sie nackt und unbekümmert in den tiefen weichen Sesseln und plauderten, dann und wann Pepsi Cola aus der Flasche nippend.

»Sag mir bitte, warum ein kleines Rotzmädchen wie du zwei Zimmer braucht, ein königliches Bett, Sessel, Teppiche, eine eigene Toilette, ein Badezimmer, einen Farbfernseher und so weiter?«

»Oh, ich habe nicht darum gebeten! Man hat mich hier einquartiert, weil ich ein wichtiger ausländischer Gast bin.«

»Oh, pardon, Madame! Aber gestatten Sie zu fragen, aus welchem Grunde hält man Sie für eine so wichtige Person?«

»Weil ich euch viel Fleisch, Felle und Fellmäntel liefere.«

»Du? Du lieferst? Fellmäntel? Was denn für Fellmäntel?«

»Aus Känguruhfell«, antwortete sie bescheiden.

»Kän-gu-ruh! Wo nimmst du das her?« Georgi sprang im Sessel auf und nahm die Pose des genannten Tiers ein. »Fängst du sie mit Fallen oder wie?«

»Nein, ich habe eine Produktion, Fabriken.«

»Fabriken? Du?«

»Ja. In Adelaide, in Canberra.«

»So ist das. Und außerdem sammelst du Bilder?«

»O ja, ich liebe die Kunst.«

»So ist das also.« Georgi wippte sich aus dem Sessel und ging, mit den Füßen über den Teppich schlurfend, als liefe er Ski, zweimal um den Tisch herum, dann suchte er bei dem Alkoven seine Sachen zusammen.

»Möchtest du nicht noch bleiben, mein Liebster?« fragte Eva, trat zu ihm und sah zu, wie er sich anzog; es war ihr anzumerken, daß sie jede seiner Bewegungen genoß.

»Es ist schon spät, ich muß gehen, sonst lassen sie mich nicht mehr raus aus deinem Australien. Wenn ich nicht die letzte Metro erwische, komme ich nicht zum Heim. Dort werde ich jetzt wohnen, zu Maro D. geh ich nie wieder. Sie schlägt mich tot.«

»Aber auf dem Passierschein steht nichts von Zeitbeschränkung, und du mußt ja nicht mit der Metro fahren, hier gibt's immer Taxis.«

»Pardon, Madame, aber für ein Taxi hat ein armer Student kein Geld.«

»Ach, Georgi, was redest du? Ich geb dir was.«

»Leb wohl! Aber du bist ein gutes Mädchen.«

»Wieso leb wohl! Meine Großmutter hat mir beigebracht, nie Lebewohl zu sagen, sondern auf Wiedersehen, dann gibt's auch ein Wiedersehen. Wir sehen uns doch morgen, Georgi?«

»Natürlich, wenn du willst... Aber lieber nicht, oder?« antwortete er.

»Warum nicht? Das verstehe ich nicht. Erklär mir das bitte«, sagte sie zurückhaltend.

»Lieber nicht. Steht nicht dafür. Bringt nichts. Was soll ich dir noch sagen?«

»Daß du mich liebst«, antwortete sie.

»Ich liebe dich. Ich liebe dich. Ich liebe dich sehr. Das sage ich zum erstenmal, Eva, meine Eva!«

»Und ich... ich kenne dich schon hundert Jahre. Erstaunlich, Georgi, und was für ein Glück, daß wir uns jetzt getroffen haben, wo wir noch ganz jung sind.«

»Ja, damit haben wir auch Glück gehabt. Man sagt, in der Jugend läßt sich alles schnell vergessen. Aber wir beide werden diesen Abend in Australien nicht vergessen, nicht wahr?«

»Georgi, was bedeutet das?« drang Eva durch den lyrischen Nebel des Studenten. »Sag mir, was bedeutet das?«

»Gut, ich will es dir sagen. Ich komme nie mehr zu dir.«

»Na gut. Aber du sollst wissen, ich habe nicht das, was man Stolz nennt, Eigenliebe. Ja, Stolz und Eigenliebe. Das habe ich nicht. Wenn ich liebe. Was können wir tun, Georgi, damit alles gut wird?«

»Ich weiß nicht. Wir werden sehen. Aber zu dir komme ich trotzdem nicht mehr.«

»Ciao. Dann komme ich zu dir.«

Und wirklich kam sie am nächsten Abend in unser Heim und zeigte großen Takt, indem sie Rücksicht nahm auf den Stolz unseres Proletariers, unseres charakterfesten Georgi, der sich rechtzeitig von den Kommilitonen ein paar Rubel zusammengepumpt hatte und nun zu Ehren der ausländischen Besucherin einen üppigen Empfang veranstaltete. An dem Abendessen nahm Lupetin teil, der Präsident der Kartoffelesserakademie, ferner Backe mit dem souveränen Recht des Spenders einer Pfanne gebratener Makkaroni; wir als Gastgeber hatten zwei Flaschen Weißwein auf den Tisch gestellt. Die Australierin war taktvoll genug, kein Wort von der Flasche englischen Gin und den beiden bauchigen Fläschchen Tonic zu sagen, die sie mitgebracht hatte; die Flaschen kamen erst zum Vorschein, als der natürliche Moment dafür herangereift, das heißt, als der Wein ausgetrunken war und nur noch die halbvolle Makkaronipfanne auf dem Tisch stand, großzügige Spende des plötzlich so verschwenderischen Backe. Natürlich hatte noch keiner von uns dieses typisch ausländische Getränk je gekostet; Ewa schenkte locker ein, mixte, dosierte.

Auf dem Höhepunkt des internationalen Abendessens kam ein Anwärter auf die Pfanne herein, ein gewisser Fandjuschin, und da er warten mußte, bis die Pfanne leer war, durfte er sich zu uns an den Tisch setzen und bekam ein Glas mit etwas Gin. Diese Portion kippte er, ohne das Gesicht zu verziehen, und kaute Makkaroni nach, wobei er die Ohren grauslig bewegte wie ein Tier. Dieser kleine, gutgebaute Student war dafür bekannt, daß er seine ganze Freizeit dem Jonglieren widmete, er jonglierte mit Bällen, Keulen, Ringen und stand im Begriff, zu einer anderen Kunstgattung überzuwechseln, der Zirkuskunst, und die darstellende Kunst aufzugeben, in der er durchaus Erfolg hätte haben können, denn die Natur hatte ihm statt der Augen Fotoapparate geschenkt, dazu eine völlig gedankenlose automatische Genauigkeit der Hand. Im akademischen Zeichnen hatte er nicht seinesgleichen, aber sein Herz gehörte dem Zirkus. Nachdem er die Makkaroni verputzt hatte, ging er mit unwahrscheinlichem Eifer daran, mit der Gabel die Pfanne auszukratzen, an der Grieben festgebacken waren, ohne sich darum zu scheren, daß das metallische Kreischen die ausländische Dame betäuben könnte. Backe war empört über sein Benehmen, er versetzte dem Jongleur einen Stoß gegen die Schulter und sagte spöttisch:

»Na, wie ist er?«

»Wer?« Fandjuschin drehte sich zu ihm um, in der Hand die Gabel mit einer aufgespießten Griebe.

»Was hast du getrunken?« fragte Backe hartnäckig.

»Wieso?« Fandjuschin verstand nicht.

»Das ist Gin«, sprach Backe herablassend und umfing die Gesellschaft mit einem verständnisinnigen Blick. »Nicht gemerkt?«

»Aha«, antwortete der Jongleur kurz, beförderte die leckere Kruste in den Mund und kaute sie knirschend, wobei er vor Genuß wieder die Ohren bewegte und sein Gesicht himbeerrosa anlief.

Fandjuschin ging, warf im Gehen die Pfanne hoch und fing sie am Griff wieder auf, nachdem sie sich zweimal überschlagen hatte. Backe nickte mit der dicken Gesichtshälfte zur Tür, zwinkerte uns allen zu und sagte: »Vom Dorf!« In einer Anwandlung freundlichster Gefühle bückte er sich zu seinem Nachttisch, raschelte mit Papier, holte ein dickes Stück Speck hervor und schnitt es großzügig in rosige Scheibchen.

Unglaublich! Backes Schutzengel, der friedlich auf seinem gewohnten Platz, dem Nachttisch, döste, schreckte auf und blickte seinen Protegé vorwurfsvoll an.

Die Zeit ging hin, unser Leben lief ab, ohne etwas zu hinterlassen für das, was man »hier« nennt, und unsere Hoffnungen verbargen sich in der Zukunft, die zwang uns zu fliegen, hinweg über alle Abgründe, und es kam die Zeit, daß Überflüssige das Zimmer zu verlassen hatten. Ich legte Backe nahe, ins Kino zu gehen, aber er sträubte sich: »Denkste, gibt bestimmt keine Karten mehr.«

Ich holte die beizeiten gekauften Karten aus der Tasche und zeigte sie ihm.

»Nein, nein! Ich lege mich jetzt schlafen.«

Da stürzte ich mich auf ihn, packte ihn am Kragen, und nach kurzem Kampf gelang es mir, ihm die Mütze aufzusetzen und ihn aus dem Zimmer zu schieben.

»Du Holzkopf, kapierst du die Situation nicht oder was?« schnauzte ich ihn draußen an.

Wir gingen die Straße entlang, aus irgendwelchen Gründen untergehakt, ich blickte über die Schulter zurück nach rechts, nach links, doch nirgends sah ich seinen Engel, der mochte vernünftigerweise, statt mit seinem Schutzbefohlenen Straßenbahn zu fahren und ins Kino zu gehen, auf dem Nachttisch sitzen geblieben sein, um den Speck zu bewachen. Und da spürte ich, wenn zwei junge Männer, leicht beschwipst, ins Kino gehen, wozu sie überhaupt keine Lust haben, und wenn keine jungen Mädchen bei ihnen sind, sondern ringsum nur feuchte Herbstfinsternis ist und die beiden untergehakt dahintrotten wie ein musterhaftes Ehepaar, oh, wenn das so ist, dann haben sie nichts Erfreuliches zu erwarten. Na schön, dachte ich, da gehen durch die Moskauer Vorstadtstraße der Dicke Rüssel und der Buschige Schwanz, denen höchstes Glück einstweilen nicht lächelt und kaum je lächeln wird. Was sollen sie tun in diesem Gewimmel, Gebrodel und fordernden Getobe von Schicksalen und Schicksalen? Sich ihrem Schicksal fügen und, wie mein Begleiter, wenigstens die Forderungen des Magens zu befriedigen trachten?

Und finden Sie nicht, meine Wunderbare, daß in den salzigen Tränen, mit denen wir unsere Nahrung verschlucken werden, unserer einzigen Gottesgabe, in dem Stück Brot, das mit unterdrückten Schluchzern durch die Kehle hüpft, das einschläfernde Gift höchster Barmherzigkeit enthalten ist? Und meinen Sie nicht, daß, wenn der friedliche Rüssel oder ich in diesem Kino für immer einschlafen, ohne das höchste menschliche Glück erfahren zu haben, auch die Menschheit als Ganzes es nicht erreichen wird? Aber mich dünkt, wenn ich für einen anderen sterben kann, wenn ich eine solche Geisteshöhe zu erreichen vermag, dann kommt alles in Ordnung. Denn dies können doch auch andere erreichen! Hier liegt die wichtigste Frage – ob Uneigennützigkeit und Selbstaufopferung für den Nächsten den tierischen Instinkt überwinden können. Schon höre ich das laute Kläffen des auf meiner Spur laufenden Hundes. Bald kommt der Moment, wo ich aufhöre, ein Eichhörnchen zu sein, und ein Mensch werde, ein Recke, der Ihre Hand verdient, meine Teure. Aber noch bin ich nicht hinübergesprungen auf die verhängnisvolle letzte Birke, ich gehe Arm in Arm mit einem Reichen, Besitzer eines ganzen Koffers voller Hühnereier und ausgezeichnetem Poltawaer Speck, ich lerne noch, ich durchlaufe die Schule der Menschwerdung.

Dies waren meine Gedanken an dem Herbstabend, als ich mit Nikolai Backe ins Kino ging, um den Film »Verlorene Träume« anzuschauen.

Aber ich strauchelte und gelangte nicht bis zum Kino, denn aus einer Seitengasse winkte mir eine Frau in einem übergeworfenen Poncho, die einen Schirm über dem Kopf hielt. Ich sagte Backe nichts, sondern gab ihm wortlos die Karten für die Halbneunvorstellung und verließ ihn. Mein brüderliches Mitgefühl für ihn war zu Ende, denn mich erwartete ein Abenteuer. Aus irgendwelchen Gründen wurde ich Ihnen immer dann untreu, wenn die Sehnsucht nach Ihnen am stärksten war. Verlangte meine arme Seele nach Ersatz? Nein, eher nach Selbstzerstörung.

Es hat keinen Sinn, dieses Abenteuer zu schildern, das der Wand, die mich von Ihnen trennte, einen weiteren Ziegel hinzufügte, und in Erinnerung blieb nur ein Geruch nach Lumpen, die lange in einer feuchten Kammer gelegen und einmal einer parfümierten jungen Frau gehört hatten. Erst gegen Mittag des folgenden Tages, kaum noch lebendig von Schlaflosigkeit und Abscheu vor mir selbst, kehrte ich ins Wohnheim zurück, stieg die Treppe hinauf und wankte in das Zimmer. In Akutins Bett schlief Georgi, der an diesem Tag gleichfalls den Unterricht schwänzte; ich zog mich aus, legte die Brille auf den Nachttisch, kroch in mein fiskalisches Nest, holte tief Luft und fühlte mich fast glücklich. Georgi, obwohl er schwarzhaarig, muskulös und großnasig war, schlief lautlos, ohne zu schnarchen, anders als Nikolai Backe, der statt der Nase nur ein knopfgroßes Rüsselchen hatte. Es war warm und still im Zimmer, warm und still, und ich entschlummerte süß.

Unsere Träume haben sich wahrscheinlich vermischt. Obwohl unsere körperlichen Wesenheiten getrennt lebten und jeder von uns in seiner Zeit weilte, wurde die Welt unseres geistigen Lebens fortan eine gemeinsame, und in dieser Welt bildeten Träume und Gesichte, Erinnerungen und Phantasien eine einheitliche Natur, in der einer den andern ergänzte und fortsetzte. Allmählich wurden Georgis Erinnerungen die meinen, und die seltsamen, etwas krankhaften Phantasien des Eichhörnchens wurden die meinen, doch die Träume von der Zukunft unserer Kunst waren gleich.

Wir liebten dieselben Maler; angesichts einer neuen Arbeit brauchten wir nicht unsere Meinungen auszutauschen und nicht einmal vielsagende Blicke zu wechseln. Ich beobachtete entzückt, wie unter dem Aquarellpinsel meines Freundes transparente, feinste Verkörperungen seines zarten Schönheitsgefühls entstanden, und ich hatte meine helle Freude an dem feurigen Ingrimm von Georgis Malerei, mich ermunterte seine dickpastose Malweise mit den großen Farbklecksen, ich konnte das nicht, ebensowenig wie er mit wenigen Aquarellstrichen den Zustand eines Tages wiederzugeben vermochte. Aber wir trugen in uns ein gemeinsames Gefühl für das Schöne, was jeden Moment unserer Freundschaft zu einem glücklichen machte.

Dadurch waren wir stark und unverletzlich unter dem Joch des akademischen Drills, den Somzow in Kasernenhofmanier ausübte. Wir pfiffen auf ihn und sahen gelassen zu, wie er mit gesträubtem Nackenfell brüllend vor uns herumlief und wutschäumend die Klauen nach unseren Arbeiten ausstreckte, bereit, sie zu zerfetzen. Aber wir waren zwei, wir standen stets Schulter an Schulter vor dem wutfletschenden Vielfraß, und das hielt Somzow von einem entschlossenen Angriff ab. Er beschränkte sich darauf, uns als Rotzer zu bezeichnen, die sich viel zu früh als Künstler wähnten, und zog sich in seinen Winkel zurück, wobei er sich im Gehen mit klickendem Feuerzeug eine Zigarette anzündete.

Namentlich Georgi mochte er nicht, der sich bei seinen Studienarbeiten ganz offen Experimente gestattete, doch Georgi beantwortete diesen Haß mit ausgesuchter Höflichkeit und feinem Lächeln und zog sich in nebelhaftes theoretisches Dickicht zurück, was Somzow entsetzlich aufbrachte und, ehrlich gesagt, auch meine Billigung nicht fand, obschon ich nicht umhinkonnte, Georgis Witz und seine beneidenswerte Selbstbeherrschung und Pfiffigkeit zu bewundern. Mir stockte das Herz vor Sorge um den Freund, doch oft genug blieb mir nichts anderes übrig, als den Kopf hinter der Staffelei zu verstecken und an lautlosem Gelächter zu würgen.

Ja, ... i warnte mich mehr als einmal, ich solle Somzow in Ruhe lassen, der insgeheim auf grimmige Rache sann, doch ich erklärte meinem vorsichtigen Freund, man brauche die zottigen Tiere nicht zu fürchten, die er überall sah, man müsse sich mit dem Knüppel des Verstandes wappnen und diesem Getier damit den Buckel verbleuen.

Wenn zwei auf dieser Welt feste Freundschaft halten und im gleichen Interessenkreis leben, verliert die Verbindung zwischen ihren Seelen allmählich ihre Sprunghaftigkeit, sie wird dauerhaft und beständig, und dann offenbaren sich in ihrem äußeren Leben neue, bislang nicht gekannte Eigenschaften. Eines Tages entluden wir auf dem Güterbahnhof einen Waggon bulgarische Weintrauben, um etwas zum Stipendium hinzuzuverdienen. Ich nahm eine Stiege vom vordersten Stapel, betrachtete die wunderbaren schimmernden Beeren, dachte an die sonnigen Gärten meines fernen Armenien und bemerkte nicht, daß die obersten Stiegen des nächsten Stapels, die sich bis zur Waggondecke türmten, wankten und sich bedrohlich vorneigten, im Begriff, mir auf den Kopf zu stürzen. Plötzlich schrie die Stimme von ... i verzweifelt: »Paß auf!«, ich kam zu mir, sah die Gefahr und hockte mich blitzschnell hin – da brach die Lawine der Stiegen von oben hernieder, verfehlte jedoch meinen Kopf, den der niedrigere erste Stapel deckte. In dem schmalen Raum vor der offenen Waggontür bildete sich ein malerischer Hügel von bunten Weintrauben und eckig ragenden Stiegen. Während ich noch überlegte, wie ich mich aus dieser Verschüttung befreien sollte, erschien in der Tür die langaufgeschossene Gestalt von ... i, seine Brille blitzte, und er fragte verwundert: »Was ist passiert, Georgi?« – »Siehst du das nicht?« fragte ich nicht minder verwundert. »Nein«, antwortete er. »Ich habe meine Stiegen in den Speicher getragen und nur was poltern gehört.« – »Und dabei hast du dir nichts gedacht?« – »Nein. Ich habe mich an das Eichhörnchen erinnert, das im Wald zu mir gekommen ist. Es hat mir bestimmt zu essen gegeben, wie hätte ich sonst überleben können?« – »Die Sache ist die«, sagte ich, »ich komm jetzt hier nicht raus! Ich kann doch nicht die herrlichen Weintrauben zertrampeln. Wir werden sie aufessen müssen. Fang von deiner Seite an.« Nun ist die Frage, von wo, aus welchem Raum der Warnschrei gekommen war.

Jetzt gehe ich zu dir – du sitzt am fernen Ende der Krim-Brücke und tauchst den Pinsel in das Wasserglas, hinter dir steht ein Häuflein Gaffer, aber du richtest unbeirrt die Brille auf der Nase und blickst aufmerksam in den perlschimmernden Dunst der frühlingshaften Moskwa. O Mensch, der du dich Eichhörnchen nennst, du bist so seltsam und geheimnisvoll eingerichtet; wahrhaft bester Freund auf der Welt, dessen Seele sich zu doppeln oder aber ohne Wissen ihres Herrn sich vom Körper zu lösen und sorgenvoll dem geliebten Freund zu folgen vermag, der irgendwo in den Welten verlorengegangen ist, und der einen Gefahrenmoment für ihn voraussehen kann gleich einem Schutzengel!

Wirklich, ich war Georgi so nahegekommen, daß ich manchmal statt seiner oder für ihn träumte oder einfach seine Träume träumte, ich weiß nicht, wie ich's nennen soll; so träumte ich einmal, daß die australische Millionärin mir mit Hilfe eines alten Reiserbesens die Kopfhaare rasieren wollte und mich hartnäckig Georgi nannte; später, als wir uns für immer getrennt hatten, vermochte ich mich jederzeit in ihn umzuwandeln, wo immer er sich aufhielt.

Wir beendeten unser morgendliches Pleinair auf der Krim-Brücke und nutzten den Sonntag zu einem Besuch bei dem kosmischen Maler Kornej Wypulkow, den wir im Winter kennengelernt hatten, genauer gesagt, Georgi hatte ihn kennengelernt, und ich war später dazugekommen.

An einem Wintertag ging Georgi die Trubnaja-Straße entlang und sah plötzlich einen Mann, der seelenruhig barfuß über den vereisten Gehsteig stapfte. Er folgte ihm neugierig und beobachtete, wie der Mann bei einem Zigarettenkiosk ein Päckchen »Schipka« erwarb, sich eine Zigarette anzündete und rauchend zurückging. Georgi folgte ihm wieder, da blieb der Mann vor einem ebenerdigen, baufälligen Haus mit bröckelndem Putz stehen, wartete auf seinen Verfolger und sagte ruhig: »Willst du ein paar hinter die Löffel?« – »Nein«, antwortete Georgi, »so was mag ich nicht.« – »Bist du vielleicht Maler?« fragte der seltsame Kauz und bewegte die dichten Augenbrauen; er trug einen schwarzen Pullover mit löchrigen Ellbogen und billige einheimische Jeans; seine Haare waren kurzgeschoren, aber seine pflastersteinartigen Kinnbacken, die den größten Teil seines Gesichts ausmachten, waren wild verstoppelt. »«Einstweilen Student«, antwortete Georgi bescheiden, »woher weißt du, daß ich Maler bin?« – »Komm mit, ich geb dir was ab von meinem Intellekt«, sagte der andere, ohne die Frage zu beantworten, und ging zur Tür, die sich gesenkt hatte und festgefroren war und sich nicht schließen ließ.

Als ich ein paar Tage später mit Georgi zu Wypulkow kam, sagte er nach einem flüchtigen Blick auf mich: »Ein spaßiges Tier! Macht nichts, kannst bleiben.« In dem völlig ungeheizten Raum waren alle Ecken voll von Leinwänden, Papierrollen und leeren Flaschen; mitten im Zimmer stand eine Staffelei mit einer gewaltigen Leinwand; an den Wänden hingen Bilder und Zeichnungen, wie ich sie noch nie gesehen hatte; die Hälfte der einen Wand nahm ein riesengroßer Spiegel ein, der von der Zeit blind geworden war. Mich verblüffte ein Bild, das zwischen den beiden Fenstern an der Wand hing. Es zeigte einen kugelförmigen Körper, auf dem viele Brüste mit großen braunen Brustwarzen ragten, drumherum schwebten in komplizierten perspektivischen Verkürzungen fliegende Menschlein mit weinerlichen Gesichtern und weitoffenen Mündern. »Das Bild heißt ›Halt dich an die Titten‹«, sagte der Hausherr in Grabesbaß, während er uns den Rücken zukehrte und mit einem Messer die angetrocknete Farbborke von der Palette schabte.

Ich betrachtete die anderen Bilder; die Malweise war geradezu ein Wunder, die Farben beeindruckten durch ungewöhnliche Ausdruckskraft und makellose Harmonie. Ich verstand jetzt Georgis andächtige Erschütterung und sein endlos wiederholtes: »Nein, das kann ich dir nicht erzählen. Du mußt selber sehen«, womit er mich all die letzten Tage neugierig gemacht hatte. Ich guckte und spürte, daß ich wohl ein wenig den Verstand verlor. »Und dieses heißt: ›Der Abendstern blickt auf deinen Blinddarm‹«, hörte ich plötzlich und zuckte zusammen. Vor mir hing ein mittelgroßes Bild: ein grünlicher Abendhimmel, unten der trübe Streifen einer Stadt und über ihr undeutlich konturierte schwebende Gestalten von Frauen oder Engeln; zwischen ihnen blinkte, vom Mittelpunkt des Bildes etwas seitlich verrückt, ein einsamer Stern.

»Woran arbeiten Sie jetzt grade?« fragte ich den Maestro, der diesmal nicht barfuß war, sondern weiße Filzstiefel mit aufgesteppten Lederfersen trug, dazu eine Fellmütze mit kahlen Stellen, deren Ohrenklappen unter dem wuchtigen Kinn zusammengebunden waren. (Wie wir später erfuhren, lief Kornej Wypulkow barfuß und ohne Mütze, wenn die Glut seines Intellekts zu heiß war, dagegen bedeckte er den Kopf und hielt die Füße warm, wenn sein schöpferischer Tonus sank.) Auf meine Frage gab er lange keine Antwort, sondern dachte nach, dann wandte er sich mit schüchtern blinkenden Augen zu mir und sagte: »Du bist ein harmloses Tierchen. Nenn mich einfach Kornej. Ich bring euch beiden bei, wie man durch die Nasenlöcher trinkt.«

Er verließ das Zimmer und kam mit einem Eimer Wasser zurück, in dem klimpernde dünne Eisschollen schwammen. Er stellte den Eimer auf einen Hocker, nahm die Mütze ab, bückte sich und tauchte den Kopf ins Wasser, das davon überschwappte. Doch alsbald wurde das Wasser zusehends weniger, es gluckste und gluckerte, dann nahm der sonderbare Hausherr den Kopf aus dem Eimer und zeigte uns ein rührendes Kinderlächeln auf dem nassen Gesicht. »Na«, sagte er, »mal probieren?« – »Nein, danke«, lehnte Georgi ab. »Ich bin ein Mensch des Südens. Mir ist auch so schon kalt.« – »Also«, verlautbarte Kornej, »wird nie ein kosmischer Künstler aus dir.« – »Was bedeutet das?« fragte ich vorsichtig. – »Wenn man kaltes Wasser durch die Nasenlöcher trinkt, kann einem keine irdische Ansteckung etwas anhaben«, war seine Antwort.

Von diesem Tag an besuchten wir den kosmischen Künstler von Zeit zu Zeit, und er ließ uns an seinem Intellekt teilhaben. Diesen sah er als das Wichtigste in sich an, und das Gefühl für Farbe, die Erfahrung, die gewaltige Zeichenkunst und alles übrige betrachtete er als Lappalien, die keine Aufmerksamkeit verdienten. Für ihn kam es nicht darauf an, zu überlegen und dann ein Bild zu malen, sondern, nachdem es sich gleichsam von selbst gemalt hatte, seinen geheimnisvollen Sinn zu erraten, den Willen der kosmischen Kräfte zu dechiffrieren und davon ausgehend dem Bild einen Namen zu geben. Diesem Prozeß – einen Namen zu ersinnen – maß Wypulkow allerhöchste Bedeutung bei. Den künstlerischen Arbeitsprozeß betrachtete er lediglich als notwendigen Zugang, als irdischen Anlauf vor dem Himmelsflug des Denkens.

Wenn er ein Bild gemalt hatte, wusch er sich im Dampfbad, rasierte sich kahl, stülpte die Mütze auf, fuhr in die Filzstiefel und saß lange vor der Staffelei mit dem neuen Werk. Nun begann der verantwortungsvollste Teil seiner Kunst, der sich mitunter länger hinzog als die Schaffung des Bildes. Kornej Wypulkow wartete auf Weisungen der kosmischen Kräfte, und dieses Warten konnte so konzentriert und angespannt sein, daß manchmal die Ratten aus den Winkeln krochen, im Atelier herumliefen, die Staffelei erklommen und, während sie verwundert den erstarrten Künstler betrachteten, Löcher in das Meisterwerk nagten, ohne daß er es wahrnahm. So hatte er seine letzte Arbeit im Januar abgeschlossen und bis zum Frühjahr über ihrem Namen gebrütet, der dann lautete: »Ball in der Helle der Metro«. Dies erzählte er uns, als wir nach unseren Studien auf der Krim-Brücke zu ihm kamen.

»Was bedeutet Helle?« erlaubte Georgi sich zu zweifeln. »Ich könnte noch verstehen, wenn du gesagt hättest: in der Hölle der Metro.«

»Es gibt so manches, was du noch nicht verstehst«, antwortete der kosmische Künstler gleichmütig, müde von der abgeschlossenen Kopfarbeit, die fast zwei Monate ohne Pause gedauert hatte.

»Der Gleichklang bietet sich gradezu an«, beharrte Georgi.

»Mir nicht«, entgegnete Wypulkow. »Und überhaupt, was hast du hier zu suchen? Du verstehst ja doch nichts.«

Vor uns auf der Staffelei stand ein gewaltiges Bild, von dem dunkelroter Glanz ausging, ähnlich der Kohlenglut eines erlöschenden Feuers, über die sich eine Patina von Asche gelegt hat. In diesem Blinken waren die zahlreichen Gestalten einer Menschenmenge zu ahnen, eines Karnevalszuges von feurigen Wesen, deren innere Glut allmählich erkaltete. Es war der Ausgang des Karnevals, sein Erlöschen gegen Ende des Festes – tiefste Trauer und gelassene philosophische Tragik, die Bereitschaft, den unabänderlichen Übergang von Feuer zu Asche, das Zerfallen der Glut in der undeutlichen Finsternis des Unterirdischen zu akzeptieren. Im Mittelpunkt des Bildes war eine Rolltreppe angedeutet, auf der eine Kette von Gestalten ins erkaltende Halbdunkel hinunterfuhr, Gestalten, die noch von der kürzlichen Flamme des Karnevals erhitzt waren. Das Bild bestürzte durch eine unmenschliche innere Kraft, und Georgi, der sich ein Herz gefaßt hatte, wollte gegen diese Kraft antreten.

»Wieso verstehe ich nichts?« fragte er ruhig, doch herausfordernd.

»Laß doch, Georgi«, sagte ich beschwichtigend. »Was bedeutet schon der Name, wenn das Bild da existiert.«

»Ihr versteht beide nicht die Stimme des Kosmos«, sprach Kornej Wypulkow.

»Dann erkläre sie uns«, bat Georgi.

»Was gibt's da zu erklären?« war die Antwort. »Die Stimme kommt aus dem kosmischen Raum. Sitz da, und hör sie dir an.«

»Und wenn ich selber denken möchte, ohne diese Stimme?« widersprach Georgi.

»Du?« fragte Wypulkow verwundert.

»Ja, ich.«

Ich hatte so etwas kommen sehen, und doch verpaßte ich den Moment. Wypulkow warf sich blitzartig auf Georgi, packte ihn an der Kehle, beide stürzten über eine Bank und wälzten sich verklammert vor der Staffelei. Ich sprang um die Kampfhähne herum, versuchte sie zu trennen, aber meine Bemühungen glichen dem Versuch, den Zusammenstoß zweier Eisenbahnzüge im Moment ihrer Berührung abzuwenden. Auf dem Fußboden zerklirrten Terpentinflaschen und Gläser voller Pinsel, ein Tischchen mit Teekanne und Gläsern kippte um, die Staffelei zog sich knirschend schief, das drei Meter lange Bild fiel auf die Kämpfer, deckte sie zu und begann auf ihnen zu tanzen, ich lief hinzu und versuchte es aufzuheben, doch da es an der Staffelei befestigt war, gab es nicht nach. Ich richtete mich ratlos auf und ließ die Arme sinken, und plötzlich erblickte ich in dem gewaltigen Wandspiegel mich, jämmerlich und verschreckt, und das auf dem Fußboden tanzende Bild. Und zum erstenmal durchzuckte meinen Kopf wie ein Blitz die Ahnung, daß die menschliche Natur etwas Hoffnungsloses hat. Dieser Gedanke führte mich beiseite, zwischen die Fenster, wo ein Sessel mit Löchern voller quellender Polsterwatte stand, ich setzte mich darauf und betrachtete das brodelnde Schlachtfeld.

Die Einzelheiten verbarg das darüberliegende Gemälde, doch unter seinem Rand sah ich einen Batzen blutigen Rotz auf den Fußboden fliegen, gefolgt von zwei Haarbüscheln, in denen ich Georgis Locken erkannte. Ich saß im Sessel und blickte in den Wandspiegel, der einstmals eine bunte Schar von angemalten Mädchen und nächtlichen Besuchern der berühmten Moskauer Truba gespiegelt hatte, des Hauses, das Kornej Wypulkow eigenmächtig als Atelier besetzt hatte; es war in alten Zeiten eine Stätte wohlfeiler Ausschweifungen gewesen.

Das Schlimme war nicht einmal, daß im Raum dieses Zimmers einstmals Frauenkörper für Geld zur Liebe gegeben und genommen worden waren. Gewiß, so etwas hat es bei uns Tieren nie gegeben, konnte es nicht geben, aber der Verkauf von Frauen und Sklaven hatte sich mit der Zeit abschaffen lassen; schlimmer als diese ekelhafte Schändlichkeit im Menschen war seine Befähigung zum Haß. Das grimmigste von uns Tieren könnte nicht so beharrlich hassen wie der Mensch. Und ich, der ich davon träume, einer der euren zu werden, meine Teure, spürte plötzlich, daß ich nie und nimmer imstande sein würde, den Menschen in dieser Eigenschaft ähnlich zu werden. Lag nicht hier die Hoffnungslosigkeit meines Glaubens, Betens, Strebens verborgen?

Mein Gott, ich erkannte meinen Herzensfreund nicht wieder, ebensowenig wie den kosmischen Maler, der dieses wunderbare, sonderbare Bild geschaffen hatte. Es lag schief, hing durch und ähnelte jetzt mehr als zuvor dem, was es in Wirklichkeit war: ein Stück graue Sackleinwand, mit Farben beschmiert. Aus der Höhe auf den Fußboden geworfen, in Staub und Schande, war die Schönheit im Nu häßlich und sinnlos geworden. Mein Gott, schon wieder bin ich allein, ganz allein vor dir, was soll ich tun? Die bringen sich doch gegenseitig um.

Inzwischen hatten sich die Gladiatoren unter dem Bild hervorgewälzt und schlugen sich nunmehr vor dem Spiegel, ächzend, prustend, spuckend, sich auf die Knie erhebend und, wieder umschlungen, zu Boden stürzend. Und da kam mir ein Gedanke, ich sprang auf, lief in die Küche, wo am Waschbecken stets ein Eimer Wasser bereitstand, um durch die Nasenlöcher eingezogen zu werden, er war randvoll, ich ergriff ihn, sauste ins Atelier und goß seinen Inhalt mit höchstem Genuß den Kämpfern über die Köpfe, die eben dicht beieinander waren, denn der kosmische Künstler trachtete danach, das Ohr seines Gegners in den Mund zu bekommen, mit der offenkundigen Absicht, es abzubeißen. Gepriesen sei das Wasser, Beschwichtiger des Feuers! Die Raufhähne fielen auseinander, krochen nach verschiedenen Seiten und wischten sich die blutverschmierten Visagen ab.

Sie saßen in verschiedenen Ecken, schwer atmend und durch die zerklopften Nasen schniefend, ich stellte mich zwischen sie und schrie: »Schlagt jetzt mich! Beide, zugleich, los! Beißt mich tot! Ihr wollt doch schon wieder aufeinander los wie zwei Köter. Kann man nicht friedlich leben, brüderlich, mit gegenseitiger Achtung?«

»Nein«, sagte Georgi. »Doch, man kann natürlich«, widersprach er sich selbst, »wenn wir keine dummen Vorurteile hätten, wenn um uns Menschen wären wie wir, nüchtern, frei von kosmischen Weisheiten. Man darf einfach nicht glauben, ein guter, großer Gedanke könnte in fertiger Form von außen kommen, von irgendwo; er kann nur in uns geboren werden, nur hier in uns.« Georgi schlug sich schallend gegen die Stirn. »Wer ist denn dieser Kornej Wypulkow? Ein Verräter, der von uns Menschen zu irgendwelchen kosmischen Herren übergelaufen ist. Er ist ihr gehorsamer Lakai geworden. Er will nichts mehr von uns wissen. Er möchte nicht mehr mit uns leiden auf der Suche nach *unseren* herumirrenden Wahrheiten. Er malt großartige Bilder, denn er hat vielleicht ein Talent wie Michelangelo, doch er verdirbt alles mit seinen blöden Titeln. Er hat sich an den Teufel verkauft, darum muß ich mit ihm kämpfen.«

»Na los, Jungchen, komm her, ich zeig dir japanisches Karate«, rief Wypulkow lebhaft, drehte sich nach einem Bretterregal um, auf dem Farbdosen standen, und zerbrach eines der Bretter mit einem einzigen Handkantenschlag. Die Farbdosen prasselten zu Boden.

»Wartet noch!« bat ich. »Laßt mich erst gehen. Mir scheint, ich bin hier überflüssig. Wenn ein Bär und ein Tiger sich schlagen, laufen die Eichhörnchen auseinander und warten still in ihren Kobeln ab. Also laßt mich gehen.«

Ich nahm meinen Skizzenblock, lief aus dem Atelier, den dunklen Korridor entlang, der wie eine Wolfshöhle stank, kam in die stockfinstere Diele, wo aus dem kaputten Wasserhahn zischend Wasser drang, stieß die schwere Tür auf, die aus dem vorigen Jahrhundert stammte und still auf ihr Ende wartete, gelangte in einen anderen Korridor mit löchrigem Fußboden, und da war der Ausgang mit der schiefen Tür, die sich nicht schließen ließ, da die Ecke in die Erde eingesunken war.

Nachdem ich das Zimmer verlassen hatte, wechselten die Gegner einen Blick, Wypulkow ließ langsam die zum tödlichen Schlag erhobene Hand sinken und fragte verwirrt:

»Was hat er denn?«

Worauf Georgi antwortete:

»Er haßt jegliche Gewalt.«

»Aus Angst?«

»Nein. Seine Seele ist zu zart. Nachts weint er im Schlaf.«

»Warum denn?«

»Wahrscheinlich weint er über das Böse in der Welt, das er nicht ertragen kann.«

»Der Arme! Aus ihm wird nie ein kosmischer Künstler.«

»Ich fürchte, aus ihm wird überhaupt keiner.«

»Schade. Er begreift alles, nicht so wie du.«

»Na schön, mach's gut. Ich lauf ihm nach.«

»Wiedersehen.« Wypulkow reichte ihm die Kampfhand, die Georgi kräftig drückte, worauf er seinen Skizzenblock nahm und mir schnell hinterherlief.

In der Trubnaja-Straße Ecke Samotjoka holte er mich ein, ich ging langsamer und fragte ihn: »Glaubst du wirklich, daß nie ein Künstler aus mir wird?«

»Wie kommst du darauf?« fragte Georgi verlegen.

»Ich weine ja wirklich nachts. Und ich bin tatsächlich unfähig, das menschliche Böse zu begreifen und zu verdauen. Zu begreifen und zu verdauen. Obwohl, das muß ich zugeben, die Eichhörnchen auch manchmal Vogeleier aus den Nestern nehmen.«

»Na, entschuldige schon, mein Lieber, für alles. Ich wollte das nicht. Er hat schließlich angefangen.«

»Die Welt kommt mir manchmal schwarz vor, Georgi. Die Bäume sind schwarz. Die Menschen. Ich bin ja wohl doch ein geborener Graphiker und kein Maler. Ich habe nicht jene Kraft, die Maler haben müssen. Ich weiß nicht, wie ich weiterleben soll, Georgi.«

»Entschuldige. Ich bitte dich! Ich konnte mich nicht beherrschen. Warum reibt er einem seinen Kosmos unter die Nase? Sollen wir etwa für den Kosmos arbeiten und nicht für die Menschen?«

»Wenn ich versuche, mir meine Mutter vorzustellen, sehe ich immer ein Eichhörnchen. Meine Pflegeeltern, ich habe sie schon drei Jahre nicht gesehen, werden immer fremder für mich. Möglicherweise kommt die Zeit, daß ich sie ganz vergesse, dabei waren sie immer gut zu mir. Aber nie vergesse ich das Eichhörnchen, das am Baum zu mir heruntergestiegen ist, als ich neben meiner toten Mutter im Wald lag.«

Heute muß ich mich gründlich mit dir aussprechen, der Moment ist da. Ich fühle, daß auch du mir etwas verschweigst, was für dich das Wichtigste ist. Also sprechen wir uns offen aus. Ich muß dir sagen, daß ich außerstande bin, dir ein zuverlässiger Freund zu sein, wie ich es gern wollte. Ich bin nämlich ein Eichhörnchen, und mir ist sehr traurig auf dieser Welt. Mit dieser Traurigkeit im Herzen habe ich nicht das Recht auf Freundschaft. Ich kann und will diese Traurigkeit mit niemandem teilen. Aber ängstige dich nicht um mich, Georgi. Ich habe, um dir die Wahrheit zu sagen, niemals vor irgend etwas Angst. Ich kann mich natürlich nicht so schlagen wie du, und ich werde nie die Kunst des Hassens erlernen, aber ich kenne eine geheime Kraft in mir, die höher und mächtiger ist als der grimmigste Haß. Ich habe alles gesagt, was ich wollte, weil ich spüre, daß wir uns bald trennen werden, ich fürchte, für immer.

»Du hast es wieder erraten: Ja, ich habe dir etwas verschwiegen. Aber ich wundere mich nicht mehr darüber. Und verschwiegen habe ich dir folgendes. Mir ist in Australien ein Kind geboren worden. Eine Tochter. Ich habe das ganze Jahr mit Ewa korrespondiert und dir nichts davon erzählt. Ich weiß nicht, warum, ich schwöre dir, ich weiß nicht, warum ich dir ihre Briefe nicht zeigen wollte.«

»Aber ich weiß es. Weil du vorhast, dorthin überzusiedeln, zu ihr.«

»Übersiedeln? Der Mann einer Millionärin werden? Diesmal irrst du dich.«

»Nein.«

»Du irrst dich, und zwar gewaltig. Glaubst du etwa, ich könnte meine Freiheit für stinkende Millionen verkaufen?«

»Ich glaube es nicht. Aber du wirst übersiedeln.«

»Vielleicht möchtest du das?«

»Nein. Nein. Denn dort wartet das Unglück auf dich. Wenn es nach mir ginge, würde ich dich nicht weglassen. Aber das hat alles keinen Zweck. Irgendwo ist es schon beschlossen, doch wo, weiß ich nicht.«

»Stimme aus dem Kosmos?« sagte Georgi mit schiefem Lächeln.

»Schon eher deine eigene Stimme, die du noch nicht hörst oder vielleicht nicht hören willst.«

»Amen! Genau: Ich will sie nicht hören, darum werde ich sie nicht hören.«

Unser dramatisches Gespräch fand im Frühjahr statt, im März, der heiße Moskauer Sommer verging, der Herbst brach an, und Eichhörnchens Prophezeiung war noch immer nicht eingetroffen. In dieser Zeit war viel geschehen. Innokenti Lupetin war verschwunden, er schrieb einen kurzen Brief vom Dorf, in dem er mitteilte, er könne aus familiären Gründen nicht an die Hochschule zurückkehren. Mich hatten sie wegen »Formalismus« geext, doch offiziell hieß es, wegen mangelnder akademischer Befähigung, ich hatte das Studentenheim verlassen und war in ein Arbeiterwohnheim außerhalb der Stadt, in der Siedlung Kokoschkin, gezogen und hatte als ungelernter Arbeiter bei der Baufirma »Mosfundamentstroi« angefangen. Hier besuchte mich im Herbst Ewa.

Und ich war diesen Sommer auf Sachalin, verbrachte die Ferien bei meinen Pflegeeltern, die sich nach mir gesehnt hatten; jetzt verwöhnten sie mich, kleideten mich von Kopf bis Fuß neu ein, kauften mir das Beste, was in dem Laden der Kreisstadt zu haben war; ich besuchte eifrig die Tanzabende im Bergarbeiterklub, sorgfältig frisiert, im neuen karierten Anzug mit Schlips, und bei gutem Wetter ging ich an den Strand, verschwand in den Sanddünen mit ihren blühenden Hagebuttensträuchern. Nachts konnte ich oft nicht schlafen, lag wach im Bett und lauschte dem amüsanten Duett von Schnarchemann, ausgeführt von den Nasen meiner guten Buchhaltersleute; sie standen kurz vor dem wohlverdienten Ruhestand, warum also sollten sie nicht schnarchen nach Herzenslust mit ruhigem, friedlichem Herzen. Ich stellte mir vor, wie meine Pflegemutter das Haus in Ordnung hielt, wie sie wusch, säuberte, scheuerte – und das tagtäglich mit frommem Eifer. Wozu? In den schlaflosen Nächten dachte ich bei klarem Bewußtsein und ungetrübtem Kopf an meine richtige Mutter, das Eichhörnchen, an meine Freunde Innokenti Lupetin, Georgi Asnaurjan und Dmitri Akutin, der ganz jung auf so dumme Weise ums Leben gekommen war, an die Millionärin Eva, die den ihrigen nicht loslassen würde (oh, solch eine läßt nicht los!), obwohl sie sanfte, frauliche Manieren hatte und wie ein sommersprossiges kleines Mädchen aussah, von denen es in Moskau Tausende gab; sie zog sich absichtlich so an, um wie ein kleines Mädchen auszusehen.

Ja, Eichhörnchen hat mir mehr als einmal gesagt, er lese in Ewas Augen die gelassene Selbstsicherheit einer Löwin, die einen jederzeit verspeisen zu können glaubt, es jedoch nicht tut, weil sie satt ist – und ergriffen von der eigenen Großmut. Ich sah solches nicht in ihren Augen, als sie eines Abends in der Tür des Kokoschkiner Wohnheims, auf der Schwelle meines Zimmers, erschien. Ich wohnte darin mit drei jungen Männern verschiedener Nationalität: dem Tataren Sigbatullin, dem Tschuwaschen Nikonow und Tolja Markuschin aus Rjasan. Nikonow schlief, die beiden anderen waren tanzen gegangen, ich lag in meinem Bett und las den »Zauberberg« von Thomas Mann. Ewas Erscheinen im Zimmer war so unwahrscheinlich und unglaublich wie die Stimme des Toten bei der spiritistischen Sitzung, die in dem Roman beschrieben wird. Ich legte das Buch auf den Nachttisch, horchte mit halbem Ohr auf die Musiktruhe, die draußen auf dem Tanzplatz spielte, blickte ungläubig über meine bloßen Füße hinweg auf das Gespenst meiner Sehnsucht und sah verwundert, daß meine Zehen sich ohne das geringste Zutun meinerseits von selbst bewegten.

Nein, die Aufrichtigkeit ihrer Liebe zu Georgi zu bestreiten wäre absurd, ich habe an ihren Gefühlen für ihn nie gezweifelt, aber ich bin selbst ein Tier, und bei uns ist das so: Ich liebe, das heißt, ich will fressen. Zum Beispiel war in den Augen des grauen Hundes Loban, der noch nicht krepiert war und kürzlich, als ich von einem Besuch bei meinem Sachaliner Zeichenlehrer über das Ödland zurückkehrte, hinter mir herrannte und mich wie vor Urzeiten zu dem Schuppen jagte, in den gelben Augen des mächtigen Hundes also war so wütende Liebe zu mir, daß ich mich beinahe freiwillig in seine Zähne gestürzt hätte. Ich will der australischen Witwe keine Eigenschaften andichten, die sie nicht besaß, Treuebruch etwa, Grausamkeit, Unbarmherzigkeit, im Gegenteil, ich muß sagen, Eva machte einen höchst angenehmen Eindruck auf mich, und ich konnte durchaus verstehen, daß Georgi sich wahnsinnig in diese Löwin verliebte, der im Ergebnis einer langen Selektionsarbeit ein seidiges Fell gewachsen war. Es ging ja gerade um die Art, die sich unter jedem Fell bewahrt; Eva war eine Löwin, das hatte der australische Multimillionär, nunmehr verblichen, sogleich gewittert, darum hatte er sie geehelicht, das war mir klar, Georgi aber nicht.

Ich empfing diese Frau, die sich durch nichts Besonderes von anderen Frauen unterschied, aber die Mutter meines Kindes war, in königlicher Haltung auf der Wohnheimpritsche, halb liegend, mit sich bewegenden bloßen Zehen. Und wie es sich für unsterblich verliebte Frauen gehört, fiel sie auf die Knie und legte die Lippen auf diese Füße, die zu meinem Glück frisch gewaschen waren. Da erwachte der andere Bewohner, der dümmliche Nikonow, er konnte im Halbschlaf nicht unterscheiden, ob es Morgen oder Abend war, verwechselte das dämmrige Halbdunkel vor dem Fenster mit dem unvermeidlichen Anbruch des neuen Tages, der für ihn voller herrlicher Hoffnungen und Arbeitsenthusiasmus war, sprang auf, rieb sich die verklebten Augen und stürzte in seiner Soldatenunterwäsche zum Abort, der sich auf dem Hof befand. Es sei erwähnt, daß der Faulpelz seit seiner Demobilisierung im Herbst die Wäsche nicht gewechselt hatte, das Hemd war unter den Achseln löchrig, und die geräumige Unterhose hatte an der ironischsten Stelle einen klaffenden Riß. Draußen, schon auf dem Rückweg, betäubte ihn die dröhnende Musik, da begriff er, daß getanzt wurde, also konnte jetzt nicht früher Morgen sein, also brauchte er nicht zur Arbeit zu sausen, sondern konnte weiterschlafen. Er kehrte ins Zimmer zurück und warf sich ohne einen Blick auf uns ins Bett.

Georgi ließ seinem australischen Gast kaltblütig Zeit, sich mit dem Milieu vertraut zu machen, in dem er seit seiner Austreibung aus dem Wohnheim der Kunsthochschule lebte; er genoß es insgeheim, in den Augen der bourgeoisen Dame Abscheu und Entsetzen vor den für ihn völlig normalen Lebensbedingungen zu sehen; er war stolz darauf, mit Maurern, Elektrikern und Gerüstbauern zusammenzuleben, die auch unter noch viel schlimmeren Bedingungen lebensfähig bleiben würden. Bald kamen auch die beiden anderen vom Tanzen zurück, taten, als bemerkten sie Georgis Besucherin nicht, zogen sich rasch aus und legten sich zu Bett, wobei Sigbatullin, ein Freund kühler Luftbäder, sich in der Turnhose auf der Decke ausstreckte mit der Ungezwungenheit eines Schlossers fünfter Klasse, der eine Tagschicht hinter sich gebracht, getanzt, die Freundin nach Hause begleitet und ihr einstweilen nicht die Ehre geraubt hat mit Rücksicht auf ihre jungfräuliche Unerfahrenheit.

Georgi war es vor allem darum zu tun, seiner geliebten Millionärin zu beweisen, daß er sich seiner Umgebung keineswegs schämte und darüber hinaus fest überzeugt war, es gebe auf Erden keine zuverlässigeren Menschen. »Sie haben in allem recht«, versicherte er ihr immer wieder. Aber als sie, zitternd und kläglich, sich ihm ohne Widerspruch unterwarf, sich auszog und zu ihm ins Bett schlüpfte, und das im Beisein dreier Zeugen, die entweder gespielt oder ganz echt mit dem Nasenkonzert des weltbekannten Schnarchemanns begannen, empfand er Reue. Um sich irgendwie zu rechtfertigen, setzte er Eva flüsternd auseinander, daß nichts weiter dabei sei, denn Markuschin aus Rjasan bringe ebenfalls von Zeit zu Zeit eine Frau mit, die unbekümmert hier nächtige. Worauf Eva nur einen tiefen, kummervollen Seufzer ausstieß und ihn mit kalten Lippen küßte, damit er endlich schweige. Da sprang Georgi aus dem Bett wie von einem Insekt gestochen, zog sich an, hieß auch Eva sich anziehen und führte sie aus dem Zimmer.

Die Nacht war recht frisch, wir schlotterten beide, während wir zur Bahnstation gingen, ich verfluchte mich und bat Ewa um Verzeihung, doch sie wahrte Schweigen, und ich konnte im Dunkeln nicht ihr Gesicht sehen; zeitweilig war mir, als begleitete ich nach dem Tanz irgendein Mädchen nach Tolstopalzewo, hätte aber vergessen, wie sie hieß, und die Bahn käme und käme nicht. In dieser Nacht gelangte ich zum zweitenmal nach Australien, diesmal irgendwo in den luxuriösen Labyrinthen des »Metropol« gelegen; ein dickfressiges Nilpferd mit rotem Specknacken ließ uns dort ohne jeden Mucks ein, und das würde mich ein Wunder gedünkt haben, hätte ich nicht hinterher erfahren, daß Eva ihm zuvor Bescheid gesagt und ihn gespickt hatte. Ist die Macht des Geldes wirklich so gewaltig, das heißt, existiert wirklich der Teufel, und hat er wirklich so grenzenlose Macht, das heißt, hat wirklich er Georgi Asnaurjan besiegt, nicht aber Einsamkeit, Verzweiflung und Erbarmen mit der liebenden Ewa?

Ich gehe den Strand von Pizunda entlang und sammle runde Steine, und in meiner Seele vollzieht sich eine fürchterliche Schlacht mit dem Teufel um die Seele meines Freundes – wir brauchen eine einzige Antwort, klar und wahr. Wenn man für Geld alles kaufen und verkaufen kann, buchstäblich alles, dann hat es ja überhaupt keinen Zweck mehr, daß wir uns an diesen letzten Lebensmoment klammern und einander mit der schrecklichen Anspannung der Liebe – durch den Windstoß der Zeit und den Nebel des Raums hindurch – in die Augen sehen; schließen wir sie lieber in diesem Moment, und das war's dann.

Aber was ist das? Ich höre, wie mich jemand vom Meer her ruft; die Hand voller Steine, hebe ich den Kopf und sehe unweit des Strandes einen Schwarm Delphine. Sie schnellen sich aus den türkisenen Wellen, zeigen für einen Moment ihre gebuckelten dunklen Rücken, verschwinden und zeigen sich wieder, einer nach dem andern, fleißig buckelnd, als spielten sie ein Spiel: *Reifentreiben übers Meer* – doppelt, dreifach aufeinanderfolgende Kaskaden von Tauchsprüngen. Diese aufeinanderfolgenden und gemeinsamen harmonischen Luftflüge der Delphine haben die Gesetzmäßigkeit einer Fuge: ein Geflecht laufender Melodien und plötzlich ein volltönender, jubilierender Akkord. Und da sondert sich eine Melodie aus dieser Vielstimmigkeit des Meeres ab, biegt zur Seite und wendet sich in eiligen Sprüngen schwarzer Notenzeichen zum Ufer. Der Delphin schwamm zu mir und rief mit lebensfroher Stimme:

»He, grüß dich, Eichhörnchen! Ich bin's, hast du mich schon vergessen?«

Wie sollte ich dich vergessen können? Oh, Naschiwotschkin, du hast mir so viel Kummer gemacht, daß das gar nicht leicht wäre. Aber bevor ich ein langes Gespräch mit dir beginne, möchte ich noch rasch dem in Teheran sterbenden Freund zurufen: Es gibt etwas auf der Welt, was man nicht für Geld kaufen oder verkaufen kann, zum Beispiel den Duft blühender Pflaumenbäume, die Tinten des Himmels bei Sonnenaufgang, vorzügliche Gesundheit, das Schicksal des Odysseus, die Emsigkeit der Ameisen, einen Stern vom Himmel, dich und mich, mein Teurer, und noch vieles andere mehr.

»Und jetzt erzähle mir, Delphin, wie kommst du hierher ins Schwarze Meer, wo ich dir doch, wie ich mich entsinne, selber erklärt habe: Die Wolga fällt ins Kaspische Meer?«

»Eichhörnchen, du hast wohl vergessen, daß es den Wolga-Don-Schiffahrtskanal gibt?«

»Richtig, das habe ich vergessen ... Also bist du ...«

»Natürlich! Ich habe hier meinen Stamm gefunden und freue mich jetzt, dich an unserm gastfreundlichen Gestade zu begrüßen!

Mein Haus, wie man so schön sagt, sei dein Haus, ich werde nie vergessen, wie du mir geholfen hast, vielen Dank, mein Freund!«

»Laß doch, Delphin, laß, von wegen Hilfe, ist mir peinlich, so was zu hören, denn meine Hilfe hat dir nichts Gutes gebracht, obwohl ich dir ehrlich nichts Schlechtes gewünscht habe, ich schwör's bei meiner Ehre!«

Wirklich, Delphin, ich habe viel durchgemacht, als du gar zu forsch bergan stiegst, nicht weil deine Einstellung zu mir sich verschlechtert hatte, so etwas habe ich zu übersehen gelernt, nein, vor allem deinetwegen, denn du bist, ohne es zu begreifen, stur einen Eisberg hinaufgestiegen, von dem man jeden Moment abstürzen und auf dem Hintern abwärts rutschen kann, bedeutend tiefer als bis zu der Stelle, von wo der Aufstieg begonnen hat. Hätte ich dir etwa damals klarmachen können, daß auf diesem Berghang nur die ersten Schritte leichtfallen und es weiter oben immer steiler und gefährlicher wird? Immerhin war die nächste Stufe deiner Dienstleiter besetzt, und zwar von einem Tier, das weiser war als du.

Rokotow entstammte dem uralten Geschlecht der schwammigen Biber, die so gerissen waren, daß sie es gelernt hatten, die eigene Haut zu Markte zu tragen, ohne auch nur im geringsten darunter zu leiden; sie hatten ein gewaltiges Familienkapital angehäuft, das von der Revolution vernichtet wurde, aber das Geschlecht der schwammigen Biber zu vernichten war unmöglich, denn ihre Haut wuchs nie am Körper an, sie konnte umgekrempelt werden wie ein Strumpf und in der Hand desjenigen verbleiben, dem es, sagen wir mal, gelungen war, den schwammigen Biber am Kragen zu packen. Das Geschlecht der Rokotows hatte also überlebt, und seine Vertreter wurden nach der Revolution allmählich Spezialisten, Dozenten, Gynäkologen, Warenkundler und Dostojewskiforscher, ihnen wuchs erneut ein prächtiges Fell, und einer von ihnen, unser Ilja Rokotow, wurde Verlagsdirektor, blieb jedoch ein außergewöhnlich sanftes, wohlwollendes und vor allem ganz unauffälliges Wesen, das sich in nichts einmischte, was höchst weise war bei der Grausamkeit der beiden Tyrannen Kusanow und Krapiwo, die in ihrer Machtfülle sämtliche Verlagsangelegenheiten regelten. Sie waren mit ihm recht zufrieden, er saß schläfrig, schwammig und unsichtbar jahrelang auf seinem Direktorensessel und trat von Zeit zu Zeit auf Beratungen bei den höchsten Instanzen mit glänzenden, fundierten, alle frappierenden

Vorträgen in Erscheinung, in denen es nur wenige Zahlen, dafür aber reichlich beruhigendes, solides Pathos gab, das unweigerlich in beifälligen Applaus überging.

Und solch einen Biber wolltest du Holzkopf von seinem eingesessenen Platz stoßen, weil du dich davon täuschen ließest, daß du eines Tages auf Zehenspitzen in sein Arbeitszimmer tratest, den schlummernden Direktor befühltest und ihn so schwammig fandest, daß es keinerlei Schwierigkeiten zu bereiten schien, ihm das Knie in den Hintern zu rammen, ihn rauszuschmeißen und seinen Sessel einzunehmen. Freilich war das Leder dieses Sessels nach vielen Jahren produktiver Nutzung noch wie neu, was auf sorgsamen Umgang Rokotows mit seinem Produktionsmittel und auf die Gelassenheit seiner Wesensart, besser gesagt, seines Gesäßes schließen ließ, vor allem aber auf seinen Wunsch, sich diesen Sessel möglichst lange für die Ruhe des oben genannten Organs zu bewahren. Um hinter all das zu kommen, bedurfte es keines großen Kopfzerbrechens, dazu genügte ein Blick auf Rokotow im Moment seines süßen Erwachens im Direktorsessel, wenn er breit gähnte, die großen gelben Nagezähne bleckte, unschuldig die von Säuglingstränen verschleierten grauen Äuglein aufriß, wie ein Trickkünstler in die Tasche seiner üppigen Stellvertreterin Larissa Karawajewa griff, die mit einem Papier in der Hand neben ihm stand, und aus ihr, das heißt aus der Tasche ihres pompösen Kleides, einen reifen Apfel hervorzog, so prächtig anzuschauen wie Larissa selbst, um mit einer Miene vollkommenen Glücks an ihm zu nagen, wobei er die Samenkerne in die bereitwillig hingehaltene rosafleischige Hand der geliebten Mitarbeiterin spuckte. Ein einziger Blick auf dieses Bild des Glücks, und jedem wäre der Wunsch vergangen, es zu beeinträchtigen – haben wir denn etwa gar kein Herz? –, geschweige denn, es dem Zweizentnerbiber wegzunehmen. Aber, wie es im Liede heißt, du kamst nicht drauf, mal hinzuschauen, du flogst davon, du Steppenaar, genauer gesagt, du wurdest davongeflogen, und nun sieh mal einer an wohin, ans abchasische Gestade von Georgien, und alles wegen deines gefährlichen Unverständnisses für die wahren Wechselbeziehungen der Kräfte, welche die Welt und insbesondere unsere kleine Verlagswelt regieren.

Ach, ich an deiner Stelle hätte mich lieber aufgehängt, als dahin zu drängen, wo die anderen Wandlinge sind, hundertmal klüger und gemeiner als du, für die du nur ein dienstlicher Gebrauchsgegenstand warst, den sie eine Zeitlang benötigten, etwas wie ein Billardqueue in einem komplizierten, ausgeklügelten Spiel; statt dessen wähntest du dich als Spieler, wo du doch nur ein bequemer Stock in ihren Händen warst, dazu bestimmt, gegen die Kugel zu stoßen. Die Kugeln sind für sie viel wertvoller als das Queue, und sämtliche Kugeln landen letzten Endes im Beutel, um den Spielern tiefe Genugtuung zu bereiten, du aber wurdest ungehorsam in ihren Händen, du begannst einen offenen Krieg gegen Rokotow, du töntest auf Versammlungen und ziehest ihn sämtlicher Todsünden, die ja allen bekannt waren, auch Kusanow. Aber du Einfaltspinsel gedachtest der Öffentlichkeit die Augen zu öffnen, du brachtest deine Kritik lautstark und gestikulierend vor, du überdrehtest die Schraube, mein Junge, vielleicht war auch deine Zeit einfach vorüber, dein Stil mußte einem so feinen und vielseitigen Stilisten wie unserm Chefredakteur auf die Nerven gehen, doch du argwöhntest noch nichts, wittertest noch nichts, sondern droschst auf Rokotow ein, wo es nur anging, und fühltest dich schon fast als Sieger, dabei lachte man dich längst in allen Winkeln des Verlags aus, schüttelte den Kopf über dich und wartete auf den Moment, daß Kusanow einen einzigen Blick aus verengten Augen auf dich werfen würde. Nur anblicken würde er dich.

Nur anblicken würde er dich, mit einem ganz besonderen Blick, und schon wäre die Partie beendet, auf dem grünen Tuch würde eine runde Kugel mit Namen Ilja Rokotow ruhig liegenbleiben, und das zerbrochene Queue, Naschiwotschkin, würde mit zersplitterter Spitze im Keller landen, wo die neue Archivarin Ljora Petrakowa es benutzen mochte, um benötigte Plakatrollen vom obersten Regalbrett zu angeln.

Also, alle warteten auf so etwas, doch es kam anders, der Chefredakteur konnte dir keinen letzten Blick zuwerfen, denn er wurde plötzlich von einem Augenleiden befallen und verschwand für lange von der Bildfläche, erschien dann wieder im Verlag, Arm in Arm mit deiner Frau, Tanja dem Kätzchen, aber das war nicht das frühere altägyptische Kätzchen, sondern eine sehr selbstsichere, gepflegte Katze und, wie wir zu unserer Verblüffung erfuhren, Kusanows Heimsekretärin, ständige Begleiterin und Blindenführerin, denn der alte Foxterrier trug neuerdings eine zugeklebte Brille, in deren einem Glas ein winziges Löchlein freigelassen war, durch das er nun die Welt betrachten mußte. Allein, dieses Fensterchen genügte dem hinlänglich gewiegten Wandling durchaus, er sah alles, was sich ringsum tat, stellte die in der Zeit der Wirren erschütterte Ordnung rasch wieder her und feuerte nicht Rokotow, sondern dich, den Ehegatten seiner Sekretärin und Blindenführerin, und wir alle hielten reinen Mund. Ilja Rokotow blieb und genoß gelassen die reifen Äpfelchen Larissas, die er wie ein Trickkünstler bald aus ihrem tiefen Ausschnitt hervorholte, bald unter dem Tuch mit den üppigen Rosenblüten, das ihre Schultern umschloß.

Ich fragte Litwjagin bei Gelegenheit, was das alles zu bedeuten habe, und er antwortete mir, das wisse der Teufel, es gebe solche Schrullen bei alten Marasmatikern, die imstande seien, unschuldige Säuglinge zugrunde zu richten, und dann auf einmal von einer Art Reue geplagt würden wie von einer Verstopfung und irgendeine räudige Katze aufläsen und sich um sie kümmerten wie um die eigene Tochter; vielleicht hätten wir jetzt ein solches Gleichnis vor Augen, meinte Litwjagin, im übrigen wisse das der Teufel. Dieses Kätzchen... nicht daß sie sich mit dem Chef eingelassen hätte, davon war nichts zu hören, aber wie auch immer, Naschiwotschkin tat mir leid, er stand mit leeren Händen da, seine Frau, diese Hündin, lief, in Pelze gehüllt, Arm in Arm mit dem Chef herum, während der arme Naschiwotschkin, wie es hieß, im Krankenhaus lag, ich erfuhr erst von Litwjagin, daß du krank warst, und beschloß, dich in der Sklifossowski-Klinik zu besuchen, in der du mit gelähmten Beinen und gebrochenem Herzen lagst.

Weißt du noch, weißt du noch, ich kam am Abend in dein Krankenzimmer, entdeckte dich nicht sofort unter den armen Kerlen, die auf ihren Betten lagen oder saßen, du sahst mich als erster und brülltest: »Raus, deinetwegen bin ich hier, gebt mir eine Krücke, Jungs, ich will sie ihm über den Kopf hauen!«

Hör auf, Delphin, antwortete ich ihm in unserer Sprache der Tiere und Vögel und »Meeresreptilien«, laß die Hysterie, schuld bist doch erst mal du selber, du hast ja nicht auf mich gehört. Habe ich dir nicht gesagt, daß die menschliche Welt nicht so einfach ist, wie du glaubst, und daß man besser daran tut, unauffällig zu leben, nicht vorzupreschen, nicht nach dem fettesten Happen zu schnappen, nicht nach Ruhm zu trachten, sondern sich mit friedlicher Freundschaft zu einem Kumpel zu begnügen und Dame mit ihm zu spielen, wenn das Herz nach Kampf dürstet? Und alles, was man seiner Seele gestatten darf, ist, gelassen zu beobachten, soviel wie möglich zu begreifen, doch niemals, unter keinen Umständen darf man irgendwem preisgeben, was man begriffen hat. Habe ich dir das gesagt? Ich habe es gesagt, doch hast du auf mich gehört? Nein, also mach mir jetzt auch keine Vorwürfe, suche nicht nach etwas, was du mir über den Kopf hauen könntest, hör lieber zu, was ich dir jetzt sagen will, hör aufmerksam zu.

Es gibt einen Rettungsweg für dich, und wenn du nicht hier im Krankenhaus verenden willst, dann merke dir meine Worte. Du hast dich nicht an das menschliche Leben anpassen können wie ich, du hast weder Weisheit noch meine Eichhörnchenvorsicht besessen, darum bist du zu dicht an den Rand des Abgrunds herangetreten und konntest nur noch abstürzen. Aber es gibt einen Rückweg – mehr als einmal hat ihn ein Mensch in Kummer, Verzweiflung und Entsetzen vor meinen Augen benutzt und ist so dem unvermeidlichen Tod entronnen. Das ist die Entschlossenheit Kains, der länger lebte als Abel; aber du mußt nicht unbedingt deinen Bruder erschlagen, es genügt, einfach einen Menschen zu erschlagen, und nicht unbedingt einen anderen, sondern den Menschen in dir selbst, dich von ihm loszusagen, alles das zu vernichten, was dich still und leise von einem unvernünftigen Tier zu einem geistigen Wesen werden ließ, dich loszusagen, die menschliche Scham zu vergessen, die es dir verbot, die eine oder andere Handlung zu begehen, und nur noch so zu handeln, wie es dir der heiße, angstschweißige, nichtige und gleich der Nacht unüberschaubare Urgrund deiner tierischen Wesenheit gebietet. Verzichten mußt du, dich lossagen, dich nur ein einziges Mal diesem Gebot fügen – und schon stürzt die lange Leiter, auf der der Mensch in dir gen Himmel stieg, und mit ihr stürzt auch du, aber möglicherweise kommst du dabei nicht um, im Gegenteil, du befreist dich von dem Todesengel, der schon über dir steht und mit erhobenem Schwert wartet. Dann gewinnst du die langen, langen Jahre einer Kainsexistenz, bemühst dich, so weit wie möglich wegzukommen von der verhängnisvollen Vorbestimmung, und bewegst dich hinweg von dem, was in der Ferne als menschliches Bauwerk lärmt und poltert, als die geräuschvolle, fröhliche und tätige Errichtung der Mauern der Zukunft, in der für dich kein Platz ist. Denn du gehst in die entgegengesetzte Richtung, zum einsamen Verenden des Tiers, und indem du die Todesschwelle überschreitest, gelangst du in dein Tierparadies, wo alle endlos ihre Mägen füllen, indem sie sich gegenseitig Stücke abbeißen, wo jeder kauende Kiefer mit voller Kraft mahlt und die Seligkeit der allgemeinen Sättigung ihren Ausdruck findet in einem einmütigen, gleichzeitigen Großen Aufstoßen nach warmem rohem Fleisch.

Delphin, glaube nicht, daß ich die Reize auch solch eines Paradieses unterschätze, ich würde dich sonst nicht in diese Richtung schicken, obwohl ich selbst in die andere strebe, und ich lege dir den Rückzug nicht aus finsterer Gemeinheit oder aus Verachtung für dich nahe, nein. Ich konnte nur nie begreifen, warum das Alter so häßlich und unglücklich ist, warum man einen Säugling vor den Augen seiner Mutter vierteilen, ihm mit dem Messer die dünnen Ärmchen und Beinchen abschneiden darf und wozu man noch in die Höhe, zu den höchsten Gipfeln des Geistes streben soll, während wir doch um all diese Dinge wissen, und ich sehe keinen Grund, dir nicht den einzigen Weg zur Rettung deines Lebens zu weisen, wo es ihn doch gibt. Du mußt auf alle erworbenen menschlichen Fertigkeiten verzichten und die Rückverwandlung in das Tier durchlaufen, daran finde ich nichts Besonderes, denn da ich zwischen Tier und Mensch stehe, muß ich das entsetzliche Antlitz von Skylla und Charybdis schweigend schauen, ohne zu mucksen und mein Entsetzen zu zeigen. Das heißt, ich weiß von keinem überwiegenden Nutzen für dich, wenn du vom Menschen wieder zum Delphin wirst. Aber ich sehe, daß es dir das Leben retten wird.

Ich holte dich heimlich aus dem Krankenhaus, brachte dich im Taxi zu mir nach Hause und behielt dich in meiner Einzimmerwohnung, wo deine gelähmten Beine, jämmerlich wie bei einem krepierten Frosch, abfielen, wo dann qualvoll, scheußlich dein Schwanz nachwuchs und deine Nasenlöcher allmählich vom Gesicht auf den Hinterkopf rutschten; all das ertrugst du im Fieber, bei hoher Temperatur. Deine Rückverwandlung ähnelte einer langwierigen Krankheit wie Bauchtyphus, und als du allmählich wieder genasest, war schon tiefer Herbst, und ich zögerte, ob es dafür stand, dich noch auf den Weg zu schicken, denn ich fürchtete, du könntest es bis zum Zufrieren nicht mehr schaffen, durch die Flüsse bis ans Meer zu gelangen. Aber ich sehe, du hast es geschafft, mehr noch, du hast die günstigste Reiseroute gewählt, obwohl ich dir nichts gesagt hatte außer der Wahrheit, daß die Wolga ins Kaspische Meer fällt, deine weite Reise ging gottlob wohlbehalten vonstatten, du bist jetzt im Schwarzen Meer, das immerhin Verbindung mit dem Weltmeer hat. Tut es dir leid, daß alles so gekommen ist?

»Wo denkst du hin«, antwortete mir der lächelnde Delphin,

»ich bin jetzt Familienvater, ich habe eine schöne, üppige Frau und zwei Kinder, Halbstarke, die rasieren dir den Schnurrbart ab, während du ein Gläschen trinkst. Ich besitze ein zweigeschossiges Haus am Grunde der Bucht von Gagra und ein Wäldchen von Unterwassermandarinen, die ich nicht auf den privaten Markt, sondern zur staatlichen Ablieferungsstelle bringe. Kurzum, es geht mir gut, genazwale, du mußt mich besuchen und alles mit eigenen Augen sehen, du wirst Musik hören, meine beiden Rabauken haben kürzlich irgendwo eine Messingtrompete gefunden, die glänzt wie Gold, und ich habe einen Nachbarn, einen alten, erfahrenen Delphin, der selbst die Küste Australiens gesehen hat, der kann prima darauf spielen: tä-tä-rä-tä!«

Du mein Gott, während ich dem Delphin zuhörte, wußte ich nicht, ob ich mich für ihn freuen oder grämen sollte. Es tat mir unendlich leid, daß sein Versuch, ein Mensch zu werden, gescheitert war und er, um sein Leben zu retten, wieder zum Tier hatte werden müssen. Er hatte nicht mehr als das Niveau des Spießers erreicht, und jeder Tyrann ist in erster Linie ein Spießer, freilich größer und bösartiger als die übrigen, das gilt auch für jeden Demagogen und Schwätzer und widernatürlichen Bürokraten, und das Wesen des Wandlings, den man so friedlich Kleinbürger nennt, besteht darin, daß der Mittelpunkt seines höchsten Daseinssinns sein Darm und die Grundlage seiner ewigen Besorgtheit die Leere seines Magens ist. Also, die Angst vor dem leeren Bauch – ihr verdanken wir die rasende Energie und den hervorragenden Unternehmungsgeist dieser Wesen, die sich äußerlich kaum von Menschen unterscheiden, und die Menschen unterwerfen sich ihnen oft und lustvoll, da sie ihre hochgradig ernsthafte Besorgnis um den Magen für Diensteifer oder Administrationstalent halten.

Delphin, du warst ja vor kurzem auch so einer, erinnere dich, wie abscheulich du dich über große Honorare freutest, wie du dich zur Futterkrippe drängtest, wie du den Natschalniks die Hände lecktest und natürliche Tränen weintest, wenn du von deiner Frau natürliche Püffe und Genickschläge bekamst. Du nichtiges Wesen, du wolltest in deinem dienstlichen Wirkungskreis und in der gesellschaftlichen Arbeit den Eindruck eines energischen Vorturners erwecken, und es gab keinen Schwur, den zu brechen du nicht bereit gewesen wärst, nur um besser zu leben als andere. Du warst kalt und grausam wie der Satan, wenn es um deinen persönlichen Vorteil ging.

Ich will dir nicht nachträglich Vorwürfe machen, was soll's, wer Altes aufrührt, verdient Prügel, nein, ich will darauf hinaus, daß es einen Tischler gab, der konnte Fensterrahmen binden, Türen einsetzen, Särge zimmern – und er ist nicht mehr; auf seiner Hobelbank liegt noch der Hobel, ein Holzspan ringelt sich daraus hervor, und ich glaube, sein Name war Fewraljow, und er war ein Säufer, Schmuddel und Hagestolz...

O Gott, wozu diese dauernde Sorge, wo man mehr Geld herkriegt, mehr Macht, mehr Essen, wozu Delphin? Deine Frau, die du liebtest, hat deine Existenz längst vergessen, und während sie einem alten Foxterrier als Heizkissen dient, welkt sie von Tag zu Tag, wird immer häßlicher, wandelt sich allmählich zu einer greulichen Hexe mit Hängekinn und Hakennase; und nur der fast erblindete Foxterrier, dem zwei Prozent seiner Sehkraft geblieben sind, sieht es nicht – das ist der Preis für all die unglaublichen Anstrengungen und Kunstgriffe der Brot- und Fleischfresser, der kleinen und großen beflissenen Liebediener. Der Preis ist das Vergessen, die Leere, und nun leb wohl, Delphin, für immer und ewig, du warst mir niemals nah, ich habe dich nicht gekannt, ich habe dich schon vergessen.

O Schöpfer, wozu der Reiz der Blumen, die welken, wozu die stattlichen Bäume, die stürzen und vermodern, wozu die Schönheit, dieses Gespenst, die Leidenschaft, dieser Quatsch, die gewaltigen Schöpfungen, diese Trugbilder? Wozu das berauschende Gebräu, das du so eifrig kochst, das gluckernde Brodeln der Maische, das Glucksen der Gärung, der üppige Schaum des ins Freie drängenden Lebensstroms? Wer soll es trinken, dieses Gesöff? Doch wohl du allein, du unwahrscheinlicher Dickwanst, Verzehrer von gekrümmten Räumen und Gravitationsfeldern, Erschaffer von Schwarzen Löchern im Kosmos, für uns unsichtbarer Riese, der gleichwohl in meinem winzigen Eichhörnchenkopf Platz findet? Wer hat wen hervorgebracht: du mich oder ich dich, oder bringen wir uns ewig gegenseitig hervor: ein unbekannter geheimnisvoller Wille meinen Verstand oder aber mein nicht minder geheimnisvoller und unglücklicher Verstand dich, Vater des Weltalls, den es geben muß und der seine Kinder nicht der Willkür des Schicksals ausliefern, nicht dauernd auf der Flucht sein und das Gesicht verhüllen, nicht die Waisen in ihren bodenlosen Nächten, im Rascheln der fallenden Sterne, zum Weinen bringen sollte?

Was ist es, was da vor mir rauscht und brodelt, kurz die bergegroßen Wassermuskeln spannt und ärgerlich gegen das Ufer stößt – das Schwarze Meer am Kap Pizunda oder die blaue Maische des Lebens, in die mein Delphin tauchte, nachdem er in mir keinen gerührten Schätzer seines Erdwasserglücks gefunden hatte? Was ist es, was da zu meinen Füßen plätschert und zärtlich die glatten runden Kiesel beleckt – dein salziges, durchsichtiges Blut, meine Mutter Erde, oder die durchsichtige, feuchte Kantilene deiner Musik, die du vor meinen Augen schaffst, unsichtbarer, doch irgendwo ganz in der Nähe tätiger Komponist der Morgenröten, Dirigent der Meereswinde, Schöpfer der Zephire und der zerstörenden Orkane? Warum solltest du an diesem Morgen, den du so makellos erschufst, nicht hintreten vor deinen Sohn in der für ihn gewohnten und faßlichen Gestalt des menschlichen Vaters – in Hosen, barfuß, mit zerzaustem Bart, mit den Spuren ermüdenden und erhabenen nächtlichen Grübelns in den Augen?

Über dem Meer geht die Sonne auf. Sie ist rot und rund – Dotter eines Feuereis, dessen Name TAG ist. Die Möwen und Kormorane reißen sich frohlockend vom Wasser los und sausen in langen Reihen, übers Meer fliegenden Perlenschnüren gleich, am Ufer entlang, dahin, wo sich die glatte Wasserfläche zu einer unruhigen Dünung kräuselt – ein Fischschwarm ist eingetroffen, die Vögel fallen schreiend auf diese Stelle nieder und verschwinden sogleich, als hätten sie sich im Meer aufgelöst, neue und neue Schwärme schwarzer Vögel fallen in den brodelnden Teil der Bucht und verschwinden darin. Es ist die Stunde der Jagd, die unter Wasser tobt, der Moment, in dem die gierigen Vögel sich sättigen und die unschuldigen Fische, diese Früchte des Meeresgartens, sterben müssen. Eben dorthin eilen springend, einander überholend und ihre Sprungräder drehend, die verwegenen ausgehungerten Delphine.

Auf den fernen Lärm des Meeresbasars horchend, erstarren im gelben Schilf des küstennahen Süßwassersees die anderen wasserliebenden Vögel: die hier überwinternden Enten, Gänse und Schwäne.

Der rosige Tropfen des Sees, der verblüfft von unten in den bodenlosen Morgenhimmel äugt, ist plötzlich wie durchwachsen von diesen unbeweglichen Vögeln, die, für das Auge unbemerkbar, aus dem Ried hinausschwimmen in die Mitte des rosigen Spiegels. Die Schwäne biegen steil die langen marmorweißen

Hälse und starren mit der wahnsinnigen Selbstverliebtheit eines Narziß hinunter auf ihre eigenen Spiegelbilder; die schwarzen Enten und das verstreute Kleinzeug der Wasserhühnchen umringen das Schwänelager wie das gehorsame, demütige Gesinde seine königliche Herrschaft.

Wie unzählbare Haufen von Edelsteinen – Smaragden, Saphiren und Lasuriten – ragen die nahen und fernen Schneeberge des Morgens empor, diese Juwelen der südlich kurzen Morgenröte. Auf steinernen Pfaden, die in die Bergleiten geschlagen sind, bewegen sich abwärts, hin zu den Winterweiden in den Tälern, Herden von Rindern und Büffeln. Über ein menschenleeres Feld gleitet lautlos der erste Reiher, dieser große scheue Vogel.

Plötzlich schnattern auf dem See die Wildgänse erschrocken los und schlagen mit den Flügeln, der hallende Donner eines Schusses kracht, wiederholt sich hastig in einer Dublette und zerplätschert als feuchtes Echo in den fernen Bergschluchten. Der Wilddieb mit dem schwarzen Schnauzbart lehnt sich aus der Tür seines roten Autos, lädt eilig nach und läßt den Blick gierig über das Schilf, das Wasser und die den See umrundende Straße schweifen. Die Enten und Hühnchen sind im Nu verschwunden. Die Schwäne, die nicht tauchen können, fliegen schwerfällig tief übers Wasser. Mit den Pfoten das Wasser ritzend und mit saitenstraff gespannten Hälsen streben die Gänse zum fernen Ufer.

Alles an diesem Morgen dürstete nach Leben, Kampf und Rettung, und wohl nur mir war all das gleichgültig, denn ich hatte deutlich erkannt, daß ich längst nicht mehr lebte, sondern nur noch meine Zeit verbrachte, den Zugriemen meiner öden Existenz hinschleppte wie ein ewiger Zuchthäusler die Tage seiner unbefristeten Haft – seit dem Tag, dem einen Abend in Moskau, an dem ich plötzlich begriff, daß ich Sie für immer verloren habe.

Es war an einem Frühlingsabend in der stark belebten, geräuschvollen Straße beim Warenhaus; die Straße verschwamm weiter hinten wie das ferne Ende einer Schlucht im Dämmerdunst; ich schritt inmitten der vielen Menschen, preßte mit beiden Händen die gespaltene Brust zusammen und murmelte unter blutigem Röcheln vor mich hin: »*Macht nichts, auch dies geht vorüber, alles geht vorüber.*« Seitdem wiederhole ich mir diesen Trostspruch immer dann, wenn ich nicht mehr die Kraft habe, in der Zeit meines Daseins zu schwimmen, diesem bodenlosen Fluß, dessen reales Dasein nur dadurch bewiesen wird, daß ich eines Tages darin versinken werde.

Meine Wunde verheilte, und auf der linken Brusthälfte, wo das blutsprudelnde Loch geklafft hatte, blieben keinerlei Spuren zurück, ich bin fast gesund, abgesehen von einer kleinen Hämorrhoide, an die ich mich nach und nach gewöhnt habe wie an einen unbequemen und nicht ganz anständigen, doch nahen Verwandten. Ich bin seit langem hoffnungslos verheiratet, und ich habe einen Sohn, ein flinkes Eichhörnchen, das ich traurig und verständnislos betrachte: Diese leichte Boje, soll sie wirklich auf dem Fluß des Vergessens meinen heimlich durch das Leben geschleppten Schmerz, meinen Widerstand gegen das Böse und immer dieselben ratlosen Fragen weitertragen, die ich wie unter Zwang einem Jemand stelle, der ewig stumm bleibt?

Meine Frau ist eine Büffelin, eine als Mensch angenehm anzuschauende und sehr gemütliche Dame von nicht geringen Ausmaßen, die gleichmäßig und gleichmütig das Gras unserer gemeinsamen strapaziösen Tage wiederkäut und mich fast überhaupt nicht beachtet, nicht einmal in expansiveren Momenten, als es das friedliche Hocken vor dem Fernseher ist; nachdem wir unsere Pflichtübung heruntergerattert haben, dreht sich jedes auf seine Lieblingsseite, um in seine Träume zu versinken: Der eine jagt alsbald durch die grünen Lücken des Hochwaldes und sieht sich als buschiges Waldtierchen, der andere läuft über saftige Steppenweiden und sinkt wohlig in den kühlen Schlamm der Flußsümpfe.

Hören Sie, was wäre gewesen, wenn der Spaßvogel und Zauberer, der unser Leben lenkt, Sie auf der belebten Moskauer Straße an diesem Maiabend nicht unsichtbar gemacht hätte? Dann würde ich meine Geliebte in der Menge eingeholt, ihr die Hand auf die Schulter gelegt und rauh und entschlossen gesagt haben: »*Du bist mein!*«

Leben nennt sich natürlich nur der Aufstieg zum Gipfel der Daseinsfreude, der Abstieg aber ist ein widerliches Hinuntergehen ins Tal des Nichtseins; ich nähere mich bereits diesem kühlen Tal und beschleunige mit unwillkürlicher Ungeduld den Schritt.

Schon habe ich mir einen Jagdhund angeschafft, einen rassereinen westsibirischen Laika mit kräftigen Reißzähnen, den füttere ich mit Fleisch und warte auf meine Stunde. Meine Erlösung ist nahe, Madame, ich habe Sie in diesem Leben verloren und meine Eltern nie gesehen, doch außer meiner Eichhörnchennatur hat mir der Himmel eine denkende Seele geschenkt, die züchtet in sich eilig eine Frucht, bemüht sich, ihr möglichst schnell die notwendige Form und die Farbe der Reife zu geben – so füllt sich eine Kirsche am verdorrenden Zweig eher als die anderen, noch grünen und harten, mit dem tragischen Purpur des Verurteiltseins. Meine wahre Geliebte! Ich werde es wohl nicht schaffen, die Verschwörung der Tiere aufzudecken, sie haben bereits Witterung genommen und werden es mich nicht tun lassen, mein treuer Hund blickt mich immer aufmerksamer und rätselhafter an, aber ich werde wenigstens ein paar warnende Worte hinausschreien können und mit der Furchtlosigkeit des freien Wesens meine kleine Tat vollbringen, die ich Ihnen widme, meine Kostbare.

Vierter Teil

Einer von uns fuhr zu seiner Mutter aufs Land und blieb für immer im Dorf, der zweite folgte seiner Frau nach Australien und wurde ein reicher Mann, der dritte blieb in Moskau – und wurde plötzlich dienstlich befördert, wonach er bald eine Mitarbeiterin heiratete: Bei allen dreien war der irdische Weg vorgezeichnet und der Platz im Raum bestimmt, wo sich ihre Schicksale vollendeten.

Nur bei Dmitri Akutin gestaltete sich alles nicht ganz nach den Regeln der gewöhnlichen menschlichen Existenz. Ihm gelang es als einzigem von uns vieren, die Grenze des Todes zu überqueren, sozusagen hin und her zu reisen, und nachdem er aus dem Grabe auferstanden war, gewann er ein gänzlich anderes Sein als wir zu Lebzeiten; was das war, hätten wir annähernd in unseren irdischen Träumen empfinden können. In diesen beschränkte ja nichts unsere Möglichkeiten, und wir konnten weilen, wo wir wollten, selbst im Kindesalter unserer Eltern, und wir konnten sehen, was wir wollten, etwa eine Strelitzenhinrichtung, und wir konnten sein, was wir wollten, ein Bär, Nebukadnezar oder der vor zwölf Jahrhunderten ertrunkene einzige Sohn eines römischen Patriziers. Dmitri Akutins neues Leben unterschied sich von seinem früheren zumal dadurch, daß seine Allmacht und sein Durchdringungsvermögen nicht mit dem Erwachen aus dem Schlaf abbrachen wie früher, sondern ohne Pause weitergingen, untertan ausschließlich der kleinsten Laune seiner Wünsche und Gefühle.

Anfangs wußte er nichts davon und geriet manchmal, da er seine neuen Möglichkeiten noch nicht kannte und sich selbst noch nicht zu lenken vermochte, in die unglaublichsten Situationen. So hörte er bei den ersten Schritten nach seiner Auferstehung den fernen Pfiff einer Lokomotive, entsann sich einer Reise nach Wladimir mit einer Gruppe Waisenhauskinder, befand sich plötzlich vor der Bahnstation des Fleckens Tuma und erblickte dort eine nicht mehr junge dicke Frau, die mit offenem Kattunkittel auf einem Balken saß; sie preßte mit den Händen eine blutige Bauchwunde zusammen, die ihr ehemaliges Ehegespons ihr mit dem Messer beigebracht hatte. Dmitri dachte darüber nach, daß der Tod dieser angestochenen Frau schon nahe war, und darüber, wie zart und hilflos doch das menschliche Leben ist, denn die kleine blutige Wunde auf der Seite ihres weißen Bauches konnte das endgültige

Merkmal ihres baldigen Verschwindens sein.

Kaum hatte er dies gedacht, da saß er im Gras an einem Zaun, in einer namenlosen Siedlung von Holzhäusern gegenüber dem Ambulatorium, und an ihm vorüber gingen eine zusammengekrümmte hagere Greisin in dörflicher Plüschjacke und ein Kind. Sie gingen vorüber und warfen ihm einen Blick zu. Die Alte zog das kleine Mädchen am Arm hinter sich her, das im Gehen immer mehr den Hals verbog und Dmitri unverwandt ansah. In diesem Moment begriff er ganz klar, daß der Tod an ihm vorübergegangen war und wohl die Enkelin hinter sich hergezogen hatte, und diese Enkelin des Todes war ein noch ganz junges Leben. Wie und warum er an den Zaun gegenüber dem Ambulatorium geraten war, konnte er sich nicht erklären, ebensowenig, was es bedeutete, daß der Tod so hartnäckig das Leben an der Hand hinter sich herzog.

Dmitri mußte noch viele plötzliche Zeitverschiebungen erleben und in wunderliche, bisweilen unerklärliche, strapaziöse und alptraumhafte Situationen geraten, bis ihm allmählich aufging, daß ihm neue, ungewöhnliche Möglichkeiten gegeben waren, die er nach seinem guten Willen nutzen konnte. Was ihm früher nur im Traum zugestoßen und völlig unwillkürlich einer Laune seines schlafenden Bewußtseins entsprungen war, konnte jetzt auf Geheiß seines klaren Verstandes geschehen. Aber wie früher im Traum, so hätte er sich auch jetzt in Wirklichkeit nicht zu erklären vermocht, auf welche Weise sein Körper jedwede Zeitschicht durchdrang, das geschah gänzlich unspürbar; doch so leben wie früher, die vielfältigen Forderungen seines Fleisches erfüllen konnte er auch nicht mehr, genauer gesagt, es war nicht mehr notwendig, denn sein neues Sein, das er seiner Auferstehung verdankte, ruhte auf einer mächtigeren und universelleren Grundlage, als die eifrige Sorge jedes Lebewesens um die Selbsterhaltung es ist.

Diese universelle Grundlage ist das Prinzip, das jetzt auch uns vereint, nicht nur uns vier Studentenfreunde, die längst zu verschiedenen Zeiten gestorben sind, sondern UNS ALLE, die jetzt eben in diesem Moment von der dahineilenden Buchzeile zu den Leidenschaften und Hoffnungen des Eichhörnchens hingeführt werden, womit der Beweis erbracht ist, daß es wahrlich etwas Unsterbliches und Überirdisches gibt, nämlich das menschliche geistige WIR, dessen klingendes Teilchen jeder von uns ist.

Aber schauen wir in uns selbst hinein, lauschen wir dem kosmischen Dröhnen unserer Herzen – plätschert darin nicht das entflammende Plasma der Güte? Und liegt nicht in dem Umstand, daß jeder von uns nur ein Tropfen dieses Plasmas ist, unsere Gelassenheit vor dem Schwarzen Loch beschlossen? Nehmen wir an, daß dieses Loch unsere unzähligen irdischen Schmerzen und Unbilden, indem es sie in sich hineinzieht, in ein anderes All aus verwandelter Energie hinausschwappt ... Dieses andere All, in das wir alle geraten, befindet sich in denselben Grenzen wie das frühere; allmählich sich erweiternd, füllt es das frühere gänzlich aus.

Nun ja, WIR – schön und gut, aber die Sache ist ja die, daß die geistige Wesenheit jedes von uns durch die beharrliche Liebe des Eichhörnchens zu einem Gestirn vereinten vier Freunden, die ein nicht sehr beneidenswertes Leben gelebt und durch die Ränke der Tiere ein trauriges Ende gefunden haben – mein Geist findet keine Ruhe und vermag nach dem Verlust der Lebenshülle nicht harmonisch mit der ihn umgebenden Planetennatur zu verschmelzen, mein Geist vermag es auch nicht, meiner auch nicht! Wir sind verstreut, wir sind im Raum in gänzlich unvereinbare Richtungen gegangen, und das kleine Leben, das von der Greisin bei der Hand geführt wird, ist außerstande, uns zusammenzubringen. Darum klingt diese Erzählung, darum klingt in dieser Minute, Sekunde das Wort »unmöglich«: Es ist *unmöglich*, daß unsere schweren Lebensanstrengungen und quälenden Leidenschaften sich im Weltraum zerstreuen, ohne in dieser Welt irgendeine Spur zu hinterlassen. Und wenn wir auch mit Hilfe des kleinen Lebens nicht zusammenkommen können, nachdem wir die Leere der Zeit überwunden haben, so kann uns doch nichts hindern, mit unseren Freundesstimmen zu einem Ganzen zu verschmelzen.

Dmitri Akutin

Also, ich habe jetzt die Möglichkeit, mich an der Zeit entlang in die Vergangenheit zu versetzen und zu dem Moment zurückzukehren, den du – oder ein anderer Mensch, den ich kenne – Gegenwart nennen könntest. Aber durch ihr ununterbrochenes Dahinströmen wird sie sogleich zur Vergangenheit – und nach einem kurzen Empfinden der Lebensrealität kehre ich wieder in den Zustand seltsamer Freiheit zurück, den du, Liliana, nur in deinen Träumen haben kannst. Dann genügt mir der kleinste Willensimpuls, um mich in jede beliebige vergangene Epoche und an jeden beliebigen Ort zu versetzen, von dem ich in meinem früheren Leben nur eine vage Vorstellung hatte. Das ist interessant, wundervoll und nicht ohne Sinn für mich, denn das Wichtigste, die Schaffung meines künstlerischen Werkes, hat noch nicht stattgefunden.

Eines Nachts war ich aus irgendwelchen Gründen auf dem Kiewer Bahnhof in Moskau und fand auf einer Bank eine Zeitung und ein Büchlein über das faschistische Todeslager Buchenwald, die jemand liegengelassen hatte. Ich betrachtete die fürchterlichen Fotos in dem Büchlein und überlegte, was Menschen in der Gaskammer empfinden mögen, wenn das Gas kommt – und plötzlich befand ich mich in der Todeszelle. Außer mir war da noch ein langaufgeschossener knochiger Häftling. Ich wußte nicht, wofür sie ihn zum Tode verurteilt hatten. Anfangs achtete er überhaupt nicht auf mich, murmelte nur Unverständliches vor sich hin. Die Todeszelle war ein stinkender steinerner Sack. Mein verurteilter Nachbar und ich bewegten uns in völliger Dunkelheit und Feuchtigkeit.

Sie hatten ihn vor mir zum Tode verurteilt und würden ihn wohl bald hinrichten; ihm ging es schlecht, im Gegensatz zu mir, denn ich war ja schon einmal gestorben, und mein neues Leben war gar nicht so quälend, denn ich hatte keinen Hunger, spürte keine Kälte mehr. Der Mann sah den Tod vor sich und entartete. Eines Tages ließ er sich auf alle viere nieder und begann zu heulen wie ein Wolf. Plötzlich schlug er Purzelbäume in der Zelle und versuchte, sich zusammenzurollen wie ein Igel. Als der Aufseher hereinkam, damit ich den Kübel hinaustrug, kroch der arme Teufel unter die Pritsche. Allmählich wurde er schlimmer als ein Tier.

Bald begann er mich zu jagen. Er wollte mir den Bauch aufschneiden und sich in mir verstecken, dies entnahm ich seinem Murmeln, während er mich durch die Zelle jagte.

Ich aber wollte zeichnen. Es peinigte mich, daß ich weder Papier noch Bleistift und auch keinerlei Bedingungen für meine Arbeit besaß. Überdies kroch mein Nachbar tage- und nächtelang auf dem Bauch hinter mir her, betastete mich in der Dunkelheit und versuchte, mir den Bauch mit den Händen aufzureißen, da er keinerlei Waffe hatte. Was stellte er nicht alles an, um mir den Leib zu öffnen, in den er hineinkriechen wollte. Er versuchte es sogar mit dem Zinnbecher und der Schuhsohle, und manchmal fuhr er einfach mit der Hand über meinem Bauch hin und her, als sägte er mit dem Fuchsschwanz ein Brett durch, und machte dabei »rrrr-rrrr-rrrr«.

Damals entdeckte ich meine Methode. Während mein Nachbar mich aufzusägen versuchte, lag ich auf der Pritsche und versuchte mit erhobener Hand so zu tun, als ob ich zeichnete. Ich führte den Finger durch die stockfinstere Luft der Zelle und zeichnete eine Margerite, und die Zeichnung blieb. Ich glaubte, sie würde gleich wieder verschwinden, doch nein, sie blieb. Ich hielt die Hand davor und nahm sie wieder weg – da war die Zeichnung, auf einer unspürbaren Fläche, die mir gleichsam jemand hinhielt. Nun wartete ich darauf, wie lange die Zeichnung über mir schweben würde, sie verschwand nicht. Ich stieß den Kerl weg, legte mich mit dem Gesicht nach unten auf die Pritsche und schlief ein, und als ich wieder aufwachte, war die Zeichnung noch immer da.

Und da begriff ich. Ich stand auf, ging an eine andere Stelle und zeichnete auf den sauberen schwarzen Hintergrund mit dem Finger einen kleinen Steinpilz, und wieder blieb die Zeichnung in der Luft. Daneben zeichnete ich ein Zicklein. Eine fliegende Schwalbe. Dein Profil. Einen Ebereschenzweig mit Früchten. Alles blieb. Ich wandte mich etwas zur Seite und zeichnete auf eine neue unsichtbare Fläche, die mir jemand hinzuhalten schien, alles, was mir einfiel. Bald hatte ich die ganze Zelle kreuz und quer und rauf und runter vollgezeichnet. Die Zeichnungen konnte allein ich sehen, denn mein Nachbar ächzte und stöhnte nur und kroch hinter und sagte nichts von ihnen. Der Aufseher kam und sagte auch nichts.

Am nächsten Morgen waren meine Zeichnungen etwas matt geworden, aber ich konnte sie noch sehen. Also würden sie wohl für immer dort bleiben, und es war unmöglich, sie wegzubringen. Man konnte also auf jedem Stück des Raums zeichnen, soviel man wollte. So entdeckte ich meine Methode.

Jetzt brauchte ich kein Papier mehr, keinen Bleistift, keine Zeichenkohle, kein helles Atelier. Ich konnte zeichnen, wo ich wollte, sogar im freien Feld unter den Sternen oder unterm Bett, bei Tag und bei Nacht. Aber im Dunkeln war es bequemer, die Linien waren deutlicher zu sehen.

Ich begann zu überlegen, wie es mit der Malerei klappen mochte. Ob sich auf den unsichtbaren Flächen auch Farben wiedergeben ließen? Lange fiel mir nichts ein. Aber ich wußte, daß auch diese Methode existierte. Verstehst du, ich habe im stillen immer gewußt, daß es eine vollkommen freie, von nichts abhängende Form des plastischen Ausdrucks der Gefühle geben muß. So hatte ich etwa den Flug eines Schmetterlings beobachtet und wahrgenommen, daß, nachdem er vorbeigeflogen war, in der Luft für Sekundenbruchteile eine Spur seines Flugs und sogar das Muster seiner Flügel zurückblieb. Und dann verging. Ein Fischlein schnellt durchs klare Wasser und ist weg, und man glaubt es noch für einige Zeit zu sehen. Nun hatte ich der Natur dieses Wunder abgelernt. Aber wieso eigentlich Wunder? Ist nicht jede Wolke, jeder Zweig, jeder Kranich am Himmel, ja selbst der Rauch einer Lokomotive eine Zeichnung, Liliana? Alles Sichtbare auf der Welt ist eine fertige Zeichnung, ein fertiges Gemälde. Das muß man nur begreifen, und man muß es an einer anderen Stelle, wo es gebraucht wird, zu reproduzieren verstehen. Ich habe die Methode der Malerei im Raum dann doch noch entdeckt. Dazu muß man, wie sich zeigte, ganz einfach vorgehen. Man schließt die Augen – und sieht das Bild in Farbe. In leuchtenden Farben und ganz deutlich. Betrachtet es genau. In seinen einzelnen Teilen, im Zusammenspiel der Farben und in der harmonischen Gesamtlösung. Und wenn man den einen oder anderen Teil klar sieht, macht man mit der Hand eine Bewegung, als führte man den Pinsel. Sicherlich tut es auch eine andere Bewegung. Das ist verschieden.

Ich malte an manchen Bildern lange, Stunden oder Wochen, andere vollendete ich in einer halben Minute. Sie mußten jedoch an den Stellen zurückbleiben, wo sie entstanden waren. In der Todeszelle sind sicherlich genug Zeichnungen zurückgeblieben, um ein Museum zu füllen. Aber es bedarf keiner Museen. Betrachter und Künstler existieren nicht getrennt. Das ist ein Irrtum. Jeder ist ein Künstler. Und er zeichnet nicht, damit man ihn lobpreist, sondern für sich selbst. Das heißt nicht für den Ruhm und aus Selbstverliebtheit, sondern um allmählich den Ewigen Maler in sich hervorzubringen.

Von Zeichnung zu Zeichnung, von Bild zu Bild mußt du in deiner Meisterschaft allmählich wachsen und dich ihm auf diese Weise annähern. Ich weiß, daß er das liebt. Darum hat er mich ja nicht tot liegenlassen, sondern mich aus dem Grabe zurückgeholt. Damit ich eines Tages begreife, was andere noch nicht begreifen. Er gebietet einem jeden, Künstler zu sein und damit frei. Er erlaubt dir, ihn zu kopieren, bitte sehr, aber wenn du etwas noch nicht Dagewesenes schaffst, schätzt er das sehr. Er freut sich daran. Als echter Künstler kennt er keinen Neid. Nur Fälschungen mag er nicht, selbst wenn sie noch so geschickt sind, die rottet er aus mit Stumpf und Stiel.

Der Ewige Maler hat eine wunderschöne Welt geschaffen, er ist vollkommen, Vergleiche mit ihm sind nicht möglich, schließlich ist er zu groß, aber wenn du ihm etwas Neues, etwas Gültiges bringst, lernt er auch von dir. Denn jeder Lehrer lehrt nicht nur, er lernt auch, und ein Meister kann vom Gesellen etwas Nützliches nehmen, dafür ist es ja die Kunst.

Kannst du dir vorstellen, Liliana, wie die Menschheit sein wird, wenn erst jeder dem Ewigen Maler gleicht? Du glaubst, das wird nicht sein? Es wird sein. Ich weiß es. Zwar bin ich vorerst der einzige, der das weiß, wennschon, aber stell dir vor, wieviel Raum ringsum ist, den man vollzeichnen und vollmalen kann! Auch wenn jeder nur seine eigenen Zeichnungen und Bilder wird sehen können, gleichviel, in der Luft und im Licht des Himmels wird sich dann etwas verändern.

Vielleicht aber werden es die Menschen auch lernen, die unsichtbare Malerei anderer wahrzunehmen? Vielleicht gelingt es eines Tages auch dir, Liliana, meine Bilder und meine Studien zu sehen, die ich rasch, im Vorübergehen in der Luft ausgeführt habe? Was wäre das für eine Freude für mich!

Den armen Teufel, den Todeskandidaten, holten die Lagerwächter ab; er hatte sich unter der Pritsche verkrochen und brüllte dort, die Faschisten lachten, einer von ihnen bellte sehr ulkig wie ein Hund und schob den Lauf der Maschinenpistole in den Zwischenraum zwischen dem Pritschenende und der steinernen Wand. Ich dachte darüber nach, seit wann auf Erden diese tragische und grausame Zweieinigkeit besteht: Wächter und Häftling, und vor meinen Augen erschien ein Foto, das ich einmal gesehen habe: Eskortesoldaten mit flachen schirmlosen Krätzchen und angekettete Arrestanten. Da geriet ich in eine andere Zeit, in das Rußland des vorigen Jahrhunderts, und befand mich plötzlich in einer großen Partie von Sträflingen, die unter Bewachung nach Osten getrieben wurden. Ich war auf einmal mitten unter ihnen, sie sahen mich wortlos an und beugten wieder die zur Hälfte rasierten Köpfe. Ich ging mit ihnen, es war eine große Kettenschaft. Am Abend wurden die Fuhrwerke im Kreis aufgestellt, die Häftlinge in die Mitte geführt und mußten Feuer anzünden. Da bemerkten mich die Eskortesoldaten. Sie machten große Augen, fragten mich aus, verprügelten mich tüchtig. Eskortesoldaten mögen keine

Scherze. Sie erfuhren nichts von mir. Ihnen fiel nichts anderes ein, als mich gleichfalls an die Kette zu schmieden. Was denn auch ein Häftling, der Schmied war, binnen zehn Minuten auf einem kleinen Amboß besorgte.

Die Kettenschaft mochte aus besonders gefährlichen Verbrechern bestehen. Sie waren zu dreien an eine Kette geschmiedet, und ich wurde zwei Kerlen von wahrhaft tierischem Aussehen beigegeben. Sie sprachen nicht mit mir, und wir legten ganze Tagesmärsche schweigend zurück. Ich habe wenig Erinnerungen an den langen Marsch; insgesamt gingen wir drei Monate, vielleicht länger; unterwegs brach der Winter herein, und es schneite. Ich achtete auf nichts, denn ich zeichnete im Gehen rasche Studien in die Luft, froh über die neuentdeckte Methode, und arbeitete, arbeitete wie besessen. Ach, Liliana, wie viele von meinen Arbeiten sind dort geblieben über dem uralten Weg in die Katorga! Ich habe ja die Zeichnungen im vorigen Jahrhundert gemacht, also schmücken sie seit mehr als hundert Jahren die sibirischen Weiten vom Jenissej bis Jakutsk.

Einer meiner Kettengefährten bemerkte endlich meine Beschäftigung und krächzte finster auf dem Rastplatz: »Ich seh, du bist ein Zauberer. Warum zauberst du?« Wie hätte ich ihm erklären sollen, daß keine Zauberei im Spiele war?

Er redete immer weiter: »Warum zauberst du, laß das sein, sonst schlag ich dich tot. Weißt du, wer ich bin?« fragte er. »Du weißt es nicht. Und wenn du es zu wissen kriegst, wirst du dich fürchten. Dann werd ich für dich schlimmer sein als ein Zauberer. Schon drei Jahrhunderte leb ich und kann nicht sterben. Nämlich ich hab mich an fremden Leben satt getrunken. Ich war der oberste Scharfrichter bei Maljuta Skuratow-Belski persönlich. Ein großer Meister! Töten, zu Tode peinigen, das kann jeder. Aber quäle mal einen Landsmann so, daß der ganze Mensch aus ihm ausläuft und statt dessen der Teufel in ihn reinkriecht! Wie der brüllt, dieser Teufel! Und wenn er stirbt, fliegt ihm ein süßer Hauch aus dem Mund. Das ist das reine Leben. Halt deinen Rüssel hin und trink. Wieviel fremde Leben hab ich getrunken! Das reicht für alle Ewigkeit. Darum gibt es für die Herren Scharfrichter keinen Tod. Ein Zar stirbt, ein Landmann stirbt, Christen und Tataren sterben, aber ein Scharfrichter lebt und lebt. Keiner von uns ist gestorben und begraben wie andere. Zeige mir ein einziges Grab von einem meisterlichen Scharfrichter! Du wirst keins finden, Jungchen. Bis zum Jüngsten Gericht lebt kein Mensch. Dafür stehn dann alle Umgebrachten auf, und wir können sterben. Ich hab auch Zauberer gepeinigt und Hexen und Schwarzkünstler. Mich, Jungchen, kriegst du nicht mit Zauberei. Meine Kraft ist größer als deine.« So hat er im vorigen Jahrhundert zu mir gesprochen, Liliana.

Der dritte schwieg, sagte gar nichts. Er war ein zottiger Kerl mit verquollenem Gesicht. Einmal beim Biwak saßen wir am Feuer, da weinte er plötzlich. »Was weinst du?« fragte der Scharfrichter. »Bloß so, meine guten Herren«, antwortete der Mann. »Es heißt, das Mehl beim Alten geht zu Ende, was solln wir dann essen?« – »Was solln wir dann essen«, äffte der Scharfrichter ihn nach, »Moos und Wurzeln.« – »Dann sterben wir ja«, wimmerte der Mann. Es war ihr erstes Gespräch während der ganzen Zeit, ich hörte zu und fühlte, daß ich bald wieder in eine andere Zeit gehen mußte. In dieser gab es abermals keinen Platz für mich, ich war ein Fremder geblieben. Ich zeichnete das Gesicht des weinenden zottigen Mannes in die Luft, und der Scharfrichter schnauzte mich wieder an: »Warum zauberst du, laß das sein, sonst schlag ich dich tot!«

Es schneite wunderschön, der Schnee legte sich auf die noch grünen Sträucher und Tannen, ich schloß die Augen und dachte mir eine wunderbare Komposition von Weiß und Grün aus – nur aus diesen beiden reinen Tönen wollte ich etwas Frisches und Originelles schaffen. Es sollte fast so flaumig und lustig sein, wie wenn Mehl auf einem grünen Tisch verschüttet wird: Weißt du noch, wie du auf dem mit Ölfarbe gestrichenen Tisch Piroggen machtest und aus der Tüte Mehl auf die Platte schüttetest und weiße Sternchen und Spritzer entstanden? Da fielen mir Millionen von Kleinigkeiten gleichzeitig ein, und alles war gut, nicht schön, nein, gut, wie ein Steinpilz, wie ein gespaltenes Birkenscheit, wie eine Schlitterbahn, auf der jemand einen roten Fausthandschuh verloren hat – ach, Liliana! Es tat mir leid um dich, um das Leben, das wir beide geführt hatten, um unsere Liebe und um deinen unvergeßlichen Blick – und all das war in einer anderen Zeit: das Birkenscheit auch, die Schlitterbahn, meine Mutter, das Waisenhaus ...

Was blieb mir also – aus einer Zeit in eine andere zu springen, um dem hinterherzujagen, was gewesen, vergangen, in die Luft geschmolzen war, und statt des Lebens sein Gespenst zu lieben? Denn die Vergangenheit ist ja das Gespenst des Lebens. Aber was machte ich mit meinen beiden Sträflingen, die neben mir gingen, an dieselbe Kette geschmiedet wie ich? Sie liebte und bedauerte ich ja auch!

Da blieb ich stehen wie angewurzelt. Ich hatte plötzlich begriffen, wo ich sein wollte und *wie* ich sein wollte. Ich wollte außerhalb jeder Zeit, aber immer ein Mensch sein. Ich kam nicht nahe genug an den Menschen heran, um entscheiden zu können, ob er das schlechteste oder das beste aller Geschöpfe auf der Welt ist. In beiden Fällen aber konnte ich nicht umhin, ihn zu bedauern und zu lieben, weil jeder war wie ich. Er wollte das Gute, die Ruhe, aber er mußte leben und leiden. Oh, wieviel hat jeder, haben alle zu leiden, was für eine Last von vergangenen Leiden schleppen sie mit sich herum! Was machen sie aus sich, Liliana? Wird jeder von ihnen ein Ewiger Maler, oder werden tatsächlich als letzte die Scharfrichter sterben?

Ich blieb stehen – und die Ketten fielen von mir ab. Wir befanden uns mitten auf einem zugefrorenen breiten Fluß, das Eis war noch nicht alt, es gab knackend nach unter den Füßen. Die Eskorte brüllte, wir sollten schneller gehen. Auf unserm Weg standen Leute, Fischer, die warfen ihre Netze in große Eislöcher. Am andern Ufer war ein Dorf zu sehen. Der Scharfrichter sagte: »Du willst fliehn, aber wir lassen dich nicht.« Die Eskortesoldaten verteilten sich auf beiden Seiten, suchten festeres Eis, um die Fuhrwerke sicher darüberzubringen. Meine Kettenkameraden packten mich, die andern Sträflinge schrien »Hilfe, Mord«, die Eskortesoldaten kamen mit gefälltem Gewehr auf uns zugelaufen. Der Scharfrichter und sein zottiger Kumpan ergriffen mich an Armen und Füßen und warfen mich in ein Eisloch.

Und da sitzen wir nun beide, Liliana, und lauschen dem Geschrei der Gänse und Enten, denen die Spatzen Antwort geben, und draußen ist Herbst, September. Aber du solltest wissen, Liliana, daß in der Abfolge der Tage, die nach dem heutigen Tag kommen werden, und in der Ablagerung der vergangenen Tage, die nicht zu zählen sind, dieses Gänse-Enten-Spatzen-Geschrei war und nicht ist und doch immer ist. Die Zeit gilt als existierend nur deshalb, weil ein Ereignis stattfindet und dann nicht mehr ist. Im Raum finden irgendwelche Ereignisse statt, na, sagen wir, das Leben eines Menschen vergeht, doch da verändert sich lediglich der Raum selbst, und das ist es, was man Zeit nennt, Liliana. Die Veränderung des Raums ist das Leben, nicht der traurige Verlust der Zeit, wie wir meinen. Wir verlieren ja gar nichts. Der Raum bleibt immer da, wo er war, er verändert nur ständig sein Aussehen durch unsere Leben. Und auch dank den Bewegungen von Wolken, Wind, Vögeln, Tieren, Bächen und ins Meer stürzenden Felsen.

Ich will dich lehren, nicht zu betrauern, daß das Leben vergeht. Denke daran, daß an der Stelle, wo du jetzt bist und trauerst, unzählige Veränderungen des Raumes stattgefunden haben und stattfinden werden, Verschiebungen der Erdkruste, Flüge von Käfern und Schmetterlingen, dort sind hohe Bäume gewachsen, und vielleicht läßt sich unter diesen Bäumen ein wandernder Musikant nieder und bläst auf der Flöte eine lichte Melodie, und all das wird ein und dasselbe sein: Erdverschiebung, Schmetterling, Musikant und du. All das ist nur der Raum mit seinen Veränderungen.

Du bist nur der Teil des sich verändernden Raumes, der zufällig den Namen Liliana trägt, und dein Leben ist für die Welt ebenso notwendig wie der Sprung des Grashüpfers von einer Stelle zur andern oder die Entstehung eines neuen Sterns im Kosmos. Deine Gedanken, deine Gefühle, deine Liebe – all das vollzieht sich unter dem raschen Gelächter irgendwelcher fröhlicher unsichtbarer Zauberer, die damit beschäftigt sind, sich endlose Veränderungen in der Welt auszudenken.

Und irgendwann werden sie sich alle treffen, die kleinen Mädchen, die schönen Mädels, die reifen Frauen und die grauen Greisinnen, die diesen Zufallsnamen getragen haben, und sie alle werden sich vereinigen zu dem einen unveränderlichen, ewigen Sternbild Liliana.

Ich bin jetzt zu dir gekommen wie ein wandernder Stern in seinem Lieblingswinkel des Weltalls. Ich bin frei und kann mich in jeden beliebigen Moment der vergangenen Menschheit zurückversetzen. Ich kann zu Leonardo da Vinci gehen und zuschauen, wie er geruhsam die »Madonna mit der Blume« vollendet, oder ich besuche Vermeer in seiner morgendlichen Arbeitsstunde, wenn er den Malerstock und seinen geliebten langen Malerpinsel zur Hand nimmt. Ich bin frei und keinen Veränderungen mehr unterworfen.

Ich habe alle meine Bilder während meines Marsches mit dem zaristischen Häftlingszug gemalt, jetzt kann ich das Getane nur noch durchsehen und die Tausende von Fehlern und kleinen Unfertigkeiten beklagen, die mir in der Hast des Lebens unterlaufen sind; doch leider, allein in der schnellen Bewegung dieses Lebens und in der Abfolge seiner Veränderungen, die Verluste genannt werden, läßt sich Neues schaffen und Altes korrigieren. Und jetzt kann ich, der alles über den Menschen weiß, und dieses Wissen ist nichts anderes als die Einsicht, daß der Mensch ein Wesen ist, welches erst am Anfang steht und daher noch voll von Rätseln und Unbekanntem ist – jetzt also kann ich an euren lustigen Spielen und an euren ernsten Angelegenheiten nicht mehr teilnehmen, Liliana, und ich kann nur mehr in einer einzigen Eigenschaft unter lebendigen Menschen weilen: in der Eigenschaft der Erinnerung an einen, den auf Erden noch jemand liebt. Ich habe gewußt, daß deine Liebe fortbesteht, Liliana, und daß dein Unbefriedigtsein, dein Hadern mit dem Leben lichterloh brennt wie ein Wald bei Trockenheit. Und ich bin gekommen, um dir mitzuteilen, daß mein Schaffen sich vollendet hat, ungeachtet der Verschwörung der Tiere.

Sie können nichts machen mit meinen Bildern, die in für sie unzugänglichen Räumen zurückgeblieben sind. Ich habe meine Bestimmung erfüllt, und ich habe keine Rechnungen mehr mit dieser Welt, die voll ist von Raubtieren, von denen ich nicht mehr abhänge.

Und ich will dir sagen, daß nicht einer von denen, die du kanntest, Verwünschung und Verurteilung verdient hat, denn in der Menschengemeinschaft, in der er weilte, war keiner, fast keiner, der nicht eine geheime Verunstaltung gehabt hätte, ein Tierschwänzchen, eine Hundekralle, einen Hahnenkamm auf dem Kopf.

Deine Verurteilung des Menschen ist ohne Sinn und Berechtigung, Liliana, denn der Mensch wächst aus dem Tier hervor, anders wäre es wohl nicht möglich. Du bist verwundet und kannst andere Menschen nicht ertragen, nur weil du mit deiner Wunde gegen sie stößt und es dir weh tut, Liliana.

Ich werde bei dir bleiben, solange du mich noch liebst; nur von Zeit zu Zeit, wenn du tief schläfst oder mich vergißt, werde ich mir erlauben, in frühere Zeiten zurückzugehen und das Reich der Erinnerung zu besuchen, allerdings in demselben Winkel der Erde, in dem sich das Haus, das Zimmer, unsere gemeinsame Zuflucht befindet, um die zufälligen Passanten zu beobachten, dem Schilpen der Spatzen aus Olims Zeiten zu lauschen und unter den Bäumen zu sitzen, die in uralter Vergangenheit an der Stelle standen, wo jetzt unsere Betten und Stühle stehen.

Ich liebe den Herbst, besonders seinen Anfang, den September, wenn die abgefallenen Blätter allmählich das müde Gras zudekken, wenn der dunstige Himmel sich morgens auf die fernen Wälder herabsenkt und sie so undeutlich macht wie die Erinnerung an die Kindheit. Mit Genuß will ich die herbstlichen Veränderungen beschauen, das stille Einschlafen der Bäume und Gräser, das Gaukeln des goldenen Birkenlaubs durch die mit dem durchsichtigen Nebel des Abschieds gesättigte Septemberluft. Ich werde nie genug kriegen von der Erregung und dem schneidenden Kummer der herbstlichen Tage, von den frühen Morgen, den unhörbaren Sonnenuntergängen, dem nächtlichen Rascheln des fallenden Laubs und den schrillen Schreien der gen Süden fliegenden Kraniche. Wenn ich dann zu dir zurückkehre und sehe, wie du deinen nicht leichten Weg in die Zukunft zurücklegst, wie du Läufer ausklopfst, Kohl raspelst oder vor dem Spiegel graue Härchen suchst und auszupfst, dann, Liliana, werde ich zu dir treten und dir in die Augen blicken mit tiefer Dankbarkeit dafür, daß es dich gibt, daß du schweigend die Last des Lebens auf den Schultern trägst, daß du mit Ungeheuern kämpfst und sie besiegst und beherzt den nächsten Schritt in die Zukunft tust. Und meine Dankbarkeit, mein Entzücken, das ist meine Liebe zu dir, Liliana.

Du wirst heiraten und verwitwen, du wirst altern, deinen Lehrerberuf an den Nagel hängen und in Rente gehen, du wirst dir ein Haus am Rande eines Dorfes in der Seenplatte kaufen, einen Garten anlegen, Pilze sammeln, dir vom Dorftischler einen Hobel besorgen und lernen, ein Brett zu hobeln, und auf das saubere weiße Brett werde ich dir täglich das schreiben, was ich auf meinen Reisen in die Vergangenheit zu sehen bekomme. Wenn du das Geschriebene gelesen hast, wirst du die Holztafel wieder weiß hobeln und mir den gespitzten Bleistift in die Hand geben. So wird es gehen bis zu dem Tag, an dem du auf der Waldlichtung einen großen Steinpilz erblickst, voller Freude hineilst, um ihn aufzunehmen, dann aber, ohne ihn erreicht zu haben, stehenbleibst und verwundert in die rosa Morgensonne blickst, die plötzlich einen sanften Kreis am Himmel beschreibt, als ob dir jemand mit einer Taschenlampe ins Gesicht leuchtet. Danach wird deine zermürbende Reise durch das Leben aufhören, der Steinpilz wird unberührt bleiben, und wir beide werden mit einem Schlag gleichaltrig sein – zwischen uns schmilzt die lange Reihe der Tage und Nächte, und die Zeitdistanz, mit der du von mir weg in die Zukunft gegangen bist, schwindet. Fortan gleichaltrig, werden wir beide über die luftigen Pfade der Zeit gehen und es anderen überlassen, weiterhin über die harten Erdenwege zu kraxeln.

Wir werden keine anderen Wunder sehen als so schlichte Erscheinungen der Welt wie Gänse, die Gras rupfen, oder Hähne, die in gellendem »Kikeriki« den Hals verbiegen; das Rattern eines fernen Traktors wird leise einsetzen und gemessen die dichte Morgenluft erschüttern, in der Windstille werden die grünen Zelte des Schlehdorns erstarren, und über den Staketenzaun hinweg werden uns dunkelrote Georginen, himbeerrosa Malven und hellgelbe Goldbälle anblicken. Auf unserm Weg über die Dorfstraße werden wir am Brunen zwei alte Frauen mit Eimern treffen und, unerkannt von ihnen, die wir ja kennen, zu hören bekommen, daß heute Liliana Borissowna gestorben sei, die Paukersche, die alleinstehende Rentnerin. Gefunden habe sie im Wald der Hirt Petja, genannt Bguder Petja, so sprach er das »Bruder« aus, dieser kleine Mann, der das »r« mit dem Kehlkopf bildete. Die Männer seien mit einem Fuhrwerk hingefahren, um die tote Lehrerin zu holen, und den Sarg werde gewiß der Dorftischler Kusma Dershawin zimmern.

Liliana Borissowna

Dmitri erklärte mir mit Hilfe seiner Aufzeichnungen (sie enthielten keine Satzzeichen außer Punkten, und ich als pedantische Lehrerin trug eifrig sämtliche Kommas, Gedankenstriche und Doppelpunkte nach, als ob das irgendeine Bedeutung hätte), daß er, obwohl er bei mir sein würde, für jeden anderen unsichtbar bleiben und ich daher besonders vorsichtig sein müsse, etwa ihn nicht in Gegenwart anderer ansprechen dürfe. Das war recht schwierig, denn da ich unter Menschen lebte, war es mir nicht gut möglich, meine Gespräche mit ihm immer unbemerkt zu führen. Wenn er sich außerhalb der Grenzen meiner Zeit befand, konnte er ruhig mit mir reden, denn er war unsichtbar bei mir und hielt manchmal sogar meine Hand, indem er die seine durch den durchsichtigen Schleier der Jahrhunderte schob.

Ich glaubte noch ein langes Leben vor mir zu haben, oh, unerträglich viele Jahre, und hatte keine Lust, all die Zeit als angeknackstes Weib zu gelten, das dauernd vor sich hin murmelt und dabei noch den Kopf schüttelt wie ein Gaul. Vielleicht sollte ich heiraten und Kinder gebären und einen Haushalt führen – also mein Fuhrwerk durchs Leben ziehen wie alle Frauen auf der Welt. Kurzum, ich heiratete einen guten Menschen und bat Dmitri, durch die Winkel irgendwelcher alter Zeiten auf Reisen zu gehen und erst dann zu mir zurückzukehren, wenn ich alles, was ich mir vorgenommen, ausgeführt haben und wieder allein und frei sein würde. Dmitri pflichtete mir bei, und dann schloß sich der Kreis meines Lebens, ich lebte viele Jahre mit meinem Mann, einem Bauingenieur, Kinder schenkte Gott uns nicht, aber es ging uns gut, wir hatten eine Datscha, einen Shiguli, machten Reisen in den Süden, in die Karpaten, nach Bulgarien und in die Tschechoslowakei. In dieser Zeit starb meine Mutter, und ein halbes Jahr darauf folgte ihr mein Vater, der sich in den letzten Jahren gänzlich mit ihr ausgesöhnt und sich ihr wieder fest angeschlossen hatte. Mein Mann, Pjotr Shitinjow, war ein friedlicher Mensch, der schon mit fünfunddreißig eine Glatze hatte, bleich und hager, er hustete, hatte eingefallene Schläfen und ein Pferdegebiß, war aber ungewöhnlich gütig. Er tat mir immer leid, und ich konnte mir überhaupt nicht vorstellen, wie er früher ohne mich gelebt hatte, so schwach und hilflos kam er mir vor. Er fand den Tod, als er im Winter aus dem zweiten Stock eines Neubaus abstürzte. Nachdem ich ihn beerdigt hatte, gedachte ich einen alten Plan auszuführen. Ich fuhr zu einer Adresse, die eine Bekannte mir gegeben hatte, und erwarb ein kleines Bauernhaus am Ufer eines Sees in einer wunderschönen Waldgegend.

Hier konnte ich ungestört mit meinem Dmitri plaudern, aber in den langen Jahren meiner Ehe war ich irgendwie zur Ruhe gekommen, mein früheres Gefühl für das liebe Gespenst war angewelkt, und ich konnte ihn nicht mehr zu mir rufen. Er zeigte sich nicht, hatte vielleicht Geschmack gefunden an seinen Reisen in die fernen Zeiten, hatte mich vergessen und war als Gast bei seinem geliebten Vermeer hängengeblieben. Möglicherweise scheute ich auch die Begegnung mit ihm in der Einsicht, daß für ihn, der dem Ablauf der Zeit nicht unterworfen war, alle vergangenen Jahre einem Augenblick glichen, ich jedoch in dieser Zeit eine alte Frau mit grauen Schläfen geworden war – was sollte ich anfangen mit dem siebzehnjährigen Knaben, der er ewig bleiben würde? Sein Körper, der sich von der Macht der Zeit befreit hatte, war keinerlei Veränderungen mehr ausgesetzt, während der meinige immer schneller der unvermeidlichen Grenzlinie zueilte. Kurzum, ich konnte jetzt nicht erkennen, ob ich Dmitri noch brauchte wie früher oder ob sich mein Gefühl für ihn in der langen Reihe der Alltage in Träume verwandelt hatte, die ich nicht nach eigenem Wunsch zu rufen vermochte.

In dem Haus, das ich gekauft hatte, wollte ich einiges nach meinem Geschmack umgestalten und gewann dafür den Dorftischler Kusma Dershawin. Er war ein einsamer Mann, etwas älter als ich, hochgewachsen, kerzengerade, mit edlem Gesicht und unschuldigem Kinderblick der blauen Augen. Er kam zu mir und sah mich beim erstenmal überhaupt nicht an. Sein glattrasiertes weißes Gesicht war ernst, und wenn er sprach, dann ins Leere hinein, und auf meine Frage, wieviel er für seine Arbeit verlange, fand er es nicht einmal nötig zu antworten. Tags darauf erschien er sehr früh, gegen fünf, als eben die Sommersonne aufging, und beachtete mich wieder nicht, während er im Hof seinen Arbeitsplatz einrichtete. Da ich nicht wußte, wie ich dem Meister gefällig sein konnte, bot ich ihm Tee an, worauf er erwiderte, er habe bereits gefrühstückt, sei um drei aufgestanden und habe in seiner Werkstatt schon einiges gerichtet.

»Gefälligkeiten«, sagte er, während er behutsam mit dem Hämmerchen den Hobelkeil festklopfte, »jedem soll man gefällig sein. Was sie nicht alles zu mir schleppen, Liliana Borissowna, vom frühen Morgen an, der eine eine Uhr von seinem Großvater, man kann sagen, ein Museumsstück, von Pawel Bouré und Co., der andere eine Flinte, er will einen neuen Kolben. Manchmal bringt auch eine Oma ein Spinnrad: ›Mach's heil, mein Lieber, ich muß der Tochter warme Socken stricken und hab nichts zum Garnspinnen.‹ Mein ganzes Leben besteht aus lauter Gefälligkeiten, Liliana Borissowna, und ich habe nie einen freien Tag, an dem ich machen kann, was ich will, in den Wald gehen aus Liebe zur Natur oder Pilze sammeln an meinen geheimen Plätzen. Für Sie«, sagte er und entnahm der verschlissenen Einholtasche sein Werkzeug, das er auf einem Brett ausbreitete, »für Sie mache ich eine Tür nach allen Regeln der Kunst, mit Füllungen und unbedingt mit Höhenfriesen, denn die Tür ist das Wichtigste zum Betrachten.«

Ich hörte ihm zu und beobachtete ihn bei der Arbeit, wie er das Werkzeug zur Hand nahm, wie er sich über das Brett beugte und sein Gesicht sogleich in erstaunlicher Güte strahlte. Ein ruhiges Lächeln war darin, und all seine Bewegungen gewannen Sanftheit,

Geschliffenheit, Vollendung. Entzückt von dem, was ich sah, stand ich stocksteif bei dem Schuppen, und lächerliche, sinnlose Gedanken gingen mir durch den Kopf. Ich dachte mir, wie schön es wäre, das Leben mit diesem gütigen Menschen zu verbringen, in welchem Reinheit und Gewissenhaftigkeit sämtliche niedrigen Instinkte besiegt hatten. Wir könnten wie Bruder und Schwester leben, und unsere gegenseitige Sympathie, vielleicht auch Anbetung, würde sich nur in flüchtigen Blicken äußern, die wir beim Samowar wechseln würden. Ach, wäre das ein herrliches Leben, und man könnte es leben ohne Schwermut. Doch da entdeckte ich hinter der Schuppenecke, hinter Kusma Dershawin eine hohe Gestalt.

Dies trug sich im Sommer zu, im August, siebzehn Jahre vor meinem Tode. Als ich den fremden Mann sah, der fast ebenso groß war wie der Tischler, hielt ich ihn im ersten Moment für einen Freund von ihm, der wegen einer »Gefälligkeit« gekommen war, und wollte schon ins Haus gehen, aber Kusma bemerkte den städtisch gekleideten Mann mit dem angegrauten Haar und dem asiatischen Gesicht und sagte nichts zu ihm, grüßte ihn auch nicht, sondern werkelte gesenkten Blicks konzentriert an seiner Hobelbank.

Der Ankömmling hielt die Brille in der Hand und wischte sie mit einem Taschentuch blank, dann setzte er sie auf das breite Gesicht und sah dem arbeitenden Tischler neugierig zu. Der warf Seitenblicke auf seinen Beobachter, erstarrte mit dem Stechbeitel in der Hand und lief rot an. Es war ein seltsamer Moment. Wir schwiegen alle drei. Kusma Dershawin trat mit rotem Gesicht von einem Fuß auf den andern, und der Unbekannte betrachtete den hochgewachsenen, verlegenen Tischler in seinem schwarzen Arbeitskittel und mit Pantoffeln an den bloßen Füßen wie ein Museumsstück.

Irdisches Leben! Du vergehst mit einer Vielzahl solcher stummen Szenen, die von einem unbekannten Regisseur, einem Witzbold und Spaßvogel, fein inszeniert werden, dann verschwindest du spurlos, löst dich auf in der durchsichtigen Luft, für alle Zeiten keinem Betrachter mehr zugänglich... Bald erfuhr ich von dem Ankömmling, daß er ein Freund und Kommilitone von Dmitri war, und ich entsann mich, daß Dmitri mir früher viel von Eichhörnchen erzählt hatte. Er wußte auch viel von mir, obwohl sein Wissen über mein Leben der Wahrheit genauso nahe kam wie jedwede Mutmaßung von Menschen übereinander.

»Ich bin aus folgendem Grund zu Ihnen gekommen«, begann er, als ich ihn ins Haus gebeten, auf einen Stuhl genötigt und selber abseits auf der Bank Platz genommen hatte. »Ich möchte wissen, ob Sie Dmitri Akutin endgültig vergessen haben, nachdem so viele Jahre seit seinem Tode vergangen sind.«

»Wozu wollen Sie das wissen?« fragte ich natürlich verwundert.

»Ich erkläre es Ihnen«, sagte er, machte mit dem Kopf eine ruckhafte Bewegung, wie um mit dem Kinn die Schulter zu berühren, und stieß einen Laut aus, der an das Lallen eines Taubstummen erinnerte (wahrscheinlich eine Art nervöser Tick). »Ich finde keine Erklärung dafür, wie es kommt, daß ein Mensch lebt und lebt und dann verschwindet und nichts von ihm bleibt, nicht mal eine Spur auf der Erde. Nehmen wir Dmitri Akutin. Er war Vollwaise und der ärmste Student, den man sich denken kann. Andere trugen moderne Pullover und amerikanische Jeans, er aber lief in der Hose aus dem Heim herum und trug Schuhe mit Bindfäden. Dafür war er unglaublich begabt, das reinste Wunder. Und was wurde daraus? Dmitri ist tot, und ich bin vielleicht der einzige auf der Welt, der sich an ihn erinnert, ich kann ihn nicht vergessen; vielleicht auch noch Sie... Ist es so? Bitte, antworten Sie mir aufrichtig.«

Ich erzählte meinem seltsamen Besucher von meinem finsteren Haß auf mein eigenes Dasein, von der Zeit, in der ich die Nächte damit zubrachte, mir verschiedene Methoden der Selbstvernichtung auszudenken, und von meiner überraschenden, wundersamen Befreiung aus dieser Finsternis, als Dmitri aus dem Grabe auferstand.

Mein Besucher hörte mir aufmerksam zu, und erst als ich verstummte und mit plötzlicher Trauer an den unstillbaren Haß mancher Menschen auf die für mich so offenkundige Tatsache der Einheit von Leben und Tod, Vergangenheit und Zukunft, Totem und Lebendem dachte... da lächelte er plötzlich mit blitzender Brille und sprach meinen Gedanken zu Ende:

»Die würden Sie umgehend ins Irrenhaus sperren, wenn Sie ihnen von Ihren Begegnungen mit Dmitri erzählten.«

»Ohne Frage. Aber warum? Wen würde das stören«, klagte ich. »Wieso sind die Menschen so unversöhnlich zu ihrer eigenen Tiefe?«

»Das sind keine Menschen«, sagte mein Besucher mit gesenkter Stimme. »Sie meinen diejenigen, die eben keine Menschen geworden sind, ihre tierische Reinheit und Direktheit aber verloren haben.« Und noch leiser, fast flüsternd: »Sie können nicht, so wie Sie, unbemerkbar für sich selbst die unsichtbare Brücke von hier nach dort und zurück überschreiten. Sehen, wie der Wind die Bäume bewegt, und dabei wissen, daß da ein Windstoß aus dem vorigen Jahrtausend rauscht.«

Er sah mir aufmerksam in die Augen, lächelte und sagte fröhlich:

»Finden Sie nicht, daß ich jetzt Ihre eigenen Gedanken ausspreche?«

»Doch ja«, bestätigte ich begeistert. »Mehr noch, ich denke mir, daß wir beide an das gleiche glauben.«

»Wahrhaftig. Und dann möchte ich Ihnen noch sagen, solange ich kann ... Fürchten Sie die Tiere nicht. Seien Sie fest und ruhig, dann werden sie vor Ihnen den Kopf senken, den Schwanz einkneifen und Ihnen die Hand lecken.«

»Ich verstehe nicht recht«, antwortete ich. »Von was für Tieren sprechen Sie die ganze Zeit?«

»Das ist schwer zu erklären, und es würde lange dauern«, sagte er und senkte müde den Kopf, wobei er seine Fingernägel betrachtete. »Ich will nur eines sagen. In uns beiden ist auch viel Tierisches, und als Tiere sind wir beide Todfeinde. Ich bin, sagen wir mal, ein Eichhörnchen, und Sie sind ein Iltis, der gern fremdes Blut trinkt. Aber ich bin jetzt zu Ihnen gekommen als Mensch zum Menschen. Und nun folgendes. Lassen Sie uns beide, ja, uns beide, Sie und mich, mit uns selbst ein Experiment anstellen. Was für eins? Dieses. Versuchen wir, als zweieinige Wesen, als Träger des tierischen wie des menschlichen Prinzips, versuchen wir also, auf eigenen Wunsch alles Tierische in uns auszumerzen und allein das Menschliche zu behalten.«

»Wieder so verschwommen, ich begreife es nicht ganz ...«

»Na schön, ich will offen sein. Sie haben, nach Ihrem tierischen Prinzip handelnd, schon drei Menschen vernichtet. Dmitri Akutin, Innokenti Lupetin und Ihren verstorbenen Mann, hieß er nicht Shitinjow? Also, Innokenti haben Sie vernichtet, indem Sie ihm die Kehle durchbissen, als er sich entzückt vor Ihnen verneigte, um Ihnen das schöne Pfötchen zu küssen. Dmitri und Ihren Mann haben Sie einfach ausgetrunken. Nachts, wenn Sie Seite an Seite schliefen, haben Sie ihnen ein winziges Loch in den Hals gebissen und ihnen das Blut ausgesaugt. Morgens fühlten sie Schwindel und

Schwäche, doch die winzige Wunde am Hals war schon vernarbt, und sie spürten nur ein leichtes Jucken. Ihr Mann ist von dem Neubau gestürzt, weil er auf der Mauer mit einemmal Schwäche, Übelkeit und eine plötzliche Gleichgültigkeit gegenüber dem Leben empfand ...«

»Ja, Sie haben recht«, unterbrach ich ihn, »Sie und ich sind Feinde!«

»Aber nur in unserm tierischen Prinzip!« rief er lächelnd, und seine Brille blitzte fröhlich. »Als außergewöhnliche Frau, die mit den Sendboten anderer Zeiten umzugehen weiß, sollten Sie meine Wahrheit begreifen, die auf normale assoziative Weise ausgedrückt ist! Ihrem menschlichen Prinzip muß doch die Wahrheit teurer sein als alles andere, nicht wahr?«

»Und die sehen Sie in meinem Falle darin, daß ich eine Blutsäuferin bin und die Todesursache von zwei Männern war, die ich liebte?«

»Vollkommen richtig! Das ist die Wahrheit, aber Sie als Trägerin von Verstand und menschlichem Geist sind ja wohl erstens unnachsichtig gegen sich selbst (im Namen des Dienstes an dieser Wahrheit), und zweitens haben Sie vor ihr keine Angst, wie sie auch sein möge. Wozu die Wahrheit über sich selbst fürchten oder die Augen vor ihr verschließen? Ich zum Beispiel bin ein Eichhörnchen, ein feiges Wesen, aber diese vom Standpunkt der Menschen schmähliche Eigenschaft hilft mir, zu überleben, einer Gefahr rechtzeitig auszuweichen und unangenehme Situationen zu vermeiden. Wie soll ich mich zu meiner Feigheit verhalten? Ich finde, vor allem gelassen, ohne überflüssige Emotionen, eingedenk lediglich dessen, daß die Wahrheit über mich selbst vor allem für mich selbst notwendig ist. Habe ich nicht recht?«

»Kurz und gut, junger Mann, Sie fordern mich auf, die Beschuldigung des Mordes an meinen beiden Männern als gerechtfertigt anzuerkennen?«

»Des ungewollten Mordes!« korrigierte er mit hocherhobenem Finger. »Und Sie sollen nicht meiner Beschuldigung zustimmen, sondern nur die unstrittige Tatsache des Vampirismus akzeptieren, den die Natur in Ihr Wesen gelegt hat. Nur das sollen Sie akzeptieren, was wirklich ist!«

»Aber wozu das alles?« fragte ich. »Was soll mir das jetzt, wo ich meine Männer, wie sich herausstellt, schon ausgetrunken habe und selbst beinahe eine Greisin bin und nichts mehr habe als meine kostbaren Erinnerungen? Sind Sie gekommen, um sie mir wegzunehmen?«

»Aber nein! Ich habe Ihnen doch von dem Experiment gesprochen. Ich befinde mich ja auch in der eisernen Gefangenschaft meiner Erinnerungen, und ich reise wie Sie frei ins Jenseits, das heißt in die Vergangenheit, und kehre zurück, das heißt in meine Gegenwart, um mich traurig davon zu überzeugen, daß in dieser ›Gegenwart‹ für mich alles leer ist. Ich habe Sie ausfindig gemacht und bin hergekommen, um mit Ihnen einen Waffenstillstand und ein Bündnis zu schließen. Versuchen wir beide, wirkliche Menschen zu werden! Ob das möglich ist für uns, die wir insgeheim Schwänzchen und Reißzähne haben? Darin besteht das Experiment, und es ist von großer Bedeutung! Mit dem verbliebenen Rest unseres Lebens, mit allen durchgestandenen Leiden, mit aller bevorstehenden Geduld und allen Enttäuschungen ... mit allem, was an menschlichem Inhalt noch in uns ist, mit unserm ganzen Wesen lassen Sie uns, meine Liebe, diesem Ziel zustreben. Was? Nur um zu beweisen, daß noch nicht alles verloren ist, daß es für uns noch einen Weg gibt, daß das Hinüberwachsen des Tiers in den wirklichen, endgültigen Menschen durchaus möglich ist. Ja, ja! Sie und ich, wir müssen durch diese Prüfung hindurch. Warum? Weil wir beide wirkliche Menschen geliebt und sie dann verloren haben und weil uns nur verwirrende Erinnerungen geblieben sind, diese gespenstischen Reisen durch die vergangenen Zeiten.

Ich habe ja auch einmal geliebt ... Oh, wie sakral meine Worte klingen! Hinter ihnen aber stehen ein qualvoll gelebtes Leben und wilde Leiden. Die Menschheit stirbt vor unseren Augen, sie stirbt bei der eigenen Geburt – sie windet sich in den Geburtswehen, während sie sich selbst aus sich selbst zur Welt bringt. Diese Wehen dauern schon lange, vielleicht hunderttausend Jahre, und unsere Geburt ist noch immer nicht abgeschlossen. Ich glaube, das Kindchen kommt mit den Füßchen voran, und damit droht Unheil. Glauben Sie, daß die Menschheit eine glückliche Zukunft hat? Nein? Man muß es glauben – selbst ein Hund glaubt, sonst würde er sich auf die Straße legen und krepieren. Doch, Sie glauben insgeheim und haben immer geglaubt, und nur deshalb konnten Sie, pardon, das Alter der grauen Haare erreichen.

All das ist so, aber heute bin ich zu Ihnen gekommen, um mit Ihnen ein besonderes Gespräch zu führen und Ihnen einen ungewöhnlichen Vorschlag zu machen. Ich weiß viel von Ihnen, Liliana

Borissowna, denn ich habe mich mehr als einmal in Sie umgewandelt, obwohl mir das zugegebenermaßen keine besondere Freude bereitet hat. Sie sind ein schlimmes Raubtier, doch von sämtlichen Wandlingen auf der Welt konnte ich mich nur an Sie wenden, weil Sie, gerade Sie mit unerhörter Kraft und Qual einen wirklichen Menschen liebgewonnen haben, einen der seltenen Vertreter der fernen Zukunft. Und Ihre Liebe, anfangs schändlich, später wunderschön, hat Sie gänzlich umgeformt, und Sie sind längst nicht mehr das, was Sie früher waren.

Ihre Eheschließung? Die war doch eher ein Versuch, einzuschlummern, den qualvollen Rest des Lebens zu verschlafen, nachdem Sie eingesehen hatten, daß der geisterhafte Dmitri, der keiner Zeit mehr angehörte, nicht Ihr Mann, Ihr Gatte im alltäglichen Sinne des Wortes sein konnte. Bis dahin hatten Sie doch geglaubt, daß Sie, wenn das ginge, bereit wären, den Sarg mit Dmitris Körper in Ihrem Zimmer zu behalten, wenn dieser nur von der Verwesung verschont bliebe. In Wirklichkeit aber, als der auferstandene Dmitri sich bei Ihnen einfand, quicklebendig, aus Fleisch und Blut, mit seinen Akutinschen Äuglein zwinkernd, hielten Sie der Prüfung durch die höhere Liebe nicht stand, sie schickten ihn – im neuerlichen Wunsch nach niedrigerer Liebe – auf Reisen durch die Vergangenheit und heirateten ergeben den Bauingenieur Shitinjow. Und jetzt, nach seinem Tode, wollten Sie sich hierher zurückziehen und auf Dmitris Wiederkehr warten. Doch da zeigte sich am Horizont wieder ein einsam Segel – Kusma Dershawin. Sie erröten, Sie sind verlegen, ach, schütteln Sie nicht ärgerlich den Kopf, ich habe ja alles gesehen, als ich hinter dem Schuppen stand, ich hatte die Möglichkeit, Sie zu beobachten, während Sie mich noch nicht sehen konnten. Wissen Sie denn, Liliana Borissowna, wieviel man über einen Menschen herausfinden kann, wenn man ihn heimlich betrachtet in einem Moment, wo er sich gänzlich unbeobachtet fühlt? Mit was für Augen Sie diesen Mann angesehen haben ... Ich wünschte mir, daß mich wenigstens ein einziges Mal eine Frau so ansähe. Aber soll ich Ihnen sagen, wie das bei Ihnen enden wird? Ich sage es Ihnen voraus, ich prophezeie es Ihnen, ja, ich besitze die Gabe des Hellsehens.

Folgendermaßen wird es enden. Sie werden diesen Sonderling, diesen einsamen Hagestolz selbstredend allmählich zähmen, und er wird Sie immer öfter besuchen. Eines schönen Sommerabends nach dem Tee und einem Gläschen werden Sie so wunderbar mit ihm reden, daß es Ihnen gelingen wird, ihn von der Notwendigkeit zu überzeugen, für immer bei Ihnen zu bleiben. Kusma wird in Verlegenheit geraten, mit einem Seufzer antworten: ›Ja, weißt du ... Das Alter ist nicht mehr fern, da hast du schon recht, Liliana‹ und hinterm Tisch hervorkommen. Hinter diesem Vorhang da wird er verschwinden, wird sich auf Ihr Bett setzen, und Sie werden einen Stiefel zu Boden poltern hören. Zitternd vor Erregung werden Sie sich hier ausziehen, werden Ihr Kleid über den Stuhl da werfen und barfuß ebenfalls hinter den Vorhang patschen. Genau in diesem Moment aber werden sich Ihnen ganz überraschende Seiten von Kusmas Wesen offenbaren, von denen Sie jetzt noch nichts ahnen. Erstens werden Sie hinter dem Vorhang weder Kusma selbst noch seinen Stiefel vorfinden, den er doch mit Gepolter ausgezogen hatte. Weder den Tischler also noch sein Schuhwerk werden Sie erblicken, sondern nur die im abendlichen Halbdämmer offenstehenden Fensterflügel und den fernen Trauring des Mondes, der zur Hälfte aus einer langen violetten Wolke hervorschaut. In jäher Glut werden Sie, nur im Hemd, gleichfalls zum Fenster stürzen, sich über das Fensterbrett schwingen und im taunassen Gras stehen, umgeben vom nächtlichen Getriller der Frösche. Und da werden Sie sehen, wie hinter dem Zaun dort, über die kleine Anhöhe dort, ein langohriger Hase rast, die Stiefel an die Brust gedrückt. O weh, Liliana Borissowna, der Gegenstand Ihrer neuen Leidenschaft wird sich als gewöhnlicher scheuer Hase entpuppen, den zu fassen nicht leicht ist, da er lange flinke Beine hat. Dieses Abenteuer erwartet Sie in naher Zukunft, verehrte Liliana Borissowna.«

Mit diesen Worten beendete mein Besucher seine Prophezeiung, und es muß gesagt werden, daß sie haargenau eintraf – die Stiefel, das Froschkonzert vor dem Fenster, nur von dem Nebel hatte er nichts gesagt, von dem niedrigen Abendnebel, der sich hinter den Gemüsegärten breitete und in dem der vor mir fliehende Kusma immer wieder untertauchte, wahrscheinlich um einen im Laufen fallen gelassenen Stiefel aufzuheben.

Ich kehrte ins Haus zurück, von der Hofseite, wo es einen Nebeneingang durch den Holzschuppen gab (die Tür zur Straße war von innen verschlossen), meine bloßen Füße waren naß vom Tau und brannten von den Brennesseln, die ich im Dunkeln nicht hatte sehen können. Meine ruhmlosen Brandwunden reibend, saß ich in der dunklen Stube auf dem Bett, lachte und weinte und dachte an die Prophezeiung des Eichhörnchens.

Mein Besucher hatte recht. Nein, ich hätte Dmitri nicht vergessen, es zumindest nicht gegen das Geheiß meines Herzens versuchen dürfen. Und es hatte mich geheißen, das zu akzeptieren, wovon ... i gesprochen hatte: ewiges Warten, die Bereitschaft der Penelope, die Bevorzugung der Witweneinsamkeit vor allem andern und das gelassene Streben zum höchsten Schweigen, mit dem die nächtlichen Klagen einsamer Witwen gewöhnlich enden. Mein Besucher hatte mich gelehrt: Versuche nicht, deiner schlimmen Niederlage zu entgehen, verbirg sie weder vor den Menschen noch vor dir selbst. Wisse, daß deine größten Niederlagen nur ein flüchtiges Lächeln wert sind, wenn du dich ihrer an der Grenzlinie dieses Daseins wirst entsinnen können. Zwar kannst du noch nicht wissen, ob du imstande sein wirst, dich der Vergangenheit zu entsinnen, wenn du erst mal auf der anderen Seite bist, doch jetzt, wo du noch lebst, ist dir die Möglichkeit gegeben, in Gedanken die verhängnisvolle Brücke zu überschreiten, zurückzublicken und leise zu lächeln über all deine früheren Entsetzen, Sorgen, Ängste und Flüche. Vergiß Dmitri nicht, so lehrte mich ... i, warte auf seine Rückkehr und bewahre einem der besten Menschen ruhige Treue, dann wirst du allmählich selbst ein Mensch werden und alles Tierische abstreifen. Und wenn es erst soweit ist – unsichtbar für alle Welt, ohne jeden überflüssigen Zeugen –, wirst du dein Ziel erreicht haben und immer mit dem zusammensein können, der deine große Liebe war.

Damals, als ich in der Dunkelheit auf dem Bett saß und mir mit dem Finger die Nesselbrände an den Beinen rieb, wußte ich noch nicht, daß durch schneidenden körperlichen Schmerz und fleischliche Bedrängnis Geistigkeit in uns eindringt und die Menschwerdung sich vollzieht. In der Folgezeit empfand ich noch viel Schmerz und Bedrängnis, bis ich eines Tages begriff, daß auf diese Weise mein Tier unterdrückt wurde, in dem ich mit meiner Seele steckte. Und wie Rotkäppchen konnte ich erst dann frei sein, wenn dem armen Tier der Bauch aufgeschnitten würde. Es sorgte eifrig, gierig, sorgenvoll und tagtäglich für seine Sättigung, es suchte Zuflucht, legte sich zur Ruhe, alterte unwiederbringlich, bewegte sich verzagt auf den Tod zu.

Einmal schnitt ich mir versehentlich in den Finger, als ich Möhren putzte, und es war einer der unbedeutendsten Versuche, die tierische Hülle zu öffnen und hinauszugelangen. Ein andermal trug ich auf dem Rücken einen halben Sack Kartoffeln, stolperte über die Schwelle, fiel hin und knallte mit dem Gesicht auf den Rand des Eimers, der mir Stirn und Wange aufschnitt, und das strömende Blut verschloß mir die Augen und verklebte die Wimpern. Ich lag auf der Erde neben dem Hügel des Kartoffelsacks, der Eimer kullerte zur Seite und verschwand beinah unterm Bett, ich schrie und weinte, preßte die Wunde mit der Hand, und es war bitter und entsetzlich für mich, daß ich im Alter ganz allein war, und das Blut klebte an meiner Wange wie ein nasser Lappen. Nein, ein Tier ist nie so einsam wie ein Mensch, und wenn es sich unversehens die Schnauze an einem Zweig oder einem Stein aufreißt, kommt ihm nie der Gedanke an das heranrückende Alter in den Sinn. Da war es, das zutiefst Menschliche, das für einen Moment aus der blutigen Schnittwunde hervorlugte und im matten Abglanz auf dem Eimerboden, der in der Dunkelheit unterm Bett kaum zu sehen war, den ungeheuerlichen Anblick des feindlichen Daseins schauen konnte. Ich weinte, verschmierte Blut und Tränen im Gesicht, führte einen heftigen Streit mit meinem damaligen Besucher, der mich aufgefordert hatte, das Tier aus mir zu vertreiben und nur das Menschliche zu behalten. Ich wußte nicht, wie es ihm selbst gelang, aber *mein* Mensch zappelte auf dem Fußboden, stand mitten in der Stube auf allen vieren, schluchzte mit verzerrtem Mund, der naß war von Tränen und Blut. Ich weinte allein in meinem Haus und konnte nichts anderes tun, nicht einmal mich waschen und die Wunde verbinden.

Da knarrte sacht die Tür – und herein kam der scheue langohrige Hase, räusperte sich verlegen und blieb an der Schwelle stehen, die Pfote an die Brust gedrückt. Kusma brachte mir den seit langem versprochenen Hobel und ein Konservenglas mit noch warmen gekochten Pilzen. Er half mir, aufzustehen, das Gesicht zu waschen und die Wunde zu verbinden.

Es verging geraume Zeit, bis ich es lernte, den Hobel zu handhaben. Aber eines Tages hatte ich ein Stück Brett so sauber und glatt gehobelt, daß sich mit feingespitztem Bleistift darauf schreiben ließ. Auf diese Holztafel schrieb ich: »Dmitri, hier ist ein Heft, darauf kannst du etwas für mich zeichnen.« Danach hobelte ich das Brett wieder sauber und legte mich schlafen. So bereitete ich mich auf meinen Witwenherbst vor. Der scheue graue Hase lief irgendwo durch die Dunkelheit, hoppelte übers leere Feld, machte ab und zu Männchen, beschnupperte den Gegenwind und spielte mit den Ohren. Und es war, wie mir ...i beim Abschied gesagt hatte: »Er wird handzahm sein, aber sich nicht in Ihre Hände geben.« Wir waren viele Jahre lang gute Freunde, dann fand er eine Frau im Nachbardorf, und unsere Freundschaft brach ab. Doch nachdem ich gestorben war, hat er mir gleichwohl den Sarg gezimmert.

Georgi Asnaurjan

Die wechselseitige Gefühlskälte in der Ehe, oh, wieviel bittere Verwünschungen wurden schon an ihre Adresse geschickt. Aber ich will Eva nicht verwünschen, immerhin hat sie alles getan, was uns nach ihrem Einsichtsvermögen Glück bringen mußte, ihr und mir, dem netten Löwenpärchen, und unseren Junglöwen, die einer nach dem andern kamen, drei Prachtexemplare, gesund, schön und äußerlich ohne Makel. Was hatten sie für Glück mit ihrer Mutter, was war sie für eine großartige Jägerin, eine Priesterin des Beutemachens, mit welch fröhlicher, munterer Unermüdlichkeit ging sie auf die Pirsch, konnte in einer Nacht den halben Erdball umrunden und gegen Morgen nach Hause zurückkehren, in unsere gemütliche Höhle in Sidney, in den Zähnen schwere Bündel Banknoten.

Hinter ihrer Zierlichkeit, hinter dem Aussehen des netten, sommersprossigen, breitmündigen Mädchens aus der mittelrussischen Provinz, hinter ihrer slawischen zarten Goldigkeit verbarg sich die ungeheuerliche Macht stählerner Muskeln, sie war die Vollkommenheit jener Welt, in der die große Jagd auf Konkurrenten Grundlage und Sinn des Daseins ist. Sie besaß Fabriken, sie besaß Tanker, sie besaß große Mietshäuser in fast allen Großstädten Australiens, sie besaß eine Villa in Monte Carlo, sie besaß unzählbare Herden von Feinwollschafen, in den Kellergewölben von Zürich hüteten Zwerge ihr Gold, sie hielt in ihren zarten, langfingrigen weißen Händen das Schicksal von Tausenden Menschen und fünfzehn Direktoren, durchweg Tiger, Bären und Büffel.

Unser ganzer Globus, dessen Quellen unermeßliche Schätze für die Konsumgesellschaft verströmten, stand meiner Frau zur Verfügung, sie sah fetten holländischen Käsekochern und algerischen Lederhändlern auf die Finger, und die argentinischen Wurstmacher, wenn sie nur ihren Namen hörten, zuckten zusammen und fletschten die Zähne. Aber diese Magnatin war wie alle wirklich großen Menschen die Einfachheit und Bescheidenheit selbst, sie wußte in der Malerei Bescheid wie ein Profi, hatte sämtliche Melodien ihres geliebten Händel im Kopf, konnte recht nett Klavier spielen, und wenn einer unserer Junglöwen den Durchfall hatte, kochte sie selber Blaubeeren, die ihre Rjasaner Großmutter gesammelt hatte, und gab ihm den Sud zu trinken.

Ich hätte nie für möglich gehalten, daß sie dermaßen reich und mächtig war, und ich mußte lachen, als sie mir, nachdem sie mich in ihr richtiges Australien mitgenommen hatte, eines Morgens im Bett mit lustiger Wichtigkeit auseinandersetzte, wie es um unsere materiellen Angelegenheiten bestellt war. Ich lachte herzlich und erklärte ihr, daß ich als ein Mensch, der unter gänzlich anderen Bedingungen erzogen worden war, mir ein untätiges Leben nicht vorstellen konnte und daher nur von dem zu leben vorhatte, was ich selbst verdiente; um also Geld verdienen zu können, brauchte ich eine Arbeit. Oh, das versteht sich von selbst, pflichtete Eva mir bei, ich habe mir das schon gedacht und rechtzeitig vorgesorgt. Sie bewog mich, einen Bademantel überzuwerfen, und führte mich aus dem Haus, wir gingen über den kurzgeschorenen grünen Rasen *unseres* Parks und gelangten an einen von Bäumen umstandenen topmodernen Palast, der an ein auseinandergezogenes Akkordeon erinnerte.

Dies sei, so erfuhr ich in diesem denkwürdigen Moment, *mein* Atelier. Ich hatte nie etwas Ähnliches gesehen. Nicht im geringsten zu vergleichen mit der anspruchsvollen Bleibe meiner berühmten Tante! Maro D. wäre geplatzt vor Neid, wenn sie dieses Gebäude gesehen hätte, die inneren Räume und all die gescheiten Einfälle und Vorrichtungen, mit denen Ewa das Atelier ausgestattet hatte; alles war sorgfältig durchdacht und mit den besten Architekten und berühmtesten Designern Australiens abgestimmt worden. Dieses Kunstlicht, stets gleichmäßig hell, bei jedem Wetter, Tag und Nacht, das sich nicht im geringsten vom Tageslicht unterschied! Diese Gobelins, original siebzehntes Jahrhundert, die die Wände des gewaltigen Ateliers schmückten! An dieses schloß sich ein Graphikstudio an mit nagelneuen Pressen und Radiergeräten und ganzen Sätzen von Kupfer- und Zinkplatten; ferner gab es ein kleines »Damenatelier« für den Fall, daß Ewa gleichfalls Lust bekam, etwas zu schaffen, einen Ruheraum mit Polsterliegen und einen Erfrischungsraum mit einer Bar und einem Kühlschrank, der einen unerschöpflichen Vorrat von allem nur Denkbaren enthielt.

Sogar ein Swimmingpool war vorhanden, außerdem ein Raum für Gymnastik und Yogaübungen, eine Tischlerwerkstatt mit österreichischem Handwerkszeug und schließlich ein Mansardenzimmer, in das man sich zum Meditieren zurückziehen konnte und zu dem es nur einen Schlüssel gab, der mir selbstredend ausgehändigt wurde.

»Hier kannst du arbeiten, mein Lieber«, sagte Eva und musterte das Atelier sachlich wie eine Schneiderin ihr Erzeugnis, »das ist mein kleines Hochzeitsgeschenk für dich, damit du dein werktätiges Leben beginnen kannst, mein geliebter Werktätiger.«

Aber sie hatte mir, wie sich herausstellte, nicht nur das schönste Atelier der Welt geschenkt. Hinter einer Portiere zeigte sich ein blasser Kahlkopf und verschwand gleich wieder.

»Pan Zborowski!« rief Eva, und als der glatzköpfige Gentleman zu uns trat und Eva mit einer Verbeugung die Hand küßte, stellte sie ihn mir vor: »Das ist Herr Stanisław Zborowski, ein hochtalentierter Maler, der wird dein guter Freund und Kompagnon sein, Liebster, damit du dich anfangs nicht langweilst, solange du noch keine Bekannten hast.«

Ich blickte verständnislos auf diesen Pan, der vor uns stand, beide Hände auf dem Rücken, und mit undeutbarem Gesichtsausdruck bald die eine, bald die andere Braue hochzog.

»Pan Zborowski«, sagte meine Frau, »wird in meinem kleinen Atelier arbeiten, denn ich habe vorläufig keine Zeit, mich mit Malerei zu beschäftigen. Ich muß nach dem Iran reisen, dann nach Japan und Amerika. Du kannst anfangen zu arbeiten, lebe dich ein, wie man bei euch sagt; Pan Stanisław wird dir in allem zur Hand gehen, nicht wahr, Pan Stanisław?«

Der neigte den Kopf, zog die rechte Braue hoch und ließ hinter seinem Rücken die Finger knacken.

Ewa und ich verließen *mein* prächtiges Atelier und kehrten ins Haus zurück, und sie erzählte mir:

»Oh, er ist ein sehr begabter armer Maler, ein entfernter Verwandter, er tat mir leid, schließlich hat er kein eigenes Atelier, darum wollte ich ihm ein wenig helfen. Er kann ja an deiner Seite arbeiten, es macht dir doch nichts aus, Liebster?«

»Nein«, antwortete ich. »Was sollte ich auch allein in diesem Ungetüm? Darin ließe sich ja meine ganze Kunsthochschule unterbringen.«

Tags darauf reiste Eva nach dem Iran, und ich blieb in der

Gesellschaft des wortkargen Zborowski. Der Pan ging in der Tat alsbald ans Werk, er breitete auf dem Tisch winzige Marderpinsel aus und stellte eine Leinwand, so groß wie ein Briefumschlag, auf die elegante Staffelei. Die Zungenspitze von innen gegen die Wange drückend, so daß diese eine Beule bekam, trug er emsig winzige helle Striche und Punkte auf und schuf etwas Flimmerndes, maßvoll Edles und dem Kolorit nach Leckeres – es erinnerte irgendwie an ein rosa Zicklein vor dem Hintergrund seifengrünen Grases.

Es erwies sich, daß Zborowski fließend russisch sprach, was Eva mir verschwiegen hatte, und so plauderten der Pan und ich ein wenig über die Technik des Pointillierens, erwähnten Seurat und van Gogh, und dann begab ich mich in mein Atelier.

Ich trat ein, betrachtete wieder die herrlichen Gobelins, umkreiste die eleganten und sehr bequemen Staffeleien, auf denen weiße Leinwände verschiedener Größe bereitgestellt waren, berührte die nagelneuen Pinsel, die mit Sicherheit sehr teuer gewesen waren, setzte mich in einen Sessel, schloß die Augen und sank überraschend in tiefen Schlaf.

Ich schlief ziemlich lange, wachte dann auf und fühlte mich maßlos unglücklich. Mir war klar, daß ich nie wieder einen Pinsel in die Hand nehmen und auf der Palette Farben mischen würde. Ich war als Künstler gestorben, und das war ebenso plötzlich und blitzschnell geschehen wie der Tod bei einem Autounfall.

Einstweilen wußte das allein ich, allenfalls noch mein ferner Freund ... i, der mich zum Flughafen Scheremetjewo begleitet und im Moment der Trennung geweint hatte wie ein Kind. Er schluchzte, heulte langgezogen und stieß zwischendurch die säuischsten Flüche aus, doch als ich dann zu ihm trat, um ihn zum Abschied zu umarmen, und ihm sachte mit der Faust auf die Schulter klopfte, holte er tränenüberströmt plötzlich aus und schlug mir einen solchen Haken gegen das Sonnengeflecht, daß ich aufächzte und lange keine Luft bekam. Danach wandte er sich ab, trottete wie ein Blinder stolpernd von dannen und verschwand in der Menge. Möglicherweise hatte seine prophetische Seele schon damals erraten, gewußt, was für ein Unglück mich erwartete, natürlich hatte sie es gewußt.

Auf dem dunklen Grunde des menschlichen Ozeans, in den unvorstellbaren Winkeln des Lebens schleppte jeder von uns einsam die Last des Nichtwissens und der Schwermut, den Trödel der eigenen Nichtigkeit und tastete, knirschend vor Anspannung, mit den Füßen nach dem Weg zum Schöpfertum. Niemand hatte ihn uns versprochen, aber wir wollten schöpferisch sein, die Wandlinge spotteten unser, sie täuschten und verzauberten uns, und doch fanden wir nach dem Herumirren im fruchtlosen Unterholz des Chaos den Weg zurück und setzten unsere Suche von der früheren Stelle aus fort. Und wenn das Leiden unerträglich wurde, kochte die Seele gleichsam plötzlich hoch, und über dem aufschießenden Schaum der bitteren Verzückungen, über dem Brodeln der Verzweiflung bildeten sich blasse Strömchen von Dampf, Chimären und Bildern jener Kunst, die der menschlichen Einsamkeit zugänglich ist.

Georgi war in einen goldenen Käfig geraten, ohne es zu wissen, darum hatte ich so bitterlich geweint, als ich mich auf dem Flughafen Scheremetjewo für immer von ihm verabschiedete.

Mit dem Autobus fuhr ich nach Moskau zurück. Nachdem ich ein Weilchen auf einer Bank am Zwetnoi-Boulevard gesessen hatte, ging ich zu meinem alten Bekannten, dem kosmischen Maler Wypulkow. Die Tür des Hauses, diese niemals schließende Tür des unbewohnbaren Gebäudes, stand sperrangelweit offen, ich trat ein, durchquerte den dunklen Korridor und gelangte in das große Zimmer, dessen Wände mit den kosmischen Meisterwerken vollhingen und wo die Staffelei mit einer neuen Leinwand stand, die einstweilen nur ein paar fette Kohlestriche zeigte. Kornej Wypulkow war nicht im Atelier, dafür hörte ich im Nebenzimmer eine Schreibmaschine klappern.

Ich folgte dem Geräusch und erblickte alsbald verwundert ein höchst sonderbares Subjekt, ein mageres Menschlein, nicht größer als ein mickriger zehnjähriger Knabe, aber der Mann hatte einen wilden Bart, und seine Hosenträger zogen ihm die zerknitterte Hose bis unter die Achseln. Er stand an einem uralten zerschrammten Tisch wie vom Sperrmüll und tippte mit einem Finger auf einer vorrevolutionären Remington, deren Mechanismus voller Spinnwebfetzen war. Auf dem eingespannten Blatt Papier waren wohl fünf Zeilen getippt, mit Buchstaben, die wie Flöhe hüpften.

Was machen Sie hier, fragte ich den Bärtigen, der, wie mir durch den Kopf ging, an einen noch jugendlichen, unreifen Gnom erinnerte, was schon, antwortete er und wandte sich auf seinen winzigen Beinchen mir zu, sehen Sie das nicht, ich arbeite. Woran denn, fragte ich nicht besonders schüchtern, ich tippe eine wissenschaftliche Studie, lautete die Antwort. Was denn für eine, darf man das erfahren, fuhr ich im selben Geiste fort, warum sollte man nicht dürfen, man darf, antwortete der junge Gnom unerschütterlich, ich schreibe über die Gestaltung des kosmischen Themas in den russischen und byzantinischen Ikonen des fünfzehnten Jahrhunderts. Wie das, fragte ich verwundert und schon ganz ernst. Nun, lautete die Antwort, auf vielen Ikonen jener Zeit gibt es Abbildungen von fliegenden Untertassen, Humanoiden in Raumanzügen und chiffrierte mathematische Formeln. So ist das also, sagte ich, wissen Sie, wo Kornej ist? Was denn für ein Kornej, fragte der Forscher mit ein wenig giftiger Gereiztheit, und wieso soll ich wissen, wo er ist? Was für ein Kornej, sagte ich wieder verwundert, Kornej Wypulkow natürlich. Erlauben Sie mir die Frage, wer ist denn dieser... Wypulkow? Und da begriff ich endlich, daß der junge Gelehrte rein gar nichts mit Kornej zu tun hatte. Merkwürdig, sagte ich, ein erstaunliches Zusammentreffen... denn er beschäftigt sich auch eingehend mit kosmischen Problemen. Wer ist Kornej Wypulkow, fragte er, ein Maler, antwortete ich. Übrigens, wie kommen Sie hierher? Wer hat Sie hergebracht? Niemand hat mich hergebracht, sagte der Gnom und verzog mißmutig das Gesicht, ich bin die Straße entlanggegangen, habe dieses Häuschen gesehen, bin hineingegangen und habe dieses leere Zimmer in Besitz genommen. So seid ihr, rief ich, alle über den gleichen Leisten geschlagen. Erlauben Sie mir die Frage, wer ist das, wir, sagte der bärtige Gnom giftig. Ihr, sagte ich, müßt ja wohl Nachfahren der außerirdischen Humanoiden sein. Ich habe es mir gleich gedacht, Sie sind kein Wandling, kein Tier, denn in Ihnen ist nichts Tierisches, Sie sind ein sehr netter junger Mann... Aber warum seid ihr alle so? Warum besetzt ihr leere Zimmer in verlassenen Häusern, ohne die Hausverwaltung zu fragen, ohne auch nur daran zu denken, daß der erstbeste technische Aufseher oder Hausmeister euch rausschmeißen kann? Und ihr werdet gehen, ihr werdet euch widerspruchslos fügen, ihr werdet mit stolzer und unabhängiger Miene diesen Raum verlassen, unterm Arm die Schreibmaschine. Ein Elend ist das mit euch! Ihr seid wie verwunschene Kinder, ihr geht durch die Wolfsschlachten und Affenkriege dieser tückischen Welt, den Kopf hoch erhoben, und zählt die Sterne am Himmel. Über euren ewigen kosmischen Problemen merkt ihr gar nicht, wie unter euren Füßen die Erde bebt vor Zorn auf das ungesetzliche und schurkische Treiben der Wandlinge und wie die Sonne empört von ihrem Himmelsthron herunterspuckt und der Welt der Gottlosen mit einer neuen Sintflut droht.

Einmal im Sommer, viel Zeit war seitdem vergangen, aalte ich mich mit meiner Frau und meinem kleinen Sohn, dem Eichhörnchenkind, am Strand von Rubljowo. Mitten im dichten Gewimmel meiner nackten Zeitgenossen, die mit reinem Körper und rosigbräunlicher Haut dalagen wie exotische Früchte, mitten unter kreischenden und im Flachwasser plätschernden Sommerfrischlern, die aus dem Wasser ans Ufer hüpften, um das kühle Wasserbad gegen das heiße Sonnenbad zu vertauschen, mitten unter friedlichen und glücklichen Badenden, die ja so unsterblich wirken, in einem der seltenen Momente meines Lebens, in denen ich endlich einmal nicht lauter Wandlinge unter den Menschen sah und jeder Mensch mich ein makelloses Gefäß, ein Träger göttlichen Geistes dünkte, da sah ich plötzlich dich, mein winziger, bärtiger Erforscher alter Ikonen, du standest oben auf dem Sandhang, an dessen Fuß ich mit meinem Sohn eine kleine Höhle grub, du trugst ein weißes Hemd und eine weite schwarze Hose mit ausgebeulten Knien, und deine Miene zeigte ein Höchstmaß an Nachsicht mit denen, die sich da nackt am Strand tummelten, im Sand und im Gras saßen oder lagen.

Ich kletterte hinauf und zeigte mich dir fast im Adamskostüm, doch mit Brille, die den Unterschied unserer Bekleidung teilweise kompensierte. Ich erinnerte dich daran, wo und unter welchen Umständen wir uns vor etlichen Jahren begegnet waren, damals sei ich noch nicht verheiratet gewesen und jetzt hätte ich Frau und Kind, das Dickerchen da unten ... Es war ein wunderschöner Tag – samtene Hitze, über dem reglos erstarrten Gras und dem erwärmten Sand flimmerte klarer Dunst, doch du, Bruder, trugst ein zugeknöpftes Hemd und viel zu warme zerknitterte Hosen, und nur die Sommersandalen und die etwas aufgekrempelten Ärmel des weißen Hemdes, aus denen deine blassen schwachen Arme ragten, deuteten darauf hin, daß du immerhin versucht hattest, dich der fast tropischen Juliglut anzupassen. Ich fragte dich, warum du nicht badetest, und du antwortetest mit einem entrüsteten Blick auf mich, daß du *das* nicht nötig hättest – damit meintest du das heidnische Fest der Spiele am Strand und im Wasser, die nackten Körper der Männer und Frauen, den unverhohlenen, jedwede Scham vernichtenden Triumph der Sinnlichkeit, die beiden kräftigen Mädchen, junge, glatte Antilopen, die kreischend, mit hüpfenden Brüsten an uns vorüberstürmten. All das hatte er nicht nötig, der bärtige Winzling mit der viel zu weiten Hose und den Sandalen an den bloßen Füßen. Er fügte noch hinzu, all das sei für ihn eine bereits »vergangene Etappe«. Ich fragte ihn, weshalb er dann hierhergekommen sei, immerhin sei es doch, zumal an einem heißen Julisonntag, ziemlich schwierig, an den Strand zu gelangen. An der Endstation der Metro wartete eine gewaltige summende Menge auf den Bus, da war viel Miliz, da waren Leute mit roten Armbinden, also Milizhelfer; längs der Schlange derer, die danach gierten, an den Strand zu kommen, gingen schwitzende Fahrkartenverkäuferinnen mit Umhängetasche und drängten den künftigen Busfahrgästen fast mit Gewalt Fahrkarten auf; denn in den Bus würden sich so viele hineinquetschen, daß sie nicht mal die Hände würden heben können, um den auf die Nase rutschenden Strohhut hochzuschieben, geschweige denn, um Fahrkarten zu kaufen. All das jagte an meinem inneren Blick vorüber, während ich befremdet und mit hoffnungsloser Wehmut das bleiche, dunkelbärtige, schwächliche Wesen betrachtete, das sich aus irgendwelchen Gründen mitten in diesen Lagerplatz am Strand begeben hatte.

Es ging mir seltsam damals, ich führte ein scheinbar ganz gewöhnliches, normales Leben, ging zur Arbeit, war verheiratet und schlief mit meiner Frau in demselben Bett, brachte ihr einen Blumenstrauß in die Geburtsklinik, als sie mir einen Sohn geschenkt hatte, ich trug ihn in die Kinderkrippe und holte ihn abends wieder ab, ich fuhr mit meiner Familie in den Wald und im Sommer an den Strand. Es war wie bei allen anderen, der gleiche banale Wahnsinn des sogenannten Familienlebens ... und schon reifte in meiner Seele Entschlossenheit, ich begriff endlich, was ich zu tun hatte, und kaufte mir einen sibirischen Laikawelpen. Aber davon später, meine Kostbare ...

Ich erwartete eine Antwort auf meine Frage, aber der Mann, der so sehr einem nicht ausgereiften Zwerg ähnelte, würdigte mich keiner solchen. Er wandte sich halb von mir ab, das heißt, er kehrte mir die Seite zu und versenkte die Hand tief in die Hosentasche. Der Taschenbeutel war offensichtlich so groß, daß der Bärtige sich sogar bücken mußte; mit der freien Hand faßte er das Hosenbein am Knie und zog es nach oben, um der suchenden Hand mit dem

Taschenboden entgegenzukommen. Endlich hatte er gefunden, was er suchte, er richtete sich auf – und entnahm den Tiefen seiner Hose einen gewöhnlichen Blechwecker. Ich stand zwei Schritt von dem Erforscher der kosmischen Ikonen entfernt und hörte deutlich den aufgezogenen Wecker rattern wie eine Maschine; er zeigte zwanzig vor vier. Der Mann sagte noch immer nichts und blickte nicht mal zu mir her. Plötzlich bückte er sich wieder, steckte den Wecker zwischen die Beine und klemmte ihn in der Leistengegend ein, dort tickte die Uhr jetzt, zählte laut die vergehenden Augenblicke. Er, das heißt mein Forscher, warf mir einen Seitenblick zu, und über sein Gesicht huschte etwas wie triumphierender Spott; er stand da, die Arme sonderbar ausgebreitet und etwas zurückgenommen, in der Pose eines Tauchers, der sich zum Kopfsprung anschickt. Plötzlich schrillte der voll aufgezogene Wecker kreischend los – und in derselben Sekunde war mein Bärtiger nicht mehr da. Nicht im übertragenen Sinne, sondern wörtlich – er war verschwunden, als hätte er sich unsichtbar gemacht.

Auf mich zu kam mit breitem Watschelgang ein grauhaariger, dickbäuchiger Biber, der im übrigen gewiß nicht ahnte, daß er ein solcher war, er kaute hastig hinunter, was er im Mund hatte, und fragte entgeistert, wo ist denn der Mann geblieben, der eben noch mit Ihnen gesprochen hat, das heißt mit mir. Da ich Komplikationen voraussah, riß ich mich zusammen und antwortete dem Dickwanst gelassen, dies sei einer der Assistenten des Illusionisten Kyo, der heute einen freien Tag habe und sich derzeit am andern Ufer befinde, neben dem hellblauen Auto dort, und ich wies zum fernen Ufer des Stausees, wo die Automobilbesitzer ihr gesondertes Lager hatten. Mit meiner Antwort zufrieden, nickte der Biber verstehend und ging wieder zu seinem Platz, um die zurückgelassene Nahrung fertigzuessen.

Ich dagegen kehrte zu Frau und Kind zurück, die am Fuß des Sandhangs mit Stöckchen eine Höhle gruben, und ich erkannte, daß sie ein für meinen Verstand unfaßliches Geheimnis bildeten, diese wahren Menschen, scheinbar so linkisch und hilflos, die jedoch etwas wußten, so daß sie selbst mit Hilfe eines schlichten Weckers oder einer rostigen Schürstange fliegen, verschwinden, die Erdanziehung überwinden, in den unterirdischen Tartarus vordringen und mit der ins Leben zurückgeholten Braut dort wieder herauskommen konnten. Und ich ... mir und allen, die so sind wie ich, ist es nicht gegeben, derartiges zu vollbringen, dafür können wir an einem Sommersonntag mit Frau und Kind an den Strand fahren.

Mensch der Zukunft! Es gibt sie bereits, sie spricht mit euch – die Zukunft ist ebenso vorhanden wie die Vergangenheit, alles hat schon vor langer Zeit stattgefunden, und das ALL ist randvoll von den stattgehabten Ereignissen. Auch die zukünftigen Menschen existieren *schon*, und die vergangenen Menschen existieren *noch*, und WIR, die den gegenwärtig klingenden CHOR DES LEBENS bilden, wir summen und wimmeln immerzu wie der gemeinsame Bienenstock irgendeiner menschlichen Generation. Und wenn unversehens Generationsnachbarn zueinander fliegen, bald von links, bald von rechts auftauchend, dann bestaunen WIR einander freudig und trauern lediglich darum, daß WIR wegen der Enge des Raums nicht immer beisammen sein können und daß die unsterblichen Menschen infolge des Platzmangels weggehen müssen, dahin wo mehr Platz und Raum ist, ein jeglicher in *seine Zeit*.

Ich hatte einen Freund, der wegen einer Frau mich und die Heimat verließ und nach Australien ging, und an dem Tag, an dem wir uns auf dem Flughafen Scheremetjewo verabschiedeten, geschah nicht ein Riß des Raums, in dessen Ergebnis mein Freund davonflog in das Land hinter den sieben Bergen mit Hilfe einer Metallröhre, Düsenflugzeug genannt, nein, an diesem Tag riß unsere gemeinsame Zeit, die Zeit der Jugend, der Freundschaft, des reinen Träumens und der selbstlosen Liebe zur Kunst, sie riß, um nie wieder eins zu werden. Aber das verstand er nicht, denn er war verzaubert von der Löwin, die das Aussehen einer netten sommersprossigen Frau angenommen hatte, und er flog seinem Untergang entgegen, nachdem er seiner Unsterblichkeit den Rükken gekehrt hatte. Diese Unsterblichkeit bestand ja für jeden von uns in dem Grad unserer Ergebenheit für das künstlerische Schaffen, denn der Zustand des Schöpfertums – das ist ja sichtbar gewordene Unsterblichkeit.

Groß ist die Verschwörung der Tiere, die diesen Planeten erfaßt hat, und es hat vorderhand keinen Zweck, sie für bezwingbar zu halten, da wir in der Zersplitterung unserer einzelnen Zeiten existieren. Die Tiere, die in dem menschlichen Prinzip Unheil für sich witterten, haben es verstanden, sich zu organisieren, sich sozusagen im Weltmaßstab zusammenzuschließen, und ich, Georgi Asnaurjan, kann bezeugen, daß sie eine internationale Geheimorganisation besitzen, ähnlich der Freimaurerloge, denn ich habe höchstpersönlich ihrem grandiosen Kongreß in Honolulu beigewohnt; ich reiste mit meiner Frau zu dieser Veranstaltung, die sich offiziell Internationaler Kongreß der Dominofreunde nannte.

Auf dem Programm standen seriöse Vorträge über Geschichte und Theorie des Dominospiels, freundschaftliche Schaukämpfe von gefeierten Meistern, die Annahme eines Statuts der Internationalen Gesellschaft der Dominofreunde und sonstiges; die Hauptsache aber war der unterhaltende Teil zwischen den Tagungen – entsetzliche Freß- und Sauforgien, Wettkämpfe der Bierschlucker, der Besuch von Boxkämpfen der Frauen, gemeinsames Nacktbaden und Jachtsegeln – all diese wollüstigen Zerstreuungen, veranstaltet von dem Geld reicher Gönner und Mitglieder der Gesellschaft. Dieser inoffizielle Teil war eigentlich das Wesentliche an dem Kongreß, der, wie ich erkannte, einberufen worden war, um den Triumph der internationalen Verschwörung der Raubtiere, ihren großen Sieg über das menschliche Prinzip und den triftigen Beweis dieses Sieges zu demonstrieren.

Zwei Wochen dauerte der beispiellose Triumph des Getiers, währenddessen alles gezeigt wurde, was das Leben der zeitgenössischen organisierten Wandlinge schön macht, und ich hatte Gelegenheit, geheimnisvolle nächtliche Mysterien für Eingeweihte zu beobachten und sogar einem Menschenopfer beizuwohnen: In einen mächtigen Tiegel mit geschmolzenem Silber wurde ein eigens für dieses Ritual gekaufter kleiner Taiwanchinese geworfen, und dann wurde das Metall in Formen gegossen: Gedenkmedaillen für die Kongreßteilnehmer.

Zum Abschluß der Feierlichkeiten gab es, wiederum nachts, ein Meeting, bei dem alle Teilnehmer stehend die Hymne der Gesellschaft sangen mit dem Refrain: »Das Leben ist in unseren Händen, Freunde, so wie die schwarzen Dominosteine«; der Text wurde in siebenundsechzig Sprachen übersetzt, so daß jeder Anwesende das Lied in seiner Muttersprache geben konnte. Die Kongreßteilnehmer reisten glücklich und zufrieden ab mit herzlichem Dank an die Väter der Dominogesellschaft und deren Schirmherren, zu deren freigebigsten leider meine Frau Ewa gehörte.

Freilich nahm sie weder an den Vergnügungsorgien noch an den nächtlichen Mysterien teil, denn sie ging mit unserm Dritten schwanger und blieb die ganze Zeit in ihrem Hotelzimmer liegen.

Also, uns vier verschlug es zu Lebzeiten in verschiedene Teile der Welt, und wir versuchten nicht mehr, einander zu finden, während unsere Feinde jeden von uns allmählich einkreisten und uns einzeln vernichteten. Sollten sie wirklich die Sieger bleiben? Wenn ich mich schaudernd mit ihrer teuflischen geheimen Macht abgefunden hätte, dann ja – dann hätten sie die Oberhand über mich gewonnen. Und dann wäre der letzte Moment meines Bewußtseins von der zottigen Tarantel scheußlicher Angst gestochen worden. Aber der Verstand, der große Freund des Menschen, verhinderte, daß ich im Tode dem Tier gleich wurde, und ich ging aus dem Leben, wie ein Rekrut in den Krieg geht – weinend, lachend und hoffend.

Meine Mutter erkrankte, bald nachdem ich die Kunsthochschule verlassen hatte und nach Hause zurückgekehrt war. Dieses Zusammentreffen meiner Rückkehr ins Dorf mit der fast gleichzeitigen Erkrankung meiner Mutter und ihrem hilflosen Zustand schien mir kein Zufall zu sein. Ich hatte die alte Frau fast ein Jahr nicht gesehen, und in dieser kurzen Zeit hatte sie sich schrecklich verändert. An dem Frühlingstag, als ich sie beim Wiedersehen in die Arme nahm und küßte, war sie noch ganz normal, weinte, fragte mich nach meinem Leben in der Stadt, steichelte mir die Wange wie einem kleinen Kind, lehnte sich ihrerseits wie ein kleines Kind immer wieder hilflos an mich und küßte mir die Schulter. Zwei Tage darauf ereignete sich der erste Anfall von Geistesverwirrung, sie sprang aus der leeren Schule und rannte mit unartikuliertem Geschrei die Dorfstraße entlang; ich holte sie erst bei der Feuerwehr am Teich ein.

Schon ein Jahr lang hatte sie keine Arbeit, denn in dem großen Dorf mit seinen hundertfünfzig Höfen gab es keine Kinder mehr, und es war auch niemand da, der welche zur Welt bringen konnte, da alle dazu befähigten jungen Leute in die Stadt gezogen waren; nur noch alte Männer und Frauen verbrachten in ihren Häusern den Lebensabend. Damit brach der Traum meines Lebens zusammen, und die Aufgabe, auf die ich mich so lange und sorgfältig vorbereitet hatte, bestand nicht mehr – die Schule war geschlossen, und ich konnte nicht meine Mutter ablösen, die darin fast vierzig Jahre unterrichtet hatte; in den letzten Jahren hatte sie ganz allein vier Klassen geleitet. Noch vor Jahresfrist waren sechs Schüler dagewesen, die sie in einem gemeinsamen Klassenzimmer unterrichtete, doch im letzten Herbst waren es nur noch zwei, darum wurde die Schule geschlossen, und die beiden Kinder kamen in das Internat des zwölf Kilometer entfernten Sowchoszentralguts.

Dorthin konnte ich nicht gehen wegen meiner Mutter, die ich nicht in eine Heilanstalt geben mochte, kurz und gut, Freunde, die Falle schnappte zu, und ich lebte zwölf Jahre ununterbrochen im Dorf, um meiner Mutter zur Seite zu sein. Das sagt sich so hin: Jemand hat so und so viele Jahre dort gelebt, in Wirklichkeit aber hat diese scheinbar unmißverständliche Aussage nicht das geringste zu tun mit dem wirklichen Leben, das nicht durch die vorbereiteten bequemen Flußbetten der Kalender fließt, sondern sich in den erschöpfenden Rinnsalen der Augenblicke durch Staub und Müll der endlosen Tage schleppt.

Nein, Freunde, diese Tage zu durchleben oder von ihnen zu erzählen, das sind gänzlich verschiedene und unvereinbare Dinge, so wie etwa ein Foto aus unserer Jugend, verglichen mit der zerknitterten Visage, die uns mit vierzig trübsinnig aus dem Spiegel anguckt. Nach welchem chemischen Gesetz vollzieht sich das Verbrennen unseres Lebens? Und ist es diesem chemischen Prozeß wirklich gänzlich gleichgültig, ob Innokenti Lupetin in den Tagen seines irdischen Lebens glücklich war oder ob er sacht verfaulte wie ein auf den Hof geworfenes Kohlblatt? Ich will nicht von meinen zwölf Dorfjahren erzählen, die größtenteils ausgefüllt waren mit dem Waschen der Wäsche meiner Mutter, denn ich wollte sie ja sauber halten. Ich möchte nicht noch einmal die vier seltsamen Jahre nach ihrem Tode durchleben, in denen ich, total vereinsamt, plötzlich entdeckte, daß ich keineswegs einsam war, denn es begannen meine endlosen sinnverwirrenden Diskussionen mit Bubo. Ich teile euch nur kurz mit, daß ich all diese Jahre um des täglichen Brotes willen im Pferdehof und im Kälberstall arbeitete, der sich an den Pferdestall anschloß; dort versorgte ich die drei noch nicht abgeschafften Gäule Lyska, Tschaly und Werny, aber Lyska krepierte bald, Tschaly wurde wegen seiner Wildheit an Zigeuner verkauft, und so blieb nur der alte Werny, das einzige Arbeitstier für das ganze Dorf; im Kälberstall hackte ich das Holz für die Futterküche. In dieser ganzen Zeit nahm ich kein einziges Mal den Bleistift zur Hand, öffnete ich keine einzige Farbtube.

Meine treuen Freunde, wollt ihr wissen, worin sich die schlimmste Arglist der Tierverschwörung zeigt? Meine Mutter war in ihrer

Jugend, übervoll von dem Wunsch, den Menschen zu dienen, fürs ganze Leben aufs Land gegangen, um die Begriffe der höchsten Güte und der Klassengerechtigkeit in das Bewußtsein der Dorfkinder zu pflanzen. Im Krieg verlor sie ihren Mann und zog mich allein auf, ohne je zu verreisen, allenfalls in das nahe Kreisstädtchen zu Konferenzen. Mit sechzig aber wurde sie von einem heimlichen Tier besiegt, das in ihr gesessen und seine Zeit abgewartet hatte. Mit tierischer Gier fiel sie über das Essen her, das ich ihr bereitete, und mir zählte sie voller Angst und Haß jeden Bissen in den Mund. Wenn Leute dabei waren, klagte sie heulend, daß ich sie hungern ließe, sie schleppte Lebensmittel aus dem Hause und vergrub sie in verborgenen Winkeln des Hofes.

Die Liebe zu den Eltern, insbesondere zur Mutter, ist allen Menschen heilig und wird von den Dichtern besungen, aber meine Liebe zu dem Wesen, in das meine Mutter sich verwandelt hatte, entartete allmählich zu etwas Entgegengesetztem: böse Verzweiflung, abgrundtiefe Trauer, Explosionen wilden Zorns, bei denen ich imstande war, meine alte Mutter zu ohrfeigen oder erbarmungslos mit einem Zügelriemen zu fesseln. Und allmählich gingen in mir wie in meiner Mutter, wie in allen Ehrlosen, die zu den unmenschlichsten Handlungen fähig sind, die Körner einer dämonischen Verschwörung auf, die unbemerkt in mich gesät worden waren. Auf diese Weise besiegten mich *von innen* die Geheimagenten der unsichtbaren »fünften Kolonne«, der Feinde der Menschen.

Sie hatten mich eingekreist und zu fassen gekriegt – und womit? Mit meiner unglücklichen Liebe zu einer Frau. Mit dem Zusammenbruch meiner Lebenshoffnungen, als sich herausstellte, daß im Dorf mangels Kindern niemand mehr da war, den ich unterrichten konnte. Mit meinem Pflichtgefühl gegenüber der Mutter, die ich selbst versorgen wollte, um sie nicht in ein Irrenhaus stecken zu müssen. Das Ergebnis – ich bestand nicht als Künstler.

Aber endlich starb meine Mutter, schlief ein in meinen Armen, still und sprachlos, und ich blieb allein, ich war nun frei und konnte unter Aufbietung aller Kräfte mich dem widmen, was mir im Leben geblieben war, meiner Kunst; ich konnte versuchen, zu ihr zurückzukehren.

Was stellte ich zu dieser Zeit dar? Ich war ein dörflicher Einzelgänger, ein Hagestolz, den das ganze Dorf einfach Inni nannte, ich hatte mit dreißig eine Vollglatze, und wenn ich abends meine

Schafe von der heimkehrenden Herde zum Haus trieb, nahm ich die Schirmmütze vom Kopf und jagte damit das dumme Vieh, dabei fror mir jedesmal die glatte weiße Platte, sogar im Sommer. Ich brachte es auf knapp zwei Zentner Lebendgewicht, ich hatte mich an den ländlichen Speisen herausgefressen und sah wie ein reicher Mann aus. Ihr würdet mich nicht erkannt haben, Jungs, wenn ihr mir auf der Straße begegnet wärt, denn ich hatte mich in den Jahren des sonderbaren und zermürbenden Lebens mit meiner wahnsinnigen Mutter nicht nur äußerlich verändert; über der schweren, primitiven Schinderei und dem kärglichen Alltag war ich ein gänzlich anderer Mensch geworden, und von meinem früheren Ich war nichts geblieben. Der lustige, muntere Matrose hatte sich in einen menschenscheuen Dorfkauz verwandelt, der hoffnungsvolle junge Maler in einen vierschrötigen Pferdeknecht mit der unvermeidlichen Mütze, deren Schirm die finsteren, zur Seite huschenden, niemanden ansehenden Augen verdeckte.

Ich machte alles selbst: schlachtete, enthäutete, zerlegte meine Schafe, hielt Hühner, tastete sie und setzte sie auf die Eier, wenn eines an dem Wunsch nach Mutterschaft erkrankte. Meine Entartung zeigte sich wohl am deutlichsten darin, wie ich mit meinen Haustieren umging. Erstens lernte ich sie bestens verstehen (und sie verstanden mich bestens), ich las frei ihre Gedanken, ihre Wünsche und Gefühle, doch obschon ich ihnen auf diese Weise näherkam und sie sogar liebgewann, sah ich nichts anderes in ihnen als blökende oder kakelnde Nahrung, als lebenden Proviant. Wenn ich die Schafe oder die ulkigen Ferkel betrachtete, wußte ich gelassen, daß ich sie eines Tages abstechen würde; sie wußten es auch, sie fürchteten und haßten mich – und fügten sich sorgenvoll in ihr Los.

In den Dörfern unserer näheren Umgebung gab es keinen Zahnarzt, bis zur Kreisstadt waren es zehn Kilometer Fußmarsch, mich peinigte furchtbarer Zahnschmerz, und einmal im Herbst, als die glühend heiße Zahnfistel, das Ziehen im Kiefer und das Bohren im Gehirn mich in finsteres Grauen stürzten, lief ich mit der Laterne in den Stall, griff mir das erstbeste Schaf, zerrte es in den Hof und schlachtete es mitten in der Nacht. Aber der Zahnschmerz wurde davon nicht besser, und als ich am Morgen aus dem Haus trat, das Blut auf dem schmutzigen Hof, das liegende Schaf mit dem zurückgebogenen Kopf und der durchschnittenen Kehle sah, da wurde mir plötzlich an diesem grauen, widerwillig heraufdämmernden Herbstmorgen klar, daß alles verloren war – ich war wieder ein Tier geworden, genauso eins wie das tote Schaf, nein, viel schlimmer, denn ich hatte es getötet, nicht es mich.

Es gibt zwei Leben auf dieser Welt, auf der es Leben gibt. Das eine verläuft im Glanz strahlender Götter irgendwo auf dem Gipfel des Olymp, im Lärm prachtvoller Skandale, heroischer Prügeleien und homerischer Streiche; in diesem Leben wird jedweder Zwist aufs gerechteste entschieden: Das Böse findet seine Strafe, die Tugend triumphiert ohne Blutvergießen; es ist die ideale Welt der Unsterblichen, unzugänglich für solche, die eine Schirmmütze auf dem Kahlkopf tragen; sie ist keine Erfindung, diese höhere Welt, es gibt sie, Beweis dafür sind der Anblick der unermeßlichen Himmelsräume, das Ziehen der Wolken, der endlose Wechsel von Tagen und Nächten, die stillen Begegnungen von Mond und Sonne am Himmel; die Unsterblichkeit existiert, wenngleich nicht für uns. Das andere Leben ist finster, gierig, roh, der Tod hütet dessen Herden, die nur danach trachten, ihren Hirten nachzuahmen; sie werfen sich ganz von selbst auf ein schwächeres Wesen und töten es; es ist das glucksende Leben der Würmer, Asseln, Tausendfüßler und anderen Geschmeißes, das im feuchten Schoß der Erde wimmelt; es ist das Leben der grausigen Ungeheuer auf dem Meeresgrund, deren Moral sich darauf reduziert, den Rachen möglichst weit aufzureißen und den Nächsten zu verschlingen; es ist die unfaßliche Existenz der weißen Kreaturen in den unterirdischen Höhlenseen, halb Fische, halb Schlangen, der augenlosen und stimmlosen Geschöpfe, deren Lebensapotheose sich in laschen Konvulsionen ausdrückt. Und zwischen dem höchsten und dem niedrigsten Dasein liegt als Bindegewebe das menschliche Leben.

Ich sagte schon, daß die Verschwörung mich von innen her anfiel, durch die »fünfte Kolonne«, denn in offenem Kampf war mit mir nicht fertig zu werden, ihr erinnert euch, ich war wahrhaftig mächtig an Geist und Körper und konnte beliebigem Druck standhalten. Aber *sie* bezwangen mich doch. Und ich, ein kräftiger Kerl, ein wahrer Sämann aus Berufung, mußte mehr als zehn Jahre leben wie ein müßiger Mönch. Nicht zu arbeiten, wenn man sich viehisch nach Arbeit sehnt, ist eine große Pein; nächtlich befiel mich zuweilen unerträgliche Trauer, dann ging ich aus dem Hause, in dem friedlich schnarchend, als wäre nichts weiter, meine Mutter schlief und im Schlaf ganz gesund aussah, ich blieb auf der Vortreppe stehen und blickte auf die dunkle Silhouette der großen Pappel, die unserm Haus gegenüber an dem kleinen Teich stand, und dieser Teich, der in der tiefen Ohnmacht des nächtlichen Schlafs atemlos erstarrt lag, war voll von Sternen. Auch am Himmel waren es ihrer unwahrscheinlich viele, ebenso im dichten Gezweig der Pappel, wo sie aufblitzten und flimmerten und wie die Feuerbeeren eines Zauberbaums aussahen.

In solchen Nächten wurde mir bewußt, daß ich als Mensch gescheitert war. Von klein auf hatte mein ganzes Wesen nach etwas Höherem, Makellosem gestrebt, was gänzlich anders sein sollte als die banale Schäbigkeit und Kärglichkeit des Alltags, aber das Tier besiegte mich. Es nistete sich in meiner einzigen Mutter ein, der ich alles verdankte, die nachgerade das Leben einer Heiligen geführt, die selbst gepflügt, gesät und das Vieh versorgt hatte wie ein gewöhnliches Dorfweib; ihre Hände waren immer schwarz und aufgesprungen gewesen. Es zerfleischte auch mich von innen, indem es alles Feine, Geistige in mir zerstörte, was ich in den Studienjahren erworben hatte, und jetzt beobachtete ich voller Entsetzen meine Visionen und Ungeheuer, die, wie Goya glaubte, vom Schlaf des Verstandes erzeugt werden. Ich wußte, daß ich niemals mehr die Bilder malen würde, die ich einmal ganz nah, fast schon verwirklicht gewähnt hatte, ich steckte tief im Morast des Lebens, und meine Seele war wieder zottig, tierähnlich geworden. Halbgebildet, Hagestolz, ungeselliger Einsiedler mit Glatze, abgestumpfter Dorftrottel – das war ich mit achtunddreißig, als meine Mutter starb und ich frei wurde. Nachdem ich sie beerdigt hatte, nahm ich im Sowchos Urlaub und fuhr nach Moskau, das erste Mal in all dieser Zeit, daß ich aus dem Dorf herauskam.

Die Bahnfahrt dauerte nur sechs Stunden und war nicht besonders beschwerlich, doch je näher ich Moskau kam, desto mehr packte mich die Unruhe. Die Reisenden im Wagen schliefen längst, ich stand im Windfang und blickte rauchend in die nächtliche Finsternis. Im Morgengrauen huschten die Moskauer Vororte vorüber, und da bemächtigte sich meiner eine unerklärliche panische Angst, so daß ich auf irgendeiner Station ausstieg und aufs Geratewohl losmarschierte. Ich gelangte an das hügelige Ufer eines Flusses, es war die Moskwa, und die morgendliche Großstadt, perlgrau und rosa schimmernd, von Dunst verschleiert, erhob sich jenseits des Flusses wie die Vision einer schönen anderen Welt. Dort hatte ich nichts zu suchen, aus dieser Stadt war ich ein für allemal ausgestoßen, dort war ich in Lebensgefahr wie ein Waldtier, und nachdem ich ein Weilchen auf einem Hügel gestanden hatte, kehrte ich still um, erreichte die Station und fuhr zurück nach Hause.

Danach lebte ich wohl ein Jahr in stumpfer Ruhe, gleichsam auf etwas wartend, was endlich die Lösung alles dessen bringen mußte, was mir widerfahren war. Und da wurde ich krank. An meiner Hüfte bildete sich eine Geschwulst, die leicht schmerzte, wenn ich darauf drückte, ansonsten störte sie mich nicht weiter, nur wuchs sie sehr schnell und erreichte bald eine ungeheure Größe. Ich machte mir Umschläge mit erhitztem Pferdemist, wie man mir geraten hatte, und ob es nun an diesen heißen Kompressen lag oder daran, daß die Zeit reif war, jedenfalls brach eines Nachts der Auswuchs auf, dunkelfaseriges Blutwasser ergoß sich reichlich, und in der feuchten, rotfleischigen Wundspalte bewegte sich etwas Haariges.

Ja, Freunde, das war Bubo (so nannte ich ihn später), die Ausgeburt meines gescheiterten Lebens. Bubo ist ein unmittelbarer Auswuchs von mir, eine Abknospung, ein Zwerg, der sich auf meiner Hüfte angesiedelt hat wie ein einsamer Hallimasch. Die Kraft des Lebens ist so groß, Freunde, daß, wenn du nicht richtig gelebt hast, so wie es die Natur dich geheißen, wenn du das nicht konntest oder aus besonderen Gründen darauf verzichtetest, diese Lebenskraft gleichwohl aus dir herausdrängt.

Erst seit Bubo bei mir war, begann ich zu begreifen, wie unzerstörbar, wie unbeugsam und wie entsetzlich in ihrer Unbeugsamkeit diese Kraft manchmal ist. In der Hungerzeit nach dem Krieg lag meine Mutter aufgequollen, fast außerstande, sich zu rühren, schon zwei Tage auf dem Ofen, da erklärte sie plötzlich, sie hätte mir ein Stück Napoleontorte mitgebracht, und befahl mir, es vom Wandbrett zu nehmen. Ich wußte nicht, wie so etwas aussieht, aber als ich das Brett abtastete, war da nichts als Mäusedreck, und mir ging auf, daß meine Mutter Hungerphantasien hatte; sie fragte jedoch immer wieder, ob ich das Stück gefunden hätte, und ich mußte antworten, ja, ich hätte es gefunden; nun, dann iß es auf, folgte der nächste Befehl, und ich begann zu schmatzen. Mein Bubo war das Tortenstück, das der lebenspendenden Mutter Natur vorgeschwebt hatte, als sie mich schuf; fieberhaft beunruhigt, ich könnte ohne Fortsetzung in der Zeit verbleiben, schuf sie mir ein Söhnchen, sozusagen unter Umgehung des Stadiums meiner

Vereinigung mit einer Frau; sie hatte beschlossen, meinen gierigen Geist mit ihrer Fiebervision zu sättigen.

Bubo, nachdem er trocken geworden und an den Rändern meiner blutenden Wunde, die ihn hervorgebracht hatte, angewachsen war, begann sich zu regen, er blinzelte, nieste, gähnte mit weitaufgerissenem zahnlosem Rachen und fing sehr bald zu sprechen an, was mich höchlich verwunderte. Schön war er nicht, er sah von Anfang an greisenhaft und schrumplig aus, doch er hatte eine wilde Haartolle und, ich würde sagen, ganz ordentliche geistige Anlagen. Seine Entwicklung verlief so schnell, daß er sich von Tag zu Tag veränderte, dabei hatte er nur den Kopf und zwei kleine Auswüchse, die entfernt an Händchen erinnerten. Bubo brachte es in ganz kurzer Zeit fertig, nacheinander wie ein Säugling, wie ein Knabe und wie ein Kerl mit ziemlich dreister, selbstzufriedener Visage auszusehen.

Obwohl seine Existenz von der meinigen nicht zu trennen war und er mir folglich kein Weiterleben garantieren konnte, nahm diese jämmerliche Mißgeburt, dieses ungeborene Kind meine Aufmerksamkeit stark in Anspruch und weckte seltsame Gefühle in mir, zärtlich, hoffnungslos wie die Erinnerung an die ferne einzige Liebe. (Meine Verlorene! Ich könnte Ihnen meine eigenen Mißgeburten vorführen, Kinderchen, die nicht von meiner Liebe zu Ihnen geboren wurden, aber ich sehe Sie mit Abscheu und Entsetzen Ihr hübsches Näschen rümpfen. Bedenken Sie indes: Was kann schon geboren werden von einem pechverfolgten Wesen, dessen mächtiger Liebesdrang keinen Boden, keine Stütze für die Schöpfung, keinen Schoß für die Erhaltung seiner zärtlichen Energie findet; was ist schon zu erwarten von einer unglücklichen Seele, die für alle Zeiten kastriert wurde von teuflischer Angst, die aber innerlich gesprengt, zerrissen, verbrannt wird von dem Schöpfungstrieb, dem unbesiegbaren Ruf der Zukunft? Wo sind sie, unsere Kinder, meine Verlorene, wo sind unsere makellosen und harmonischen Sendboten in die Zukunft?)

Er war überaus geschwätzig, dieser Bubo, er quasselte pausenlos über alles und jedes und reckte sich dabei aus meiner Hosentasche wie aus dem Fenster, und wenn ich einkaufen ging, mußte ich ihm den Mund mit einem Knebel verstopfen, denn ich wollte nicht, daß meine Mitdörfler von meiner Mißbildung erführen und sie überall herumtratschten.

Wenn ich den Laden wieder verließ und über das menschenleere

Feld ging, entfernte ich den Knebel; über Bubos runzliges Gesichtchen kullerten große Tränen, und kaum sprang der Knebel aus seinem Mund, entfuhr diesem ein gekreischtes »aah!«, gefolgt von erlesenem Unflat, den mein Hallimasch schon in den ersten Tagen gelernt hatte, kaum daß er zu sprechen begann. Hätte mich in diesem Moment ein zufälliger Passant gesehen, so hätte er glauben können, daß ich in der Hosentasche säuische Flüche mit mir herumtrüge wie Sonnenblumenkerne.

Aber Bubo tröstete sich schnell, ebenso schnell, wie er in Verdruß oder schäumende Wut geriet und stürmische Tränen vergoß – bei ihm verging alles schnell, er sprang von einem Zustand in den anderen, so daß es mitunter spaßig anzusehen war. Auf dem Feldweg, wo weit und breit kein Mensch war, erlaubte ich Bubo zu schimpfen und hörte ihm schweigend, schmunzelnd zu, aber dann begannen die Gärten, da gab es Büsche, hinter jedem konnte jemand stehen, darum unterbrach ich den Wichtel, dessen Stimme aus meiner Tasche tönte wie Papageiengekreisch, indem ich rasch, erschrocken sagte: »Da steht eine Lachnixe!« – »Wo?« fragte Bubo gleichfalls erschrocken und ohne jeden Übergang von seinem drastischen Fluchen. »Am Waldrand«, antwortete ich. – »Und was ist das, eine Lachnixe?« fragte er leise, fast flüsternd. – »Das ist ein Geist, der im Wald lebt, im Sumpf, und bei Nacht Gelächter hören läßt: ha-ha-ha!« phantasierte ich auf gut Glück das erstbeste, was mir in den Kopf kam. – »Ach so«, lispelte der ängstliche Bubo atemlos und regte sich unruhig, um tiefer in dem Schlitz zu verschwinden, von dem ich eigens für den Hallimasch den Taschenbeutel abgeschnitten hatte.

Aber schon ein paar Sekunden darauf schob er seine Mähne wieder heraus und zeterte zänkisch ohne jede Spur von Angst: »Zum Teufel mit Aberglauben und Vorurteilen! In den Müll, ins Feuer mit der schädlichen Literatur, die uns von der Wirklichkeit wegführt!« – »Erlaube mal«, widersprach ich ihm verdutzt, »du hast doch kein einziges Buch gelesen, wie willst du über etwas urteilen, wovon du rein gar nichts weißt?« – »Ich weiß zwar nichts davon, aber ich verstehe alles«, lautete die Antwort, »und Verstehen ist viel wichtiger als jedes Wissen, denn Wissen ist relativ, Verstehen aber absolut.« – »Wieso ist Verstehen absolut?« sagte ich gutmütig, denn ich hatte mich längst an die fruchtlosen Erörterungen des Gnoms gewöhnt, »wieso, mein Kleiner?« Da kreischte er mit der Stimme des Burattino: »Weil wir anfangs gar nichts wissen, sondern nur verstehen, und dieses Verstehen verwandelt sich dann allmählich in Wissen, in Formeln und Gesetze.« Er wurde immer gereizter. »Also liegt dem Wissen tief verborgenes Verstehen zugrunde, und dieses kommt... kommt von Gott!« schloß er freudig und triumphierend. – »Aber erlaube mal, du hast doch eben erst Mystik und religiöse Vorurteile abgelehnt, Bubo«, erinnerte ich ihn, »du bist doch eingetreten für... ich weiß schon gar nicht mehr, wofür du eingetreten bist.« – »Na und?« antwortete er hochmütig. »Ich war gegen die Religion, weil ich ihre sittliche Kraft zutiefst nicht verstand, doch jetzt verstehe ich, daß einzig der Monotheismus nach Art der Juden oder der alten Jakuten uns unerschütterliche sittliche Stützpfeiler zu errichten vermag.« – »Ach du lieber Gott, wo hast du Wanze die alten Jakuten ausgebuddelt? Von denen habe ich ja selber noch nie gehört«, sagte ich verblüfft. – »Es gibt so manches, wovon du noch nie gehört hast«, sagte er nachsichtig, »eure Generation zeichnet sich überhaupt durch ein miserables Wissensniveau und durch schlechte Bildungsqualität aus, und wir müssen unnachsichtig gegen eure Vorurteile kämpfen«, erklärte er mir plötzlich den Krieg der Generationen. – »Ach, du aufgeblasener Knirps«, attakkierte ich ihn da. »Von wegen kämpfen, ich zeig's dir, erst mal kriegst du ein paar Stüber.« Sofort ertönte wieder ein verzweifeltes Geheul: »aah!«, gefolgt von einer Flut von Tränen, Flüchen und fürchterlicher Gotteslästerei. Da das Dorf schon nahe war, mußte ich ihn wieder knebeln.

Manchmal aber, das sei zugegeben, kam er mir wie ein durchaus vollwertiger Mensch vor, so verständig war sein Urteil; er gewann die überraschendsten, mannigfaltigsten Kenntnisse gleichsam aus der Luft, er besaß eine für mich rätselhafte Eigenschaft, nämlich die phänomenale Gabe, ohne jedes Studium noch konsequente geistige Arbeit mit der Welt des menschlichen Wissens direkt Berührung zu finden, als füllte dieses Wissen den Raum in Form von unspürbaren Radiowellen und er besäße eine Art natürlichen Empfänger. Oft dachte ich mit stolzem väterlichem Ehrgeiz: Sieh an, was für ein Genie, dieser Halunke, er weiß alles und könnte jedes Wunderkind der Welt in den Sack stecken. Wonach ich ihn auch fragte, er antwortete ungesäumt, wenn auch nicht sehr genau, manchmal karikaturhaft, aber dem *annähernden Wesen der Sache* vollauf entsprechend.

Ich weiß noch, auf den Märkten der Nachkriegszeit wurden

Wandbehänge angeboten, mit Ölfarbe bemalt, zumeist Nachahmungen von Schischkins »Morgen im Kiefernwald« (im Volksmund »die Mischka-Bärchen« geheißen) und von Wasnezows »Aljonuschka«, also, das »Wissen« meines Zwerges verhielt sich zu wirklichem Wissen wie diese lächerlichen, groben Kopien zu den Originalen der bekannten Meister der Vergangenheit. Mit solchen Anlagen konnte Bubo natürlich nicht auf die Mitgliedschaft der Akademie hoffen, aber, so nahm ich an, er konnte sich auf irgendeinem Wirkungskreis hervortun, wo genaues Wissen nicht unbedingt erforderlich war, sondern es lediglich einer gewissen Rednergabe bedurfte.

Kurz und gut, ich träumte davon, daß Bubo, wenn er sich von mir gelöst haben würde, ein warmes Plätzchen im Leben finden konnte. Nur eines betrübte mich: Er hatte nichts Eigenständiges, Mutiges, was ihm ungeachtet seiner Mängel die Überzeugungskraft eines wahren Menschen verliehen haben würde. Bubo war ein geborener Feigling, jämmerlich und lächerlich mit seinem annähernden Wissen, und ich konnte nur staunen, daß die Natur mit dem inneren Druck, den sie auf mich ausgeübt, ein so furchtsames, unselbständiges Wesen aus mir herausgequetscht hatte, während ich selbst, obschon ich im Leben nichts erreicht hatte, doch immerhin stets ein ziemlich mutiger Mann gewesen war, gewohnt, mich in allem auf mich selbst zu verlassen. Wie konnte es geschehen, Freunde, daß mein unmittelbarer Auswuchs, der sich sozusagen auf der Basis meiner eigenen Wesenheit gebildet hatte, mir dermaßen unähnlich war?

Und erst da, Freunde, dämmerte mir, wie gefährlich weit die Verschwörung der Tiere vorgedrungen war – in die *Tiefe* des Menschen, ins Innere seiner Seele und seines Körpers, wo sie die Parasiteneier künftiger Entartung abgelegt hatten. Was wäre gewesen, wenn ich meinen Nachfahr auf dem normalen Wege geschaffen hätte, das heißt durch eine Frau? Würde das nicht die Möglichkeit diabolischer Schadensstiftung durch die Wandlinge verdoppelt haben? Ohne es zu wissen, hatte ich, der ich insgeheim immer stolz auf meine besten menschlichen Eigenschaften gewesen war, mich als Träger der scheußlichen Eier erwiesen; aus ihnen würden in der Folgezeit schlüpfen die Eitelkeit des Narren, der sich gescheit wähnt, der erbärmliche Blick des Feiglings, der furchtsam zu seinem Herrn aufsieht, der Edelmut des Huhns, leere Geschwätzigkeit, die Großzügigkeit des Wurms, die Vernünftigkeit des Teekessels, der auf der Herdplatte klappert und sinnlosen Dampf verströmt. All das besaß der arme Bubo im Überfluß, und manchmal, wenn ich gezwungen war, ihn stundenlang anzuhören und zu beobachten, ihn, nur ihn, war ich drauf und dran, den unglückseligen Zottelkopf abzumurksen.

Was es mich allein schon kostete, mir seine voreiligen, schwachsinnigen Betrachtungen über Platos »Staat« anzuhören, den ich nie gelesen hatte, oder über das von einem Katholiken namens Teilhard de Chardin verfaßte Werk »Der Mensch im Kosmos«, von dem ich keine Ahnung hatte, alle diese zähklebrigen, von innerer Unsicherheit erfüllten, doch mit unglaublicher Frechheit vorgetragenen Redensarten, die nicht aus dem klaren Licht des Wissens, sondern aus der dämmerigen Finsternis des philosophischen Dilettantismus kamen! Bubos seelenlose Ratio, wie kommunizierende Röhren mit meinem Verstand verbunden, dünkte mich ausgeschwapptes Spülicht meiner eigenen Seele, und als ich das begriff, meine Freunde, verfiel ich allmählich in Haß, nicht auf den haarigen Däumling, der nicht einmal das Ausmaß seines Unglücks kannte, sondern auf mich selbst, auf meine Seele, die diesen Lasterzwerg, genannt Bubo, hervorgebracht hatte.

Wenn er meine Stimmung spürte, schaltete er blitzschnell von seinem preziösen Geschwätz auf Frechheit um und verlangte die Lostrennung von mir. Er versicherte, für unser beiderseitiges Glück sei es unverzichtbar, voneinander abzufallen und jeweils ein selbständiges Leben zu beginnen. Er quasselte eifrig, diese Art der Vermehrung sei für die Menschen natürlicher als diejenige durch die Vergattung der beiden Geschlechter; von unserer Methode sei schon im Alten Testament die Rede, da, wo erzählt wird, wie aus einer Rippe Adams, ihm im Schlaf herausgenommen, Eva geschaffen wurde.

Während ich zuhörte, sah ich mitleidig hinunter auf die Mißgeburt, die statt der Hände läppische rosa Flossen hatte, wie Mehlklößchen anzuschauen, mit deren Hilfe er sein selbständiges glückliches Leben zu errichten gedachte.

Schwermut, Freunde, große, abgrundtiefe Schwermut! Was für ein Leben! Traum oder Wahnsinn? Nein, ein Rätsel in jedem seiner Augenblicke.

Der kleine Zottelkopf tat mir zu guter Letzt so unerträglich leid, daß ich eines Tages den Entschluß faßte, ihm den Tod zu geben. Ich legte ihm die flache Hand auf das runzlige Gesichtchen und hielt ihm die Atemröhre zu. Er begann zu zappeln, krächzte unter reichlichem Speichelfluß, sank dann zusammen und hörte auf, mir den Kopf in die Hand zu wuseln – und plötzlich schien in meinem eigenen Kopf ein weich umwickelter Hammer zu schlagen, ich fühlte, wie mir die Augen aus den Höhlen traten, verlor das Bewußtsein und krachte von der Bank auf den Fußboden, wobei ich den großen Kübel mit Spülicht umriß.

Als ich wieder zu mir kam, hohnlachte Bubo schadenfroh, schüttelte sich wie ein aufgezogener Hanswurst und versuchte sogar, in die Händchen zu klatschen, dann verlautbarte er würdevoll, da siehst du, wie recht ich hatte, wir müssen uns trennen, denn zusammen kommen wir schon ins Streiten und verfallen sogar in Haß aufeinander. Kraftlos blickte ich auf das Haarmännchen, das von Spülwasser troff, und fand keine Erwiderung.

Noch einmal, zugegeben, versuchte ich mich von ihm zu trennen, ihn mit einer Schnur abzubinden wie eine Warze, da quoll der Ärmste auf und lief violett an – und wieder hämmerte es in meinem Kopf, und ich mußte die Schnur lösen.

Das letzte Jahr meines Lebens verging, ich wußte nicht, daß es das letzte war, pflanzte ahnungslos im Frühjahr Kartoffeln, Kohl und Gurken, trieb jeden Morgen meine drei Schafe aus dem Pferch, holte sie abends wieder aus der Herde und trieb sie zum Haus, indem ich ihnen hinterherlief und die Schirmmütze schwenkte; im Herbst brachte ich meine Ernte ein, versorgte sie im Keller, salzte ein Faß Kohl ein, stach einen Hammel ab, verkaufte einen andern und behielt nur ein Schaf mit zwei Lämmern; so bereitete ich mich auf den Winter vor. Und da geschah folgendes.

Eines Abends, ich fütterte eben das Vieh, hörte ich aus der Richtung des Pferdehofs ein seltsames Kreischen, als schlüge Eisen gegen Eisen, und ich fragte mich verwundert, was das sein mochte. Da begriff ich plötzlich, daß da nicht Eisen kreischte, sondern ein Pferd wieherte. Ich eilte zum Pferdestall, Bubo, von meinen schnellen Schritten aufgestört, streckte den Kopf heraus und quengelte aus meiner Tasche: »Wo treiben dich die Teufel im Dunkeln hin, nicht so hastig, sonst stolperst du noch.« – »Sei still, Kleiner«, antwortete ich, »hörst du nicht, Werny schreit, er ist in Not.« Und wirklich, der alte Wallach, den ich über Nacht im Hof gelassen hatte, war auf die Idee verfallen, die Freiheit zu gewinnen was früher nie vorgekommen war, und hatte versucht, über den Zaun zu springen. Der Zaun bestand an dieser Stelle aus einem straff gespannten Draht, den ich unterwegs aufgelesen und in Ermangelung von Pfählen an dicke Espenstämme genagelt hatte. Der Wallach hing auf dem oberen Draht, den er mit den Vorderbeinen übersprungen hatte. Sein Bauch war quer aufgeschlitzt wie mit dem Rasiermesser, die Därme quollen heraus wie Lappen, und so schwankte er mit hängendem Kopf auf dem Draht, kreischte nicht mehr, sondern fauchte tief aus heiserer Kehle, die Ohren angelegt, mit heraustretenden roten Augen angstvoll nach mir schielend.

Ich erkannte, daß nichts mehr zu machen war, und ging zum Kälberstall, um die stumpfe Axt zu holen, mit der ich sonst das Holz für die Futterküche hackte. Werny war vierundzwanzig Jahre alt, was beinahe einem Menschenalter von hundert Jahren entspricht, aber er hatte noch immer fleißig gearbeitet, Privatgrundstücke gepflügt, die Heufuhre gezogen und Holz aus dem Wald herangeschafft. Jetzt war es mit ihm aus, das schien er zu wissen, und er sah mich voller Entsetzen durch eine herabgefallene schwarze Mähnensträhne an.

Als ich mich breitbeinig vor ihn hinstellte, holte er plötzlich tief Luft und sagte heiser: »Schlage genau zwischen die Ohren... Nein, mit der stumpfen Seite, mit der stumpfen, nicht mit der Schneide!« Freunde, da bin ich zusammengezuckt und habe die Axt fallen lassen; dann aber trat ich zu ihm und nahm ihm die lange Strähne von den Augen. Ein menschliches Gesicht blickte mich an! Es war mein alter Bekannter, der Moskauer Aquarellmaler, den ich einst, kurz vor seinem Tode, an dem Feuer kennengelernt hatte und der neben Dmitri Akutin beigesetzt worden war. »Wie kommen Sie denn ... hierher?« fragte ich ihn, ließ vor Angst die Pferdemähne los und wich zurück. Er ruckte mit dem Kopf, verschwand wieder hinter der Mähne und antwortete: »Habe ich dir nicht ein wollenes Strickhemd geschenkt? Ein graues...« – »Ich erinnere mich«, antwortete ich. – »Erinnerst du dich auch, daß ich dir versprach zu erzählen, wie es sich im Jenseits lebt?« Ich bejahte und zuckte wieder vor Angst zusammen. »Also... dort muß man auch arbeiten. Schuften bis zum Umfallen!« schrie er. »Na, was guckst du so? Schlag zu, quäle mich nicht.« Da hob ich die Axt und gab Werny den Gnadenschlag, brachte ihn mit dem Traktorwagen aus dem Dorf und begrub ihn in der Sandgrube bei der Schonung, und auf sein Grab stellte ich eine kleine Bretterpyramide. Damit keiner auf die Idee käme, ich wäre übergeschnappt, hielt ich im Laden den Weibern und Greisinnen eine lange Rede, in der ich sie bat, Wernys Verdienste uns gegenüber nicht zu vergessen, schließlich sei er fünf Jahre lang das einzige Pferd im Dorf gewesen und ohne das Tier wäre es uns hart angekommen, also möge sich keiner wundern, daß ich ihm ein Denkmal gesetzt hatte. Später suchte ich lange im Pferdestall nach dem grauen Strickhemd (oder wenigstens einem Fetzen davon), um es seinem einstigen Besitzer aufs Grab zu legen, fand jedoch nichts. Vielleicht hatte ich es in den Mist getreten und aufs Feld gefahren oder in die Abflußgrube hinterm Kälberstall geschmissen.

Eines Abends im Herbst klopfte es schnell und laut ans Fenster. Ich ging hinaus. Vor der Treppe stand dunkel eine hohe Gestalt. Es war ... i! Genauso lang wie früher, genauso gebeugt, breitgesichtig und mit Brille, mit dem gleichen Lächeln und den gleichen weißen Zähnen. Womöglich kam er in dienstlichem Auftrag, um nachzusehen, ob ich Werny gut beerdigt hatte. Ich wollte ihn schon aus alter Freundschaft fragen, was mir für die Ermordung des Aquarellmalers blühte, ich hätte es ja erstens auf Bitten des Pferdes selbst getan, das nicht zu retten war, die Därme hingen ihm ja bis zur Erde, und zweitens aus Barmherzigkeit, aus Mitleid, und ob es nicht im Gesetzbuch einen Punkt oder Paragraphen gebe, wonach man sich für Mord aus Barmherzigkeit nicht zu verantworten habe. Aber ... i sagte mir nicht, weswegen er gekommen war, da beschloß ich, ebenfalls zu schweigen und so zu tun, als ob ich nichts ahnte. Er umarmte mich und weinte.

Eichhörnchen

Ich hielt es nicht mehr aus und weinte, denn ich erinnerte mich, wie wir einstmals Freunde gewesen waren, wie er aus dem Dorf Kartoffeln anschleppte und wir im Studentenheim die Akademie der Kartoffelesser gründeten; vor fünfzehn Jahren war er der Präsident dieser Akademie gewesen und ich ihr Vizepräsident; jetzt weinten wir in seiner Stube, jeder an einem Ende der langen Bank sitzend, ohne einander anzusehen, und hingen unseren Gedanken nach. Diese Nacht war grauenhaft, für uns beide quälend, denn ebenso deutlich wie die nackte Glühbirne voller Fliegendreck, die einsam unter der Decke hing, ebenso deutlich wie das gelbe Licht dieser jämmerlichen Funzel sah ich den Untergang und den Wahnsinn meines armen Freundes, den ich nach vielen Jahren der Trennung in seiner Dorfhütte besuchte und der in einem schmutzigen Unterhemd, in einer weiten formlosen Hose, in zerknickten braunen Filzstiefeln vor mich hingetreten war, bösen Glanz in den Augen, mit kahlem Kopf, von dem nur hinten ein paar wirre Zotteln hingen, im heißesten Fieber der Geisteskrankheit – und da dachte ich, Freunde, daß ich nie einen lieberen Gefährten als ... i gehabt hatte, vergaß jede Vorsicht, beschloß, mich ihm anzuvertrauen und zeigte ihm den Hallimasch Bubo – er zeigte mir eine gigantische Geschwulst an seiner Hüfte und bot mir an, mich mit *ihr* zu unterhalten – aber das hätte ich lieber nicht tun sollen, denn ... i mit seinem Schlips, der Brille und den schönen grauen Haaren war sicherlich ein recht florierender Mann geworden, möglicherweise sogar der Verschwörung der Tiere beigetreten. Er wandte sich von Bubo ab, mochte nicht mit ihm reden, hatte einfach keine Lust, ihm auch nur die geringste Aufmerksamkeit zu schenken, und da begriff ich, daß ich um die Strafe für die Ermordung von Werny, der sich als der Aquarellmaler entpuppt hatte, nicht mehr herumkam.

Ich hatte einen Flachmann Kognak in der Aktenmappe und bot Innokenti an, ein Gläschen zu trinken, doch in seiner Wirtschaft fanden sich keine Gläschen; finster und gesenkten Blicks stellte er ein unglaublich abgegriffenes Wasserglas auf den Tisch – und obwohl ich dieses Zeug seit meiner Rückkehr ins Dorf nicht mehr trank, war ich bereit, einen Schluck zu kosten, denn ... i wollte mir gewiß eine Freude machen und mich Dorftrottel weich stimmen – wir tranken also, ohne etwas zu essen, gingen dann hinaus, um frische Luft zu schnappen, und mir kam der Gedanke, daß diese dörfliche Finsternis, die von der Schwelle über uns hereinbrach, der höllischen Finsternis ähnelte, als wären wir eingetreten »ins Land, da es stockfinster ist und da keine Ordnung ist, und wenn's hell wird, so ist es wie Finsternis«, und das hier war wahrlich ein überaus geeigneter Platz, um wahnsinnig zu werden an der furchtbaren Antwortlosigkeit dieser Welt, der wir unsere wütendste, unsere verzweifeltste Frage stellen: Wer sind WIR?

Und diese Frage, mit wilder, heiserer Stimme gestellt, von besoffenem Heulen begleitet, schallte auch jetzt in der Nacht, dazu das Schluchzen einer unbarmherzig gequälten Harmonika: Ein Dörfler mit dem Spitznamen Schiefmaul saß auf seiner Erdbank und brüllte, vom Fusel verblödet, unartikulierte, nur ihm selbst verständliche Scherzliedchen in die Dunkelheit.

Mein Gott, warum ist die menschliche Welt stellenweise derart traurig und verlassen, warum ist das Leben der Menschen so doppelsinnig und unbegreiflich, haben wir es mit seinem Anfang oder schon mit seinem Ende auf Erden zu tun? Ich hätte meinen Bruder umarmen und sein leidvolles Haupt an meine Brust drükken mögen – und ich dachte daran, Jungs, Eichhörnchen gleich hier im Dunkeln totzuschlagen, ehe er mich verraten konnte, nur wollte ich das nicht mit den Händen tun, sondern mit der Axt: *zurückgehen ins Haus, die Axt unterm Ofen hervorholen, leise wieder hinausschleichen zum Schatten des Mannes an der Pforte und ihn mit aller Kraft auf den Kopf schlagen* – aber ich hatte nichts, um den Wahnsinnigen zu trösten, der Weg zu seiner Seele war abgebrochen, abgestürzt, tief hinunter in andere Grenzen, die der Zeit unzugänglich waren, und an der Absturzstelle stand der zottige Bubo auf Wache, diese mißgestalte Ausgeburt von Unglück und Einsamkeit: UNGLÜCK UND EINSAMKEIT waren eine Ehe eingegangen, und daraus war dieser Zwerg entstanden – er weinte und weinte, der Ärmste, er warf sich hin und her, doch Eichhörnchen hörte das nicht einmal, *ihn totschlagen*, aber als ich das dachte, war ich auf einmal ganz ruhig, und mir wurde endlich klar, daß . . . i mich fürchtete, der Freund war mich nach so vielen Jahren der Trennung besuchen gekommen, und ich gedachte ihn umzubringen, ich hatte ihn zu Tode erschreckt, Freunde, und da empfand ich Mitleid mit ihm, mit mir, mit uns beiden und mit allen, die ich einst gekannt und geliebt hatte, plötzlich zeichnete sich in der Dunkelheit deutlich etwas Gewaltiges ab, groß wie ein Berg, ganz und gar von Gram durchdrungen, gänzlich aus erstarrtem Gram bestehend, ein unwahrscheinlicher Leviathan menschlicher Trauer seufzte leise vor uns in der Tiefe der Nacht, begleitet von den Harmonikatönen und dem besoffenen Geplärr Schiefmauls, und in diesem Stoßseufzer war das Weinen um die vertane Jugend, waren die verklungenen Lockrufe schöner Mädchen, die am offenen Fenster vergeblich auf uns gewartet hatten, *andere Möglichkeiten*, brennend heiße Augenblicksberührungen einer Ahnung, daß das Leben einen *anderen* Weg hätte nehmen können, dort, wo hinter dem trügerischen Weidenstrauch die silbrigen, kühlen Lachnixen sich versteckten, die, meine Freunde, einem von uns auflauern wollten, um ihn ins nasse Gras zu werfen und halb tot zu küssen.

Im Wind durchgefroren, kehrten wir schweigend ins Haus zurück und unterhielten uns bis zum Morgen ganz wunderbar; uns war klar, daß die Wandlinge jeden von uns einzeln bezwungen hatten und daß uns irgend etwas gefehlt haben mußte, Fortüne oder Mut und Standhaftigkeit, vielleicht auch göttliche Begabung, um nach dem Beispiel der Großen das Dämonenpack von uns wegzustoßen und die menschliche Schönheit für immer in unsterblichen Bildern und Formen festzuhalten. Und ich bat ... i nur um eines: mich nicht zu verraten, sondern *dort* zu erklären, daß ich den armen Werny nur aus Mitleid getötet hatte – worauf ich meinem unglücklichen Freund hoch und heilig versprach, ihn niemals zu verraten, dann bat ich meinerseits den Wahnsinnigen, als wäre ich selber wahnsinnig geworden, er solle in der ihm verbliebenen Lebenszeit (und ich fühlte, ihm blieb nur noch sehr wenig Zeit), er solle in seinen letzten Tagen, Stunden und Augenblicken an seine Freunde denken, ausschließlich an die Menschen, die er einmal aufrichtig geliebt hatte, denn alles in diesem Leben sei Trug, Afterkunst; das, was sei, verschwinde, und das, was geschehe, werde vergessen, kurz und gut, sei Unsinn. Nur die Liebe, die hier sitze und brenne und Kindertränen vergieße, unsere Fähigkeit, einen Freund zu lieben, die Liebe einer Seele zu einer anderen sei das einzige menschliche Gut, das einem Wunder gleichgesetzt werden könne.

Du mußt nicht einsam sein, beschwor ich den glatzköpfigen Mann mit der riesigen Hüftgeschwulst, den wahnsinnig gewordenen Innokenti Lupetin, WIR müssen immer bei dir sein, stirb nicht ohne diesen Gedanken, sonst ist alles verloren – laß mir Zeit bis zum Frühjahr, Bruder, bat ich Eichhörnchen, ich möchte die Wärme und das frische Gras erleben, dann gehe ich selber ins Irrenhaus und schlage hinter mir die Tür zu. – Es gibt den menschlichen Sieg, mein Lieber, und die wahren Menschen leben in dem Wissen, was das ist, schließlich gab es Sokrates, den wunderbaren Leonardo da Vinci, ja, die gab es, und die Verschwörung der Tiere ist nichts als eine böse Sinnestäuschung, die von uns abfallen, abplatzen wird wie eine Lehmkruste, wenn du und ich, wenn jeder von uns es fertigbringt, das Tier in sich zu bezwingen und zu zähmen.

Ich, mein Freund, habe schon gesiegt, antwortete ich ... i, ich habe das Tier bezwungen, denn ich habe viele Jahre lang meine kranke Mutter gefüttert und gewaschen, und ich habe nicht geheiratet, und ich habe mein Leben lang nur eine Frau gekannt, als ich noch Matrose war, und das Tier in mir wurde zerquetscht von meinem starken Willen, aber du siehst ja, wo es herausdrängt, ich habe es auch hier bezwungen, dressiert, nur ist mir unbegreiflich, warum Bubo sich von mir trennen will. Wir beide blickten Bubo schweigend an, er schlief wie ein satter Welpe, und da begriff ich, daß ich aufstehen und mich von Lupetin verabschieden mußte, wie Freunde sich vor der Schlacht verabschieden, aus der keiner lebend zurückkommt; ich mußte gehen, ohne ihm meinen Jammer aufzudrängen, denn etwas Erhabenes, viel stärker als mein Jammer, beherrschte ihn; ich verließ sein Haus noch vor Morgengrauen, nachdem ich den Freund ein letztes Mal umarmt hatte, und ging zu Fuß den kaum erkennbaren Weg zum Nachbardorf, von wo um fünf Uhr dreißig der Bus fuhr, der mich zur Eisenbahn brachte.

Unterwegs holte ihn das unbemerkt über den Rand der Erde gesickerte Morgengrauen ein, und da spürte der einsame Wanderer auf dem herbstlichen Feldweg, daß er sich im Innern einer großen Gottheit bewegte, deren Name ALL ist, sich selbst schaffendes Prinzip, Schöpfer von Licht und Finsternis, von kühler Luft und warmen Aquarellstrichen am Himmel; er schafft und beseitigt, er malt und wäscht weg, malt über das Weggewaschene ein neues Bild, und da er gutmütig ist, hingerissen vom Prozeß des eigenen Schaffens, sind ihm alle seine Arbeiten gleich lieb, wie es sich für einen wahren Künstler gehört; darum pfeift er darauf, ob er ein Tier oder einen Menschen vor sich hat, er liebt sie beide, ohne seine Fehler in ihnen zu bemerken, ihm ist auch gleichgültig, was in uns die Oberhand gewinnt, Geistesgröße oder niedere Fleischeslust; er mag die Fehler nicht nachbessern; wenn er sie wahrnimmt, räumt er das mißlungene Erzeugnis weg und ersetzt es durch ein neues, aber seine Fehler tragen wir in uns, wir, seine funkensprühenden Schöpfungen, wir schleppen sie mit uns in den Schilfhalmen unserer Knochen, in unsern gespannten Sehnen, in der vom Alkohol schmerzenden Leber, im Blinddarm, in den Hämorrhoiden, in der Krebsgeschwulst, in den verdammten Hoden, in den elenden Innereien, in der morgendlichen Übellaunigkeit und der abendlichen Schwermut, in dem Wunsch, als erster in den Autobus zu springen und dabei eine alte Frau mit Korb und Kanne wegzustoßen, in den Tränen des Neides, im Lachen der Schadenfreude, in der Gier, mit der Großkaliberbüchse einen prachtvollen Elch zu erschießen.

Aber ich bin nur ein kleines Tierchen, und es kommt mir nicht zu, über die globalen Mißbegriffe bei der Erschaffung der Welt zu urteilen und darüber, ob die Wände des menschlichen Weltgebäudes etwa gefährlich schief geraten sind; möglicherweise gibt es gar keine Mißgriffe, und das im Bau befindliche Haus wird mit grandiosem Schwung doch noch fertig bis unters Dach, dessen Giebelpferd sich hoffärtig zwischen dem Wagen, dem Orion und den Plejaden erhebt. Möglicherweise wissen, begreifen die Menschen der Erde etwas, was ich mit meinem winzigen, verschüchterten Eichhörnchenverstand nicht zu fassen vermag.

Plötzlich fällt ein unglaublich heftiger Donnerschlag vom klaren Himmel, die Erde macht einen Satz wie eine Tischplatte, auf die jemand aus Leibeskräften mit der Faust geschlagen hat, sämtliche Fische schnellen sich aus dem schläfrigen Flüßchen, die Tiere verharren in ihrem Lauf, auch das Eichhörnchen verharrt mit gesträubtem Fell, mit glasigen Augen, gepackt von einem Entsetzen, desgleichen seine Seele noch nicht kannte. Und wie eine gnädige Erlösung, wie ein träges, scherzhaftes Gelächter der Gottheit, die zufrieden ist, uns alle freundschaftlich erschreckt zu haben, kommt vom Himmel, anschwellend und sich verdichtend, das Motorengeräusch eines Flugzeugs.

Gewiß, es ist nichts Schlimmes dabei, na gut, kleine Flugzeuge durchbrechen die Schallmauer, sollen sie, aber ich mit meiner Tierchenangst vor jedwedem Dröhnen sehe in den Zusammenstößen gewaltiger, sinnlos ausgelöster Sprengkraft mit den friedlichen menschlichen Ebenen eine solche Diskrepanz, daß mir das Herz in die Hacken rutscht. Gewiß, es ist nichts Besonderes dabei, daß grimmiger tierischer Haß die Menschheit, nachdem er sie unterworfen, gezwungen hat, einen kompletten Satz satanischer Waffen herzustellen, die ausreichen, um sechzehnmal Selbstmord zu verüben (meine Teure, stellen Sie sich einen Selbstmörder vor, der beschlossen hat, wollen mal sagen, sich in der Scheune aufzuhängen, und nun befestigt der komische Kauz an dem staubigen Balken sechzehn Leinen, die in Würgeschlingen auslaufen!), aber es will mir nicht in den Kopf, diese Aufgabe ist zu hoch für mein Eichhörnchengehirn, und ich verstehe noch so wenig von den Menschen, dabei liebe ich sie und möchte einer von ihnen werden – um Ihretwillen, meine Geliebte, um Ihrer Aufmerksamkeit würdig zu werden.

In den Zurufen, die die Sterne vor der Dämmerung wechselten, war viel unverausgabte feurige Fröhlichkeit, viel Karnevalsübermut, viel freundschaftliches Gezwinker – nichts, was der menschlichen Müdigkeit nach einer schlaflosen Nacht ähnlich wäre. Der Morgen rückte heran, und irgendwo ganz in der Nähe verbarg sich die ungeheure Lichtkuppel des Ostens. Ja, die Sonnenstrahlen durchströmten das östliche Luftdach der Erde, doch die Nacht strahlte weiterhin mit Tausenden heller, klarer, herausfordernd kühner Lichter, unter denen Wagen, Orion und Plejaden glühten. Die Finsternis, gewärtig, das erwachende Haus Gottes zu verlassen, stand noch auf seiner Schwelle und hielt sich an der halboffenen, mit Saphiren und Smaragden übersäten Tür fest.

In dieser Stunde traten WIR vor den einsamen Wanderer hin mit unserer ruhigen Erhabenheit, Stille und Klarheit wie die Verkörperung seines hartnäckigen Traums von der Zukunft, und er fragte in der vormorgendlichen Wüste, die Augen gen Himmel gerichtet, was er tun solle, und WIR antworteten ihm: Tue, was du kannst.

Die Nacht war groß, und die Trichter der Schwarzen Löcher zogen lautlos den nahe heranschwebenden Sternenstaub in sich hinein. Das Eichhörnchen wußte nicht, was es tun konnte, das kleine Tierchen in dieser großen Welt. Allein, es erinnerte sich, daß Menschen es als kleines Kind im Wald aufgelesen und in Obhut genommen hatten, darum mußte er ihnen alles geben, was er im Leben erworben hatte, auch seine Gabe der Umwandlung.

Mein Freund Georgi Asnaurjan, der nach Australien übergesiedelt war, gab die Malerei gänzlich auf und wurde dadurch mit einemmal märchenhaft reich. In seinem Atelier, das seine Frau, die Multimillionärin, ihm geschenkt hatte, brachte er zwar keine einzige Studie, keine einzige Zeichnung zustande, dafür aber erfand er zu seinem Vergnügen die sogenannte »Skarabäenmalerei«. Zusammen mit seinem Kompagnon Zborowski fing er auf den Waldwiesen Mistkäfer und brachte sie ins Atelier; hier legte Pan Zborowski eine gespannte Leinwand auf den Tisch, und Georgi mischte auf der Palette Farben; wenn alles bereit war, nahm Zborowski mit der Pinzette einen Käfer, tauchte ihn in Farbe und setzte ihn auf die Leinwand; der Käfer, vom Selbsterhaltungstrieb geführt, bewegte sich vorwärts und hinterließ eine wunderliche Spur. Am Rande der Leinwand angekommen, machte der Käfer, vor dem Sprung in die Tiefe zurückschreckend, kehrt und lief zurück. Es gab verschiedene Käfer, manche liefen stundenlang ohne Atempause und krepierten dann, indem sie sich auf den Rücken legten und müde mit den Beinchen zuckten; andere erkannten sofort, daß es nicht dafürstand, im Kreis zu laufen, und versuchten zu entkommen, indem sie über den Rand des Spannrahmens hüpften (diese sammelte Pan Zborowski in einer Extraschachtel). Die Kombinationen ihrer Bemühungen waren ganz ungewöhnlich, aber das Gesamtbild, das die Käfer durch ihr Umherirren schufen, war jedesmal annähernd das gleiche. Georgi verfolgte ihr Laufen mit Interesse, während er die Farben mischte; er sah die gleiche Gesetzmäßigkeit der sinnlosen Hektik, die er vom menschlichen Leben her kannte – das war komisch, und das war traurig.

Also, statt schöpferisch tätig zu sein, hatte Georgi die bescheidene Rolle des Skarabäenbeobachters gewählt; schöpferisch zu arbeiten hatte er nicht mehr nötig, denn alles, was er hätte ausdrücken mögen, drückten vorzüglich die Käfer aus, indem sie über die Leinwand wetzten. So wurde Georgi zum Begründer der »Skarabäenmalerei«; sein erster Schüler, Stanisław Zborowski, sammelte die widerspenstigsten Käfer in eine Extraschachtel, um später, wenn das Bild nach Meinung seines Chefs fast fertig war, einen davon, in besonders grelle Farbe getaucht, darauf loszulassen; auf diese Weise entstanden die »Flugkurven des freien Geistes«, über die sich die von Ewa gekauften Kunstwissenschaftler in ihren Artikeln die Finger wund schrieben.

Eva kaufte die gesamte »Skarabäenmalerei« Georgis auf dem Halm und verkaufte sie später nach grandioser Reklame weiter. So trat in Australien ein neuer Modemaler in Erscheinung, Mister Asnaur, dessen Bilder unglaubliche Preise erzielten. Georgi erwarb eine Jacht und unternahm eine Weltreise, während Pan Zborowski, der dick und rosig geworden war, unter der scharfen Aufsicht seiner Hausherrin eifrig arbeitete. Georgi liebte Eva noch, ja, er liebte sie, aber aus irgendwelchen Gründen hatte er den Wunsch, möglichst oft von ihr getrennt zu sein und sie längere Zeit nicht zu sehen. Das Beste wäre, so dachte er, auf einen andern Planeten überzusiedeln, denn der, auf dem wir leben, ist schon ganz zertrampelt von ihren Katzenspuren.

Einmal, als Mister Asnaur mit der Jacht unterwegs war, geriet er in einen fürchterlichen Sturm und war genötigt, die nächstgelegene Küste anzulaufen, um eine unumgängliche Reparatur vorzunehmen. Nach zwei Tagen und Nächten mühseligen Schipperns erreichte die Jacht eine anheimelnde menschenleere Bucht und warf Anker. Der Jachteigner und sein Mechaniker Zapfe fuhren mit dem Boot an Land und gingen nach verschiedenen Seiten, in der Hoffnung, eine menschliche Ansiedlung zu finden.

Georgi wanderte den weißen Strand vor dem zerklüfteten Steilufer entlang, auf dem sich ein dichter tropischer Wald erhob, da sah er plötzlich, wie sich von dem steilen Hang ein Stück löste und als Sandbächlein niederrieselte – ich dachte, ein Tier wäre unbemerkt an mir vorbeigelaufen, hätte den Sand in Bewegung gebracht und sich dann im Dschungel versteckt; in meinem Kopf rauschte es noch von dem höllischen Sturm, mir war schlecht, meine Beine taumelten wie betrunken, die Erde schien unter ihnen zu schwanken.

Ich ging vorsichtig, breitbeinig, betrachtete die anmutige Opernlandschaft der menschenleeren Bucht, blieb stehen und zündete mir eine Zigarette an, da hörte ich plötzlich ein lautes Flüstern: »Tuan! Tuan! Nicht weitergehn!« Es war eine Frauenstimme, die direkt aus dem Steilufer zu kommen schien. So war es auch, denn als der rutschende Sand unten ankam, zeigte sich an der Stelle, wo der Rutsch begonnen hatte, ein kleines Loch, aus dem die Stimme klang.

Ich stieg, mit den Füßen im Sand einsinkend, zu der Höhle hinauf, beugte mich vor und sah in ihrer Tiefe funkelnde Augen. Wer kann da in der Höhle sitzen und englisch reden? dachte ich und rief: »Hello! Kommen Sie raus, was machen Sie da drin?« – »Tuan, ich nix können, ich sein ganz nackt«, lautete die Antwort. »Aber Sie schnell zurückgehn zu Boot und wegfahren. Ganz schnell wegfahren, bevor zu spät!« – »Was geht hier vor, wo bin ich denn?« fragte ich verwundert. »Wer sind Sie, verdammt noch mal, und warum soll ich fliehen?« – »Ach, Tuan, nicht müssen fragen, müssen wegfahren, sonst uns töten!« – »Aber wer könnte uns töten?« sagte ich. »Weit und breit ist kein Mensch.« – »Gut müssen kucken, Tuan, sehr gut kucken.« – »Aber ich sage Ihnen, es ist niemand da«, redete ich der seltsamen Frau zu. »Antworten Sie mir, haben Sie keine Angst. Wer sind Sie? Was ist das für ein Land?« – »Ich früher in Amerik arbeiten«, sagte die Frau aus der Höhle, »ich lange dienen bei guter Herr, ich können reden englisch und französisch. Später ich zurückkehren und eigenes Geschäft aufmachen, kleine Restaurant. Ich hatten Kinder, zwei Töchter, aber dann kommen Ratt und fressen meine zwei Töchter auf.« – »Was? Eine Ratte? Was reden Sie da?« rief ich und glaubte schon, Gott hätte mir eine Wahnsinnige geschickt. – »Ratt, sehr viel Ratt. Unser Land gut, alle andern Länder schlecht. In unser Land die größte Wahrheit, alles richtig, andere Länder nix richtig. Wir haben Oberster Ratt, der befehlen, Hälfte von Menschen töten, dann noch mal in zwei Hälften teilen und eine Hälfte töten. Er sagen: Heute Glück nix nötig, Glück später nötig. Dazu nötig viel arbeiten und viel töten. Geld nix nötig, Mann und Frau nix nötig, Haus nix nötig, alle müssen sein wie Ratt, müssen essen Fleisch von Mensch, essen seine Leber.« – »Was reden Sie da für ein Zeug, Sie Halbverrückte«, schrie ich angewidert, machte eine wegwerfende Handbewegung und wollte weg von der Sandhöhle.

Da aber bewegten sich oberhalb der Steilküste Zweige, und es zeigte sich ein Kopf in einem mit Leinwand überzogenen runden Stahlhelm. Neben ihm erschien ein ganz gleicher zweiter Kopf. Plötzlich sprangen *sie* haufenweise aus dem Unterholz und den Steilhang herunter. Einige waren mit Maschinenpistolen oder Schnellfeuerkarabinern ausgerüstet; alle trugen den Helm und ein kurzärmliges Hemd in Tarnfarben, und alle trugen lange Röcke, Sarongs, unter denen jeder, wie ich zu erkennen glaubte, einen Krummsäbel angeschnallt hatte, der den Rocksaum hochdrückte. »Warum Sie mich belügen«, flüsterte die Frau in der Höhle nach einem Schreckensruf traurig, »jetzt ich sterben müssen.« Und sie versuchte mit hastigen Kratzbewegungen am oberen Höhlenrand den Eingang zu verschütten.

Sie wurde sogleich bemerkt, drei stämmige Kerle, die ganz jung zu sein schienen, sprangen mit fröhlichem Johlen zu der Grube und stachen lachend mit Knüppeln hinein, als wollten sie ein Tier aus dem Bau holen. Von mir nahmen *sie* keinerlei Notiz, sie gingen mit leeren Augen dicht an mir vorbei, und keiner warf auch nur einen Blick zu mir her. Das kam mir sonderbar vor, unwahrscheinlich wie ein Wachtraum, als wäre ich für die unsichtbar! Aber dann ...

Die Frau wurde an einem Bein aus der Höhle herausgezogen, sie war wirklich splitternackt, unwahrscheinlich schmutzig und zottelig wie ein verwahrlostes Tier. Aber die menschliche Scham war in diesem verwilderten Wesen noch nicht gestorben, die Frau krümmte sich im Sand zusammen, ein Bündel von Angst und Verzweiflung, ihre Arme umklammerten die Beine, und die Knie verdeckten Bauch und Brüste. Ein junger Soldat von vielleicht vierzehn Jahren trat hinzu und schlug mit dem Karabinerkolben gegen die spitzen Knie. Da löste die Frau das verkrampfte Geflecht von Armen und Beinen, streckte sich gehorsam aus und spreizte die jämmerlich mageren Beine.

Mich bemerkten *sie* noch immer nicht. Als ich jedoch zu der Frau stürzte, um die Vergewaltigung zu verhindern, und Proteste brüllte, drehten zwei sich um und versetzten mir, ohne mir ins Gesicht zu sehen, mit vereinter Kraft einen fürchterlichen Stoß vor die Brust, so daß ich rücklings zu Boden flog und nur mühsam wieder hochkam. Da sah ich, daß der junge Soldat nicht vorhatte, die Frau zu vergewaltigen. Er hatte den Rock hochgerafft und schwankte zielend vor und zurück mit der deutlichen Absicht, die gefällte Frau anzupissen.

Und da sah ich etwas, was mich mit Abscheu und Entsetzen erfüllte wie noch nie in meinem Leben. Mir sträubten sich die Haare, denn der Gegenstand unterm Rock, den ich für einen Säbel gehalten hatte, war ein harter, krummer, steifer Schwanz, mit kurzer Mäusewolle bedeckt.

Es waren halb Tiere, halb Menschen, Exemplare von Wesen, in denen die Rückentwicklung vom Menschen zum Tier begonnen hatte. Ich war auf eine Insel geraten, deren Bewohner teilweise zu grauen Ratten geworden waren. Daß *sie* mich verschonten, war unerklärlich, möglicherweise wußten *sie* etwas über mich und hatten von ihren Vorgesetzten bestimmte Weisungen erhalten. (Alles, was ich gesehen hatte, ließe sich im nachhinein als ein fiebriger Alptraum deuten, der mich an dem unbekannten Gestade erfaßte, wäre nicht das Schicksal des Mechanikers Zapfe. Der Ärmste kehrte nicht auf die Jacht zurück, die Ratten hielten ihn fest und warfen ihn, nachdem sie ihm die Augen ausgefressen hatten, ins Meer.) Inzwischen wurden von oben etwa dreißig Männer und Frauen verschiedenen Alters heruntergetrieben, die meisten aber waren jung. Man gab ihnen vier Spaten, und sie hoben abwechselnd im feuchten Sand einen Graben aus, dessen Konturen der hagere und sehr sachlich wirkende Kommandeur der geschwänzten Soldaten sorgfältig ausmaß und mit der Ferse in den Sand kratzte.

Nicht weit von mir waren zwei Krieger eifrig bemüht, mit geschwungenen Buschmessern meine unterirdische Gesprächspartnerin hinzurichten. Bald kam der Kopf der Frau zur Ruhe, die

Wange schmiegte sich in den weißen Sand, und ihre Augen, in die allmählich Gleichgültigkeit und Entrücktheit trat, blickten mich an, dabei zwinkerten sie ab und zu wie durch den Nebel einer unüberwindlichen Schläfrigkeit hindurch. Bald war das, was die Frau gewesen war, zu zwei Haufen aufgeschichtet, die frei gewordenen Soldaten reinigten die blutigen Hände mit Sand und begaben sich mit nachschleifenden Schwänzen zu ihren Kameraden, die am fertigen Graben beschäftigt waren, die knienden Gefangenen in gleichmäßige Reihen zu ordnen.

Was mit ihnen geschah, konnte ich nicht mehr sehen, ich habe ein Kind, ein kleines rötliches Eichhörnchen, und ich verzichte, Madame, auf die Ehre, gewisse Handlungen der menschenähnlichen Wandlinge anzuschauen – was gehen die mich an, das friedliche Waldtierchen, das sich von Nüssen und Pilzen ernährt? Ich habe nicht den Wunsch, meine wundersame Gabe der Umwandlung dazu zu benutzen, noch eine unglaubliche Scheußlichkeit der Dämonen zu finden, die die armen Menschen peinigen.

Ich will Ihnen lieber erzählen, was für Pilze es im Septemberwald gibt. Zum Beispiel den Edelreizker: Irgendwo im ebenen Gras einer Tannenschonung leuchten die gelbgrünen Hütchen mit den schön gezeichneten Ringen. An der Unterseite saubere orangerote Lamellen, ein röhrenförmiger Fuß, an dessen Bruchstellen kupferrote Safttropfen austreten. Ach, wissen Sie denn, wie Reizker duften, wenn Ihr Korb unter den anderen Pilzen wenigstens eine Handvoll von ihnen enthält? Also, meine Kostbare, ich sah einmal einen überaus merkwürdigen Fußballer, das war einer der harmlosesten Wandlinge, eine Mischung von Bulldogge und Klosettbecken, ein Grobianus urbanis, solche werden nahe den warmen Dampfheizkörpern aufgezogen, mit der Flasche ernährt und im Sommer auf die Datscha verfrachtet; wenn sie vier sind, werden sie an einer Zügelleine in die Sektion Eiskunstlauf oder in die Schule für sportliche Gymnastik gezerrt, von wo manche mit zehn als Meister des Sports wieder herauskommen, einzelne Exemplare jedoch, sorgfältig und unbarmherzig dressiert, werden bald Champions. Ich weiß nicht, zu welcher Vollkommenheit im Sport es mein Grobianus urbanis gebracht hatte, aber die Geschmeidigkeit seiner Glieder, die harmonischen Bewegungen seines wohlgebauten, in einen blauen Trainingsanzug gezwängten, vorzüglich ernährten Körpers deuteten auf bestes Gedeihen seines Organismus, aus welchem der Saft der Frische und der tierischen Daseinsfreude nur so herausspritzte.

Sie können sich nicht vorstellen, was es bedeutet, irgendwo in der Moskauer Umgebung eine Lichtung mit Reizkern zu finden! Das ist ein unerhörter Glücksfall für den Pilzsammler. Auf einer solchen Lichtung bei einer Tannenschonung, die dunkel und gleichmäßig hoch neben einer grasigen Schneise wuchs, stand ein hellblaues Autochen, ein Saporoshez, dort zog ein Gentleman im Trainingsanzug seine Runden durchs grüne Gras. Mit den Füßen, die in schicken spechtbunten Joggerschuhen steckten, kickte er Pilze. Als ich sah, was er da zertrampelte und mit eleganten Fußtritten wegschleuderte, wurde mir schwarz vor Augen. Korallenrote Krümel von hoffnungslos zertrümmerten Reizkern höchster Qualität schmückten als einfallsreiches Muster den grünen Teppich der Lichtung. »Aber was machen Sie denn da!« schrie ich mit fremder Stimme. »Hören Sie auf, Sie Blödmann!« – »Was ist denn?« sagte der Fußballer ein wenig verwirrt und richtete einen komplizierten Blick auf mich, in welchem spielerische Heiterkeit in der Flamme hündischen Grimms zu lodern begann; seine nächsten Worte gluckerten mit der Selbstsicherheit eines Klosettbekkens: »Das sind doch Giftpilze.« – »Ach, Giftpilze«, kreischte ich. »Für Giftpilze halten Sie das?« – »Was denn sonst?« – »Idiot!« stöhnte ich, fiel auf die Knie, stellte meinen Korb auf die Erde und suchte mit fliegenden Händen im Gras. Aber leider, alles war verdorben, auf der Lichtung lagen nur noch Krümel und plattgetretene, an den Bruchstellen grünverfärbte Hüte.

Der Grobianus legte währenddessen die Hand auf sein eindrucksvolles Sexualpaket, das die blaue Trainingshose ausbeulte, lächelte ohne die geringste Reue spöttisch, holte träg mit dem Bein aus, kickte ein paar heilgebliebene Pilze und spielte sie mir zu. Da hielt ich's nicht aus, plötzliche Eichhörnchenwut trübte mir den Verstand, und ich warf mich geradewegs von der Erde auf den Fußballer, um mich in seine Nase zu verbeißen, eine Kampfgepflogenheit des Eichhörnchens.

Aber damit war's nichts, der Gentleman entpuppte sich als Boxer. Er hatte eine vorzügliche Reaktion, denn ehe ich mich's versah, flog ich, von einem mächtigen Kinnhaken getroffen, ins Gras. Da stand mein Korb, ich ergriff ihn und schlüpfte, den Schweif hochreckend, an dem hellblauen Saporoshez vorbei in die Tannenschonung; hinter mir tönte drohend, kriegerisch das Geschrei des Verfolgers, Äste knackten, aber das dauerte nicht sehr lange, und bald trottete ich wieder allein durch den Wald, lutschte an meiner aufgeplatzten Lippe und spuckte ab und zu rotes Blut ins grüne Moos.

Eine unüberwindliche Trauer hatte sich meiner bemächtigt, vor meinen Augen standen die verdorbenen Reizker, dieselben Reizker, meine Teure, die ich Ihnen an einem klaren Septembertag hätte zeigen mögen, unter einer weißen Sonne, unser beider barmherzigem Vater, der süß über der Waldlichtung schlummert.

Ich hatte immer gedacht, war jederzeit gefaßt gewesen, irgendein Raubtier werde mir auflauern. Darum waren alle meine Vorhaben fruchtlos geblieben, denn wenn ich mir etwas vorgenommen hatte, warf ich gleich wieder hoffnungslos, verzweifelt die Flinte ins Korn, denn mir fehlte der Glauben, ich könnte das Begonnene vollenden. Da ich es um mich herum von Keilern und Wölfen wimmeln sah, fand ich keine Möglichkeit der Rettung, zumal ich nicht zu den wahren Menschen gehörte, denen ihre göttliche Unbekümmertheit immer wieder weiterhalf. Bis zu diesem Tag und dieser Stunde durchzuhalten war mir nur gelungen, weil ich mich geduckt, Vorsicht geübt, nicht aufgemuckt, jedes Risiko vermieden, meine Karten verdeckt gehalten, den Kriechgang bevorzugt und mich nie in einen fremden Schlitten gesetzt hatte.

Meine Einzige, Verlorene! Sie allein hätten den uralten Zauber brechen und mich zum Menschen machen können, aber ich hatte allein schon den Gedanken verworfen, Sie wären imstande, mich liebzugewinnen.

Mein Leben ist ohne Sie vergangen, es war mein Wunsch, Ihnen alles zu beichten, und zwar schriftlich, denn Papier läßt sich endlos verstecken und neu verstecken, auch verbrennen im Ofen oder in einem offenen Feuer, was ich einmal tat: Ich machte Feuer hinterm Haus, bei den Mülltonnen. Es stimmt nicht, daß Manuskripte nicht brennen! Und wie sie brennen! Keine Angst vor dem Feuer hat nur die Kraft, die Manuskripte hervorbringt. Doch ungeachtet solcher Überlegungen konnte meine eingeengte, verschüchterte, vorsichtige Seele die Angst nicht bezwingen, und ich beschloß, nicht laut zu beichten, sondern sozusagen mit Hilfe eines inneren Monologs, aber auch hier wagte ich es nicht, vor Ihnen meinen Namen auszusprechen, ich versteckte mich hinter der blöden, fipsigen Endung ... i. Verzeihen Sie mir, wenn Sie können.

Nein, verzeihen Sie mir nie! Kann man etwa einem Tier verzeihen, das vor allem und jedem auf der Welt Angst hat und vor lauter Angst nicht einmal der Liebsten seinen Namen entdeckt? Ich habe eine lange Beichte vor Ihnen gesprochen, aber Sie haben sie nicht gehört – und werden nie erfahren, daß sie gesprochen worden ist, darum werden Sie auch nie ahnen, wer sich hinter dem fipsigen ...i verbirgt.

Unweit der Pokrowka-Straße in Moskau kannte ich ein Tor, durch das ich schlagartig in die jenseitige Welt meiner Vergangenheit gelangen konnte. Diese begann hinter einer seltsamen, sehr niedrigen überdachten Kolonnade, die mit Abfalltonnen vollgestellt war; das Haus, an das die Kolonnade stieß, hatte Rauhputz. Neben diesem Haus gab es einen dunklen Torweg, und wenn ich ihn durchschritt, gelangte ich auf einen Durchgangshof, wo mitten in der Asphaltfläche ein vertrockneter Baum aufragte, unter dem eine lehnenlose Holzbank stand. Sie war der Anfang der jenseitigen Welt.

Eines Tages ging ich wieder einmal über diesen Hof und sah auf der erwähnten Bank die Seele unserer technischen Redakteurin Natalia Bogatko sitzen. Daß es ihre Seele war, ließ sich leicht erraten, denn sie sah genauso aus, wie die technische Redakteurin Natalia Bogatko zu Lebzeiten ausgesehen hatte, die eine vollblütige, stattliche Frau von siebenundzwanzig Jahren war. Mich erfaßte schieres Mitleid. Wann ist denn die arme Natalia gestorben? dachte ich. Und ist ihr etwa für ihre postume Existenz dieser scheußliche Durchgangshof zugewiesen worden? Die großen grauen Augen ihrer Seele blickten mich flehend an, und da faßte ich im Nu meinen Entschluß. Natürlich war sie für mich keine Eurydike, und ich war kein verliebter Orpheus, der in den Hades hinabgestiegen ist, um sie zu holen, aber ich wollte der wohlbekannten trauernden Seele doch heraushelfen, und sei es um den Preis des Verlusts meiner eigenen. Ich trat also zu ihr, ergriff ihre eiskalte Hand, sagte »Komm!« und zog sie, ohne mich umzusehen, aus dem Lande der Gespenster. Als ich am nächsten Morgen nach dem Rasieren das Badezimmer verlassen wollte, kriegte ich die Tür nicht auf. In dem schmalen Flur meiner Einzimmerwohnung stand eine mächtige steilgehörnte Büffelkuh und käute wieder – und da konnte ich nichts mehr machen. Madame, ich erzähle Ihnen die Geschichte meiner Heirat.

Als ich sie später fragte, wie sie auf den Hof gekommen sei, antwortete sie, sie wisse nicht, wovon ich redete. Also war sie ins Jenseits geflogen, war durch ein Wunder wieder herausgeholt und dem Leben zurückgegeben worden und hatte nichts von alldem bemerkt! Später jedoch, als wir schon endgültig verheiratet waren, bekam ich mit Hilfe behutsamer und hartnäckiger Fragen doch noch heraus, welche Ereignisse meiner Begegnung mit ihr vorausgegangen waren. Ich erfuhr, daß sie an jenem Tag gar nicht auf Arbeit gewesen war. Am Morgen war sie wie gewöhnlich von der Metrostation Lermontowskaja zum Verlag gegangen, als plötzlich auf dem Gehsteig ein Sprengwagen auf sie zufuhr, der zischende Wasserstrahlen vor sich her schoß. Natalia lief in Panik hinüber auf die andere Straßenseite, dann wußte sie nichts mehr, nur daß sie auf einmal in meiner Wohnung stand, vor der Badezimmertür, hinter der ich mich, einen Schlager trällernd, eben rasierte. Vermutlich war sie auf ihrer Flucht vor dem Sprengwagen unter einem vorüberfahrenden Lastauto gestorben, doch da war ich gekommen und hatte sie in die irdische Wirklichkeit zurückgeholt.

Ich könnte Sie von mir aus jetzt gleich über den Hof führen, um Sie die Antipoden unseres Seins bestaunen zu lassen. Sie existieren in genau solchen Städten wie den unseren, hinter ihren Wohnungstüren gibt es die gleichen Zankereien und Versöhnungen, Krankheiten, Freuden und Leiden. Ja, sie sind fast genauso wie wir, nur gänzlich flach, wie Spiegelglas. Wenn ich mir ihr Leben genau ansehe, dämmert mir auf einmal, daß die Spiegel, in die wir mit solcher Neugier und Selbstzufriedenheit zu blicken pflegen, völlig leer sind, wenn niemand vor sie tritt; wenn wir aber hineinschauen, treiben sie recht grausame Scherze mit uns, indem sie uns etwas zeigen, was es gar nicht gibt. Unsere Vergangenheit, die von den Spiegeln des Gedächtnisses reflektiert wird, und das gilt für Hund, Eichhörnchen, Schmetterlinge, gescheiterte Künstler, für jedwede Kreatur, die zur Sehnsucht nach der Vergangenheit befähigt ist, sie zeigt uns Milliarden flacher Gespenster. Wozu also soll ich Sie, Madame, zu diesem seltsamen Spaziergang einladen?

Oh, urewiger Kreislauf des Seins, hallendes Pendel der Weltalluhr, das gemächlich klopft: *Sein ... nicht sein! Sein ... nicht sein! Hier ... dort! Hier ... dort!* Und wenn ich mich jetzt an Sie wende, habe ich gar keine Vorstellung, aus welcher Welt ich meinen Gruß und meine Dankesworte schicke.

Danke dafür, daß Sie mir eines Tages begegnet sind, gleichviel, ob in dieser oder jener Wirklichkeit. Ich werde Sie niemals vergessen können, weder in jener noch in dieser Welt.

Ich ging eine schmale Straße entlang und erkannte plötzlich den Stadtteil Siwzew Wrashek. Strenge altertümliche Häuser, scheinbar unbewohnt. Ich bog in die Große Wlassjewski-Gasse ein, betrat alsbald einen mir wohlbekannten Hausflur und stieg zum zweiten Stock hinauf. Auf mein Klingeln erfolgte lange keine Reaktion, dann klirrten Riegel, und die Tür ging auf. Ich erblickte eine zottelhaarige alte Frau in einem Morgenrock. Die Hände in Brusthöhe zusammengepreßt, trat sie seltsam auf der Stelle, indem sie bald das eine, bald das andere nackte haarige Bein hochzog. Als sie mir in die Augen sah, zeigte sie ein grausliches, aber mir irgendwie gutbekanntes Lächeln. Da mußte ich laut lachen, denn vor mir stand keine alte Frau, sondern der berühmte Maler Morawow, zu dem ich wollte. Der Morgenrock und die langen Zotteln hatten mich irregeführt.

Morawow war einer der großartigsten Plakatkünstler unserer Zeit, und sein Name war allgemein bestens bekannt. Seine Plakate schmückten zahlreiche internationale Kongresse, Ausstellungen und Konferenzen, überdies hatte er eine Anzahl epochaler Embleme für alle möglichen grandiosen weltweiten Veranstaltungen wie Festivals, Olympiaden oder Universiaden entworfen. Ich hatte Morawow stets für einen jener großen Menschen gehalten, denen gottlob keine Verschwörung drohte, denn ihr Talent war stärker als alle verderblichen Umstände.

Während er sich meine Bemerkungen zu einem Plakatentwurf anhörte, zerrte er mit der rechten Hand an seinen Haaren und klatschte mit der linken auf den Oberschenkel. Dann sprang er auf und zog Kreise durchs Zimmer. Dabei bemerkte er gar nicht, wie er die Wand erreichte und, einer Fliege gleich, an ihr aufwärts kroch, ein wenig schräg in der Haltung, dann betrat er die Decke und bewegte sich mit dem Kopf nach unten weiter. Dabei hingen die Schöße des Morgenrocks herunter und entblößten die wenig attraktiven Gliedmaßen des Maître. Er versuchte dauernd, den Kittel zu richten, indem er ihn über die Beine schob, aber das Gewebe folgte selbstverständlich dem Gesetz der Erdanziehung. Morawow ging eine Weile an der Decke spazieren, kam dann wieder zu mir herunter und nahm überhaupt nicht wahr, daß er gerade einen nicht ganz gewöhnlichen Spaziergang vollzogen hatte. Er war wie alle Genies ein wenig zerstreut.

Nachdem wir mit dem Plakat fertig waren, zündete ich mir eine Zigarette an, betrachtete den Künstler zerstreut und dachte neidisch: Du hast es gut! Alle hast du besiegt – die Tiere, die Wandlinge.

»Still! Still!« Morawow fuchtelte mit den Händen nach mir und sprang seitlich von mir weg wie ein Hahn.

So sprang er bis in die hinterste Ecke, weiter ging es nicht, aber er fuhr fort, mit den Händen zu fuchteln und von mir wegzuhüpfen, so daß er das Zimmer diagonal in die Länge zu ziehen schien. Er entfernte sich so weit von mir, daß er kaum noch zu unterscheiden war, dann verschwand er gänzlich, und das Zimmer nahm die frühere Größe und das frühere Aussehen wieder an.

»Kommen Sie her!« flüsterte es hinter mir, ich drehte mich um und sah Pimen Morawow den zotteligen Kopf durch eine angelehnte Tür schieben.

In der rechteckigen Diele, in die der Hausherr mich rief, stand neben einem niedrigen Wandspiegel eine Sperrholzkiste auf der Schmalseite, darüber war Papier gebreitet, und auf dem Papier saß, ja, lag nicht, sondern saß ein ruhiges, ziemlich dickes, strohgelbes Meerschweinchen mit satten Wangen und leeren Augen. Der Wanst war kugelrund, und auf dem Wanst waren die Pfötchen akkurat gefaltet.

»Da, mein Lieber, schauen Sie«, sagte der geniale Plakatkünstler mit lieblicher Stimme. »Wunderschön, nicht wahr? Ein großartiges, hübsches Tierchen, das einzige Wesen, das mich in diesem Leben nicht quält.«

»Wo ist denn Ihr Sohn?« fiel mir ein. »Wo ist Sachar?«

»Sachar ... Oh, ich möchte nicht von ihm sprechen. Aber was soll's, es läßt sich nicht verbergen. Übel steht's mit meinem Sohn, mein Bester.«

»Was ist passiert?«

»Sehen Sie selbst«, sagte er vergrämt und öffnete die Tür des Nebenzimmers.

Ich warf einen Blick durch die halboffene Tür. Ein scharfer Wind schlug mir ins Gesicht, er führte sauren Tiergestank mit. Auf dem breiten Fensterbrett saß, die haarige Schulter ans Gitter gelehnt, ein stämmiger Orang Utan und äugte mit melancholischer Miene hinunter auf die Straße. An einem seiner Hinterfüße klirrte eine Kette, die das Tier an das Gitter fesselte. Als es das Geräusch an der Tür hörte, wandte es langsam den Kopf und sah uns aufmerksam, doch ohne jegliches Gefühl an. Dann streckte es den unglaublich langen Arm aus, griff die schwarze Scheibe einer Langspielplatte vom Wandbrett, steckte sie durch die Gitterstäbe und schmiß sie auf die Straße.

»Haben Sie gesehen?« fragte der zottige Morawow und warf mir einen leidvollen Seitenblick zu; mit blassen Fingern drehte, knautschte er das Gürtelende, als wollte er es abreißen. »Und diese Platte habe ich ihm aus Leipzig mitgebracht!«

Er knallte die Tür zu, lehnte sich mit dem Rücken dagegen, schloß die Augen und stand lange da wie ein Märtyrer. Von der anderen Seite polterte etwas Schweres gegen die Tür und zerschellte, die Trümmer schepperten zu Boden.

»Der tragbare Fernseher«, sagte Morawow traurig. »Ich habe ihn in Japan gekauft, damit mein Herr Sohn sich nicht langweilt, wenn er allein ist. Sie haben mir mal von einer Weltverschwörung erzählt«, fuhr Morawow fort. »Die Verschwörung ist hier«, er klopfte sich mit der Handkante gegen das Genick, was ihn zu einer tiefen Verbeugung nötigte, »in der Familie, in unseren geliebten Kindern, in der eigenen Frau und in der Schwiegermutter. Ach, wenn ich nur Sachar helfen könnte, damit er nicht ganz und gar verwildert, an etwas anderes denke ich schon gar nicht mehr, mein Freund.«

Ich muß wohl eingeschlafen sein in der Metro; als ich aufwachte, saß ich im leeren Wagen. Von irgendwo sprang ein Eichhörnchen mit rötlichem Sommerfell herbei und lief über die Sitzbänke. Das war ein sonderbarer Anblick, absurd in dem leeren Metrowagen, der mit Plastik, Glas und Dermatin ausgeschlagen war, gänzlich fremde Materialien für die Natur des Eichhörnchens. Schneller, immer schneller hastete es durch den Wagen, und ich begriff, daß sein Schicksal besiegelt war. Kummervoll sah ich seinen Sprüngen zu. Der Metrozug, der die Ringstrecke befuhr, würde nie in einem feuchten Wald außerhalb der Stadt ankommen und nie dort seine Türen öffnen, wie um die Waldbewohner zu einer Spazierfahrt bei geöffneten Fenstern einzuladen.

Endlich fuhr der Zug in eine Station ein, die Türen polterten auseinander, das Eichhörnchen wollte hinausflitzen, doch von draußen drängte die dichte Mauer der in der Tür einander rempelnden Fahrgäste herein. Das buschige Tierchen lief durch den

Mittelgang, huschte zwischen hastenden Füßen hindurch. Als es die vordere Tür erreicht hatte, machte es kehrt und sprang zurück. Und da entdeckte es ein Pavian mit gewaltigem Backenbart, eine weiße Leinenmütze auf dem Kopf, er sprang von seinem Platz, auf den er sich eben erst, einer gleichfalls dorthin strebenden alten Frau mit geschultertem Trauerkranz zuvorkommend, hatte plumpsen lassen, breitete die Arme aus, bückte sich, schlich vorwärts, schwankend unter den Stößen des anfahrenden Zuges, und verfolgte jede Bewegung des Eichhörnchens. Im Wagen erhob sich Lärm, die Frauen kreischten, die Männer lachten, stampften mit den Füßen, klatschten in die Hände. Die Alte mit dem Trauerkranz besetzte geschwind den freigewordenen Platz und lehnte das aus Papier und Draht geflochtene Trauersymbol an ihre Knie, dann beobachtete sie mit lebhaftem Interesse die Handlungen des bakkenbärtigen Pavians.

Es sah so aus, als ob der fröhliche Pavian bald Erfolg haben würde, denn das Eichhörnchen erreichte wiederum das Ende des Wagens, lehnte den Kopf an die Tür und erstarrte. Der Verfolger sprang hinzu und fiel auf die Knie, so daß von der Anspannung krachend die hintere Hosennaht barst, doch seine Opfer und Manipulationen waren vergeblich, das Eichhörnchen entglitt ihm blitzschnell, sauste das lange Bein des neben ihm stehenden Fallschirmjägers hinauf zum hellblauen Barett und flog von dort, mit federnden Hinterbeinchen sich abstoßend und den buschigen Schweif ausstreckend, sanft über die Köpfe der Fahrgäste hinweg ... In diesem Moment hatte ich jenes unvergleichliche Gefühl der Freiheit, von dem Saint-Exupéry den Menschen erzählt, der absoluten Freiheit, die man am Himmel über den mondlichtübergossenen Wolken, unter dem feurigen Flimmern der Sterne erlebe, einer tragischen Freiheit, die in dem Moment erreicht werde, wo im Tank der fliegenden Maschine der Brennstoff zur Neige gehe. Das himmelblaue Barett des jungen Fallschirmjägers, von dem ich mich abstieß und ins letzte Unbekannte flog, blinkte unter mir und verschwand für immer wie der blaue Blick der auf mich gerichteten Augen, und ich befand mich in Chicago, im obersten Geschoß eines Luxushotels, und blickte aus der Höhe des Vogelflugs auf die gewaltige Stadt, deren eine Hälfte von Sonnenlicht übergossen war und mit Tausenden in Fenstern gespiegelten Sonnen loderte, während die andere Hälfte in behaglichem Schatten lag, solide, geometrisch gleichmäßig, zu den Kuben repräsentabler Wolkenkratzer geformt. Ich mußte mich von meiner Frau trennen, sie in den Staaten zurücklassen, wo sie langwierige Geschäfte abzuwikkeln hatte, und zurückfliegen nach Hause, nach Australien; ich packte für die Reise, aber als ich eben Einkäufe im Koffer verstaute, erfaßte mich plötzlich das mächtige und berauschende Freiheitsgefühl derer, die gen Himmel fliegen, um nie wieder lebend auf die Erde zurückzukehren. Nicht daß ich vor dem bevorstehenden Flug Angst gehabt hätte und nicht daß dieses Gefühl gerade jetzt in mir entstanden wäre – nein, schon vor langer Zeit, als ich mit einer Maschine der französischen Fluggesellschaft von Scheremetjewo abflog, war mir die nüchterne und schreckliche Gewißheit gekommen, daß ich nur zu dem einen Zweck flog, tot auf die Erde zu stürzen. Nach meinem langjährigen Leben in Reichtum hatte ich allmählich die Gepflogenheiten der Reichen angenommen und mich vollkommen verändert, aber der Mann, der sich in Scheremetjewo von seinem Freund, dem Eichhörnchen, verabschiedet hatte, war sich seit damals ständig bewußt, daß diese Gepflogenheiten eine Scheußlichkeit sind, die er, wie er nun wußte, schon immer insgeheim erstrebt hatte, und seit er sie angenommen hatte, konnte er sich nie wieder über das Schicksal erheben, so wie sich ein Flugzeug steil über den Waldrand hinterm Flugfeld erhebt.

Plötzlich saß ich in einem Luxusauto, das die abendliche Straße entlangfuhr, ringsum brodelte der feurige Hexentanz der Reklame, eine dichte Menge von Müßiggängern füllte die Gehsteige und schwappte immer wieder auf die Fahrbahn, so daß ich den Wagen sehr vorsichtig steuern und den Fuß immer wieder vom Gaspedal zur Bremse wechseln mußte. In dieser Stadt – schon in Indonesien – wirbelte fast jeden Abend ein solcher Karneval, und der Frohsinn versiegte niemals. »Indonesien, geliebtes Land«, hatte ich früher in meiner Jugend gesungen, und jetzt fuhr ich mit dem Auto durch dieses Land, und es war fast genauso, wie ich es mir nach dem Lied vorgestellt hatte: »Von warmen Meeren beleckt, von dunklen Wäldern bedeckt.« Hier lebten fröhliche und schöne Menschen, die bei jedem Anlaß gern feierten.

Ich fuhr langsam, hielt aber nicht an, denn ich wußte aus Erfahrung, wie gefährlich das ist: Eine Schar Prostituierte stürmt herbei, die hübschen jungen Mädchen reißen die Türen auf, schlüpfen herein, fangen an zu zwitschern und zu schnurren. Man wird sie nicht so leicht wieder los, und ich hatte einmal laut nach der Polizei schreien müssen.

Ich bog durch eine schmale Gasse in ein vornehmes Viertel ein, fuhr zu einem reichverzierten, blank lackierten Tor und hielt. Schon kam ein dunkles Mäuslein mit großem Kopf angehüpft, mit Shorts bekleidet, und öffnete mir das Tor. Ich stieg aus, warf dem Kleinen eine Münze zu, der fing das Metallscheibchen geschickt mit dem Pfötchen, schob es hinter die Wange und verschwand wie in den Erdboden hinein. Da stand ich und betrachtete mit erhobenem Kopf das Schnitzwerk des altertümlichen Tors; stumpfäugige Ungeheuer mit riesigen Eckzähnen schnitten mir von oben herab Fratzen.

Der Hausherr selbst öffnete mir die Tür, doch als ich den Hut abgenommen hatte und mich umsah, wo ich ihn hinlegen könnte, kam hinter einem scheppernden Bambusvorhang ein splitternacktes Mädchen hervorgeflattert; es war bildschön gewachsen, hatte einen bräunlichen Teint und einen dunklen Pony und trug eine goldgerahmte Brille. Nachdem sie mir den Hut abgenommen hatte, machte sie eine Art Knicks und senkte mit einer Miene freudiger Bereitschaft den Blick. Ich sah den Hausherrn fragend an, der nickte nur mit seiner blanken Glatze, die große Altersflecke sprenkelten.

»Gestern habe ich für Freunde eine römische Orgie gegeben«, fand er dann doch noch nötig, mir zu erklären. »Das sind die Reste.« Er winkte mit seiner langen knochigen Hand zu dem Mädchen hin. »Die Hetäre wird uns während unserer Unterredung bedienen. Sie haben doch nichts dagegen?«

Ich hatte nichts dagegen. Ich muß jedoch gestehen, daß ich mich anfangs nicht frei fühlte. Kaum griff ich nach den Zigaretten auf dem Tischchen, schon war die Hetäre zur Stelle, entnahm der Packung eine Zigarette, steckte sie mir in den Mund, ließ das Feuerzeug schnipsen und gab mir Feuer. Kaum leckte ich mir die Lippen, wenn ich leichten Durst verspürte, schon schenkte sie Coca-Cola in ein hohes Kristallglas. Ihre Kleidung bestand lediglich aus einem fingerdünnen ungefärbten Riemchen, das äußerst dekorativ ihre Hüften umflocht. Als rechtschaffener Armenier und treuliebender Ehemann hätte ich die Reize der Hetäre ignorieren und locker mein Gespräch führen müssen. Aber das bereitete mir große Mühe. Der angenehme Duft des gesunden jungen Körpers, der nahe hinter mir war, erregte mich, und ich empfand eine sündhafte Zärtlichkeit für die sprachlose Dienerin.

Aber plötzlich ging mir auf, was diese Zärtlichkeit bedeutete. Ich hatte seit langem die Heimaterde verlassen, die einstmals meine Vorfahren geboren hatte, doch noch immer mußte ich daran denken, wie in dem Nachbarhof, auf den ein Fenster unseres Dorfhauses blickte, das erwachsene Mädchen Nasik die Hühner fütterte. Ich war damals zehn, äugte durch den Gardinenspalt und konnte, halbtot vor Erregung, den Blick nicht von den beiden wunderschönen weißen Häschen lösen, die meine hübsche Nachbarin, wie sich herausstellte, unter dem Sarafan trug. Sie zeigten sich mir, wenn Nasik, laut nach den Hühnern rufend, sich vorbeugte und die Maiskörner vor sich hinstreute, denn dann öffnete sich der Ausschnitt ihres Sarafans und gewährte mir Einblick in das geheimnisvolle kattunene Schauzelt, in dem die beiden lustigen runden Häschen wohnten, einander so ähnlich wie Zwillinge. Oh, diese Zwillinge der schönen Nasik! Sie waren es, die in mir das Gefühl geweckt hatten, das ich das Generalgefühl des Lebens nenne, verdammt noch mal!

Allein, ich würde nicht sagen, daß mein »Generalgefühl«, hervorgerufen durch die Erinnerung an Nasiks Häschen, den heiteren Empfindungen zuzuordnen wäre. Oh, es war viel Trauriges dabei – das morgendliche Krähen des Hahns beginnt stets mit einem triumphierenden Entzücken, doch gegen Ende des »Kikeriki« zittert eine Träne der Verzweiflung mit. Der Ärmste sieht natürlich voraus, daß er ja doch im Suppentopf landen wird.

»Also, was kann ich für Sie tun?« fragte der alte Mann und nahm von der Hetäre ein Glas Coca-Cola entgegen. »Was könnten Sie noch für Wünsche haben, junger Mann?« fuhr er fort. »Was ist Ihnen auf dieser Welt versagt geblieben?«

»Ich möchte heimkehren«, antwortete ich.

»Wozu? Aus welchem Grund? Was haben Sie dort verloren, junger Mann? Und warum verstehen Sie nicht, daß es niemandem je gelingen wird heimzukehren?«

»Das ist mir zu hoch«, antwortete ich betont trocken. »Ich muß nur schnellstens dahin, wo ich hin möchte.«

»Aber ich sehe doch, Mister Asnaur, wo Sie hin möchten, ich sehe es wohl«, sagte er ärgerlich, »und ich rate Ihnen, es nicht zu überstürzen. Da, wo es Sie so sehr hinzieht, wird nichts sein. Gar nichts. Hier dagegen – die Frau, der Wein ... Natürlich ist das nicht die Welt, aber immerhin besser als gar nichts. Soll ich Ihnen mal erzählen, was in zwei Monaten mit mir geschehen wird?«

»Mit Ihnen? In zwei Monaten?« Seine Frage machte mich stutzig, ich sah nicht, worauf er hinauswollte und was er von mir erwartete.

»In zwei Monaten gebe ich meine Seele Gott. Plötzlicher Herzstillstand. Man wird mich einäschern, meine verkohlten Knöchelchen werden in ein Beutelchen aus hellblauer Rohseide gefüllt, und dieses kommt in eine Porzellanurne. Diese Urne werden meine Angehörigen in unserm Familiengrab beisetzen – das ist alles, junger Mann. Also, wohin soll ich streben? Wohin könnte ich fahren?«

»Nicht einmal, was uns morgen widerfährt, können wir mit Sicherheit wissen«, widersprach ich dem alten Mann. »Aber dafür können wir genau sagen, was wir heute möchten.«

»Morgen, übermorgen, in zwei Monaten oder in fünfzig Jahren – uns alle erwartet das gleiche. Und *heute* möchten wir immer nur das eine: daß dies nicht eintritt! Dabei wissen wir genau, daß es immer so war und immer so sein wird. Ist es nicht gleichgültig, wo wir uns befinden, in Amerika, Indonesien oder Rußland? Wenn Sie sich nicht vom Fleck rühren, werden Sie vielleicht einen zusätzlichen Tag auf der Welt leben. Einen ganzen Tag zusätzlich, verstehen Sie das oder nicht?«

»Ich erlaube mir meinerseits eine Frage«, sagte ich, »wozu erzählen Sie mir das alles? Ich bin mit einem Anliegen zu Ihnen gekommen. Helfen Sie mir heimzukehren, das ist alles, was von Ihnen verlangt wird.«

»Wozu ich Ihnen das erzähle? Menschenskind, damit Sie die Wahrheit über sich selbst erfahren. Sie besteht darin, daß Sie nichts, gar nichts machen können, mit Ihnen wird genau das gleiche sein, was schon immer war, und man kann bereits jetzt sagen, daß Sie ebenso enden werden wie alle vor Ihnen. Dem Menschen wird sich nichts Neues mehr eröffnen, er hat schon alles durchlebt, was er durchleben mußte, er hat sich vollendet, und es gibt keine Geheimnisse mehr für ihn.«

»Mal angenommen, es ist so«, antwortete ich. »Sie haben recht, und Ihre Weisheit ist nicht zu bestreiten. Erlauben Sie mir gleichwohl, Ihnen folgendes zu sagen: Auf diese Wahrheit ist was gepfiffen, auch wenn sie wirklich eine Wahrheit ist. Ich möchte glauben, und ich glaube: Der Mensch wird sich noch ändern. Er ist gegenwärtig keineswegs so, wie er in späteren Zeiten sein wird, das weiß ich nicht mit Gewißheit, wie Sie etwas *wissen*, aber ich *glaube* es, und das ist ganz was anderes als Ihr großes Wissen.«

»Aber ich kann mein Wissen mit unumstößlichen Fakten und Beispielen aus dem Leben belegen. Auch beim künftigen Menschen müssen wir von der Vergangenheit ausgehen. Ihr Glaube an die Veränderung des Menschen läßt sich leider durch nichts stützen. Sie brauchen nur daran zu denken, wie er immer war, und Sie werden begreifen, daß er nie anders sein wird. Sehen Sie der Wahrheit ins Auge, und finden Sie sich mit ihr ab. Es bleibt nichts anderes übrig, das sage ich Ihnen, ein Mensch, der noch zwei Monate zu leben hat.«

»Na schön, mal angenommen, Sie wissen wirklich auf irgendeine Weise, was in zwei Monaten mit Ihnen sein wird. Darum haben Sie das Recht, besonders unnachsichtig zu urteilen. Sie wollen mir die Wahrheit über den Menschen enthüllen, jenseits der Voreingenommenheiten von Gut und Böse. Aber eines verstehe ich nicht. Warum wollen Sie Ihre Wahrheit so hartnäckig mir aufzwingen? Ich bin doch ganz fremd für Sie, ein Klient Ihrer Firma, die Rückkehrwilligen ihre Dienste anbietet. Wozu diese Beharrlichkeit, mit der Sie mir, einem Zufallsklienten, Ihre salomonische Weisheit aufdrängen wollen?«

»Möchten Sie in lebenden Bildern sehen, wie und auf welche Weise Sie Ihr Ende empfangen werden?« fragte mein Gastgeber plötzlich und sah mich verzagt und erschöpft an.

»Wie soll das zugehen?« fragte ich.

»Ich besitze einen magischen Kristall, den ich einem schwarzen Magier für fünfzehntausend Dollar abgekauft habe. Wenn Sie ihn in die Hand nehmen und hineinschauen, sehen Sie alles, was mit Ihnen geschehen wird, bis hin zu dem verhängnisvollen letzten Augenblick. Soll ich ihn holen?«

»Nein, danke.«

»Haben Sie Angst?«

»Ich glaube kaum«, antwortete ich. »Wahrscheinlich kenne ich jetzt Ihre wahren Absichten. Sie dienen jemandem und haben Befehl, meinen Glauben zu töten, nicht wahr?«

»Sie haben das Recht, beliebige Mutmaßungen anzustellen. Aber auf Ihre direkte Frage möchte ich ebenso direkt antworten. Ja, ich will Ihren Glauben töten.«

»Aber warum?«

»Weil er ein illegitimes Kind inmitten von legal geborenen Wahrheiten ist. Er muß vernichtet werden, denn er ist ein Gespenst, das den menschlichen Verstand verwirrt und verleitet. Die Annahme, der Mensch könnte sich irgendwann in ein ungeheuer schönes, mächtiges Wesen verwandeln, ist eine gespenstische Idee, die die Menschen um den Verstand bringt. Aber wir sind nicht geboren, um wahnsinnig zu werden. Unsere großen Kriege, diese kolossalen Morde, sind Folgen des Wahnsinns. Ein Ideengespenst ist ansteckend wie die Pest, und die Menschen benehmen sich wie Pestkranke. Ich habe Revolutionen und Weltkriege gesehen. Ich weiß, wie dieser Wahnsinn aussieht. Na und? Was für Resultate haben wir nach diesen Experimenten, deren Ziel doch unbedingt die große Umgestaltung der Menschen und der Menschheit war? Schließlich beriefen sich beide Seiten auf die lichte Zukunft der Menschheit! Also, sind wir anders geworden, frage ich Sie?« Der Alte sah mich ironisch an.

»Ja, wir sind anders geworden«, antwortete ich ruhig; ich hatte schon begriffen, wer vor mir saß und welches sein Ziel war.

»Inwiefern?« rief er mit dünner Stimme und schlug die Hände zusammen. »Worin sehen Sie diese Veränderung?«

»Darin, daß mehr Glauben in den Menschen ist. Glauben daran, daß der Mensch sich ganz sicher verändern wird. Und mehr noch, grade jetzt, in unseren Tagen, begreifen wir wie nie zuvor, daß die Menschen ohne diese Veränderung einfach nicht weiterkönnen, sie haben keinen anderen Weg.«

»Sie sind tatsächlich wahnsinnig«, sagte der Hausherr irgendwie erleichtert. »Und all das sagen Sie, eine Respektsperson, ein Millionär ...«

»Nein, Verehrtester, das ist ja gerade Ihr Irrtum. Der Millionär sagt das nicht. Der Millionär liebt so wie Sie den alten Salomo und ist in allem mit ihm einverstanden, sogar in der Hauptsache: Man darf im Menschen wie im menschlichen Leben nichts verändern. Alles wird sein, wie es war. Allenfalls die Annehmlichkeiten in diesem traurigen Leben werden sich mehren. Annehmlichkeiten – sie sind die Hauptsache, nicht wahr?« Mit diesen Worten faßte ich die neben mir stehende Hetäre um die Taille und zog sie an mich, sie fuhr zusammen wie aus der Schläfrigkeit erwacht, machte wieder eine Art Knicks und lächelte lieblich; ich griff nach den Zigaretten, da bediente sie mich sogleich sehr geschickt, und gleich darauf paffte ich duftenden Rauch.

»Mich hat die Liebe zu einer Frau zum reichen Mann gemacht«, fuhr ich fort, »zu einer sehr lieben Frau, die ich auch jetzt noch mehr liebe als mich selbst. Ich glaube, sie liebt mich auch. Unsere Ehe ist ja sehr berühmt geworden in Australien, und alle, die uns kennen, freuen sich, fast zu Tränen gerührt, über unser Glück. Aber möchten Sie wissen, warum ich es abgelehnt habe, in Ihren magischen Kristall zu schauen, den Sie irgendwo spottbillig erworben haben?«

»Seien Sie so gut, erklären Sie es mir.«

»Also... Keineswegs, weil ich Angst gehabt hätte, wie Sie glaubten. Zu sehen, wie man endet, wie man am letzten Schluck Luft erstickt, was ist daran Besonderes? Bin ich denn ein Kind und weiß nicht, daß dies unvermeidlich ist? Nein, alle meine Kinderängste habe ich hinter mir. Aber ich möchte meine Zukunft nicht sehen, weil ich Ehrfurcht vor ihr empfinde. Ich wage es nicht, ihr aufzulauern, weil sie unglaublich schön ist.«

»Was? Er ist wirklich wahnsinnig. Wenn Sie nur wüßten, Mister...« Mit welk geöffnetem Mund starrte mich der Alte an.

»Was *ihn* dort auch erwarten möge, der Millionär wird es nicht anzuschauen wagen, so wie ein Sklave es nicht wagt, die Augen zu seinem Herrn zu heben. Denn obwohl er steinreich ist und mit seiner Luxusjacht sämtliche Meere befährt und erst vor einer Woche Gastmähler auf den Bermudas gab und sich am goldenen Strand aalte, niemand, hören Sie, niemand weiß, *wer* in ihm auferstanden ist, obwohl *er* getötet und im Innern des respektablen Mister Asnaur begraben wurde. Dieser Bursche, der mit einem Stück Gold getötet wurde, ist bereits auferstanden, hat sich auf die Füße erhoben und steht vor mir, und ich wage nicht, den Blick zu ihm zu erheben. In unserer Welt hat es nicht wenig Fälle gegeben, daß ein Bettler bereit war, auf seine Armut zugunsten des Reichtums zu verzichten, nicht wahr? Aber ich habe noch nie gehört, daß ein Millionär nach der Ehre strebte, ein Bettler zu werden. Der Bursche, der in mir auferstanden ist, befiehlt mir, das zu tun. Und ich gehorche ihm mit großer Freude.«

»Trotzdem möchte ich Ihnen raten...«, begann der Alte, der mich tiefsinnig ansah, aber ich fiel ihm ins Wort: »Ich bin nicht zu Ihnen gekommen, weil ich Rat brauche, wie ich weiterleben soll. Meine Jacht liegt noch drei Tage und Nächte in Semarang. Wenn möglich, geben Sie mir in dieser Zeit eine Antwort.«

»Wozu denn so lange warten«, antwortete er seufzend, stand auf und ging krängend, stolpernd zu einem altertümlichen Schreibpult, an dem man nur stehend schreiben konnte. Im Gehen winkte er matt, und das nackte Mädchen, das rechts neben mir auf der Ecke des Teppichs stand, ergriff das Tablett mit den leeren Gläsern und eilte aus dem Zimmer.

»Geben Sie den Brief bei der hier vermerkten Adresse ab«, sagte der Alte und reichte mir ein schmales hellblaues Kuvert. »Man wird alles für Sie arrangieren. Sie müssen lediglich nach Teheran fahren. Die mir zustehende Provision überweisen Sie morgen auf mein Konto.«

»Ich hoffe, meine Frau erfährt nichts von unserem Geschäft«, warnte ich ihn.

»Oh, keine Sorge, Mister Asnaur. Das versteht sich von selbst. Das kann bei meiner Firma nicht passieren.«

Ich verabschiedete mich und ging. Als ich schon auf den Wagen zutrat, wo wieder das dunkelköpfige Mäuslein herumwieselte und mir die Scheiben putzte, fiel mir ein, daß ich meinen Hut vergessen hatte, darum kehrte ich rasch um, läutete an der Tür, die sich sofort öffnete, als wäre ich erwartet worden, und wieder sah ich die goldbraune Hetäre, die mir lächelnd den Hut reichte. Mir fiel auf, daß sie die Toilette gewechselt hatte, denn statt des Riemchens trug sie jetzt eine weiße Leine, die mit einer Schlinge ihren Hals umfing und sich mit dem freien Ende um ihre schlanke ausdrucksvolle Taille schlang. Ich dankte ihr und hatte es nicht eilig zu gehen, denn in dem Blick ihrer schwarzen Augen war etwas Unausgesprochenes, Drängendes. Für meine unwillkürliche, aufrichtige Zärtlichkeit, die ich während meines Besuchs für sie empfunden hatte und die sie gespürt haben mochte, wollte die Hetäre mir etwas mitteilen, aber entweder wagte sie es nicht, oder sie war stumm, darum blickte sie mich unter dem gleichmäßig geschnittenen Pony hervor nur wohlmeinend und traurig durch die Brille an. Ich tätschelte ihr die Wange, ging und reiste nach Teheran, wo ich schon bald mit von Kugeln durchlöcherter Brust bei einem Parkgitter lag und unter tausend Bildern der Vergangenheit auch dieses erinnerte, wie die lächelnde nackte Hetäre mit der weißen Leine um den Hals in der Tür stand und ich mit dem Finger ihre Wange berührte, deren Haut erstaunlich glatt und warm war.

Nein, ich spürte gar nichts in dem Moment, als das Urteil über Georgi schon gesprochen war, nur hatte ich seit einiger Zeit den Eindruck, daß meine geheime innere Verbindung mit dem Freund nicht mehr bestand; vielleicht war gar zuviel Zeit vergangen seit dem Tag der Trennung. Ein Elend! Es war, als hätten Mäuse den unsichtbaren geistigen Faden durchgenagt, der mich mit ihm verband, und als wären wir seither getrennt, jeder für sich.

Ich fand keinen Platz für mich unter all denen, die sich nichts Besseres einfallen ließen als den Begriff des Eigentums. Aber auch in der Welt der beseelten Gespenster, die nur in der Erinnerung derer existieren konnten, denen eine Sekunde Leben zugestanden war, fand sich für mich kein Plätzchen. Mein Leben war nur ein zu unbekanntem Zweck ausgelöstes Blitzlicht, in dessen Schein der flinke Schatten eines Eichhörnchens über die Wand huschte. Ich war ein kurzzeitiger Träger der Sehnsucht nach künftiger Vollkommenheit und zugleich ein geschwänztes Tier, das nicht getötet und abgebalgt werden wollte. Und wenn Sie mich im Moment der jeweiligen Umwandlung angetroffen hätten, wären Sie eines unan sehnlichen Wesens ansichtig geworden, von unten bis zum Bauch zottig, mit einem langen üppigen Schweif, oben aber haarlos, kränklich, mit Intelligenzlerlächeln und einer Brille auf der Nase. Für eine solche Chimäre konnte es keinen Platz unter der Sonne geben.

Gleichwohl bin ich verwirrt und begreife nicht, warum man mich in jene Liste hineingeschrieben hatte, in der auch Dmitri Akutin, Georgi Asnaurjan und Innokenti Lupetin standen, die Talentiertesten aus unserm Studienjahr. Sie sind nicht mehr, jeden hat sein böses Geschick ereilt – als letzter fiel Georgi Asnaurjan von einer MPi-Garbe im Straßenkampf. Man hatte ihn an einen Makler für die Repatriierung von Armeniern gewiesen, und der Makler hatte seinen Kunden in den Iran geschickt, wo alsbald die islamische Revolution ausbrach. Georgi starb, weil die Aufständischen ihn für ihren Feind hielten.

Ich bin nun der letzte aus jener Liste, der noch lebt. Wie wird man mit mir verfahren? Auf welche Weise wird die Verschwörung über mich verfügen? Geliebte, ich möchte Ihnen jetzt meinen vollständigen Namen nennen ... Aber halt! Schmeichelnde Tierschritte kommen näher. *Sie* werden sich gewiß etwas ganz Unerwartetes einfallen lassen ...

Einer seiner neuen Freunde, der Maler Litwjagin, erzählte von ihm: »Einen Redakteur wie ihn gab es nicht noch einmal, er verstand sich bestens auf unser Gewerbe, obwohl er aus irgendwelchen Gründen kein Maler geworden war. Dabei hätte er nicht schlechter als viele von uns gearbeitet, denn er zeichnete unvergleichlich gut, und manchmal verbesserte er die Arbeit eines Kollegen so, daß der nur den Mund aufsperrte, doch er selbst versuchte nie, ein Plakat zu machen. Auch zu Hause, für sich selbst arbeitete er nicht, und er skizzierte nie nach der Natur. Er schaffte sich einen Hund an, einen sibirischen Laika, gab sich viel mit ihm ab, dressierte ihn auf Eichhörnchen und Elche, und als der Hund drei Jahre alt war, fuhr er manchmal mit ihm für ein paar Tage in die Natur. Ein Gewehr kaufte er sich nicht, und jemand erzählte mir, daß ... i unbewaffnet im Wald auf Schwarzwild pirschte.

Letztes Jahr, als unser Verlag mit einem andern zusammengelegt werden sollte und die Sorgen begannen, wer seine Stelle behalten, wer Chef werden und wer wohin versetzt werden würde, in der gespanntesten Zeit also fing ... i plötzlich an zu trinken. Vorher, das muß ich sagen, hatte er keinen Tropfen angerührt, doch jetzt war er wie von der Kette losgelassen. Ob er zu Hause Ärger hatte? Seine Beziehung zu seiner Frau war schon immer sonderbar und für mich unbegreiflich gewesen, er schien Mitleid mit Natalia zu haben, machte sich jedoch zugleich über sie lustig, verspottete sie böse und nannte sie eine Kuh; sie meuterte von Zeit zu Zeit gegen ihn, verschloß ihm die Tür vor der Nase und ließ ihn nicht in seine Wohnung, oder sie fuhr mit ihrem Sohn nach Swiblowo zu ihrer Mutter.

Kurz und gut, es war nicht meine Sache, die Beziehung zwischen ihm und seiner Frau zu klären, und ich stellte ihm keine Fragen. Er veranstaltete kleine Gelage in seinem Zimmer, beim Chefkünstler und bei den künstlerischen Redakteuren. Pjotr Krapiwo, der den erkrankten Kusanow vertrat, verwarnte ... i mehrmals, aber der hörte ihm mit einem kleinen Lächeln zu und versprach, künftig nicht mehr zu sündigen – doch weit gefehlt! Es kam vor, daß er sich ganz allein in seinem Zimmer vollaufen ließ und auf seinem Schreibtisch einschlief, so daß die Putzfrau nicht hereinkonnte, weil sein Schlüssel von innen steckte.

Eines Tages, es war bei Pawel Schuran auf der Datscha, gerieten sie in einen heftigen Wortwechsel über den Sinn des Lebens wie zwei kleine Jungs. Pawel war ein notorischer Streithammel, er hätte einen Beruf daraus machen können, doch Gott hatte ihm das Talent eines Monumentalmalers gegeben, obendrein eine Körperlänge von fast zwei Metern, gewaltige Kräfte, hellblaue Augen, die stets ein wenig eingekniffen waren, und eine Nase wie ein Stiefel – nein, mit dem hätte ... i lieber keinen Streit anfangen sollen.

Es begann damit, daß ...i etwas ganz und gar Banales daherschwatzte: ›Euer Leben ist langweilig, Freunde, und ihr wollt Künstler sein. Kaum seid ihr beisammen, schon trinkt ihr Wodka, redet von Autos und Datschen. Ihr solltet wenigstens anstandshalber fünf Minuten von der Kunst reden.‹ Worauf Pawel erwiderte: ›Du weißt wohl alles?‹ – ›Wieso alles?‹ – ›Worüber man reden und was man tun muß, damit es nicht langweilig ist.‹ – ›Nein, das weiß ich leider nicht. Ich will es auch nicht wissen. Niemand weiß das.‹ Worauf Pawel den Gegner aus schmalen Ritzen ansah und die Wörter wie Pflastersteine aus sich herausstieß, einzeln, gewichtig: ›Jetzt ... wo ... die Menschheit ... sich ... der sinnlosen ... Selbstvernichtung ... nähert ...‹ Und so weiter, wie nur unser Pawel es kann. ›Was geht's mich an‹, antwortete ...i, ›ich bin kein Mensch, ich bin ein Eichhörnchen.‹ – ›Waaas!‹ schrie Pawel drohend. ›Du willst dich drücken? Du bist ein Eichhörnchen, ich bin ein Hase, und er ist ein Schaf ... Wir sind keine Raubtiere, also können wir nichts dafür? Und wer soll die Raubtiere bekämpfen?‹ So ging es immer weiter, er schmetterte die Faust auf den Tisch, daß die Gläser umkippten. Und da sagte ...i: ›Ich sehe darin keinen Sinn.‹ – ›Wie das?‹ – ›Na, ich hab keine Angst, obwohl es die Wasserstoffbombe gibt.‹ – ›Wieso hast du keine Angst?‹ – ›Ich hab einfach keine, und basta. Für jedes Lebewesen ist der Tod die Wasserstoffbombe. Und da sowieso keiner drumherum kommt, wozu sich fürchten?‹ – ›Na, so was kann wirklich nur einer sagen, der kein normaler Mensch ist.‹ – ›Ich hab dir ja gesagt: Ich bin ein Eichhörnchen!‹ – ›Wenn du ein Eichhörnchen bist, hast du hier bei den Menschen nichts zu suchen. Klettere auf einen Baum!‹ – ›Ja, da hast du wohl recht.‹ Und ehe wir's uns versahen, schnappte ...i die Flasche vom Tisch und stieg direkt vom Verandafenster auf die Linde, Pawel hatte eine mächtige Linde auf seinem Grundstück, kletterte also auf die Linde bis ganz oben, stellte sich auf einen Ast und trank, ohne sich irgendwo festzuhalten, die Flasche leer, und sie war noch mehr als halbvoll gewesen. Wir hingen aus dem Fenster, sahen zu ihm hinauf und wagten nicht zu mucksen. Solche Späße hatte er drauf.

Plötzlich erfuhr ich, daß er sich eine Flinte gekauft hatte, und ich muß zugeben, ich hatte ein ungutes Gefühl. Dann kam er auch noch mit seiner Flinte in mein Atelier und bat mich, ihm meine zu zeigen; ich habe eine uralte Tula-Büchse, noch von meinem Vater. Die beiden Flinten hatten das gleiche Kaliber, ...i sah sich meine Jagdausrüstung an und bat mich um gelbe Patronen. Au, da wurde mir ganz bang zumute, was willst du mit meinen Patronen, hab ich ihm gesagt, kauf dir doch selber welche, statt deinen Kumpel auszuplündern. Da lachte er und meinte, er hätte lila Patronen, eine grausliche Farbe, die möge er nicht in die Hand nehmen, aber die gelben, die gefielen ihm, zumindest beleidigten sie nicht sein ästhetisches Empfinden. Er versprach, mir die gleiche Anzahl aus seinen Beständen wiederzugeben, die er jetzt von mir haben wollte, aber ich habe ihm keine gegeben.«

Litwjagin, die gute Seele, gab mir keine Patronen, er war ein großartiger Maler, ein angesehener Plakatkünstler und ein Tolstojaner, der seiner Frau untersagte, sich Abtreibungen machen zu lassen, und acht Kinder mit ihr hatte, aber wir beide, Waldai, wir kommen auch ohne die gelben Patronen zurecht, gehen wir eben wie früher ohne Flinte in den herbstlichen Oktoberwald.

Wozu brauchen wir die Flinte, mein Lieber? Wenn ich mir einen Spiegel vorhalte, sehe ich die Visage eines Wandlings, den ich hasse, und von diesem Haß kuriert mich weder meine Frau noch mein geliebtes Kind, und wir beide, Waldai, gehen immer weiter von ihnen weg.

Der Wald steht in diesigem Hellblau jenseits des gelben Feldes, ich bücke mich und mache den Hund von der Leine los, er saust davon, springt vergnügt über das Stoppelfeld, weit ausgreifend mit den geraden, wunderbar aus Sehnen und Muskeln geflochtenen Beinen, hält dann inne in seinem Lauf, hockt sich plötzlich mit besorgter Miene hin und wirft mir einen Seitenblick von ungeheurer Wichtigkeit zu. Ach, Freund, sei nicht so ernst, miß deinen dringenden Angelegenheiten nicht solche Bedeutung bei, amüsier dich, amüsier dich, ich mache inzwischen einen Besuch in Australien bei meinem Freund, aber er ist nicht mehr dort, er ist nach Persien gereist, er ist in Teheran, wo die islamische Revolution ausbrach, die sich vor den Augen der ganzen Welt auf den Fernsehschirmen abspielte. Ich sehe, wie drei langhaarige Kerle mit wutverzerrten Gesichtern meinen Freund einholen und mit ihren Maschinenpistolen erschießen, und er fällt bei einem Parkgitter. Du bist noch immer der alte, flüstert er mir zu, noch immer so vorsichtig und argwöhnisch, nein, antworte ich ihm unter Tränen, ich verachte meine Vorsicht, und ich hasse meinen Argwohn.

Zu mir, Waldai, mein treuer Hund! Dein Schwanz ist ein Kringel, dein Fell ist so weiß wie der reine Schnee, der bald fallen und unsere unsichtbaren, scharfriechenden Spuren auf diesem trostlosen Stoppelfeld zudecken wird. Du bist ein vollkommenes und schönes Tier, das keinen Zweifel kennt! Die Vorderpfoten dicht beieinander, stürzt du dich im Sprung auf ein Rascheln im Stroh, um die Maus zu erwischen. Spiele und amüsiere dich, mein Hund, ich habe einen Traum, einen schönen Traum, der sich Leben nennt, ich bin einer von denen, die dieses gelbe Feld im Oktober gesehen haben mit seiner dunstigen blaugrauen Tiefe, wo unter gelangweilten Regenwolken reglose Schober schlummern, von Heureutern umstellt.

Vier Pferde, drei Braune und ein Schimmel, trotten über das trübe Stoppelfeld und schütteln die Köpfe, und mein spielender Hund verbellt sie von weitem, wie um sie lautstark zu begrüßen und nach ihrem Woher und Wohin zu fragen. Stimmt es sie, so wie diese kurzlebigen Regenwolken, etwa nicht traurig, die vorgezeichneten Wege des göttlichen Traums entlangzutrotten? Darf etwa auch ich, der ich plötzlich von einem Lebensgefühl erfaßt werde, tiefblau wie der Himmelsspalt zwischen den Regenwolken und unabwendbar wie ein an die Kehle gesetztes scharfes Messer, darf also etwa auch ich nicht selber entscheiden, wohin ich auf den dunstig grünen Mustern des nachgewachsenen Herbstgrases gehe und wozu? Oh, Rußland, Asyl meiner letzten Trauer, umfriedet von dem tiefblauen Zaun der Wälder, lasse den einsamen Pilger mit seinem weißen Hund ein in die warme Hütte.

Das herbstliche Feld ist menschenleer. Der Rand einer Kiefernschonung betritt es, und das Heer der Nadelbäume mit ihrem dichten Vlies wird angeführt von einer goldgekleideten Birkengruppe, die leise raschelt, und es sieht aus, als schritten weiße Ziegen einer langgezogenen geruhsamen Herde grüner Schafe voran.

Der Wald ist schon ganz nahe, er beginnt hinter der Brücke über das Flüßchen mit dem eisengrauen Wasser. Ich halte auf diese Brücke zu, nähere mich einem einsamen Schneeballstrauch, schwer von rotglänzenden Beerentrauben, und sehe die Luft zu einem Menschen gerinnen. Er steht mitten auf dem lehmigen Fahrweg, der tief von Traktorrädern zerfurcht ist, und schwenkt sonderbar die erhobene Hand, als dirigiere er einen unsichtbaren Chor. Zuerst denke ich, daß es ein Hirte sein mag, doch dann trete ich näher und erkenne Dmitri Akutin, und ich wundere mich nicht im geringsten, ihn an diesem Tag und in dieser Stunde meines Lebens hier vor dem Wald zu treffen.

Guten Tag, sage ich zu ihm, ich sehe, du arbeitest, du malst deine Bilder in die Luft, und jetzt skizzierst du diesen Schneeballstrauch. Dmitri fragt, ohne seine Arbeit zu unterbrechen, wo ich hin wolle, und ich antworte lächelnd mit einem Blick auf ihn, daß ich meinen Engel suchen gehe, worauf er ebenfalls lächelt und mich fragt: Nein, wirklich, wo willst du hin? Und in dieser Frage klingt schon Verständnis, Wissen um meine Antwort und zugleich brüderliches Mitgefühl für das, was mich ereilt hat.

Ich gehe Innokenti Lupetin suchen, sage ich, du weißt wohl nicht, daß er in diesem Dorf gelebt und den Verstand verloren hat wie seine Mutter? Voriges Frühjahr ist er in den Wald gegangen und nicht zurückgekehrt, als letzte haben ihn zwei Fotokünstler gesehen, auf einer kleinen Insel, die sich mitten im Wald gebildet hatte, als der Fluß über seine Ufer trat und wie ein Meer den Wald überflutete. Auf der Insel waren an die hundert Hasen – erinnerst du dich an Großvater Masai und die Hasen? –, und unser Kartoffelpräsident thronte einsam mitten unter den Langohren. Er lehnte es ab, zu den beiden Fotografen ins Boot zu steigen, worauf sie die Leute im nächsten Dorf verständigten, und als sie mit zwei Booten zu der Insel zurückkehrten, hoppelten dort nur noch die Hasen herum, der Wahnsinnige aber war verschwunden, spurlos verschwunden, im Wasser untergetaucht oder mit Flügeln davongeflogen, oder er hatte sich auf einen Baumstamm gesetzt und sich von der Strömung abwärts treiben lassen.

Ich kann nicht mehr, Dmitri! Ich habe euch alle verloren, eingebüßt auf dieser Welt, und nun bist du auch weg, hast dich aufgelöst in der Luft, und ich bin wieder allein auf dem Fahrweg. Keine Familie, kein langes Leben in Sattheit und Geborgenheit gibt mir Trost, und ich muß schneller, schneller dorthin, wohin ich auf dem Weg bin mit meinem treuen Hund.

In der russischen Sprache ist der Herbst wie die Frau weiblich – er ist eine Frau, die alle ihre Gelübde erfüllt hat und darum ruhig ist in der Klarheit der vorwinterlichen Erwartung, strahlend blauäugig, mit stark empfundenen Witwengefühlen, eine Frau, die sich an die Vergangenheit erinnert, wenn sie sich einsam in ihr kaltes, von flaumigem Reif durchsetztes Bett legt.

Die Witwe Herbst hatte im Wald Pilze gesammelt, einen ganzen Korb voll, und als sie herauskam auf die Straße, erblickte sie beim Sumpf an der Brücke einen Schneeballstrauch, übersät mit den

Rubinen der reifen Beeren. Sie bog einen schwanken Zweig herunter, hielt ihn fest, pflückte reichlich von den Trauben und schmückte damit ihren Pilzkorb.

Als sie den menschenleeren Waldweg entlangging, eingehüllt in den feuchten Dunst des Morgens und den Duft der reifen Pilze, stieß sie an einer Wegbiegung auf einen Menschen, blieb stehen und sah ihn freundlich an. Er blieb auch stehen, trat näher und sagte gleichsam zu sich selbst, nicht zu ihr: »Guten Tag.«

Sie nickte, ohne zu antworten, lächelte zärtlich und ging, ohne sich umzusehen, in der weichen Armbeuge den Korb mit den Pilzen und den leuchtend roten Beeren. Er folgte ihr in einigem Abstand, beglückt vom Anblick der urewigen Schönheit, die eine Frau ausstrahlt, wenn sie mit einem Korb am Arm, ein weißes Tüchlein um den Kopf, unter den hohen Bäumen des Waldes dahinschreitet.

Die Witwe Herbst führte ihn zu einer erhöhten Stelle, wo die Erde mit grauem Moos bedeckt und der Boden zwischen den Kiefernstämmen so sauber war wie eine gepflegte Bauernstube und das Grün der Nadeln in der gelben Wärme der Sonne gewaschen und flauschig wirkte.

Aus dem Unterholz jagte in elastischen Sprüngen der weiße Hund mit den grauen Ohren und der Halbmaske, die in der Mitte ein heller Streifen teilte. Er lief zu seinem Herrn, sah ihm mit seinen braunen Augen direkt und männlich ins Gesicht, wedelte mit dem geringelten Schwanz, lächelte nach Hundeart und sauste wieder ins Unterholz.

Der Mensch folgte ihm rasch zwischen den bronzefarbenen Kiefern. Er blieb einen Moment stehen, holte die Brille aus der Tasche und setzte sie auf, dann stieß er mit eingezogener Unterlippe einen schrillen Pfiff aus und verschwand im Unterholz.

Die Witwe Herbst gelangte an eine Stelle, wo quer über den Weg eine gestürzte Birke lag, brach dürre Zweige ab und entfachte ein Feuer. Sie setzte sich auf den weißen Stamm und blickte in die Flammen. Eine blasse, durchsichtige Flammenzunge flatterte wie eine Fahne im Wind, und die Witwe Herbst hätte gar zu gern den Bannerträger gesehen, wie er die uralte Glut zu ihr brachte und ihr die warmen Ströme der flackernden Strahlen ins Gesicht warf. Sie konnte in aller Ruhe dasitzen und entspannen, denn ihr Korb war mit erlesenen Pilzen gefüllt, die roten Trauben des im Morgenfrost gereiften Schneeballstrauchs schmückten ihre Ausbeute, und ihr menschlicher Titel war Witwe, und auf der Erde, wo sie die Pilze und Beeren gefunden hatte, herrschte warmer Herbst.

Schon längst rieselten, dicht und unwiderruflich, die goldenen Blätter der Birken, die purpurnen der Espen, die mattroten der Eichen, und es wehte die erste Kälte. Der September war trocken gewesen, gottlob, die trostlosen grauen Regenschauer, diese herbstlichen Witwentränen, waren ausgeblieben.

Heute glitzerte im kalten Blut der vorwinterlichen Morgenröte allenthalben der Reif – über den mit Eisperlen besetzten Wald ging der leuchtendrote Schauer einer lautlosen Feuersbrunst dahin. So hatte der Tag begonnen, dieser Tag, der in der Zeit einzigartig war und in der Ewigkeit keine Wiederholung finden würde. Mochten die Blätter von den Bäumen wegfliegen und, noch ehe sie die Erde berührt hatten, zu einem Zubehör der fernen Vergangenheit werden – der heutige lebensvolle Sonnenstrahl durchdrang ganz und gar das dicke Blau des Himmels.

Der Verlust des Talents ist wie der Verlust der Güte und der Freude. Nein, das ist eine mit nichts zu vergleichende Qual. Früher hatte er gedacht: Wie kann man sein Talent verlieren? Jetzt dachte er: Wie kann man danach noch leben? Sicherlich kann man leben, wenn man die Beine, die Augen oder die Hände, wenn man die Familie, die Geliebte, das Elternhaus verloren hat. Aber wie soll man leben, wenn man sein Talent verloren hat? Das ist ja gleichbedeutend damit, alles auf einmal verloren zu haben: Hände, Füße, Augen, die Sprache, die Geliebte, das Elternhaus, die Gerüche des Lebens – und bei diesem Gedanken mußte er weinen. Er hätte nie geglaubt, daß er, indem er dem Eichhörncheninstinkt folgte, um sein Leben zu erhalten, etwas verlor, was ihm unendlich mehr wert war als das Leben. Ach, was ist das Leben, dachte er weinend, ein kleines Kind, von einer vielerfahrenen Greisin an der Hand geführt, und sie würde es führen, wohin sie wollte.

In einem schweren Moment, da solche Überlegungen ihn heimsuchten, besuchte ihn eines Tages der Uhu. Lautlos flog er durchs offene Lüftungsfensterchen der Küche herein, wo ... i einsam saß und eine dunkle Bierflasche anstarrte. Der Uhu ließ sich neben der Flasche auf dem Tisch nieder, verwandelte sich in einen winzigen Menschen, der einen langen karierten Mantel mit breiten Schultern trug, und ging auf der Tischplatte hin und her. Um seinen Spaziergang nicht zu behindern, stellte ... i die Flasche aufs Fensterbrett. Der Uhu war ein untersetzter Mann, er hatte große Ähnlichkeit mit Napoleon Bonaparte.

»Der Wald hat mich zu dir geschickt, Söhnchen«, begann er und senkte in tiefem Nachdenken den Kopf. »Unser grüner Wald ... Du möchtest zurückkehren, Söhnchen? Dir geht es hier schlecht, das wissen wir.«

»Ich möchte wohl doch nicht zurück ... niemals«, antwortete ... i leise.

»Aber die Menschen sind nicht besser als wir«, sagte der Uhu und ging, die Hände auf dem Rücken verschränkt, wieder auf dem Tisch spazieren. »Sie möchten uns alle entweder vernichten oder versklaven. Wir müssen auf Leben und Tod gegen sie stehen ... auf Leben und Tod! Für unsere Freiheit, für unseren grünen Wald! Willst du etwa in diesem Kampf nicht auf unserer Seite sein, Söhnchen?«

»Nein«, sagte ... i endgültig entschlossen, er hatte sich in diesem Moment entschieden: Nieder mit allem Tierischen, ich will ein Mensch sein.

»Aber du weißt doch hoffentlich, um wessentwillen du einen so furchtbaren Entschluß faßt? Du hast doch nicht vergessen, Söhnchen, daß deine Mutter, das Eichhörnchen, im Wald gelebt hat?«

»Ich habe alles vergessen um eines Gedankens ... nein, nicht um eines Gedankens, um eines Wunsches willen. Nein, es ist mehr als ein Wunsch. Ich weiß nicht, wie ich das nennen soll ... Kurz und gut, ich kann nicht mehr zurück in den Wald.«

»Dann, Söhnchen, mußt du ehrlich mit uns abrechnen. Ehrlich abrechnen.«

»Auf welche Weise?«

»Du mußt ein Eichhörnchen töten. Nur ein einziges Eichhörnchen töten, dann bist du frei von uns. Damit setzt du gewissermaßen eigenhändig deine Unterschrift unter deine Lossage.«

Der Uhu schwang die kurzen Arme, die sich im Nu mit weichen Federn bedeckten, sprang hoch, zog die Beinchen ein, die sich in Klauen verwandelten, und schlüpfte durch das Lüftungsfensterchen hinaus, ohne einen Laut, ohne ein Wort des Abschieds.

In den Wipfeln des Birkenwaldes eilte ein rötliches junges Eichhörnchen dahin, das noch kein gutes Fell hatte. Leichtfüßig lief es über die Krümmungen der harten alten Äste und über die schwanken Hängebrücklein der jungen Zweige, und in der gegenseitigen Berührung war Zärtlichkeit, Neugier und der Reiz des kindlichen Spiels.

Dem Eichhörnchen machte es Spaß, einzudringen in die still und starr stehende Menge der Birken, die einander mit den glänzenden Augen ihrer runden Knospen verwundert ansahen. Es brachte Verwirrung in die Bäume mit seinen geschickt klammernden Sprüngen und hinterließ, von Zweig zu Zweig fliegend, eine lange Spur entrüsteten Schreckens (die Zweige beruhigten sich nicht sofort). Froh über seinen leichten Lauf, über seinen gewichtlosen Flug von Stamm zu Stamm, näherte es sich allmählich dem jenseitigen Rand des Birkenwaldes, wohin ein verhängnisvoller Wille es lenkte.

Plötzlich ertönte irgendwo unten, etwas links hinter dem Luftweg des Eichhörnchens, ein lautes trockenes Prasseln, im gleichen Moment zeigte sich auf dem Laubteppich des Waldbodens etwas Längliches, Schneeweißes und sauste zur Seite, kehrte jedoch sofort zurück, umkreiste den Baum des verwunderten Eichhörnchens – und dumpfes Hundegebell schlug herauf. Die abgerissenen Töne erreichten das Eichhörnchen als alarmierendes Dröhnen, das in seinen erschrocken aufgestellten Pinselohren explodierte.

Das Eichhörnchen ließ sich mit hochgesträubtem Schweif von einem Zweig herabhängen und beäugte verängstigt das eifrige weiße Tierungeheuer, das unter dem Baum herumsprang und ihn umkreiste, ohne die Feueraugen, in denen eine grimmige Drohung war, von ihm zu lösen. Das Eichhörnchen ward ganz verwirrt, es duckte sich zum Klümpchen angesichts dieses unfaßbaren Grimms, der wie grünes Feuer in den schrägen Augen des Ungeheuers loderte. Darum hörte es nicht den Menschen kommen, es erblickte ihn plötzlich unter seinem Baum. Der Hund lief zur anderen Seite des Stammes, der Mensch hob gleich ihm den Kopf und starrte mit dunklen Augen herauf.

Einen Moment lang sahen das Eichhörnchen und der Mensch einander unverwandt in die Augen, dann, als wäre mit diesem durchdringenden Blick alles geklärt, streckte der Mensch die Hand aus, packte den Birkenstamm und schüttelte ihn sanft. Das Eichhörnchen krallte sich fester an den dünnen Ast, auf dem es saß, da folgte noch ein Stoß und noch einer, der Wipfel schwankte wie im Sturm, und der Baum hüllte sich in einen gelben Schwarm dürrer Blätter. Das Eichhörnchen sauste los, sprang hinüber zum Nachbarbaum, lief wie ein rötliches Feuerklümpchen die Biegungen eines schrägen Zweigs entlang, setzte hinüber in die dichten, herabhängenden Strähnen der Nachbarbirke, wäre fast abgestürzt, konnte sich aber mit einer Pfote an einem langen Zweig halten, griff über, schnellte das mit Entsetzen gefüllte Körperchen aufwärts, hoch zu dem sicheren Ast, und flitzte weiter durch die unvermeidliche Luftstraße – hin zu *jenem* Baum, der dünnstämmigen Birke am Rande des Wäldchens.

Wieder erstarrte es unschlüssig, die Brust an einen grünen Espenstamm geschmiegt, und äugte über die Schulter hinunter zur Erde, wo ein nicht abzuschüttelnder Verfolger, das weiße Tier mit dem rosigen, heißen, dampfenden Rachen, umhertobte, gefolgt von dem lautlosen, schrecklichen Menschen, der aufmerksam heraufblickte. Irgendwo in der Nähe schwatzten zwei Elstern los: Ein Mord wird sein! Ein Mord wird sein! Auf das Elsterngeschrei hin schwenkte eine im Himmelsblau vorüberfliegende Krähe zu einer einsamen Kiefer und setzte sich, mit den zerrauften Flügeln schlagend, auf ihr Wipfelkreuz. »Morrrd!« schrie sie mit weitaufgerissenem Schnabel. Das Eichhörnchen hörte die erbarmungslose heisere Stimme; mit der Schwermut der Hoffnungslosigkeit, mit der Verzweiflung der Verständnislosigkeit im Herzen sprang es von der Espe hinüber zu der *bewußten* Birke, die langaufgeschossen war in ihrem jugendlichen Aufwärtsstreben zum blauen Himmel.

Der Mensch trat herzu, versetzte ihr einen Stoß, schüttelte sie heftig und ungestüm. Das Eichhörnchen mußte loslassen, es fiel hinunter als willenloses zottiges Klümpchen, streckte die Pfötchen mit gespreizten Krallen einem vorübersausenden Zweig entgegen, aber der Zweig wich erschrocken zurück. Piepsend stürzte das Tierchen weiter hinab, vorbei an allen Stockwerken rettender Zweige, die sonst so zuverlässig waren, bereit, sich elastisch dem munteren Spiel seines Lebens zu stellen, jetzt jedoch es tückisch preisgaben – mit flügelgleich gebreiteten Pfoten und geplustertem Schweif plumpste es weich auf die Laubspreu des Waldes. Es flitzte zum nächsten Baum, aber der Kopf des Ungeheuers, riesengroß wie eine Gewitterwolke, war schon über ihm, beatmete es mit einem Orkan von heißem Gestank, da fiel das Tierchen auf den Rücken und begann zu kämpfen mit dem Ungeheuer, dessen Reißzähne wie vom Himmel gefallene weiße Blitze über ihm glänzten.

Das Eichhörnchen, puschelig, mit weichem silbrigem Bäuchlein, stellte diesen Blitzen seine kleinen Zähne entgegen, in deren Schärfe sich jetzt im Moment des letzten Kampfes alle seine Wut sammelte. Dann geschah etwas Unbegreifliches, das jeder Anstrengung des Kampfes, des zornigen Widerstandes spottete – das

Gefühl eines zunächst nicht bemerkten Versäumnisses, womit auch *dies* begann: ein Schlag ins Kreuz, nicht mal ein Schlag, sondern ein blitzschnelles Abgeschnittensein der unteren Körperhälfte mitsamt ihren Schmerzen und allen Bewegungen, die im verzweifelten Kampf um das Leben hilfreich gewesen waren. Und schon war die halbe Kampfkraft gleichsam geschwunden; geblieben waren nur die Vorderpfoten und die Zähne, wie mit Ketten tödlich angeschmiedet an die schwere, unbewegliche Hälfte des sterbenden Körpers. Der verbliebene Teil schnellte plötzlich vor, und die spitzen Schneidezähne des Eichhörnchens gruben sich tief in die Nase, dieses weiche und schutzlose Fleisch des Ungeheuers. Es ertönte ein jämmerliches Winseln des mächtigen Feindes, der zurücksprang; das Eichhörnchen kroch, den schon überflüssigen, doch untrennbar mit ihm verbundenen blutigen Beutel, der einmal sein Körper gewesen war, hinter sich herschleppend, zu einem Baum und klomm langsam, sehr langsam den Stamm hinauf, indem es sich mit den kaum mehr gehorchenden Vorderpfoten hochzog.

Während der Hund den Kopf schüttelte und sich mit den Pfoten die Nase rieb, wie um den durchdringenden Schmerz von dort wegzukratzen, gelang es dem rötlichen Tierchen, an dem Stamm eine Höhe zu gewinnen, die der Hund springend nicht mehr erreichen konnte, und verharrte, außerstande, sich weiterzubewegen. Die Welt ward trüb vor seinen Augen und verlor allmählich die lasurblaue Luzidität des Himmels. Alles ringsum trübte sich, wurde aschgrau und erwies sich als gar nicht mehr so kostbar und wertvoll, wie es früher ausgesehen hatte. Das Tierchen verhielt sich still und staunte selbst darüber, daß es sich mit so hartnäckiger Kraft an dem rauhen Stamm festkrallte und gar noch höher zu klettern trachtete.

Und erst da erblickte es den Menschen, der dicht neben ihm stand und nur zuzugreifen brauchte. Ihre Blicke trafen sich wieder, und wieder sahen sie einander lange an. »Mord! Sie haben es ermordet, ermordet!« schrien derweil die Elstern. Die Krähe auf der Kiefer machte einen krummen Rücken, schlug mit den Flügeln und krächzte: »Mord!« Und lachte heiser: ha-ha-ha!

Warum habe ich es getötet, dachte der Mensch, während er in die schon schmerz- und entsetzensfreien, doch unendlich müden, sich trübenden runden Augen des Eichhörnchens blickte. Wozu wurde das getan? Es lebt noch, aber dies ist nicht mehr gutzumachen, dachte der Mensch weiter, während er sich jeden Moment des von ihm vollzogenen verhängnisvollen Schritts deutlich vor Augen führte. Es war, als hätte er einen kühlen Schluck Gift genommen und in seinen Haarwurzeln stächen jetzt tausend Todesnadeln; die helle Welt des Herbstes trübte sich vor seinen Augen und nahm die Farbe grauer Asche an. Er entsann sich deutlich, daß der erste zärtliche Gruß dieser Welt für ihn der Blick des Eichhörnchens gewesen war, das den Baumstamm herabkam und ihm fröhlich in die Augen sah, als er, hilfloses Kind, im Wald neben seiner toten Mutter lag.

Was ist mit mir geschehen, dachte der Mensch, während er das still sterbende Eichhörnchen ansah; der klammernde Griff des Tierchens war noch immer so stark, daß es – schon fast tot – noch mit seinen spitzen Krällchen am Baum hängen konnte.

Und da hob er einen dürren grauen Knüppel auf. Er ging ganz nah an den Baumstamm heran, an dem das rötliche Tierchen in Todesmattigkeit hing. Der Jagdhund sah seinen Herrn aufmunternd an, die lange rosa Zunge hing ihm zuckend und feucht wie Eingeweide aus dem Rachen.

Die Elstern schrien: »Jetzt, jetzt gleich!« Die Krähe krächzte: »Mach schneller, Kanaille!«

Da hob er den Knüppel, holte aus nach dem Eichhörnchen, das ihn müde, wie durch einen Todesschleier hindurch mit seinen eigenen Augen ansah, und ließ den Knüppel auf *sich* niedersausen, auf seinen kleinen Kopf mit den hochstehenden Pinselohren, es war ein vollkommen verlogener, verbrecherischer Schlag ohne eine Spur männlicher Direktheit und Entschlossenheit.

Dann, eine Minute darauf, als Waldai, sich zur Erde beugend, mit dem kläglichen Klümpchen spielt, das früher ein Eichhörnchen gewesen ist, steht jemand da und denkt an die Jahre kindlicher Reinheit und Unschuld, und er hegt starken Zweifel: Hat es die überhaupt gegeben?

Schicksal! Was hat mich dazu gebracht, so zu werden? Ich erkannte in meinem Gesicht das scheußliche schiefe Grinsen Kains vor dem fragenden Herrgott: »Wo ist dein Bruder Abel?«, das verlogene Grinsen von Adams Erstling, den die Urmutter der Menschen zur Welt gebracht hatte. Und mit dieser Miene sollte ich nun als Mensch wiedergeboren werden?

Mein Hund brachte den kleinen Körper des Eichhörnchens,

gewässert in der Feuchtigkeit des Todes, und warf ihn mir vor die Füße. Der redliche Waldai sah mir voller Würde und männlicher Gelassenheit direkt in die Augen und wandte sich dann ab. Er war seiner Bestimmung nachgekommen. Ohne sich umzudrehen, ging er weg von mir, den Kopf freudlos gesenkt und mit hängenden spitzen Ohren. Sein Schwanz, der sonst einen straffen Ring bildete, hatte sich gänzlich entrollt und hing herab wie eine Wolfsrute. Auf der Anhöhe vor der Schlucht blieb er stehen, wandte den Kopf und sah mich ein letztes Mal an, tiefen Schmerz, doch keinen Vorwurf im Blick. Statt des rühmlichen Jägerloses, das seiner würdig gewesen wäre, hatte sein Herr ihm das Schicksal eines Kainshundes, eines Mörderdieners bereitet. All das sagte er mit seinem kurzen traurigen Blick, dann verschwand er, verließ mich für immer.

Ich aber blieb bei dem zerfleischten Eichhörnchen stehen, und eine zitternde, säuerliche, halblebendige Freude begann in mir aufzusteigen: *Endlich . . . endlich bin ich doch noch ein Mensch* geworden.

Epilog

Vergeblich waren alle Hoffnungen dessen, der sich früher Eichhörnchen genannt hatte; er hatte ja vollbracht, was die Verschwörung insgeheim von ihm erwartet, wozu sie ihn gedrängt, wovon sie vorher gewußt hatte. Unser armer Wandling, der so mutig, so selbstlos nach menschlicher Vollkommenheit gestrebt hatte, war das Opfer der ältesten aller Finten geworden. Ein sorgfältig bedachtes, insgeheim beschlossenes, an Verrat und Vergewaltigung der eigenen Natur mit nichts zu vergleichendes Werk war getan. Im Ergebnis schien er nun wirklich ein Mensch geworden zu sein, das heißt, er hatte seine Fähigkeit der momentanen Umwandlung gänzlich eingebüßt und wurde nie wieder zu einem Eichhörnchen. Er arbeitete noch lange Jahre als stiller Bürohocker, als ewig sorgenvoller Beamter minderen Ranges, den daheim seine Frau und sein heranwachsender Sohn drangsalierten.

Diese winzige Geschichte wäre nicht einmal unserer Erwähnung wert gewesen, wenn das Eichhörnchen nicht beiläufig, im Verlauf seiner ausgedehnten Beichte vor der nichtexistierenden Geliebten (die als konkrete Person vielleicht sogar existierte, aber war da Liebe? Konnte ein kleines Waldtier denn überhaupt lieben?), wenn es dabei nicht ein paar wichtige Fragen berührt hätte.

Die erste betrifft die vom Eichhörnchen mehrfach erwähnten sogenannten »wahren Menschen« – diese Worte zeigen deutlich eine unerschütterliche Vorstellung von der Macht, der Universalität und der hohen Bestimmung der vernunftbegabten irdischen Wesen der Gattung homo sapiens, zu der jeder von uns gehört oder gehörte. Wo konnte ein Tierchen, das uns mit neidischen Augen betrachtete, eine so ruhige und unerschütterliche Überzeugung von unserer hohen Vollkommenheit herhaben, zumal in so komplizierten und gefährlichen Zeiten? Über die ebenen Sümpfe und die grünen Wälder des Planeten huschen unheildrohende Lichter. Unsere Erde rast wie ein gigantisches Pulverfaß, von staubigen Spinnweben umsponnen, in die Lumpen ihrer räuberischen Geschichte gehüllt, durch die menschenleeren Wüsten des Alls, und die winzigen Wandlinge kriechen, hüpfen, laufen auf ihr herum, spielen allen Ernstes mit dem Feuer, zu Teufeln geworden durch die Macht der immer perfekteren, entsetzlicheren Vernichtungswaffen, die bedauerlicherweise von denselben »wahren Menschen«, die das Eichhörnchen so sehr in den Himmel hob, für sie selbst erfunden worden sind.

Es konnte niemand wissen, ob unsere jetzige Begegnung stattfinden würde, bei der WIR dank dem Eichhörnchen unsere Stimmen zu harmonischer Einheit zusammenklingen lassen.

Und wenn uns wirklich in diesem Augenblick das Wunder der geistigen Verschmelzung widerfährt, dann dank dem Eichhörnchen, das mit der Seele des Waldtiers die wahre Natur des Menschen richtig erraten hat! Also, WIR waren, sind und werden sein.

Jeder von uns ist mit dem Eichhörnchen zu einer Einheit verbunden, wie sie zwischen Musik und Komponist entsteht – unsere Stimmen wurden durch die besondere geistige Anstrengung des bescheidenen Wandlings zum Klingen gebracht, und der Impuls, der dem Herzen des Eichhörnchens gebot, diese Anstrengung zu unternehmen, war der schöpferischen Eingebung des Tonsetzers wesensgleich. Ja, wir sind mit dem Eichhörnchen verbunden, so wie die Melodien, Harmonien und Kontrapunktmethoden mit ihrem Schöpfer verbunden sind, aber es kommt auch vor, daß ein musikalisches Werk gleichsam für sich selbst zu leben beginnt, losgelöst von dem vergänglichen Leben seines Schöpfers, und wie ein unabhängiges Lebewesen seine lange Reise durch die Zeit antritt.

Das ist ein weiteres sehr wichtiges Thema, welches das Eichhörnchen während seiner ungestümen Läufe unversehens berührte. Es rief uns aus dem stummen Nichtsein heraus, gab jedem von uns eine Stimme und schenkte uns dadurch, von seiner Macht noch nichts ahnend, die Unsterblichkeit. Diese besteht nicht darin, daß jeder von unserer unendlichen Schar sein freudloses, sinnloses Dasein endlos hinschleppt, sondern darin, daß dank der Umwandlung des Eichhörnchens das unbekannte kleine »Ich« eines jeden von uns übergeht in das WIR, in diesem Moment mit einer unendlichen Vielzahl anderer »Ichs« sich vereinend, und in welchen verschiedenen Jahrhunderten und Epochen WIR auch immer verstreut sein mögen, der Moment unseres Übergangs in den unsterblichen Zustand wird stets in der *Gegenwart* fortdauern.

Unsere Brüderschaft hat nie jemand gezählt, und es ist ganz unwichtig, wie viele wir anfangs waren, wichtig ist, wie viele wir später sein werden, wenn nur mehr WIR auf der Erde verbleiben. Unter den traurigen, leiddunklen Gesichtern, die einsam in den Mengen der Wandlinge herumirren, aufgeweckt von der warmen

Feuchtigkeit der Geschichte, ist das ernste junge Gesicht des Erlösers aufgetaucht, umgeben von dem Dutzend seiner staubigen Jünger, und der Menschensohn, wie er sich nannte, mußte mit Hilfe verschiedener Wunder beweisen, daß die Güte recht hat. Inzwischen aber wurden diejenigen, die nicht zu töten verstanden, von denen getötet, die zu töten verstanden, und unsere gänzliche Vernichtung schien unvermeidlich. *Aber was sehen WIR jetzt ringsum! Antworten Sie – was sehen WIR?*

Das irdische Los vieler von uns erwies sich als wahrhaft traurig, aber noch trauriger war das Schicksal des Eichhörnchens, das die »wahren Menschen« für sich entdeckt hatte, jedoch nicht zu ihnen gehörte. Seine seltsame Geschichte hat kaum Ähnlichkeit mit der unseren. Aber gibt es unter den Menschen nicht auch solche, deren wie ein Traum vorübergesaustes Leben keine unglückliche erste Liebe in sich schlösse, keinen Verrat an der eigenen Berufung um des materiellen Wohlergehens willen, kein freudloses eheliches Lager, keine schmerzende nostalgische Sehnsucht nach der unwiederbringlichen Vergangenheit? Gleichwohl mußte nicht jeder von uns – der Schöpfer sei gepriesen! – den eigenen Selbstmord mitansehen.

Klagen und Stöhnen sind verstummt, die Zuckungen der Spinnwebfäden des Lebens haben aufgehört, und das, was Eichhörnchen »Verschwörung der Tiere« nannte, hat mit dem Appetit einer Kröte die Mücke seines Schicksals verschlungen und sich nicht einmal verschluckt. Er wollte die Weltverschwörung der Wandlinge aufdecken, wollte den guten Ruf der Menschen vor Nachrede und Verleumdung bewahren und konnte nicht begreifen, daß die Verschwörung in ihm selber steckte wie in jedem Menschen und daß keiner von uns allein mit dieser Verschwörung fertig zu werden vermochte, ebensowenig wie mit dem Prozeß des eigenen Altwerdens.

Es waren unser nicht wenige, die durch den Willen Eichhörnchens aufgeweckt wurden und ihre Gestalt und Stimme erhielten – er rief uns aus dem Nichtsein heraus wie ein Magier, ein Zauberer. Aber etwas ist geschehen, unser Zauberer hat seine Macht verloren – er kann uns nicht mehr durch seine Magie der Umwandlung aus dem Nichtsein herausrufen.

Der flache Mann drängt sich durch die Menge auf dem städtischen Platz und ißt im Gehen einen durchaus runden Apfel. Der Rabe trägt in seinen Klauen die winzige schöne Frau, sie liegt in tiefer Ohnmacht.

Es war die winzige Frau des Malers Pawel Schuran, die er einst im Herbst auf der Veranda seiner Datsche in einem Blumentopf gefunden hatte. Sie erklärte sich bereit, ihn zu ehelichen, wenn er darauf bestehe, aber unter der Bedingung, daß er ihr ein eigenes Zimmer gebe und keinesfalls je dort hineinäuge, andernfalls werde er sie verlieren. Schuran kam dieser Bedingung lange getreulich nach, doch eines Tages kehrte er unerwartet aus Gshel von einer Dienstreise zurück, traf spät nachts bei seiner Datscha ein und sah Licht im Zimmer seiner kleinen Frau. Da hielt er's nicht aus, schlich zum Fenster und spähte hinein. Er erblickte auf dem Tisch das Puppenbett seiner Frau, doch sie selbst war von ganz normaler menschlicher Größe, saß kaum bekleidet am Tisch und dachte mit trauriger Miene nach. Schuran, außer sich vor Freude, über die Maßen glücklich, stürmte ins Haus und tat mit seiner Frau, was ein Mann mit seiner geliebten Frau gewöhnlich zu tun pflegt. Sie schien auch glücklich zu sein, doch ehe sie einschlief, hörte Schuran sie flüstern: »Warum hast du nicht noch ein wenig gewartet? Ach, einen Monat später wäre ich eine gewöhnliche Frau geworden, jetzt hast du alles verdorben.« – »Nichts hab ich verdorben«, widersprach Schuran schläfrig. »Du bist schon jetzt eine gewöhnliche Frau, ich versichere es dir, Liebste.« – »Liebster«, antwortete sie, »genau das ist dein furchtbarer Irrtum.« – »Was denn?« – »Daß du deine kleine Frau für eine gewöhnliche Frau hältst.« – »Aber das ist doch gerade schön!« rief der Maler und schlief ein. Tags darauf trug der Rabe seine Frau fort.

Der flache Mann saß in gefährlicher Haltung, die Füße zum Wasser, auf dem Geländer der Moskwa, starrte gedankenlos ins glatte graue Wasser und spuckte ab und zu hinunter. Ein Sportangler kam heran, baute sich neben ihm auf, warf den Haken mit dem Köder aus und blickte zu seinem Nachbarn hin, sah ihn jedoch nicht und dachte: Mir war doch so, als ob da einer sitzt, so ein unrasierter Typ, aber ich muß mich wohl geirrt haben. Der flache Mann saß mit tödlicher Schwermut da und starrte ins Wasser, in die Leere und Bodenlosigkeit, die unter seinen Füßen umkippte, und sah das Spiegelbild eines vorüberfliegenden Raben, der eine langhaarige Puppe in den Klauen zu halten schien, doch diese Puppe bewegte sich plötzlich und schrie verzweifelt: »Hilfe!« Der flache Mann blieb gänzlich teilnahmslos, sein Blick folgte ungerührt dem mit seiner Beute abstreichenden Raben, und er spuckte wieder träge ins Wasser. Er lebte in nur zwei Dimensionen, und da war kein Raum für Märchen und Zauberei; ihm war so wehmütig, daß er sich hätte aufhängen mögen, doch er war sich nicht einmal des Zustandes bewußt, in welchem er sich ständig befand.

Der dicke Delphin ging frühmorgens die Wolchonka entlang und warf im Vorübergehen einen Blick auf die Tür einer Imbißstube, die offenstand, aber von einem Bastbesen versperrt wurde; warmer Dampf drang aus den Tiefen des Etablissements, es war ein niedriger Geruch nach warmem Essen. »Ich will kein Modemaler sein, ich will kein satter selbstzufriedener Erfolgsmensch sein«, sagte der alte Aquarellmaler zu dem jungen Lupetin, der dem jungen Peter dem Ersten ähnlich sah, »ich mag nicht reich sein, nicht mit Titeln überhäuft, nicht weithin bekannt, nicht unter Aufträgen begraben. Und wissen Sie, warum nicht? Nicht weil ich mir aus Reichtum und Bekanntheit nichts mache, sondern weil ich mehr als sie meine Arbeit liebe. Bisher, mein Bester, bewegt mich jeden Tag nur das eine: ob ich heute einen Baum oder die Wolken am Himmel richtig werde zeichnen können.« Der Delphin beschloß, etwas zu essen, betrat eine Imbißstube, stellte sich an, wählte frischen Gurkensalat und zwei Portionen warme Pelmeni. Viele Jahre später, nach dem Tode des Aquarellmalers, hörte Innokenti Lupetin seine Stimme, die Wort für Wort das sagte, was einst in der Moskauer Straße gesagt worden war, jetzt aber auf einem einsamen Waldweg ertönte, durch den er ein Fuder Birkenholz kutschierte. Der Delphin hingegen erinnerte sich später so manches Mal an diesen gewöhnlichen Moskauer Morgen, als er in der Imbißstube Pelmeni aß und dabei tiefe wollüstige Befriedigung, beinahe Glück über sein bisheriges Leben empfand. Natürlich war niemand im Wald, weder vor noch hinter Lupetin, und das einzige Lebewesen, das Pferd, trottete stumpf mit schaukelnder Kruppe durch die tiefen Radspuren, ein Kuckuck schrie trostlos, dunkle geduldige Bäume standen zuhauf, und wie besessen sirrten die Mücken, der Delphin aber jagte in diesem Moment im Schwarzen Meer einem Schwarm Stawridas hinterher.

Ach, diese nostalgische Sehnsucht nach der unwiederbringlichen Vergangenheit, die uns ein liebes Haus ist, Urheimat, Vaterland – sie läßt uns keine Ruhe, sie versengt uns das Herz, nicht nur an den irdischen Tagen, sondern auch in der unendlichen Dämmerung des ewigen Seins, das dem kurzen und unbedeutenden Augenblick des Lebens folgt. Selbst in dieser schnell verrinnenden Minute, in der WIR uns unserer Einigkeit im All bewußt, in der WIR plötzlich sehend werden und dahinterkommen, daß jeder von uns einer der am Himmel flimmernden Sterne ist, selbst in diesem Moment erschauert meine Seele unter der Berührung der Vergangenheit, die glutheiß ist wie die über dem dunstigen Wald aufgehende Sonne, der schöne Jarilo, dessen Licht und Glanz die Wahrheit war, Trost, Antwort auf alles, was meine unbändige Neugier zu berühren trachtete. In dem Moment, in dem wir glücklich das All des menschlichen Geistes erschauen, in das WIR mit stolz erhobenen Köpfen eintreten, blicke ich nicht zu euch hin, meine Sternenbrüder, sondern zurück in mein hinter mir liegendes verfluchtes Leben.

Dort sehe ich meine verheulte Frau im Hauskittel, die Tränen kullern nur so über ihre runden Wangen, ihr Gesicht, ihre Brust und ihre Hände sind tränennaß, und selbst in den Lockenwicklern, die von ihrem Kopf abstehen, bemerke ich große Tropfen. »Was ist geschehen?« frage ich. »Das Eichhörnchen ist weggelaufen«, antwortet sie und zeigt mir den leeren Käfig; dessen Tür steht weit offen, und das Laufrad darin verharrt reglos.

»Es wird nie mehr zurückkommen«, sage ich traurig, »das Leben hier hat ihm nicht sehr gefallen.« – »Daran bist du schuld«, keift meine Frau, »wegen deinem Hund ist es weggelaufen!« Nein, sie begriff nicht, daß das Eichhörnchen gar nicht weggelaufen war – ich stand ja vor ihr, sah sie mit den trüben Augen des toten Tierchens an, und sie zeterte drauflos: »Du mußt hier einen Hund halten! Es hat solche Angst vor ihm gehabt, gehaßt hat es ihn!« Und so weiter.

Wir brauchen nicht das ganze Weltall für unser Glück, nur das, was im Innern unserer Einsamkeit strahlt und leuchtet wie ein Licht der Hoffnung und des Glaubens. Sternenbrüder, wir fühlen uns wohl auf den Berggipfeln der ewigen Vernunft. Wir fassen uns bei den Händen, den Strahlen, und schweben höher, immer höher hinauf zu den wunderschönen Gefilden, wo die nie welkenden Blumen blühen.

Aber warum hat die Seele solche Sehnsucht nach dem irdischen Haus? Oder ist das verlorene Leben eben das Elternhaus, und die ewigen ELYSÄISCHEN Gefilde sind die Fremde, durch die wir reisen müssen, erfüllt von trauriger Sehnsucht nach der Vergangenheit? So kehre doch zurück, geh dahin, wo Grün, Hellblau und Weiß herrschen, wo Lächerliches und Erhabenes sich mischen – Eichhörnchen, kehre zurück in den Wald, dein Elternhaus.

Dort, im grünen Wald, ist es still, aber er ist erfüllt von mächtiger Bewegung, von einem unhörbaren wilden Chor der Leidenschaften, deren Anfang bis in die Tiefe der Erde, bis in ihre eisigen Lehmschichten hinunterreicht. In die Zeit hineinwachsend, stützt sich der Wald mit den Enden seiner Wurzeln auf die tote, erkaltete Rinde des Planetenfeuers und markiert mit den Wipfeln seiner höchsten Bäume die Höhe des Lebens, die er dank der Beharrlichkeit seiner Anstrengungen zu erreichen vermochte. Drunten atmet, die Wurzeln umfangend, die lebenspendende schwarze Schicht, das gewaltige Mutterwesen, das aus unzählbaren Mengen gestürzter und vermoderter Bäume, Gräser und Pilze besteht. Das, worauf der Wald steht, ist ein ebensolcher tausendjähriger Wald, aber aus anderen Zeiten, und die oberste stachlige Nadel des jetzigen Kiefernwaldes ist über den Stamm und das zottige Wurzelwerk direkt mit dem ersten Tag der Erschaffung des Lebens auf Erden verbunden.

Die Kiefer im Wald ist nicht wichtiger als die Birke oder die Tanne, der Elch nicht liebenswerter als die Mücke, denn die Walderde hat sich zu einer stachligen Bürste von Bäumen gesträubt, sie atmet dicke Wolken von Insekten, und sie läuft zwischen den Sümpfen als schnellfüßiges Getier, nicht um vergänglichen Wohlergehens willen, sondern zwecks Anhäufung ihrer eigenen fruchtbaren Humusschicht. Der Wald schafft sich selbst auf dem eigenen Staub, und sein grünes Gewebe vergeht im unverbrüchlichen Einvernehmen der gegenseitigen Vernichtung, die so notwendig ist für die Verwirklichung des höchsten Lebensplans.

Still ist es im Wald, als ob er wüßte, daß auch er sich auflösen wird in der Zeit, aber dem widersetzt er sich hartnäckig durch diese ununterbrochene gigantische Kette neuer Verkörperungen seiner sprachlosen Bewohner.

Ist so nicht auch UNSER menschlicher Wald beschaffen, in den sich das winzige puschlige Tierchen verlaufen hat, das von Zeit zu

Zeit durchs Lüftungsfensterchen aus dem Zimmer des vielgeschossigen Stadthauses schlüpfte? Eines Tages saß das vernunftbegabte Eichhörnchen auf einem Zweig der Pappel und blickte auf die unzähligen Fenster der felshohen Häuser und auf den verblichenen Sommerhimmel, wo müde Wolken unbeweglich hingen. Über ihnen flog ein Flugzeug, ein dröhnender Himmelsliner, er stieg schräg aufwärts, um so schnell wie möglich die Höhe des Lebens zu gewinnen, die der menschliche Wald bisher erreicht hatte. Und so wie alle kleinen Baumwürzelchen über den Stamm mit den höchsten Blättchen der Krone verbunden sind, ist jeder von UNS, der von unten dem davonfliegenden Flugzeug hinterherblickt, durch Hoffnung und Glauben mit denen verbunden, die es gewagt haben, sich so hoch über die Wolken zu erheben.

In diesem Moment begriff das grübelnde Eichhörnchen, daß der Mensch berufen ist, die große Ablösung des Todes durch die Unsterblichkeit zu verkünden. So wie die Erde und der Wald untrennbar eins waren in ihrer urewigen gemeinsamen Existenz und jeder Baum, der den anderen zu Füßen stürzte, sich mit ihnen allmählich im wachsenden Neuen vereinigte, wird der Boden UNSERES Waldes, der menschliche Äther, nur reicher, wenn der Hauch meines oder deines Lebens, dem kalten Körper entwichen, zum Himmel auffliegt.

Unabdingbare höchste Voraussetzung dafür, daß der Tod in die Unsterblichkeit übergeht, ist jedoch, daß jeder einzelne sein Leben *menschlich* erschafft, und das hat unser Held begriffen, als er sich entschloß, das Tier in sich zu vernichten. Aber der Mord an dem gänzlich unschuldigen Eichhörnchen machte ihn keineswegs zum Menschen, so wie auch die gewaltsame Tötung von Millionen den neidischen Wandlingen nicht die insgeheim von ihnen gewünschte Verwandlung brachte – sie wurden nicht unsterblich, indem sie anderen das Leben nahmen. Die Aneignung der Unsterblichkeit erwies sich als unmöglich für Wesen, die nichts anderes konnten als aneignen oder wegnehmen. Auf der Erde, wo die Gewalt noch volle Macht hat, lebt der Mörder nach wie vor länger als der Ermordete – und doch wird eine andere Welt kommen, in der niemand mehr imstande sein wird zu töten.

Es wird endlich so sein, wie du wolltest, armes kleines Eichhörnchen, aber täusche dich nicht! Die Ära der Unsterblichkeit wird nicht so bald anbrechen, und der Weg dorthin wird dir manchmal ebenso langwierig und hoffnungslos vorkommen wie dein Strampeln im Laufrad. Denke auch daran, daß, wer die unerreichbare Vollkommenheit betrauert, standhaft und unablässig daran arbeiten muß, eine allgemeine Energie der Güte anzusammeln.

Du bist aus dem tiefen, urtümlichen Wald gekommen, wo das Rascheln und der feuchte Glanz des Blattwerks an die Stimmen und die hellen Blicke derer gemahnt, die der Liebe teilhaftig wurden, ihr mutig folgten und das erreichten, was endlich deinen Durst nach Unsterblichkeit wird stillen können. Und jetzt entlassen WIR dich, geh in deinen Wald, du hast dein Liedchen gesungen, Eichhörnchen.

Nachbemerkung des Übersetzers

Das Wort »Wandling« fehlt im Vokabular der deutschen Sprache: Es ist eine »Erfindung«, eine Konstruktion des Übersetzers, der für das russische »oboroten« keine deutsche Entsprechung finden konnte. Sinnverwandte Wörter wie etwa Werwolf, Wechselbalg, Wiedergänger schienen ihm nicht das auszudrücken, was der Autor in das Wort »oboroten« hineingelegt hat. Während des knapp einjährigen Übersetzungsprozesses erlebte der Übersetzer zu seiner Überraschung, daß dieses »Neuwort« die ihm zugedachte Funktion voll übernahm. Ob der Leser das auch so empfunden hat?

Thomas Reschke

Nachbemerkung des Übersetzers

Das Wort »Wandling« fehlt im Vokabular der deutschen Sprache. Es ist eine »Erfindung«, eine Konstruktion des Übersetzers, der für das russische »oboroten« keine deutsche Entsprechung finden konnte. Sinnverwandte Wörter wie etwa Werwolf, Wechselbalg, Wiedergänger schienen ihm nicht das auszudrücken, was der Autor in das Wort »oboroten« hineingelegt hat. Während des knapp einjährigen Übersetzungsprozesses erlebte der Übersetzer zu seiner Überraschung, daß dieses »Neuwort« die ihm zugedachte Funktion voll übernahm. Ob der Leser das auch so empfunden hat?

Thomas Reschke

suhrkamp taschenbücher
Eine Auswahl

265/1/1.89

suhrkamp taschenbücher
Eine Auswahl

Handke: Die linkshändige Frau. st 560
– Die Stunde der wahren Empfindung. st 452
– Über die Dörfer. st 1072
– Wunschloses Unglück. st 146
Hart Nibbrig: Spiegelschrift. st 1464
Hesse: Gesammelte Werke. 12 Bde. st 1600
– Berthold. st 1198
– Casanovas Bekehrung und Pater Matthias. st 1196
– Demian. st 206
– Gertrud. st 890
– Das Glasperlenspiel. st 79
– Innen und Außen. st 413
– Karl Eugen Eiselein. st 1192
– Klein und Wagner. st 116
– Kleine Freuden. st 360
– Klingsors letzter Sommer. st 1195
– Knulp. st 1571
– Die Kunst des Müßiggangs. st 100
– Kurgast. st 383
– Ladidel. st 1200
– Der Lateinschüler. st 1193
– Legenden. st 909
– Die Marmorsäge. st 1381
– Die Morgenlandfahrt. st 750
– Narziß und Goldmund. st 274
– Die Nürnberger Reise. st 227
– Peter Camenzind. st 161
– Robert Aghion. st 1379
– Roßhalde. st 312
– Schön ist die Jugend. st 1380
– Siddharta. st 182
– Der Steppenwolf. st 175
– Unterm Rad. st 52
– Der vierte Lebenslauf Josef Knechts. st 1261
– Walter Kömpff. st 1199
– Der Weltverbesserer und Doktor Knölges Ende. st 1197
– Der Zyklon. st 1377
Hildesheimer: Das Ende der Fiktionen. st 1539
– Marbot. st 1009
– Mitteilungen an Max über den Stand der Dinge. st 1276
– Mozart. st 598
– Paradies der falschen Vögel. st 295
– Theaterstücke. st 362
Hohl: Die Notizen. st 1000
Horváth: Gesammelte Werke. 15 Bde. st 1051-1065
– Don Juan kommt aus dem Krieg. st 1059
– Geschichten aus dem Wiener Wald. st 1054
– Glaube Liebe Hoffnung. st 1056
– Italienische Nacht. st 1053
– Ein Kind unserer Zeit. st 1064
– Jugend ohne Gott. st 1063
Hrabal: Erzählungen, Moritaten und Legenden. st 804
– Harlekins Millionen. st 1615
– Das Städtchen am Wasser. st 1613-1615
Hürlimann: Die Tessinerin. st 985
Hughes: Ein Sturmwind auf Jamaika. st 980
Im Jahrhundert der Frau. st 1011
Innerhofer: Die großen Wörter. st 563
– Schöne Tage. st 349
Inoue: Die Eiswand. st 551

265/4/1.89

suhrkamp taschenbücher
Eine Auswahl

Inoue: Der Stierkampf. st 944
Janker: Zwischen zwei Feuern. st 1251
Johnson: Berliner Sachen. st 249
– Das dritte Buch über Achim. st 169
– Ingrid Babendererde. st 1387
– Mutmassungen über Jakob. st 147
– Eine Reise nach Klagenfurt. st 235
Jonas: Materie, Geist und Schöpfung. st 1580
– Das Prinzip Verantwortung. st 1085
Joyce: Anna Livia Plurabelle. st 751
T.S. Eliots Joyce-Lesebuch. st 1398
Kaminski: Herzflattern. st 1080
– Nächstes Jahr in Jerusalem. st 1519
Kaschnitz: Jennifers Träume. st 1022
– Kein Zauberspruch. st 1310
– Liebesgeschichten. st 1292
– Mexikanische Novelle. st 1367
– Ohne Eifer, ohne Zorn. st 1301
Koch: Der Prozeß Jesu. st 1362
– See-Leben. st 783
Koeppen: Amerikafahrt. st 802
– Angst. st 1459
– Die elenden Skribenten. st 1008
– Die Mauer schwankt. st 1249
– Tauben im Gras. st 601
– Der Tod in Rom. st 241
– Das Treibhaus. st 78
Kolleritsch: Gedichte. st 1590
Konrád: Der Besucher. st 492
– Der Komplize. st 1220
Korte: Eine Gesellschaft im Aufbruch. st 1471
Kracauer: Die Angestellten. st 13
– Kino. st 126
– Das Ornament der Masse. st 371
Kraus: Aphorismen. st 1318
– Die chinesische Mauer. st 1312
– Die letzten Tage der Menschheit. st 1320
– Literatur und Lüge. st 1313
– Sittlichkeit und Kriminalität. st 1311
– Die Sprache. st 1317
– Weltgericht. st 1315/1316
Karl-Kraus-Lesebuch. st 1435
Kroetz: Der Mondscheinknecht. st 1039
– Der Mondscheinknecht. Fortsetzung. st 1241
– Stücke. st 1447-1449
Kühn: Auf der Zeitachse. st 1619
– Der Himalaya im Wintergarten. st 1026
– Und der Sultan von Oman. st 758
Kundera: Das Buch vom Lachen und vom Vergessen. st 868
– Das Leben ist anderswo. st 377
Laederach: Nach Einfall der Dämmerung. st 814
– Laederachs 69 Arten den Blues zu spielen. st 1446
– Sigmund oder Der Herr der Seelen tötet seine. st 1235
Lao She: Die Stadt der Katzen. PhB 151. st 1154
Lem: Also sprach GOLEM. PhB 175. st 1266
– Die Astronauten. PhB 16. st 441

265/5/1.89

265/6/1.89

suhrkamp taschenbücher
Eine Auswahl

Muschg: Im Sommer des Hasen. st 263
– Das Licht und der Schlüssel. st 1560
Museum der modernen Poesie. st 476
Neruda: Liebesbriefe an Albertina Rosa. st 829
Nizon: Canto. st 319
– Im Hause enden die Geschichten. st 431
Nossack: Aus den Akten der Kanzlei. st 1468
– Begegnung im Vorraum. st 1177
– Bereitschaftsdienst. st 1460
– Spirale. st 50
Onetti: Das kurze Leben. st 661
– So traurig wie sie. st 1601
Oz: Im Lande Israel. st 1066
– Mein Michael. st 1589
Paz: Essays. st 1036
Pedretti: Harmloses, bitte. st 558
– Die Zertrümmerung von dem Kind Karl. st 1156
Ernst Penzoldts schönste Erzählungen. st 216
Percy: Der Idiot des Südens. st 1531
– Lancelot. st 1391
Platschek: Über die Dummheit in der Malerei. st 1139
Plenzdorf: Gutenachtgeschichte. st 958
– Legende vom Glück ohne Ende. st 722
– Die neuen Leiden des jungen W. st 300
Poniatowska: Stark ist das Schweigen. st 1438
Proust: Auf der Suche nach der verlorenen Zeit. 10 Bde.
– Briefe zum Leben. st 464
Puig: Der Kuß der Spinnenfrau. st 869
– Der schönste Tango der Welt. st 474
– Verraten von Rita Hayworth. st 344
Rochefort: Frühling für Anfänger. st 532
– Eine Rose für Morrison. st 575
– Die Welt ist wie zwei Pferde. st 1244
– Zum Glück gehts dem Sommer entgegen. st 523
Rodoreda: Auf der Plaça del Diamant. st 977
– Der zerbrochene Spiegel. st 1494
Russell: Eroberung des Glücks. st 389
Sanzara: Die glückliche Hand. st 1184
– Das verlorene Kind. st 910
Schimmang: Das Ende der Berührbarkeit. st 739
– Der schöne Vogel Phönix. st 527
Schivelbusch: Intellektuellendämmerung. st 1121
Schneider: Dem lebendigen Geist. st 1419
– Philipp der Zweite oder Religion und Macht. st 1412
Semprun: Die große Reise. st 744
– Was für ein schöner Sonntag. st 972
– Yves Montand: Das Leben geht weiter. st 1279
– Der zweite Tod des Ramón Mercader. st 564

265/7/1.89

suhrkamp taschenbücher
Eine Auswahl

Shaw: Der Aufstand gegen die Ehe. st 328
– Mensch und Übermensch. st 987
Sloterdijk: Der Zauberbaum. st 1445
Soriano: Das Autogramm. st 1252
Steiner: Auf dem Berge Sinai sitzt der Schneider Kikrikri. st 1572
– Ein Messer für den ehrlichen Finder. st 583
– Das Netz zerreißen. st 1162
Sternberger: Drei Wurzeln der Politik. st 1032
– Herrschaft und Vereinbarung. st 1289
– Die Politik und der Friede. st 1237
Stierlin: Delegation und Familie. st 831
– Eltern und Kinder. st 618
– Das Tun des Einen ist das Tun des Anderen. st 313
Struck: Lieben. st 567
– Die Mutter. st 489
Strugatzki/Strugatzki: Der ferne Regenbogen. PhB 111. st 956
– Die häßlichen Schwäne. PhB 177. st 1275
– Eine Milliarde Jahre vor dem Weltuntergang. PhB 186. st 1338
Das Suhrkamp Taschenbuch. st 1100
Tendrjakow: Die Abrechnung. st 965
– Frühlingsspiel. st 1364
Unseld: Der Autor und sein Verleger. st 1204
– Begegnungen mit Hermann Hesse. st 218
– Peter Suhrkamp. st 260
Vargas Llosa: Gespräch in der ›Kathedrale‹. st 1015
– Der Hauptmann und sein Frauenbataillon. st 959
– Der Krieg am Ende der Welt. st 1343
– Tante Julia und der Kunstschreiber. st 1520
Wachenfeld: Camparirot. st 1608
Walser, M.: Die Anselm Kristlein Trilogie. st 684
– Brandung. st 1374
– Ehen in Philippsburg. st 1209
– Ein fliehendes Pferd. st 600
– Halbzeit. 2 Bde. st 94
– Jenseits der Liebe. st 525
– Liebeserklärungen. st 1259
– Die Ohrfeige. st 1457
– Das Schwanenhaus. st 800
– Seelenarbeit. st 901
Walser, R.: Fritz Kochers Aufsätze. st 1101
– Geschwister Tanner. st 1109
– Jakob von Gunten. st 1111
– Der Räuber. st 1112
– Seeland. st 1107
– Der Spaziergang. st 1105
– Wenn Schwache sich für stark halten. st 1117
Watts: Der Lauf des Wassers. st 878
– Vom Geist des Zen. st 1288
Weber-Kellermann: Die deutsche Familie. st 185
Weiß, E.: Der arme Verschwender. st 795
– Der Aristokrat. st 792

265/8/1.89

suhrkamp taschenbücher
Eine Auswahl

265/9/1.89